ALDOUS HUXLEY

ALDOUS HUXLEY

Os demônios de Loudun

tradução
Sylvia Taborda

BIBLIOTECA AZUL

Copyright desta edição © 1952 by Laura Huxley
Copyright da tradução © Editora Globo

Todos os direitos reservados. Nenhuma parte desta edição pode ser utilizada ou reproduzida – em qualquer meio ou forma, seja mecânico ou eletrônico, fotocópia, gravação etc. – nem apropriada ou estocada em sistema de banco de dados sem a expressa autorização da editora.

Texto fixado conforme as regras do novo Acordo Ortográfico da Língua Portuguesa (Decreto Legislativo nº 54, de 1995).

Editor responsável: Ana Lima Cecilio
Editor assistente: Erika Nogueira Vieira
Preparação: Mariana Delfini
Revisão: Lucimara Carvalho
Tradução dos poemas em francês: Erika Nogueira Vieira
Diagramação: Jussara Fino
Capa: Thiago Lacaz
Imagem da capa: "Illustration of the Devil Hovering over City of Constantinople". Latinstock/ ©Bettmann/ CORBIS (DC)
Foto do autor: Philippe Halsman/ Magnun Photos/ Latinstock

Agradecimentos à Oxford University Press pela permissão concedida para citar as seis linhas do poema "I awake and feel the feel of dark", de Gerard Manley Hopkins.

CIP-BRASIL. CATALOGAÇÃO NA PUBLICAÇÃO
SINDICATO NACIONAL DOS EDITORES DE LIVROS, RJ

H989d
Huxley, Aldous, 1894-1963
Os demônios de Loudun/Aldous Huxley; tradução Sylvia Taborda.
3. ed. – São Paulo: Globo, 2014.
400 p.; 21 cm.
Tradução de: The devils of Loudun

ISBN 978-85-250-5696-2

1. Ensaio inglês. I. Taborda, Sylvia. II. Título.

14-10699	CDD: 823
	CDU: 821.111-3

2ª edição, 1987
3ª edição, 2014 – 1ª reimpressão, 2019

Direitos exclusivos de edição em língua portuguesa, para o Brasil adquiridos por Editora Globo S. A.
R. Marquês de Pombal, 25
Rio de Janeiro – 20.230-240 – RJ
www.globolivros.com.br

CAPÍTULO I

Foi em 1605 que Joseph Hall, o satirista e futuro bispo, fez sua primeira visita a Flandres. "Ao longo de nossa jornada, quantas igrejas vimos demolidas; nada restou senão escombros, revelando ao viajante que ali coabitaram devoção e hostilidade. Oh, os lamentáveis vestígios da guerra! [...] No entanto (o que me surpreendeu), igrejas desmoronam e colégios de jesuítas erguem-se por toda parte. Não há uma cidade onde tais colégios não estejam surgindo. Qual a origem disso? Será porque a devoção não é tão indispensável quanto a política? Esses homens (tal qual dizemos da raposa) melhor se saem quando mais odiados. Ninguém tão desprezado entre os seus, tão detestado por todos, tão combatido pelos nossos; e contudo essas ervas daninhas multiplicam-se."

Expandiam-se por uma razão muito simples: o povo precisava deles. Para os próprios jesuítas, "política", como Hall e toda a sua geração sabiam muito bem, tinha importância fundamental. As escolas eram criadas com o objetivo de fortalecer a Igreja Romana contra seus inimigos: os livres-pensadores e os protestantes. A esperança dos piedosos padres era criar, através de seus ensinamentos, uma classe de leigos inteiramente devotada aos interesses da Igreja. Nas palavras de Cerutti — palavras que levaram Michelet ao auge da indignação —, "assim como enfaixamos os membros de um infante no berço, a fim de que adquiram as devidas proporções, do mesmo modo faz-se necessário, desde a mais tenra juventude, enfaixar, por assim dizer, sua vontade, para que conserve através de sua existência uma oportuna e salutar submissão". O espírito da dominação era forte o bastante, mas o cerne do método evangelizador era fraco. Apesar das restrições à sua liberdade, alguns dos melhores alunos dos jesuítas deixaram a escola para se tornar livres-pensadores ou mesmo, como Jean Labadie, protestantes. Até onde dizia respeito à "política", o sistema jamais resultou tão eficiente quanto esperavam seus criadores. Mas o povo não estava interessado em política; o que o povo queria eram boas escolas onde seus filhos pudessem aprender tudo que um cavalheiro precisava saber. Melhor que a maioria dos educadores, os jesuítas atendiam às necessidades. "O que observei durante os sete anos que passei sob o teto dos jesuítas? Uma vida plena de temperança, diligência e método. Eles devotavam todas as horas do dia à nossa educação ou ao estrito cumprimento de seus votos. Como prova disso, invoco o testemunho dos milhares que, como eu, foram por eles educados." Assim escreveu Voltaire. Suas palavras comprovam a superioridade dos métodos de educação dos jesuítas. Ao mesmo tempo, e com maior ênfase, toda a sua existência testemunha o fracasso dessa "política", à qual os métodos de ensino se propunham servir.

Quando Voltaire iniciou seus estudos, os colégios dos jesuítas apresentavam as características comuns ao sistema educacional vigente. No século anterior sua orientação afigurara-se completamente revolucionária. Numa época em que a maior parte dos mestres era de diletantes em tudo, menos no manejo da vara, seus métodos disciplinares eram relativamente humanitários e seus professores, cuidadosamente selecionados e sistematicamente treinados. Ensinavam um latim particularmente elegante e o que havia de mais avançado em matéria de óptica, geografia e matemática, bem como "arte dramática" (suas representações teatrais ao fim do período letivo eram famosas), civilidade, respeito à Igreja e (na França ao menos, após a conversão de Henrique IV) obediência à autoridade do rei. Por tais motivos, os colégios dos jesuítas mereciam a confiança de todos os representantes da classe alta — da mãe extremosa que não podia suportar a ideia de seu queridinho sendo submetido aos tormentos de uma educação antiquada; do tio clérigo erudito voltado para a doutrina ortodoxa e o estilo eloquente; e finalmente do pai que, como servidor patriota favorável aos princípios monarquistas e como um prudente burguês, contava com a influência indireta da Companhia, ajudando seu aluno a conseguir um emprego, uma situação na Corte, um benefício eclesiástico. Consideremos aqui, como exemplo, um casal importante: sr. Corneille de Rouen, *Avocat du Roy à la Table de Marbre du Palais*, e sua esposa, Marthe le Pesant. O filho Pierre é um rapaz tão promissor que decidem enviá-lo para os jesuítas. Temos o sr. Joachim Descartes, Conselheiro do Parlamento de Rennes. Em 1604 leva seu filho mais novo, um garoto inteligente de oito anos chamado René, para o colégio dos jesuítas de La Flèche, fundado recentemente e subsidiado pela Coroa. Temos também, mais ou menos na mesma época, o sábio cônego Grandier, de Saintes. Ele tem um sobrinho, filho de outro jurista não tão rico e aristocrático quanto o sr. Descartes ou o sr. Corneille, contudo bastante respeitável. O jovem, de nome Urbain, tem agora catorze anos e possui incrível talento. Faz jus a que lhe seja proporcionada a melhor educação possível, educação esta que, nas adjacências de Saintes, é adquirida no colégio jesuíta de Bordeaux.

Esse célebre local de erudição constava de uma escola secundária para rapazes, uma academia de estudos liberais, um seminário e uma escola de estudos avançados para pós-graduados que tivessem recebido as ordens eclesiásticas. Aí o precocemente talentoso Urbain Grandier passou mais de dez anos; a princípio como colegial, mais tarde como universitário, estudante de teologia e, após sua ordenação em 1615, noviço jesuíta. Não que fosse sua intenção ingressar na Companhia, uma vez que não sentia vocação para se sujeitar a tão rígida disciplina. Não, sua carreira não se faria em uma ordem religiosa, mas como padre secular. Nesse ofício, um homem com sua capacidade inata, estimulado e protegido pela mais poderosa organização dentro da Igreja, poderia esperar muito da vida. Viria a ser, quem sabe, capelão de um poderoso fidalgo, tutor de algum futuro marechal da França, um cardeal em potencial. Talvez recebesse convites para exibir sua notável eloquência diante de bispos ou princesas de alta estirpe, ou mesmo diante da própria rainha. Poderia conseguir missões diplomáticas, nomeações para altos cargos administrativos, esplêndidas sinecuras, vantajosos acúmulos de cargos. Talvez — embora isso fosse pouco provável, considerando-se o fato de não ser nobre de nascimento— pudesse conseguir um magnífico bispado para iluminar e animar sua velhice.

No início de sua carreira, as circunstâncias pareciam permitir as mais otimistas expectativas. Aos vinte e sete anos, após dois anos de estudos adicionais de teologia e filosofia, o jovem padre Grandier recebeu sua recompensa pelos longos semestres de aplicação e boa conduta. Através da Companhia de Jesus, sob cuja proteção se encontrava, foi apresentado para relevante benefício eclesiástico na igreja Saint-Pierre-du-Marché, em Loudun. Simultaneamente e graças aos mesmos benfeitores, foi nomeado cônego da igreja colegiada de Sainte-Croix. Já se encontrava com o pé na escada; tudo que tinha a fazer agora era galgá-la.

Loudun, enquanto seu novo pároco cavalgava lentamente para seu destino, surgia como uma pequena cidade sobre uma colina dominada por duas altas torres: o campanário da igreja de Saint--Pierre e a torre medieval do grande castelo. Como um símbolo, um hieróglifo que pretendia retratar a sociedade local, o horizonte de Loudun estava um tanto desatualizado. Embora o campanário ainda projetasse seu contorno gótico sobre a cidade, grande parte dos habitantes eram huguenotes que odiavam a Igreja a que ele pertencia. Quanto à imensa torre construída pelos condes de Poitiers, era ainda uma praça de guerra sólida, mas Richelieu logo tomaria o poder, e os dias de autonomia regional e fortalezas provinciais estavam contados. Inocente, o pároco cavalgava em direção ao último ato de uma guerra sectária, para o prólogo de uma revolução nacionalista. Às portas da cidade, um ou dois cadáveres putrefatos pendiam do patíbulo municipal. No interior das muralhas, as costumeiras ruas imundas com a gama rotineira de odores: da fumaça do bosque ao excremento, dos gansos ao incenso, do pão no forno aos cavalos, suínos e homens da plebe. Os pobres — camponeses, artesãos, operários e criados — compunham a maioria menosprezada e anônima dos quatorze mil habitantes da cidade. Um pouco acima desses, os donos de lojas, os mestres-artesãos, os pequenos funcionários apinhavam-se em condições precárias no degrau social mais baixo da burguesia. Num nível superior — totalmente dependentes de seus inferiores, mas gozando de indiscutíveis privilégios e governando-os por direito divino — ficavam os comerciantes ricos, os profissionais gabaritados e as castas, em seu sistema hierárquico: a pequena nobreza, os grandes proprietários rurais, os senhores feudais e os nobres prelados. Dispersos pela cidade, podia-se encontrar alguns pequenos redutos de cultura e inteligência. Fora desses oásis, a atmosfera era sufocantemente provinciana. Entre os ricos observava-se uma preocupação excessiva e crônica com dinheiro e propriedade, direitos e privilégios. Para os dois ou três mil, no máximo, com recursos para abrir processos ou requerer assistência jurídica, havia em Loudun nada menos que vinte advogados, dezoito solicitadores, dezoito meirinhos e oito notários.

O tempo e a energia que sobravam da preocupação com os bens eram dedicados às pequenas trivialidades diárias, às sucessivas alegrias e tormentos da vida familiar, aos disse me disse acerca da vizinhança, às cerimônias religiosas e, uma vez que Loudun era uma cidade dividida, aos inesgotáveis excessos oratórios provocados pela controvérsia religiosa. Durante a gestão do pároco, não há registro da existência de um sentimento religioso autêntico em Loudun. A preocupação comunitária com a vida espiritual manifesta-se apenas em meio a criaturas excepcionais, que sabem por experiência própria que Deus é espírito e em espírito deve ser adorado. Junto com um bom estoque de canalhas, Loudun possuía sua cota de honestos e bem-intencionados, piedosos e mesmo beatos. Entretanto, não havia santos, nenhum homem e nenhuma mulher cuja simples presença fosse a prova viva de um mais profundo vislumbre da verdade eterna, de uma consonância íntima com o Princípio divino de todos os seres. Não foi senão sessenta anos mais tarde que uma pessoa assim apareceu na cidade. Quando, após as mais mortificantes experiências físicas e espirituais, Louise du Tronchay veio finalmente trabalhar no hospital de Loudun, tornou-se imediatamente o centro de uma vida espiritual intensa e ardente. Pessoas de todas as idades e classes sociais afluíam em multidão para que lhes falasse sobre Deus, para implorar por conselho e ajuda. "Eles nos amam muito aqui", escrevia Louise a seu velho confessor em Paris. "Eu me sinto envergonhada com isso, pois quando falo de Deus as pessoas ficam tão comovidas que começam a chorar. Receio estar contribuindo para a boa opinião que eles têm de mim." Ansiava por fugir e se esconder, mas era cativa da devoção de uma cidade. Quando rezava, os doentes frequentemente ficavam curados. Atribuíam a Louise essas curas, para sua vergonha e mortificação. "Se eu alguma vez fizesse um milagre", escreveu, "me consideraria amaldiçoada." Depois de alguns anos, recebeu ordens de seus superiores para deixar Loudun. Para o povo, não havia mais nenhum postigo aberto através do qual a Luz pudesse brilhar. Em pouco tempo o fervor arrefeceu e dissipou-se o interesse na vida espiritual. Loudun voltou à sua situação normal — a mesma de quando, duas gerações antes, Urbain Grandier chegou à cidade.

Desde o princípio a opinião pública a respeito do novo pároco estava nitidamente dividida. A maioria do sexo frágil, o mais devoto, aprovou-o. O último cura havia sido um decrépito joão-ninguém.

Seu sucessor era um homem no vigor da mocidade, alto, forte, com um ar de sóbria autoridade e até mesmo (segundo um contemporâneo) majestático. Seus olhos eram grandes e negros, e sob seu barrete de clérigo os cabelos abundantes eram pretos e ondulados; a fronte alta; nariz aquilino; lábios rubros, cheios e expressivos. Uma elegante barba à Van Dyck adornava-lhe o queixo, e sobre o lábio superior o pároco usava um bigode fino, aparado com esmero e engomado, de modo a que as pontas enroscadas se confrontassem, de cada lado do nariz, como um par de galantes pontos de interrogação. Para olhos pós-faustianos, seu retrato sugere Mefistófeles em trajes clericais, mais robusto, amistoso e um tanto menos inteligente.

A essa aparência sedutora Grandier acrescentava as virtudes sociais da boa educação e palestra agradável. Sabia fazer um elogio com espírito, e o olhar que acompanhava as palavras, se acontecia de a dama ser atraente, era mais lisonjeiro que as próprias palavras. Era bastante óbvio que o novo padre manifestava um interesse mais do que simplesmente pastoral por suas paroquianas.

Grandier viveu no alvorecer cinzento do período que poderia ser denominado Idade da Decência. Durante toda a Idade Média e no início da Moderna, o abismo entre a doutrina católica oficial e a sua execução prática pelos sacerdotes tinha sido enorme e, a julgar pelas aparências, intransponível. É difícil encontrar algum escritor da Idade Média ou da Renascença que não tenha como certo que, do mais poderoso prelado ao mais humilde frade, a maioria dos membros que compõem o clero é profundamente libertina. A corrupção eclesiástica provocou a Reforma, que por sua vez gerou a Contrarreforma. Após o Concílio de Trento, os papas de comportamento indecoroso tornaram-se cada vez menos comuns, até que finalmente, pelos meados do século XVII, essa geração desapareceu. Até mesmo alguns bispos cuja única qualificação para o cargo honorífico era o fato de serem os filhos mais jovens de nobres, passaram a fazer certo esforço para se conduzirem melhor.

Entre o baixo clero, os abusos eram controlados por uma administração eclesiástica mais vigilante e eficiente, de cima, e, de dentro, pelo zelo que se irradiava de organizações tais como a Companhia de Jesus e a Congregação do Oratório. Na França, onde a monarquia estava se servindo da Igreja como um instrumento para aumentar o poder central às custas dos protestantes, da alta nobreza e da tradição de autonomia provincial, a respeitabilidade clerical era assunto de interesse real. As massas não renderão culto a uma Igreja cujos ministros são culpados de conduta escandalosa. Entretanto, num país onde não só *l'État*, mas também *l'Église c'est Moi*, desrespeito pela Igreja significa desrespeito pelo rei. "Recordo", escreve Bayle em uma das intermináveis notas de rodapé de seu volumoso *Dictionary*, "recordo que um dia perguntei a um cavalheiro que me relatava inúmeras irregularidades do clero veneziano como veio a acontecer que o senado tolerasse tal situação, tão degradante para o bom nome da religião e do Estado. Ele replicou que o bem-estar público forçava o soberano a proceder com essa indulgência; e, para explicar esse enigma, ele acrescentou que o senado estava bastante satisfeito pelo fato de os padres e monges tornarem-se profundamente desprezados pelo povo, uma vez que, assim, teriam menos possibilidades de provocar uma insurreição popular. Uma das razões, afirma ele, por que os jesuítas são desagradáveis ao príncipe, é por preservarem a decência de seu caráter; e por conseguinte, sendo os mais respeitados pela plebe, são os mais aptos a incitar um levante." Na França, durante todo o século XVII, a política do Estado em relação às irregularidades clericais foi o exato contrário daquela adotada pelo senado veneziano. Por temer a infiltração eclesiástica, ao último agradava ver seus clérigos conduzindo-se como porcos, e ele tinha antipatia pelos respeitáveis jesuítas. Politicamente poderosa e pronunciadamente nacionalista, a monarquia francesa não tinha motivo para temer o papa, e considerava a Igreja um instrumento de repressão muito útil. Por essa razão, apoiava os jesuítas e desaprovava a incontinência, ou pelo menos a indiscrição clerical.[1] O novo pároco havia ingressado em sua carreira numa época na qual os escândalos clericais, embora ainda frequentes, tornavam-se cada vez mais desagradáveis àqueles que estavam no poder. Em sua narrativa autobiográfica sobre uma infância e juventude no século XVII, Jean-Jacques Bouchard, um contemporâneo mais jovem de Grandier, deixou-nos um documento tão cientificamente objetivo, tão inteiramente isento de qualquer expressão de

1 As citações que seguem foram extraídas do resumo de H.C. Lea sobre as condições da Igreja francesa depois do Concílio de Trento. Na fase inicial de nossa época, "a influência dos cânones de Trento tinha sido insuficiente. Em um conselho real realizado em 1560 [...] Charles de Marillac, bispo de Viena, declarou que a disciplina eclesiástica era quase obsoleta, e que nenhuma época anterior havia presenciado escândalos tão frequentes ou tão reprovável vida clerical. [...] Os prelados franceses, do mesmo modo que os alemães, estavam habituados a arrecadar o 'cullagium' de todos os seus padres, e informavam àqueles que não mantinham concubinas que poderiam tê-las se quisessem, mas que teriam de pagar um dinheiro para poder gozar uma vida dissoluta tivessem-nas ou não". "Fica evidente por tudo isso que os padrões de moral eclesiástica não haviam se elevado com os esforços dos padres de Trento, e contudo um exame dos registros da disciplina da Igreja demonstra que com o crescente recato e cultura da sociedade durante os séculos XVII e XVIII, as manifestações de licenciosidade cínicas e ostensivas no meio do clero foram se tornando gradativamente mais raras." Evitar escândalo tornou-se uma questão de primordial importância. Se concubinas eram mantidas, o eram "sob o disfarce de irmãs e sobrinhas". Segundo um código de regras publicado em 1668, ficou determinado que os monges da Ordem dos Mínimos não seriam excomungados se, "quando em via de ceder às tentações da carne, ou cometer roubo, prudentemente se despojassem do hábito monástico". (Henry C. Lea, *History of sacerdotal celibacy*, cap. XXIX, "The Post Tridentine Church")

Durante toda essa época, tentava-se com um zelo desvairado impor a respeitabilidade. Em 1624, por exemplo, o reverendo René Sophler foi declarado culpado de cometer adultério com a esposa de um magistrado numa igreja. O *Lieutenant Criminel* [comissário de polícia] de Le Mans condenou-o à forca. Foi impetrado um recurso ao Parlamento de Paris, o qual sentenciou-o, em lugar da forca, a ser queimado vivo.

remorso, de qualquer espécie de julgamento moral, que os estudiosos do século XIX só puderam publicá-lo em tiragem privada e com comentários enfáticos sobre a execrável depravação do autor. Para uma geração educada por Havelock Ellis e Krafft-Ebing, por Hirschfeld e Kinsey, o livro de Bouchard não mais parece afrontoso. Mas, embora tenha deixado de escandalizar, ele ainda surpreende. Porque quão espantoso não é encontrar um súdito de Luís XIII escrevendo sobre as formas menos recomendáveis de atividade sexual, no estilo direto e prosaico de uma estudante universitária moderna respondendo a um questionário de um antropólogo, ou um psiquiatra anotando um relato clínico! Descartes era dez anos mais velho, mas muito antes de o filósofo haver começado a dissecar aqueles títeres que se contorcem, aos quais o vulgo atribui os nomes de cachorro e gato, Bouchard estava realizando uma série de experiências psíquico-químico-fisiológicas na criada de quarto de sua mãe. A moça, quando primeiro reparou nela, era piedosa e quase hostil em sua castidade. Com a perseverança e a perspicácia de um Pavlov, Bouchard recondicionou de tal forma esse produto da fé irrestrita, que ela tornou-se finalmente uma devota da Filosofia Natural, tão pronta a ser observada e submetida a experiências quanto a empreender pesquisas por iniciativa própria. Sobre a mesa ao lado da cama de Jean-Jacques ficava empilhada meia dúzia de volumes in-fólio de anatomia e medicina. Entre dois encontros, ou mesmo entre duas carícias experimentais, esse singular precursor de Ploss e Bartels abriria seu *De Generatione*, seu Fernelius ou seu Ferandus, e consultaria o capítulo, parágrafo e tópico pertinente. Mas, ao contrário da maioria de seus contemporâneos, não aceitaria nada como verdade absoluta. Lemnius e Rodericus a Castro podiam dizer o que quisessem acerca das estranhas e alarmantes propriedades do sangue menstrual; Jean-Jacques estava resolvido a ver por si mesmo se causava tudo aquilo que diziam causar. Ajudado pela agora pressurosa camareira, realizou uma série de testes apenas para descobrir que, desde tempos imemoriais, os doutores, os filósofos e os teólogos vinham dizendo despropósitos. O sangue menstrual não destruía a grama, não embaciava os espelhos, não secava as sementes das vinhas, não dissolvia o asfalto e não produzia manchas indeléveis de ferrugem na lâmina de uma faca. A biologia perdeu um de seus pesquisadores mais promissores quando, a fim de livrar-se de casar com sua colaboradora e *corpus vile*, Bouchard deixou Paris subitamente para tentar a sorte na corte papal. Tudo que desejava era um bispado *in partibus*,[2] ou mesmo, em caso de dificuldades, um modesto benefício de seis ou sete mil libras por ano, na Bretanha — apenas isso. (Seis mil e quinhentas libras era o rendimento atribuído a Descartes devido ao sensato investimento de seu patrimônio. Não era principesco, mas ao menos permitia ao filósofo viver como um cavalheiro.) O pobre Bouchard jamais foi beneficiado. Conhecido por seus contemporâneos apenas como o ridículo autor de uma *Panglossia*, ou coleção de poesias em quarenta e seis línguas, incluindo o copta, o peruano e o japonês, morreu antes dos quarenta.

O novo pároco de Loudun era bastante normal e tinha apetite demais para pensar em transformar sua cama num laboratório. Contudo, como Bouchard, era o produto de uma respeitável família burguesa; como Bouchard, tinha sido educado num internato pertencente à Igreja; como Bouchard, era inteligente, erudito e ardoroso humanista; e, como Bouchard, ele pretendia uma brilhante carreira na Igreja. Social e culturalmente, se não por temperamento, os dois homens tinham muito em comum. Por conseguinte, o que Bouchard tem a dizer de sua infância, seus dias de escola, suas diversões durante as férias em casa pode ser considerado como indiretamente revelador em relação a Grandier.

O mundo revelado pelas *Confessions* é muito semelhante àquele que nos é relatado pelos sexólogos modernos. Mas, se há alguma

---

2 Diz-se do bispo cujo título é puramente honorífico. [N.T.]

diferença, é um pouco para mais então. Observamos a criançada entregando-se a jogos sexuais — entregando-se a eles livre e frequentemente; porquanto, o que é curioso, parece haver pouca interferência adulta em suas atividades. Na escola, sob os cuidados dos probos padres, não há brincadeiras fatigantes, e os rapazes só conseguem dar vazão à energia excessiva através da masturbação constante e da prática, durante os meio-feriados, da homossexualidade. Palestras calorosas e eloquência sacra, confissão e prática piedosas são, de certo modo, influências constrangedoras. Bouchard relata que, durante as quatro grandes festas da Igreja, ele se abstinha de suas habituais práticas sexuais por um período de oito a dez dias seguidos. Entretanto, por mais que tentasse, nunca conseguiu prolongar esses intervalos de castidade por toda uma quinzena, *quoy que la dévotion le gourmandast assez* —[3] apesar de na realidade não ser nem um pouco reprimido pela devoção. Em quaisquer circunstâncias, nosso procedimento real é representado pela diagonal de um paralelogramo de forças, que tem a sensualidade ou o interesse como sua base e, a prumo, nossos ideais morais ou religiosos. No caso de Bouchard e, podemos supor, no dos outros rapazes que ele menciona como seus companheiros no prazer, a vertical devocional era tão curta, que o ângulo entre a extensa base e a diagonal do comportamento manifesto era de pouquíssimos graus.

Quando estava em casa de férias, os pais de Bouchard puseram-no para dormir no mesmo quarto com uma camareira adolescente. Essa menina era extremamente virtuosa enquanto estava acordada, mas é óbvio que não podia ser responsável pelo que acontecia enquanto dormia. E, segundo seu sistema pessoal de casuística, não fazia diferença se estava realmente dormindo ou apenas fingindo. Mais tarde, quando Jean-Jacques já não frequentava mais a escola, havia uma jovem camponesa que vigiava as vacas no pomar. Por

---

3 Em francês, no original: "Embora a devoção o reprimisse bastante". [N.T.]

meia coroa estava disposta a prestar quaisquer favores que seu jovem senhor reclamasse. Ainda outra criada, que fora embora porque o meio-irmão de Bouchard, o prior de Cassan, tentara seduzi-la, voltou então a trabalhar para a família, e em pouco tempo tornou-se cobaia e colaboradora de Jean-Jacques nas experiências sexuais descritas na segunda metade das *Confessions*.

Entre Bouchard e o herdeiro do trono da França havia uma imensa distância. E, contudo, a atmosfera moral na qual o futuro Luís XIII foi criado é semelhante em muitos aspectos àquela respirada por seu mais modesto contemporâneo. No *Diário* do dr. Jean Héroard, médico do pequeno príncipe, encontramos um registro longo e detalhado de uma infância do século XVII. Na verdade, o delfim era uma criança bastante incomum — o primeiro filho nascido de um rei de França em mais de oitenta anos. Contudo, o próprio valor inestimável desse filho único acentua ainda mais, a nosso ver, certas características extremamente insólitas de sua educação. Se essa espécie de educação era bastante adequada a uma criança para a qual, por definição, nada era suficientemente bom, então o que, podemos nos perguntar, era bastante adequado para as crianças comuns? Para começar, o delfim foi criado com um grande número de filhos ilegítimos de seu pai com três ou quatro mães diferentes. Alguns desses irmãos e irmãs duvidosos eram mais velhos, outros mais novos que ele. Por volta dos três anos — e talvez mais cedo — sabia com bastante clareza o que eram bastardos e como eram produzidos. A linguagem na qual esses esclarecimentos lhe eram transmitidos era tão coerentemente grosseira que a criança muitas vezes se chocava. "*Fi donc!*", diria de sua governanta, mme. de Montglat, "como ela é nojenta!"

Henrique IV era um grande apreciador de canções obscenas, e seus cortesãos e servos conheciam um grande número delas, as quais estavam sempre cantando enquanto circulavam pelo palácio em suas atividades. E quando não estavam entoando suas obscenidades, os criados do príncipe, homens e mulheres, gostavam de dizer gracejos imorais para a criança acerca dos bastardos de seu pai e de sua própria futura esposa (porque ele já era praticamente noivo), a infanta Ana da Áustria. Além disso, a educação sexual do delfim não era apenas verbal. À noite, a criança era frequentemente levada para as camas das criadas — camas que elas repartiam (sem camisolas de dormir e sem pijamas) com outras mulheres ou com seus maridos. Parece bastante provável que, na época em que tinha de quatro a cinco anos, o garotinho já sabia de tudo sobre sexo, e sabia não somente por ouvir dizer, mas por conhecimento próprio. Isso parece bastante verossímil, uma vez que um palácio do século XVII era totalmente destituído de privacidade. Os arquitetos ainda não haviam inventado o corredor. Para ir de uma peça a outra, simplesmente se andava através de uma série de quartos de outras pessoas, onde literalmente qualquer coisa poderia estar acontecendo. E havia também a questão da etiqueta. Menos afortunado sob este aspecto que seus inferiores, um membro da realeza nunca podia ficar sozinho. Quando de sangue azul, nascia-se, morria-se, fazia-se as necessidades e às vezes até amor em meio a uma multidão. E a arquitetura circundante era de tal espécie que dificilmente se poderia evitar o espetáculo de outros nascendo, morrendo, defecando e fazendo amor. No fim da vida, Luís XIII mostrou uma nítida aversão pelas mulheres, uma evidente embora provavelmente platônica inclinação pelos homens e uma forte repugnância por qualquer espécie de deformidade física e doença. O comportamento de mme. de Montglat e das outras damas da corte pode facilmente ser responsável pela primeira peculiaridade e, também, por uma reação natural, pela segunda; quanto à terceira — quem sabe que seres repulsivos a criança não deve ter encontrado casualmente nos promíscuos dormitórios de Saint-Germain-en-Laye?

    Tal era então a espécie de mundo no qual o novo pároco fora criado — um mundo no qual os tradicionais tabus sexuais tinham pouca influência sobre a maioria ignorante e necessitada e nem eram de demasiada importância para seus superiores; um mundo onde as duquesas faziam piadas como a ama de Julieta, e a palestra das grandes damas era uma imitação mais grosseira e enfadonha da Mulher de Bath;[4] onde um homem de posses e boa posição social podia (se não fosse excessivamente escrupuloso em matéria de imundície e piolhos) satisfazer seus desejos quase *ad libitum:*[5] e onde, mesmo entre os cultos e ponderados, os ensinamentos religiosos eram interpretados na maior parte das vezes com um sentido esotérico, de modo que a distância entre a teoria e o comportamento manifesto, embora um pouco menor que na medieval Idade da Fé, era ainda enorme. Produto dessa época, Urbain Grandier assumiu sua paróquia com a intenção de tirar o máximo proveito dos dois mundos: o universo celeste e o detestável abismo. Ronsard era seu poeta favorito, e escrevera Ronsard determinadas estrofes que expressavam perfeitamente o ponto de vista do jovem pároco.

Quand au temple nous serons,
Agenouillés nous ferons
Les dévots selon la guise
De ceux qui, pour louer Dieu,
Humbles se courbent au lieu
Le plus secret de l'Église.

Mais quand au lit nous serons,
Entrelacés nous ferons
Les lascifs selon les guises
Des amants qui librement

---

4 Personagem de *Contos da Cantuária*, de Geoffrey Chaucer, cuja principal característica é a vulgaridade. [N.T.]
5 Do latim, "sem restrições ou limites". [N.T.]

Pratiquent folâtrement
Dans les draps cent mignardises.[6]

Era uma descrição da "vida bem vivida", e era a vida que esse humanista jovem e saudável estava decidido a levar. Entretanto, presume-se que a vida de um clérigo não deva ser dispersiva, mas sim dirigida a um objetivo preciso — uma bússola, não uma ventoinha. A fim de manter sua vida voltada para uma só direção, o padre assume determinadas obrigações, faz determinadas promessas. No caso de Grandier, as obrigações tinham sido assumidas e os votos, pronunciados com uma restrição mental, que ele tornaria pública — e, nessa ocasião, para um só leitor — num pequeno tratado sobre o celibato do clero, escrito cerca de dez anos depois de sua chegada a Loudun.

Grandier faz uso de dois argumentos principais contra o celibato. O primeiro pode ser resumido no seguinte silogismo: "Uma promessa para cumprir o impossível não é obrigatória. Para um homem jovem, a castidade é impossível. Logo, nenhum voto requerendo tal castidade é obrigatório". E, se isso não basta, aqui está um segundo argumento fundamentado na máxima universalmente aceita de que não estamos obrigados a promessas obtidas através de coação. "O sacerdote não adota o celibato por apreciá-lo, mas somente para ser admitido nas ordens sacras." Seu voto "não se origina de seu desejo, mas lhe é imposto pela Igreja, que o obriga a contragosto a aceitar essa dura condição, sem a qual ele não pode exercer o sacerdócio."

O resultado de tudo isso era que Grandier se sentia inteiramente

---

6 Em tradução livre, do francês: "Quando no templo estivermos,/ ajoelhados faremos/ como o devoto/ que, para a Deus louvar,/ prostra-se humildemente a par/ do canto da Igreja mais remoto.// Mas quando na cama estivermos,/ Enlaçados, desempenharemos/ O papel dos devassos no modo/ Dos livres amantes,/ Que praticam contentes,/ Centenas de artes de gozo". [N.E.]

livre para até mesmo casar, e para, enquanto isso não acontecia, aproveitar a vida com qualquer mulher bonita que estivesse disposta a cooperar.

Para as mulheres excessivamente pudicas de sua congregação, as inclinações amorosas do novo pároco pareciam o pior dos escândalos; mas essas eram a minoria. Para as outras, mesmo aquelas que tinham a intenção de permanecer virtuosas, havia algo de agradavelmente excitante na gestão de um homem com a aparência, os hábitos e a reputação de Grandier. Combina-se facilmente sexo com religião, e sua mistura produz um daqueles sabores levemente repulsivos e contudo delicados e picantes, que despertam subitamente o paladar como uma revelação — de quê? Esta é precisamente a questão.

A popularidade de Grandier com as mulheres bastava por si só para torná-lo extremamente malquisto entre os homens. Desde o início, os pais e maridos de suas paroquianas desconfiavam muito desse dândi jovem e esperto, possuidor de fina educação e do dom da palavra. E, mesmo que o novo pároco tivesse sido um santo, por que tal preciosidade como o benefício eclesiástico da igreja de Saint-Pierre deveria ir para um estrangeiro? O que havia de errado com os rapazes do lugar? Os dízimos de Loudun deviam ficar com seus próprios filhos. E, para tornar as coisas piores, o estrangeiro não viera sozinho. Trouxera com ele a mãe, três irmãos e uma irmã. Para um dos irmãos ele já havia arranjado um emprego no gabinete do primeiro magistrado da cidade. O outro, que era padre, tinha sido nomeado vigário principal da igreja de Saint-Pierre. O terceiro, também ordenado, embora não estivesse em cargo oficial andava avidamente à espreita de eventuais ofícios clericais. Era uma invasão.

Entretanto, mesmo os descontentes tinham de reconhecer que o sr. Grandier sabia pregar um excelente sermão e era um padre muito capaz, com bastante conhecimento sobre a doutrina ortodoxa e mesmo a cultura leiga. Mas seus muitos méritos depunham contra ele. Por ser um homem de espírito e de muita leitura, Grandier foi no início recebido pelas pessoas mais cultas e aristocráticas da cidade. Portas que sempre tinham permanecido fechadas para os campônios ricos, os funcionários canhestros, os palermas da nobreza, que constituíam a alta, mas não a nata da sociedade de Loudun, foram imediatamente abertas para esse jovem pretensioso de outra província. Foi amargo o ressentimento das pessoas eminentes excluídas quando souberam de sua intimidade, primeiro com Jean d'Armagnac, o recentemente nomeado governador da cidade e do castelo, e depois com o mais famoso cidadão de Loudun, o idoso Scévole de Sainte-Marthe, notável tanto como jurisconsulto e político quanto como historiador e poeta. D'Armagnac tinha em tão alto conceito a habilidade e discrição do pároco que, durante suas ausências na corte, confiava a Grandier a direção de todos os seus negócios. Para Sainte-Marthe, o *Curé* [pároco] era o que mais se recomendava, como um humanista que conhecia os clássicos e podia portanto dar o devido valor à obra-prima virgiliana do idoso cavalheiro, *Paedotrophiae Libri Tres* — um poema didático sobre os cuidados e alimentação infantil, tão popular que nada menos que dez edições foram solicitadas durante a vida do autor, e ao mesmo tempo em linguagem tão requintada, tão correta, que Ronsard diria que "ele preferia o autor desses versos a todos os poetas de nossa época, e sustentaria essa opinião por maior que fosse o desgosto que pudesse desse modo causar a Bembo, Navagero e ao esplêndido Fracastoro". Ah, quão transitória é a fama, quão total a inutilidade das vaidades humanas! Para nós, o cardeal Bembo é apenas um nome, Andrea Navagero ainda menos, e a imortalidade desfrutada por Fracastoro só lhe é atribuída por ele ter dado uma denominação mais elegante para a sífilis, ao escrever, num latim impecável, uma écloga de caráter médico sobre o desditoso príncipe Syphilus que, após muitos sofrimentos, livrou-se da *morbus Gallicus* por meio de copiosas doses de cozimento de guaiaco. As línguas mortas tornaram-se mais mortas, e os três livros de *Paedotrophiae* tratam de uma fase menos dramática do ciclo sexual do que os *libri tres* de *Syphilid.* Em tempos passados lido por todos e considerado o melhor entre os gênios, Scévole de Sainte-Marthe desvaneceu-se na obscuridade. Entretanto, na época em que Grandier o conheceu, estava ainda no ocaso de sua glória, o maior de todos os grandes mestres, uma espécie de monumento nacional. Ser recebido em sua intimidade era como jantar com a Notre-Dame de Paris ou conversar com a Pont du Gard. Na esplêndida casa para a qual este Idoso Homem de Estado e Decano das Letras Humanas tinha então se retirado, Grandier conversava familiarmente com o grande homem e seus filhos e netos não muito menos notáveis. E havia celebridades visitantes: o príncipe de Gales, incógnito; Théophraste Renaudot, médico pouco ortodoxo, filantropo e pai do jornalismo francês; Ismaël Boulliau, o futuro autor da monumental *Astronomia philolaica* e o primeiro observador a estabelecer com precisão a periodicidade de uma estrela variável. A esses juntavam-se sumidades locais como Guillaume de Cerisay, o *Bailli* ou primeiro magistrado de Loudun, e Louis Trincant, o promotor público, um homem religioso e culto que fora companheiro de escola de Abel de Sainte-Marthe e compartilhava do gosto da família por literatura e pesquisas arqueológicas.

Bastante menos gratificante que a amizade desses espíritos escolhidos era a hostilidade mostrada por todos os demais, os que não faziam parte do grupo. Ser olhado com desconfiança pelos estúpidos por ser tão inteligente, com inveja pelos incapazes por ser bem-sucedido, ser detestado pelos rudes pela sua finura, pelos grosseirões pela sua educação, pelos sem atrativo por seu sucesso com as mulheres — que tributo à sua superioridade geral! E o ódio não era unilateral. Grandier detestava seus inimigos tanto quanto estes o detestavam. "A reprovação estimula, o louvor enfraquece." Há muitas pessoas para as quais o ódio e a violência têm um benefício imediato muito mais do que o amor. Congenitamente agressivos, tornam-se logo viciados em adrenalina, entregando-se deliberadamente às suas mais torpes paixões devido à "agradável excitação" que obtêm de suas glândulas endócrinas psiquicamente estimuladas. Sabendo que uma atitude de autoafirmação acaba sempre por provocar outras atitudes hostis de autoafirmação, cultivam continuamente sua violência. E é claro que muito em breve eles se encontram no auge de uma disputa. E é isso que mais apreciam; pois enquanto estão brigando, sua química sanguínea faz com que se sintam mais autênticos. "Sentindo-se bem", eles naturalmente *supõem* que estão bem. O vício da adrenalina é tomado como justa indignação, e finalmente, como o profeta Jonas, convencem-se firmemente de que procedem bem ao se encolerizarem.

Desde praticamente o primeiro instante de sua chegada em Loudun, Grandier envolveu-se em uma série de rixas inconvenientes, mas, em sua opinião, profundamente divertidas. Um cavalheiro até desembainhou sua espada contra o pároco. Com outro, o *Lieutenant Criminel* [comissário de polícia], que comandava a força policial da região, entregou-se a agressões verbais em público, o que em pouco tempo degenerou em violência física. Em maior número, o pároco e seus acólitos ergueram barricadas na capela do castelo. No dia seguinte, Grandier queixou-se à corte eclesiástica e o *Lieutenant Criminel* foi severamente repreendido por sua participação no escandaloso caso. Para o *Curé*, foi um triunfo, que contudo lhe custou caro. Um homem influente que sentia apenas uma antipatia gratuita por ele tornou-se então um inimigo mortal e obstinado, à espera de uma oportunidade para se vingar.

Por uma questão de prudência elementar, não menos do que por princípios cristãos, o pároco deveria ter-se empenhado ao máximo para se reconciliar com os inimigos que o cercavam. Contudo, apesar de todos os anos com os jesuítas, Grandier estava ainda muito longe de ser um cristão; e, a despeito de todos os bons conselhos que recebia de D'Armagnac e seus outros amigos, era incapaz de agir com prudência em situações onde estavam em causa suas paixões.

Uma prolongada preparação religiosa não havia eliminado ou mesmo abrandado seu amor-próprio; servira apenas para fornecer ao ego uma justificativa teológica. O egoísta desenfreado quer apenas a *sua* vontade. Proporcione-se a ele uma educação religiosa e passa a considerar como óbvio, axiomático, que o que *ele* quer é o que Deus quer, que a causa que *ele* defende é também a causa do que quer que ele considere a verdadeira Igreja, e que qualquer acordo é um Munique metafísico, um apaziguamento do pecado original. "Concorda com teu adversário enquanto estiveres no mesmo caminho." Para homens como Grandier, o conselho de Cristo parece um convite blasfemo a fazer um pacto com Belzebu. Em vez de tentar chegar a um acordo com seus inimigos, o pároco empenhava-se por todos os meios ao seu alcance em exacerbar suas hostilidades. E sua capacidade para isso atingia quase a genialidade.

A Fada Madrinha, que visita os berços dos privilegiados, é frequentemente a Fada Má num evidente disfarce. Ela chega carregada de presentes; mas sua generosidade muito frequentemente é funesta. Para Urbain Grandier, por exemplo, a Fada Madrinha havia trazido, junto com legítimos dons naturais, a mais deslumbrante e mais perigosa de todas as dádivas — a eloquência. Ditas por um bom ator — e todo grande pregador, todo advogado e político de sucesso é, entre outras coisas, um ator consumado —, as palavras podem exercer um poder quase mágico sobre seus ouvintes. Devido à irracionalidade intrínseca desse poder, mesmo os oradores mais bem-intencionados talvez causem mais danos que bem. Quando um orador, apenas com a magia da palavra e uma bela voz, persuade sua audiência da justeza de uma causa indigna, ficamos profundamente chocados. Devíamos nos sentir da mesma forma sempre que nos deparamos com os mesmos artifícios descabidos, utilizados para persuadir as pessoas quanto à justeza de uma boa causa. A crença gerada pode ser desejável, mas os recursos mobilizados para isso estão intrinsecamente errados, e aqueles que empregam os estratagemas da oratória a fim de incutir mesmo crenças justas são culpados por se servir dos elementos menos recomendáveis da natureza humana. Exercitando seu funesto dom da palavra, eles aprofundam o estupor semicataléptico no qual vive a maioria dos seres humanos e do qual é intenção e finalidade de toda a verdadeira filosofia e de toda religião verdadeiramente espiritual libertá-los. Além disso, não pode existir oratória brilhante sem simplificação exagerada. Entretanto, não se pode simplificar demais sem distorcer os fatos. Mesmo quando está fazendo todo o possível para não faltar com a verdade, o orador de sucesso é *ipso facto* um mentiroso. E os oradores bem-sucedidos, nem é necessário acrescentar, não estão mesmo tentando dizer a verdade; estão procurando despertar a simpatia de seus amigos e a aversão de seus inimigos. Grandier, infelizmente, pertencia à maioria. Domingo após domingo, no púlpito da igreja de Saint-Pierre, ele fazia suas famosas imitações de Jeremias e Ezequiel, de Demóstenes, de Savonarola, mesmo de Rabelais — pois ele era tão bom na zombaria quanto na justa indignação, tanto na ironia quanto na ameaça apocalíptica.

A natureza tem horror ao vácuo, até o mental. Hoje em dia, o vazio angustiante do tédio é preenchido e constantemente renovado pelo cinema, pelo rádio, pela televisão e pelas histórias em quadrinhos. Mais afortunados que nós (ou quem sabe menos?), nossos ancestrais dependiam, como sedativo do seu tédio, das performances semanais do padre de sua paróquia, às quais se somavam de vez em quando os sermões dos capuchinhos visitantes ou de jesuítas em trânsito. A pregação é uma arte, e nesta, como em todas as outras artes, os maus artistas são em número muito maior que os bons. Os paroquianos de Saint-Pierre podiam se congratular na praça por dispor do reverendo Grandier, um extraordinário virtuose, pronto e apto a improvisar de maneira interessante sobre o mais sublime mistério cristão tão bem quanto sobre o assunto mais melindroso, o mais difícil e escabroso da paróquia. Quão severamente denunciava os abusos, quão sem temor reprovava mesmo àqueles situados nos altos cargos! A maioria cronicamente entediada se deleitava. Sua aprovação servia apenas para aumentar a fúria daqueles que haviam se tornado vítimas da eloquência do pároco.

Entre essas vítimas achavam-se os monges de várias ordens, que desde o término das hostilidades ostensivas entre católicos e huguenotes haviam estabelecido mosteiros na cidade que um dia fora protestante. O principal motivo de Grandier não gostar dos monges era por ser um sacerdote secular tão fiel à sua classe quanto o bom soldado a seu regimento, o estudante aplicado à sua escola, o comunista ou nazista convicto ao seu partido. Fidelidade à organização A sempre traz como consequência certo grau de suspeita, desprezo ou uma declarada aversão às organizações B, C, D e todas as demais. E isso é verdadeiro até em relação a grupos subordinados a uma organização maior. A história eclesiástica revela uma hierarquia de ódios de ordem para ordem, escola para escola, província para província e teologia para teologia.

"Seria bom", escreveu são Francisco de Sales em 1612, "seria bom, através da mediação de prelados prudentes e piedosos, efetuar-se a união e a compreensão mútua entre a Sorbonne e os padres jesuítas. Se na França os bispos, a Sorbonne e as ordens fossem profundamente unidos, em dez anos não haveria mais heresia".[7] A heresia acabaria porque, como o santo diz em outro trecho, "todo aquele que prega com amor, já exorta bastante contra a heresia, ainda que não emita sequer uma palavra de contestação".[8] Uma Igreja dividida por ódios internos não pode sistematicamente praticar o amor e pregá-lo, sem evidente hipocrisia. Contudo, em vez de união havia dissensões contínuas; em vez de amor, o *odium theologicum* e o patriotismo agressivo de casta, escola e ordem. À rixa entre os

7 *Oeuvres*, XV, 188.
8 Ibid., VI, 309.

jesuítas e a **Sorbonne**, brevemente acrescentou-se a contenda entre os jansenistas e uma aliança dos jesuítas e salesianos. E, depois disso, a batalha prolongada e não decidida contra o quietismo e o amor desinteressado. Finalmente as disputas internas e externas da Igreja galicana chegaram ao seu termo não por amor ou credo, mas por ordem oficial. Para os hereges havia as *dragonnades*[9] e finalmente a revogação do Edito de Nantes. Para as altercações eclesiásticas havia as bulas papais e ameaças de excomunhão. A ordem foi restaurada, mas da maneira menos edificante possível, através dos meios mais grosseiramente materiais, menos religiosos e humanos.

A fidelidade partidária é socialmente desastrosa; contudo, pode ser altamente compensadora se considerada individualmente — mais compensadora em muitos casos do que mesmo a concupiscência ou a avareza. Os devassos e os gananciosos dificilmente sentem-se orgulhosos de suas atividades. No entanto, o sectarismo é uma paixão complexa que permite àqueles que a ela se entregam usufruir o máximo dos dois mundos. Porque agem no interesse do grupo, que é por definição bom e até mesmo sagrado, eles podem admirar a si mesmos e detestar seus semelhantes, podem buscar poder e riqueza, podem gozar os prazeres da agressão e crueldade, não apenas sem sentimento de culpa, mas como um indiscutível exemplo de virtude. Fidelidade ao grupo transforma esses vícios agradáveis em atos de heroísmo. Os sectários consideram-se não pecadores ou criminosos, mas altruístas e idealistas. E isso é o que são na realidade, com algumas exceções. O único problema é que seu altruísmo é apenas egoísmo sob certos aspectos, e que o ideal pelo qual estão dispostos muitas vezes a sacrificar suas vidas nada mais é que a racionalização dos interesses do grupo e das paixões partidárias.

---

9 Perseguição aos protestantes, considerados oficialmente como "hereges", feita por tropas do governo. [N.T.]

Quando Grandier criticava os monges de Loudun, podemos estar certos de que era com um senso de justo fervor, com a consciência de quem serve a Deus. Porquanto Deus, nem seria preciso dizer, estava do lado do clero secular e dos bons amigos de Grandier, os jesuítas. Os carmelitas e capuchinhos estavam muito bem dentro de seus conventos ou dirigindo missões em aldeias distantes. Entretanto, não tinham o direito de se intrometer nos assuntos da burguesia da cidade. Deus havia ordenado que os ricos e respeitáveis fossem guiados pelo clero secular com uma pequena colaboração, talvez, dos bons padres da Companhia de Jesus. Um dos primeiros gestos do novo pároco foi anunciar do púlpito que os fiéis tinham o dever de se confessar com o pároco do lugar, não com um estranho. As mulheres, as que mais se confessavam, estavam prontas a obedecer. Seu pároco agora era um jovem erudito, distinto e de boa aparência, um perfeito cavalheiro. Não se poderia dizer o mesmo do guia espiritual típico dos capuchinhos ou carmelitas. Quase da noite para o dia, os monges perderam a maioria de seus fiéis penitentes e, com eles, praticamente toda a sua autoridade moral sobre a cidade. Grandier reforçou esse primeiro ataque com uma sucessão de referências desabonatórias à principal fonte de renda dos carmelitas — a imagem milagrosa de Notre-Dame de Recouvrance. Houve época na qual um setor da cidade era inteiramente ocupado por hospedarias e pensões destinadas a acomodar os peregrinos que vinham rogar à imagem por saúde, um marido, um herdeiro ou melhor sorte. Agora, porém, Notre-Dame de Recouvrance tinha uma temível rival em Notre-Dame des Ardilliers, cuja igreja ficava em Saumur, a poucas léguas de Loudun. Assim como há tratamentos médicos e chapéus femininos que estão na moda, o mesmo acontece com os santos. Toda igreja famosa tem uma história de imagens que adquirem súbita notoriedade, de relíquias chegadas de fora, substituindo impiedosamente as relíquias milagrosas mais antigas, somente para perderem, por sua vez, o lugar na preferência pública para um fazedor de milagres mais moderno e momentaneamente mais atraente. Por que Notre-Dame des Ardilliers veio a parecer tão superior a Notre-Dame de Recouvrance quase que de um dia para o outro? A mais evidente das certamente inúmeras razões era que Notre-Dame des Ardilliers estava a cargo dos oratorianos, e, como observa Aubin, primeiro biógrafo de Grandier, "toda a gente concorda que os Padres do Oratório são homens capazes e mais hábeis que os carmelitas". Os oratorianos, devemos relembrar, eram padres seculares. Talvez isso ajude a explicar a indiferença cética de Grandier em relação à Notre-Dame de Recouvrance. A fidelidade à sua casta o levava a trabalhar para benefício e glória do clero secular e para o descrédito e a ruína dos monges. Notre-Dame de Recouvrance teria certamente caído no esquecimento mesmo que Grandier jamais houvesse vindo para Loudun. Contudo, os carmelitas viam a situação sob outro prisma. É difícil e emocionalmente desgastante analisar realisticamente os fatos em função de suas causas múltiplas. Como é mais fácil e mais agradável atribuir cada efeito a uma causa única e se possível pessoal! À ilusão do conhecimento se somará, nesse caso, se as circunstâncias forem favoráveis, o prazer do culto do herói, ou, se desfavoráveis, o prazer até mesmo maior de atormentar a um bode expiatório.

Além desses inimigos de pouca importância, Grandier logo adquiriu outro capaz de lhe causar danos de proporções muito maiores. No início de 1618, em uma convenção religiosa a que compareceram todos os dignatários eclesiásticos da região, Grandier deu-se ao trabalho de ofender o prior de Coussay, exigindo grosseiramente precedência sobre ele numa procissão solene pelas ruas de Loudun. A atitude do pároco era inatacável sob o ponto de vista legal. Em uma procissão saindo de sua própria igreja, um cônego de Sainte-Croix tinha o direito de caminhar na frente do prior de Coussay. E esse direito permanecia válido mesmo quando, como era o caso, o prior era, ao mesmo tempo, bispo. Contudo, existe uma coisa que se chama cortesia, e outra que é a circunspeção. O prior de

Coussin era o bispo de Luçon, e o bispo de Luçon era Armand-Jean du Plessis de Richelieu.

Nessa ocasião — e essa era mais uma razão para agir com generosa polidez —, Richelieu caíra em desgraça. Em 1617, seu protetor, o bandido italiano Concini, havia sido assassinado. Esse *coup d'état* fora planejado por Luynes e aprovado pelo jovem rei. Richelieu foi afastado do poder e expulso da corte bruscamente. Mas havia algum motivo para se supor que esse exílio seria eterno? Absolutamente nenhum. E, de fato, um ano depois, após um breve desterro em Avignon, o indispensável bispo de Luçon foi chamado de volta a Paris. Em 1622, ele era o primeiro-ministro do rei e cardeal.

Gratuitamente, pelo mero prazer de fazer-se valer, Grandier ofendera um homem que em pouco tempo se tornaria o soberano absoluto da França. Mais tarde, o pároco teria ocasião de se arrepender de sua descortesia. Enquanto isso, a lembrança de sua façanha dava-lhe uma satisfação infantil. Um plebeu, um humilde pároco, tinha humilhado um protegido da rainha, um bispo, um aristocrata. Sentia-se feliz como um menino que fez malcriações para o professor e escapou impune.

Anos depois, o próprio Richelieu obteve prazer idêntico ao comportar-se diante de príncipes de sangue real da mesma maneira que Urbain Grandier portara-se diante dele. "Pensar", dizia seu velho tio enquanto observava o cardeal se antecipando ao duque de Saboia, "pensar que eu viveria para ver o neto do advogado Laporte entrando num quarto antes do neto de Carlos VI". Outro garoto terrível, que escapara impune e triunfante.

Por essa ocasião, o esquema de vida de Grandier em Loudun já estava montado. Ele cumpria seus deveres religiosos e nos intervalos frequentava discretamente as mais belas viúvas, passava alegres serões nas casas de seus amigos intelectuais e brigava com um número cada vez maior de inimigos. Era uma existência profundamente agradável, que satisfazia indistintamente à cabeça e ao coração, às gônadas e às suprarrenais, à persona social e ao próprio ego. Ainda não experimentara uma grande adversidade em sua vida. Podia ainda supor que seus divertimentos eram gratuitos, que podia desejar impunemente e odiar sem consequências. Na verdade, é certo que o destino já começara a cobrar suas dívidas, mas discretamente. Não havia sentido ainda a dor do sofrimento, apenas uma vulgarização e um endurecimento graduais, um obscurecer progressivo do espírito, um retraimento da alma em face das verdades eternas. Para um homem com o temperamento de Grandier — colérico-sanguíneo, de acordo com a medicina natural da época — ainda parecia evidente que tudo ia bem com o mundo. E, sendo assim, Deus devia estar no seu paraíso. O pároco era feliz. Ou, para ser mais preciso, em seus diferentes estados de espírito, era o maníaco que ainda predominava.

Na primavera de 1623, adiantado em anos e coberto de honrarias, morreu Scévole de Sainte-Marthe e foi enterrado com toda a devida pompa na igreja de Saint-Pierre-du-Marché. Seis meses depois, numa cerimônia em memória do morto assistida por todas as pessoas eminentes de Loudun e Châtellerault, de Chinon e Poitiers, Grandier disse a oração fúnebre para o grande homem. Foi uma oração longa e esplêndida, à maneira (ainda em voga, pois a primeira edição das epístolas estilisticamente revolucionárias de Balzac só apareceria no ano seguinte) dos "humanistas devotos". As frases rebuscadas ostentavam citações dos clássicos e da Bíblia. Uma erudição pomposa e excessiva exibia-se vaidosamente a cada expressão. A linguagem retórica retumbava num clamor artificial. Para aqueles que gostavam de composições literárias desse gênero — e, em 1623, quem não gostava? —, aquele era certamente o tipo ideal. A oração de Grandier foi recebida com aplausos gerais. Abel de Sainte-Marthe ficou tão comovido com a eloquência do pároco que escreveu e publicou um epigrama em latim sobre o assunto. Não menos lisonjeiros foram os versos que o sr. Trincant, o promotor público, escreveu em vernáculo.

*Ce n'est pas sans grande raison
Qu'on a choisi ce personnage
Pour entreprendre l'oraison
Du plus grand homme de son âge;
Il fallait véritablement
Une éloquence sans faconde
Pour louer celuy dignement
Qui m'eut point de second au monde.*[10]

Pobre sr. Trincant! Sua paixão pelas Musas era sincera, mas sem esperanças. Embora ele as amasse, era evidente que o amor não era recíproco. Entretanto, se não podia escrever poesia, podia ao menos discorrer sobre ela. Após 1623, a sala de visitas do promotor público tornou-se o centro da vida intelectual de Loudun. Esta ficara bastante medíocre a esse tempo, quando Sainte-Marthe não mais existia. Trincant era um homem culto, mas a maioria de seus parentes e amigos não o era. Impedidos de entrar no palácio de Sainte-Marthe, essas pessoas infelizmente tinham como habitual privilégio serem convidadas do promotor público. Entretanto, quando entravam pela porta, a cultura e a palestra interessante fugiam pela janela. Como poderia ser de outro modo com aqueles grupos de mulheres tagarelas, aqueles advogados que não entendiam de nada a não ser de leis e processos, aqueles senhores rurais que só se interessavam por cachorros e cavalos? E para completar havia o sr. Adam, o boticário narigudo, e o sr. Mannoury, o médico de rosto rechonchudo e pançudo. Com a gravidade própria de doutores de Sorbonne, pregavam

10 Do francês, no original, em tradução livre: "Não é sem grande razão/ que se escolheu esse personagem para realizar a oração/ do maior homem de sua paragem;/ Era preciso verdadeiramente/ Uma eloquência sem loquacidade/ para louvar dignamente/ quem me põe em inferioridade". [N.E.]

sobre a eficácia do antimônio e da sangria, a importância do sabão nos clisteres e a cauterização no tratamento de ferimentos à bala. Depois, abaixando a voz, falavam (sempre de forma estritamente confidencial, é claro) da sífilis da marquesa, do segundo aborto da esposa do conselheiro do rei, da clorose[11] da jovem filha da irmã de Baillif. Absurdos e pretensiosos, graves e grotescos ao mesmo tempo, o boticário e o médico estavam fadados a ser alvo de ridículo. Eles eram um convite ao sarcasmo, às farpas da ironia. Com a crueldade implacável do homem inteligente que tudo fará pelo prazer de uma risada, o pároco deu-lhes o que pediram. Em pouco tempo adquirira dois novos inimigos.

E, enquanto isso, estava criando outro. O promotor público era um viúvo de meia-idade com duas filhas em época de casar, das quais a mais velha era tão linda que, durante todo o inverno de 1623, o pároco viu-se cada vez mais frequentemente pensando nela.

Observando a moça enquanto se movimentava entre os convidados de seu pai, comparava-a vantajosamente com a imagem mental da jovem viúva fogosa a quem estava então consolando, todas as tardes de terça-feira, da morte prematura de seu pobre e querido marido, o taberneiro. Ninon era ignorante, mal conseguia assinar o próprio nome. Mas, sob o desconsolado negro de seu luto de viúva, a carne plenamente desabrochada ainda se encontrava bastante rija. Ali havia tesouros de ardor e candura, uma reserva inexaurível de sensualidade, a um só tempo experiente e exaltada, violenta e ainda assim admiravelmente submissa e bem orientada. E, graças a Deus, não tinha havido barreiras de recato excessivo a serem penosamente demolidas, nem foi preciso se submeter a cansativos preâmbulos de idealização platônica e galanteios petrarquianos! No terceiro encontro, atreveu-se a citar os versos iniciais de um de seus poemas favoritos:

---

[11] Tipo de anemia peculiar à mulher, a qual tira seu nome da cor amarelo-esverdeada da pele. [N.T.]

> *Souvent j'ai menti les ébats*
> *Des nuits, t'ayant entre mes bras*
> *Folâtre toute nue;*
> *Mais telle jouissance, hélas!*
> *Encor m'est inconnue.*[12]

Não houvera objeção, somente o riso mais aberto e um olhar de soslaio, rápido mas inequívoco. No fim de sua quinta visita, já se encontrava em situação de citar Tahureau outra vez.

> *Adieu, ma petite maîtresse,*
> *Adieu, ma gorgette et mon sein,*
> *Adieu, ma délicate main,*
> *Adieu, donc, mon téton d'albâtre,*
> *Adieu, ma cuissette folâtre,*
> *Adieu, mon oeil, adieu, mon coeur,*
> *Adieu, ma friande douceur!*
> *Mais avant que je me départe,*
> *Avant que plus loin je m'écarte,*
> *Que je tâte encore ce flanc*
> *Et le rond de ce marbre blanc.*[13]

---

12 Do francês, no original. Em tradução livre: "Muitas vezes, menti os apogeus/ Da noite, tendo-te nos braços meus/ Folgazã toda despida;/ Mas tal delícia, valha-me Deus/ Ainda me é desconhecida". [N.E.]

13 Do francês, no original. Em tradução livre: "Adeus, minha pequena amante,/ Adeus, meu colo e meu seio,/ Adeus, minha mão de fino torneio,/ Adeus, então, meu peitinho de alvura,/ Adeus, minha coxinha de diabrura,/ Adeus, meu olho, adeus meu coração!/ Adeus, minha glutona dulcidão!/ Mas antes que eu me aparte/ Antes que para longe eu me afaste/ Ei de apalapar ainda este flanco/ E as curvas desse mármore branco". [N.E.]

Os demônios de Loudun 35

Adeus, mas só até depois do dia seguinte quando ela fosse a Saint-Pierre para sua confissão semanal — ele era um defensor obstinado das confissões semanais — e da penitência usual. E, entre esse dia e a terça-feira seguinte, teria pregado o sermão que estava preparando para a festa da Purificação da Santa Virgem — sua mais bela obra desde a oração fúnebre para o sr. Sainte-Marthe. Que eloquência, que apurado e profundo saber, que sutil e contudo eminentemente bem fundada teologia! Aplausos, felicitações! O *Lieutenant Criminel* ficaria furioso, os monges, verdes de inveja. "Sr. *Curé*, o senhor superou a si mesmo, Vossa Reverência é inigualável." Iria para seu próximo encontro amoroso exultante de orgulho, e, como um prêmio ao vencedor, ela o envolveria em seus braços e o recompensaria com aqueles beijos, aquelas carícias, aquele final divino no êxtase de seu abraço. Deixem os carmelitas falar de seus enlevos, de suas celestiais sensações, de suas graças extraordinárias e núpcias espirituais! Ele tinha sua Ninon, e Ninon era o bastante. Mas olhando novamente para Philippe, ele perguntou-se se, afinal, ela era suficiente. Viúvas eram um grande conforto, e ele não via razão para desistir de suas terças-feiras; entretanto, o mais importante é que as viúvas não eram virgens, eram experientes demais e estavam começando a engordar. Ao passo que Philippe ainda tinha os braços finos e delicados de uma menina, os seios rijos e redondos e o pescoço liso e esguio de uma adolescente. E quão encantadora era essa mistura de graça e falta de jeito própria dos jovens! Quão comoventes e ao mesmo tempo provocadoras, excitantes eram as transições de um coquetismo ousado e até mesmo temerário para um pânico imprevisto! Representando com exagero o papel de Cleópatra, convidava cada homem a se converter em um Marco Antônio. Contudo, se algum homem manifestasse indícios de aceitar o convite, a rainha do Egito desaparecia, e restava em seu lugar uma criança assustada pedindo perdão. E depois, logo que lhe era concedido o perdão, retornava a Sereia, seduzindo com palavras, acenando com o fruto proibido, com um atrevimento do qual só são capazes os inteiramente depravados ou os completamente inocentes. Inocência, pureza — que esplêndida peroração havia escrito sobre esse mais sublime dos temas! As mulheres chorariam quando a proferisse — ora em altos brados, ora no mais suave murmúrio — do púlpito de sua igreja. Até mesmo os homens se comoveriam. A pureza do lírio úmido de orvalho, a inocência dos cordeirinhos e das criancinhas. Sim, os monges ficariam doentes de inveja. No entanto, a não ser nos sermões e no céu, todos os lírios se corrompem e apodrecem mais cedo ou mais tarde; a cordeira está predestinada primeiro ao infatigável e lascivo carneiro, depois ao açougueiro; e, no inferno, o condenado anda sobre um calçamento vivo, coberto com os minúsculos cadáveres dos bebês não batizados. Desde a queda, a absoluta inocência tem sido identificada para todos os efeitos com a depravação total. Cada menina é a mais falada das viúvas em potencial, e, graças ao pecado original, toda impureza virtual já está praticamente efetivada, mesmo no mais inocente. Ajudar a completar o processo, observar o botão ainda virginal desabrochar em luxuriante e corrompida flor — esse seria um prazer não só dos sentidos como também do intelecto e da vontade. Seria uma moral e, por assim dizer, metafísica sensualidade.

E Philippe não era somente jovem e pura. Era também de boa família, educada na fé e muito prendada. Linda como uma pintura, mas sabia seu catecismo; tocava o alaúde, mas ia regularmente à igreja; tinha a aparência de uma dama elegante, mas gostava de ler e tinha até mesmo algum conhecimento de latim. A captura de uma presa de tal espécie proporcionaria ao caçador uma agradável sensação de autoestima, e todos que soubessem do fato o encarariam como uma façanha imensa e memorável.

Na sociedade aristocrática de alguns anos mais tarde, "as mulheres", de acordo com Bussy-Rabutin, "passaram a ser tidas em tão alta conta pelos homens quanto os feitos militares". A conquista de uma beldade famosa equivalia aproximadamente à conquista de uma província. Por seus triunfos no *boudoir* e na cama, homens como Marsillac, Nemours e o Chevalier de Grammont gozaram de uma fama, quase igual enquanto durou, à de Gustavo Adolfo ou Wallenstein. Na gíria em voga na época, "embarcava-se" nessas gloriosas aventuras intencional e conscientemente com o objetivo explícito de obter mais prestígio em sociedade. O sexo pode ser utilizado como autoafirmação ou para transcender ao próprio eu — para fortalecer o ego e sublinhar a persona social através de um tipo de "caso" notável, de grande conquista, ou para anular a persona e transcender o ego num secreto arroubo de sensualidade, num delírio de paixão romântica ou, o que é mais provável, no amor cristão mútuo do casamento perfeito. O pároco podia conseguir toda a autotranscendência que desejasse com suas jovens camponesas e suas viúvas da classe média de poucos escrúpulos e muita sensualidade. Philippe Trincant oferecia então uma oportunidade para o tipo mais agradável e convencional de autoafirmação — com a consequência lógica, após a consumação da conquista, de um tipo de autotranscendência carnal extremamente raro e precioso.

Encantador devaneio! Entretanto, um obstáculo dos mais embaraçosos se interpunha à sua realização. O pai de Philippe era Louis Trincant, e Louis Trincant era o melhor amigo do pároco, seu aliado mais leal e resoluto contra os monges, o *Lieutenant Criminel* e o restante de seus adversários. Louis Trincant depositava nele tamanha confiança que fez com que suas filhas desistissem de seu velho confessor para se tornarem penitentes de Grandier. E teria o *Curé* a bondade de ler para elas uma preleção especial sobre respeito filial e recato virginal? Ele não concordava que Guillaume Rogier não era suficientemente bom para Philippe, mas que seria um ótimo partido para Françoise? E certamente Philippe devia praticar seu latim. Ele poderia talvez arranjar um tempo para lhe dar uma aula de vez em quando? Abusar de tal confiança seria o pior dos crimes. E contudo a própria sordidez do fato era uma razão para cometê-lo. Em todos os planos de nosso ser, do muscular e sensorial ao moral e intelectual, toda tendência gera seu próprio contrário. Olhamos para alguma coisa vermelha, e a indução visual intensifica nossa percepção do verde e até mesmo, em certas circunstâncias, faz com que vejamos um halo verde contornando o objeto vermelho, uma imagem persistente em verde depois de o objeto ser removido. Nós tencionamos fazer um movimento; um conjunto de músculos é estimulado e, automaticamente, por indução espinal, os músculos opostos se contraem. O mesmo princípio se aplica aos mais altos níveis de consciência. Cada sim provoca um não correspondente. "Existe mais fé na dúvida sincera que em todas as doutrinas." E (como mostrou Butler há muito tempo, e como teremos oportunidade de perceber no decorrer desta narrativa) mais dúvida na legítima doutrina religiosa que em todos os Bradlaugh e compêndios marxistas. Em relação à educação moral, apresenta-se um problema particularmente difícil. Se cada sim tende a suscitar por reflexo seu correspondente não, como podemos inculcar o comportamento certo sem ao mesmo tempo inculcar por indução a conduta imoral que é o seu oposto? Existem métodos para evitar a indução; no entanto, está suficientemente comprovada a sua aplicação nem sempre eficiente pela existência de um grande número de crianças teimosas e "do contra", de adolescentes que estão constantemente contestando o governo, de adultos perversos e incoerentes. Até mesmo os equilibrados e os controlados sentem às vezes uma tentação absurda de fazer exatamente o oposto daquilo que sabem que devem fazer. Frequentemente é uma inclinação para o mal sem objetivo ou proveito, para um ultraje gratuito e, por assim dizer, sem emoção, contra a decência e o senso comum. Embora na maioria das vezes resista-se com sucesso a essas tentações induzidas, nem sempre isso acontece. De vez em quando pessoas sensíveis e intrinsecamente decentes assumirão comportamentos que elas mesmas são as primeiras a desaprovar. Nesses casos, o transgressor age como se estivesse possuído de uma entidade perversamente hostil e diversa de seu próprio eu. Na verdade, ele é a vítima de um mecanismo neutro, que (como não é raro acontecer com as máquinas) saiu fora do controle e passou de senhor a amo. Philippe era extremamente atraente e "os mais firmes juramentos são como palha para o fogo no sangue". Mas assim como existe fogo no sangue, existe a indução no cérebro. Trincant era o melhor amigo do pároco. O próprio fato de reconhecer que tal coisa seria monstruosa originava na mente de Grandier um desejo perverso de traí-lo. Em vez de fazer um esforço supremo para resistir à tentação, o pároco procurava encontrar justificativas para sucumbir. Repisava para si mesmo que o pai de um petisco tão delicioso como Philippe não tinha o direito de comportar-se tão confiantemente. Era uma rematada tolice — não, pior que tolice; era um crime que merecia um castigo à altura. Lições de latim, deveras! Era toda a história de Heloísa e Abelardo que se repetia, com o promotor público como o tio Fulbert, convidando o violador a ingressar em sua casa. Só uma coisa estava faltando — o privilégio, cedido tão generosamente ao tutor de Heloísa, de usar a palmatória. E talvez se ele o solicitasse, o estúpido Trincant até mesmo isso concederia...

O tempo passava. A viúva continuava a se divertir às terças-feiras, mas na maioria dos outros dias da semana Grandier podia ser encontrado na casa do promotor público. Françoise já se casara, mas Philippe ainda permanecia em casa e fazendo enormes progressos em latim.

Omne adeo genus in terris hominumque ferarumque
et genus aequoreum, pecudes pictaeque volucres.
in furias, ignemque ruunt; amor omnibus idem.[14]

E até os vegetais sentem a doce paixão.

---

14 Em latim, no original. Tradução livre: "Assim todas as espécies da terra, de homens e feras,/ de seres do mar, os rebanhos, os pássaros de esplêndidos matizes,/ são tomados por paixões ardentes; o amor é igual para todos". Trecho do Terceiro Livro das *Geórgicas*, de Virgílio (70-19 a. C.). [N.E.]

Nutant ad mutua palmae
foedera, populeo suspirat populus ictu,
et platani platanis, alnoque assibilat alnus.[15]

Philippe traduzia para ele, diligentemente, as passagens mais ternas dos poetas, os episódios mais escabrosos da mitologia. Com um espírito de sacrifício que a viúva tomava mais fácil de pôr em prática, o pároco abstinha-se de qualquer ataque à pureza de sua aluna, de qualquer coisa que pudesse ser interpretada como proposta ou declaração. Fazia-se apenas atraente e encantador, dizia à moça algumas vezes durante a semana que era a mulher mais inteligente que já conhecera e casualmente olhava-a de um jeito que fazia Philippe baixar os olhos e corar. E, por felicidade, sempre havia Ninon, e além disso a jovem não podia ler seus pensamentos.

Eles estavam na mesma sala, mas não no mesmo mundo. Não sendo mais uma criança nem ainda uma mulher, Philippe habitava aquele limbo róseo da fantasia que fica entre a inocência e a experiência. Seu lugar não era em Loudun entre essa gente deselegante, estúpida e grosseirona, mas com um deus num paraíso privado, transfigurado pelo esplendor do amor que desabrocha em sexo sublime. Aqueles olhos negros, seus bigodes, as mãos brancas e bem tratadas perseguiam-na, fazendo com que se sentisse culpada. E que inteligência, que cultura! Um arcanjo, tão sábio quanto belo e gentil. E ele a considerava inteligente, elogiava sua aplicação; e sobretudo tinha um jeito especial de olhar para ela. Seria possível que ele...? Mas não, era até mesmo sacrilégio pensar em tais coisas, era pecado. Contudo, como poderia confessar-lhe isso?

Philipe concentrava toda a sua atenção no latim.

---

15 Em latim, no original. Tradução livre: "Unidas umas às outras as palmeiras/ balançam, suspiram os choupos/ e as plâneras em harmonia, os amieiros sussurram entre si". Trecho de "Casamento de Honório e Maria", de Claudiano (c. 370-404 a. C.). [N.E.]

Turpe senex miles, turpe senilis amor.[16]

Logo depois, era invadida por um desejo vago mas intenso. Em sua imaginação, lembranças de prazeres incompletos encontravam-se subitamente associadas àqueles olhos penetrantes, àquelas mãos brancas e cobertas de pelos. As letras oscilavam diante de seus olhos; ela hesitou, gaguejou. "O velho soldado imundo", falou finalmente. O pároco bateu-lhe levemente nos dedos com a régua e disse que tinha sorte de não ser um rapaz, pois se um rapaz tivesse cometido esse tipo de engano, seria obrigado a tomar medidas mais enérgicas. Exibiu a régua. Evidentemente muito mais enérgicas. Ela fitou-o e rapidamente desviou o olhar. O sangue subiu-lhe às faces.

Já consolidada na felicidade prosaica e sem encanto de um casamento bem-sucedido, Françoise trouxe para sua irmã as notícias de primeira mão do front matrimonial. Philippe ouviu com interesse, mas sabia que, no que lhe dizia respeito, tudo seria sempre completamente diferente. O devaneio prolongava-se entrando em pormenores cada vez mais detalhados. Num certo momento, ela vivia na casa do pároco como governanta. Noutro, ele tinha sido promovido a bispo de Poitiers e havia uma passagem subterrânea entre o palácio episcopal e sua casa nas vizinhanças. Ou então ela herdara cem mil coroas, em consequência disso ele abandonou a Igreja e passavam o tempo entre a corte e sua propriedade no campo.

Mas sempre, mais cedo ou mais tarde, tinha de despertar outra vez para a triste realidade de que era Philippe Trincant e ele, o sr. *Curé*; que, mesmo que ele a amasse (e não tinha nenhuma razão para supor que sim), jamais poderia dizer-lhe, e mesmo se chegasse a dizê-lo seria sua obrigação não escutar. Enquanto isso, porém,

---

16 Em latim, no original. Tradução livre: "É abominável um velho fazendo a guerra e abominável um velho fazendo amor." Verso de *Amores* (Elegia 9, Livro I), de Ovídio (43 a. C. – c. 18 a. C.). [N.E.]

que felicidade era, inclinada sobre sua costura, livro ou bordado, imaginar o impossível! E depois a alegria cruciante de ouvir sua batida à porta, seu passo, sua voz! A deliciosa provação, o divino purgatório de sentar-se com ele na biblioteca de seu pai traduzindo Ovídio, errando deliberadamente para que ele ameaçasse chicoteá-la, escutando aquela voz harmoniosa e sonora falar do cardeal, dos protestantes revoltosos, da guerra na Alemanha, da posição dos jesuítas em relação à Graça proveniente, de suas perspectivas de promoção. Se ao menos as coisas pudessem permanecer assim para sempre! Entretanto, era como pedir (exatamente porque o término de um madrigal é tão bonito, a luz do entardecer transforma tudo em que toca em algo incomparavelmente mais belo), era como pedir por uma vida de crepúsculos de estio, pela definitiva extinção dos outonos. Embora percebesse que enganava a si mesma, por algumas ditosas semanas foi capaz de acreditar, fechando os olhos da razão, que a vida fizera uma parada no paraíso e jamais retomaria sua longa e penosa caminhada. Era como se o abismo entre a fantasia e a realidade tivesse sido abolido. A vida real e seus devaneios se confundiam a todo momento. Suas fantasias não eram mais a confortante negação da realidade, pois realidade e fantasia já se misturavam. Era uma felicidade sem pecado, porque nada acontecera, era tudo puramente espiritual; uma felicidade como que celestial, à qual podia entregar-se sem reservas, sem medo ou autocensura. E quanto mais se abandonava a esse sentimento, mais forte ele se tornava, até que ficou impossível guardá-lo para si mesma. Um dia falou sobre isso no confessionário — discretamente, é claro, sem dar a entender, segundo supunha, que era o próprio confessor o motivo dessas emoções.

As confissões sucediam-se. O pároco ouvia com atenção e de vez em quando fazia uma pergunta que demonstrava quão longe estava de suspeitar da verdade, como fora completamente enganado por sua inocente simulação. Ganhando coragem, Philippe contou-lhe tudo,

tudo nos mais íntimos detalhes. Sua felicidade nesta época parecia ter atingido o limite do possível e era uma espécie de paroxismo permanente, um arrebatamento intenso que ela podia reavivar quando desejasse e prosseguir num renovar eterno. Para sempre, para sempre. E depois veio o dia em que se descuidou e, em vez de "ele", disse "você", e então, ao tentar se retratar, confundiu-se e, às suas indagações, rompeu a chorar e confessou a verdade.

"Finalmente", pensou Grandier, "finalmente!"

E então a coisa toda ficara fácil — só uma questão de palavras e gestos cuidadosamente dosados, de uma ternura que atravessava etapas imperceptíveis, da profissionalmente cristã para a petrarquiana, e desta para a totalmente humana e para o transcendental ego animal. A queda é sempre fácil, e neste caso haveria excesso de sofisma para facilitar a descida e, depois que o fundo houvesse sido atingido, toda a absolvição que uma jovem pudesse desejar.

Alguns meses mais tarde, o envolvimento se concretizou. Francamente, foi um tanto decepcionante. Por que não se contentara com a viúva?

Enquanto isso, para Philippe a plácida felicidade interior fora substituída pela assustadora realidade da paixão declarada e compartilhada, pelos intermináveis tormentos das batalhas morais, pelas preces pedindo forças para resistir, pelos juramentos de que nunca se entregaria, e, finalmente, numa espécie de desespero, como se estivesse se lançando sobre um penhasco, pela capitulação. Esta não lhe trouxera nada do que imaginara. Trouxera sim a revelação de um demente bestial em seu arcanjo e a descoberta, nas profundezas de seu próprio corpo e mente, da vítima predestinada, a princípio, da mártir sofredora e portanto feliz, e então, de repente, da terrível presença de uma estranha, tão diferente dela mesma quanto a cruel personificação da paixão que se apresentava sob a figura do eloquente pregador, o humanista espirituoso e extraordinariamente bem-educado por quem havia se apaixonado. Contudo, ela agora compreendia que se apaixonar não era o mesmo que amar. Uma vez que alguém se apaixonava através de uma concepção imaginária, logo se apaixonava apenas por uma abstração. Quando alguém amava, era a um ser completo, e assim fazia-o numa entrega total, de corpo e alma, do seu eu e desse outro novo e estranho eu, que penetrava e ultrapassava todas as fronteiras do primeiro. Era toda amor e só amor. Além do amor nada existia, nada. Nada? Com uma risadinha quase audível o destino fez saltar a armadilha que Philippe preparara para si mesma. E lá estava ela, irremediavelmente encurralada entre a fisiologia e a regra social — grávida mas solteira, em irredimível desonra. O inconcebível tornou-se tangível; o que estava fora de cogitação era agora realidade. A lua mostrou-se por inteiro, em todo o seu esplendor por alguns dias, depois foi se desvanecendo pouco a pouco, como a última esperança, e desapareceu. Não havia nada a fazer senão morrer em seus braços — morrer e, se isso fosse impossível, ao menos esquecer-se por alguns momentos, abstrair-se de seu eu.

Alarmado com tamanha violência e tão descuidada entrega, o pároco tentava suavizar sua paixão imprimindo-lhe um estilo mais frívolo e menos trágico. Acompanhava suas carícias com oportunas citações dos autores clássicos mais realistas. *Quantum et quale latus, quam juvenile femur!*[17] Nas pausas do amor, ele contava histórias imorais extraídas das *Dames galantes* de Brantôme, sussurrava a seu ouvido algumas das barbaridades tão cuidadosamente catalogadas por Sanchez no seu volume sobre o matrimônio. Entretanto, a expressão de sua fisionomia não mudava. Era como se fosse um rosto de mármore sobre uma sepultura, duro, indiferente, desprovido de vida. E, quando finalmente ela abria seus olhos, era como se o encarasse de outro mundo, de um mundo onde só houvera sofrimento

---

17 Em latim, no original. Tradução livre: "Quão amplo e belo flanco, que viçosa coxa!". Verso de *Amores* (Elegia 5, Livro I), de Ovídio. [N.E.]

e um desespero permanente. O olhar perturbava-o; mas às suas apreensivas indagações a única resposta era agarrá-lo pela espessa cabeleira negra e atraí-lo para sua boca, seu colo e seios expostos.

Certo dia, no meio da história acerca das taças do rei Francisco destinadas às debutantes — aquelas com posturas amorosas gravadas em seu interior e que se revelavam gradualmente a cada gole do vinho que as ocultava —, ela o interrompeu com a brusca notícia de que ia ter um filho, caindo em seguida num incontrolável acesso de choro.

Deslocando sua mão do seio para a cabeça inclinada e mudando de tom, passando sem transição do obsceno para o clerical, o pároco disse-lhe que devia carregar sua cruz com resignação cristã. Em seguida, lembrando-se da visita que prometera fazer à desditosa sra. de Brou, que tinha um câncer no útero e precisava muito de consolo espiritual, partiu.

Depois disso, estava sempre muito ocupado para dar-lhe aulas. A não ser no confessionário, Phillipe jamais o viu sozinho. E nessas ocasiões tentava dirigir-se a ele como a uma pessoa — como ao homem a quem amava e que, segundo ainda acreditava, amara-a também —, mas defrontava-se apenas com o pároco, o transubstanciador do pão e do vinho, o que dava a absolvição e a penitência. Com quanta eloquência ele a exortava a arrepender-se e recorrer à misericórdia divina! E, quando Philippe mencionava o amor do passado, ele a censurava com uma indignação assim como que de profeta, comprazendo-se em chafurdar em sua desonra; quando ela lhe perguntava desesperada o que fazer, respondia-lhe com afetada emoção que, como uma cristã, ela deveria não só se resignar à humilhação que Deus a ela destinara, mas aceitá-la e desejá-la com ardor. De sua própria participação na desventura da jovem o pároco não permitia que ela falasse. Cada alma devia suportar o peso de seus próprios erros. Os pecados que outros podiam ou não ter cometido não eram desculpas para nossos próprios pecados. Se ela se dirigia ao confessionário era para pedir perdão pelo que fizera e não para examinar a consciência dos outros. E, com isso, desnorteada e aos prantos, seria despachada.

O espetáculo de sua infelicidade não lhe despertou nem piedade nem remorso, mas apenas uma sensação de ressentimento. O cerco tinha sido cansativo, a captura, sem glória e o prazer que se seguiu, apenas razoável. E agora, com aquela súbita e inoportuna fertilidade, ela estava ameaçando sua reputação, sua própria existência. Um bastardozinho, além de todos os seus outros problemas — seria sua ruína! Jamais havia gostado realmente da menina, agora detestava-a de fato. E já não era mais nem mesmo bonita: a gravidez e a preocupação tinham contribuído para dar-lhe a expressão de um cão açoitado e a compleição de uma criança com vermes. Aliada ao restante, sua temporária falta de atrativos fez com que se sentisse não só sem obrigações posteriores em relação a ela, como também prejudicado e, além do mais, insultado por haver sido posto em dúvida seu bom gosto. Foi com a consciência leve que tomou a atitude que teria tomado mesmo que se sentisse culpado, uma vez que não existia outra alternativa plausível. Decidiu enfrentar a situação cinicamente, negando tudo. Não só agiria e falaria, como até mesmo pensaria e sentiria em seu íntimo como se nada daquilo houvesse ou pudesse mesmo ter acontecido, como se apenas a ideia de uma ligação íntima com Philippe Trincant fosse absurda, grotesca, completamente fora de cogitação.

Le cœur le mieux donné tient toujours à demi,
Chacun s'aime un peu mieux toujours que son ami.[18]

18 Em francês, no original. Em tradução livre: "O coração mais bem entregue aguenta sempre partido,/ Cada um sempre se ama um pouco mais do que ao seu amigo". Versos de "Elegia 3", da segunda parte das *Obras poéticas* de Théophile de Viau (1590-1626). [N.E.]

CAPÍTULO II

As semanas passaram. Philippe saía cada vez com menos frequência e finalmente desistiu até mesmo de ir à igreja. Estava doente, dizia, e tinha de permanecer no quarto. Sua amiga Marthe le Pelletier, moça de boa família, mas órfã e muito pobre, veio morar com ela como enfermeira e companhia. Não suspeitando ainda de nada, indignando-se se alguém sugerisse apenas a verdade ou proferisse uma palavra contra o pároco, o sr. Trincant falava com preocupação paternal acerca de humores mórbidos e tísica iminente. Dr. Fanton, o médico-assistente, discretamente não dizia nada a ninguém. O restante das pessoas de Loudun fazia vista grossa e dava risadinhas furtivas ou cedia aos prazeres da justa indignação. Quando os inimigos do pároco o encontravam, faziam-lhe insinuações perversas; seus amigos mais circunspectos balançavam a cabeça, os mais rabelaisianos batiam-lhe nas costas e felicitavam-no com gracejos irreverentes. A todos Grandier replicava que não sabia de que estavam falando. Para aqueles que ainda não estavam predispostos contra ele, sua conduta franca e digna e a evidente sinceridade de suas palavras eram provas suficientes de sua inocência. Era moralmente impossível que tal homem houvesse feito as coisas das quais era acusado. Nas residências de pessoas ilustres tais como o sr. de Cerisay e a sra. de Brou, ele ainda era bem-vindo. E suas portas permaneceram abertas para ele mesmo depois que as do promotor público foram fechadas. Porém, no fim, mesmo Trincant não pôde mais se enganar com a verdadeira natureza do mal-estar de sua filha. Submetida a rigoroso interrogatório, ela confessou a verdade. Pelo fato mesmo de ter sido o mais fiel amigo do pároco, Trincant tornou-se da noite para o dia o mais implacável e perigoso de seus inimigos. Grandier forjara o principal elo da cadeia de acontecimentos que o levariam à ruína.

O bebê nasceu finalmente. Através das persianas fechadas, das pesadas cortinas e colchas com as quais se esperava abafar qualquer som, os gritos da jovem mãe, abafados, mas perfeitamente audíveis, deram notícia do "afortunado" evento a todos os vizinhos ansiosos do sr. Trincant. Dentro de uma hora as novas já haviam corrido a cidade, e na manhã seguinte uma insultuosa "Ode ao neto bastardo do promotor público" tinha sido fixada às portas do tribunal. Suspeitou-se de ser trabalho de protestante, porque o sr. Trincant era exageradamente ortodoxo e aproveitava toda ocasião favorável para hostilizar e embaraçar seus concidadãos hereges.

Enquanto isso, com uma generosidade abnegada, que ressaltava extraordinariamente diante da sordidez moral predominante, Marthe le Pelletier assumira publicamente ser a mãe do bebê. Fora ela que pecara, ela que fora forçada a esconder sua vergonha. Philippe era apenas a benfeitora que lhe dera abrigo. Ninguém, é claro, acreditou em uma palavra daquela história; mas a atitude foi motivo de admiração. Quando a criança completou uma semana, Marthe entregou-a aos cuidados de uma jovem camponesa que concordara em ser sua mãe de criação. Esse ato foi feito às claras para que todos pudessem ver. Ainda não convencidos, os protestantes continuaram falando. A fim de silenciar seu injurioso ceticismo, o promotor público recorreu a um estratagema legal particularmente odioso. Mandou prender Marthe le Pelletier em plena rua e levou-a diante de um juiz. Lá, sob juramento e na presença de testemunhas, exigiram que assinasse uma declaração na qual ela reconhecia oficialmente o filho como seu e assumia a responsabilidade de seu futuro sustento.

Porque amava sua amiga, Marthe assinou. Uma cópia do auto foi guardada nos arquivos públicos, e outra o sr. Trincant embolsou triunfantemente. Devidamente autenticada, a mentira tornava-se então legalmente verdade. Para mentes versadas em jurisprudência, a verdade legal tem o mesmo mérito da verdade absoluta. Para todos os demais, como descobriu o vexado promotor público, não era nem um pouco óbvia essa equivalência. Mesmo após ter lido a declaração em voz alta, mesmo depois de terem visto a assinatura com seus próprios olhos, tocado o sinete oficial com seus próprios dedos, seus amigos apenas sorriam cortesmente e mudavam de assunto, enquanto seus inimigos riam abertamente e faziam observações ofensivas. Tal era a malevolência dos protestantes que um de seus pastores asseverou publicamente que o perjúrio é um pecado mais grave que a fornicação, e que o mentiroso que presta juramento falso a fim de ocultar um escândalo é mais merecedor do fogo do inferno que a pessoa de cuja luxúria este se originou.

Um século longo e memorável separou a meia-idade do dr. Samuel Garth da juventude de William Shakespeare. Mudanças revolucionárias haviam ocorrido na forma de governo, na organização econômico-social, na física e na matemática, na filosofia e nas artes. Contudo, no fim desse período, pelo menos uma instituição permanecia exatamente como fora no princípio — a farmácia. Na loja do boticário descrita por Romeu:

Um cágado pendurado,
Um crocodilo empalhado e outras peles
De peixes de exóticas espécies, e sobre as prateleiras
Uma miserável exposição de caixas vazias,
Vasos de barro verde, ampolas e cápsulas bolorentas.[19]

---

19 *Romeu e Julieta*, ato V, cena I

O quadro pintado por Garth em seu *Dispensary* é quase idêntico.

Aqui jazem múmias, mui respeitosamente deterioradas,
Ali o cágado balança sua carapaça;
Não longe de uma voraz cabeçorra de tubarão
Os peixes-voadores estendem suas "asas-barbatanas"
Ao alto, enfileiradas, erguem-se grandes cabeças de papoulas
E, perto, pende um escamoso crocodilo;
Neste local grande quantidade de drogas deterioram-se em meio ao bolor,
E ali jazem ampolas secas e dentes extraídos.

Esse templo da ciência, ao mesmo tempo o laboratório de um mago e um espetáculo à parte numa feira regional, é um dos símbolos mais expressivos daquele aglomerado de incoerências que foi a mentalidade do século XVII. Porquanto a época de Descartes e Newton foi também a de Fludd e sir Kenelm Digby; a idade dos logaritmos e da geometria analítica não o foi menos que a dos unguentos para ferimentos à bala, do Pó da Simpatia, da Teoria das Assinaturas. Robert Boyle, que escreveu *The sceptical chemist* e foi um dos fundadores da Royal Society, deixou um livro de receitas para remédios caseiros. Colhidos de um carvalho na lua cheia, bagos de visco secos misturados a cerejas negras curarão a epilepsia. Para ataques de apoplexia deve-se fazer uso de mástique (a resina vertida pelos arbustos de aroeira-do-campo na ilha de Quios), extraindo o óleo volátil através de destilação num alambique de cobre e colocando com uma pena de escrever duas ou três gotas numa das narinas do paciente, "e, após alguns instantes, na outra". O espírito científico já estava marcadamente presente, não menos presentes porém estavam os espíritos do curandeiro e da bruxa.

A farmácia do sr. Adam na rue des Marchands era de padrão médio, nem pobre nem luxuosa, mas genuinamente provinciana. Modesta demais para múmias ou um chifre de rinoceronte, podia contudo vangloriar-se de várias tartarugas das Índias Ocidentais, do feto de uma baleia e de um crocodilo de cerca de dois metros e meio. E havia um estoque farto e variado. Sobre as prateleiras todas as ervas do repertório galenista. Todas as inovações químicas dos seguidores de Valentine e Paracelso. Ruibarbo e aloés em quantidade; mas também havia calomelano ou, como o sr. Adam preferia denominá-lo, *Draco mitigatus*, a megera domada. Para quem preferia uma pílula vegetal para o fígado havia a coloquíntida; entretanto havia também tártaro emético e antimônio metálico, para quem estivesse disposto a se arriscar a um tratamento mais moderno. E se alguém tivesse a desventura de se apaixonar pela donzela ou mancebo errado, podia escolher entre a *Arbor vitae* e *Hydrargyrum cum Creta*, entre salsaparrilha e uma fricção com unguento de mercúrio. Com tudo isso, assim como com víboras empalhadas, cascos de cavalo e ossos humanos, o sr. Adam tinha sempre provisões para servir seus clientes. O que fosse mais dispendioso e peculiar, como pó de safiras, por exemplo, ou pérolas, tinha de ser encomendado e pago antecipadamente.

Daquela data em diante, a loja do farmacêutico tornou-se o habitual ponto de encontro e centro de operações de um grupo de conspiradores, cujo único objetivo era vingar-se de Urbain Grandier. Os líderes da conspiração eram o promotor público e seu sobrinho, o cônego Mignon, o *Lieutenant Criminel* e seu sogro, Mesmin de Silly, Mannoury, o médico, e o próprio sr. Adam, cuja posição vantajosa como fabricante de pílulas, dentista e ministrador de clisteres da comunidade fornecia-lhe as melhores oportunidades para a coleta de informações.

Assim, da sra. Chauvin, a esposa do tabelião, soubera (de forma estritamente confidencial, enquanto preparava um vermífugo para seu pequeno Théophile) que o pároco acabara de investir oitocentas libras numa primeira hipoteca. O patife estava ficando rico.

E cá estava uma péssima notícia. Por intermédio da cunhada do segundo lacaio do sr. d'Armagnac, que sofria de certa enfermidade feminina e era consumidora habitual de uma determinada erva, o boticário soubera que Grandier jantaria no dia seguinte no castelo. À menção disso, o promotor público franziu o cenho e o *Lieutenant Criminel* praguejou e balançou a cabeça. D'Armagnac não era somente o governador; era um dos favoritos do rei. Que tal homem pudesse ser o amigo e protetor do pároco era realmente lamentável.

Fez-se um silêncio longo e desalentado, quebrado finalmente pelo cônego Mignon, que declarou ser um grande escândalo a única esperança que lhes restava. De uma maneira ou de outra teriam de conseguir apanhá-lo em *flagrante delicto*. Que tal com a viúva do taberneiro?

O farmacêutico reconheceu com tristeza que dessa fonte não conseguiria nenhuma informação interessante. A viúva sabia manter a boca fechada, sua empregada era incorruptível, e, certa noite, quando tentara bisbilhotar através das persianas, alguém se inclinara da janela de cima com um urinol transbordando.

O tempo passou. Com insolência tranquila e altiva, o pároco prosseguiu em suas ocupações e prazeres habituais. E logo os mais estranhos boatos começaram a chegar aos ouvidos do boticário. O pároco passava cada vez mais tempo em companhia da moça mais distinta, recatada e *dévote* da cidade, a srta. de Brou.

Madeleine era a segunda das três filhas de René de Brou, um homem de considerável fortuna e nobre de nascimento, relacionado às melhores famílias da região. Embora suas duas irmãs fossem casadas, uma com um médico, outra com um proprietário rural, Madeleine aos trinta anos de idade ainda era solteira e livre de preocupações amorosas. Pretendentes não lhe faltavam; ela contudo rejeitava todas as propostas, preferindo permanecer em casa, cuidando de seus velhos pais e entregue a seus pensamentos. Era daquele tipo de mulher jovem, calada e enigmática, que reprime as emoções fortes sob uma capa de indiferença. Estimada pelos mais velhos, tinha poucos amigos entre os de sua idade e os mais jovens, que a consideravam pedante e uma desmancha-prazeres porque não apreciava suas brincadeiras barulhentas. Além disso, era devota demais. Ter uma religião era muito bom enquanto não invadisse a inviolabilidade da vida particular. E quando chegava ao ponto de comunhões constantes, confissões diárias e de passar horas ajoelhada como Madeleine costumava fazer, em frente da imagem de Nossa Senhora... Bem, assim também já era demais. Deixaram-na sozinha. Era exatamente o que queria que fizessem.

Então seu pai morreu. E pouco depois sua mãe contraiu um câncer. Durante a doença prolongada e penosa, Grandier encontrara tempo, entre Philippe Trincant e a viúva do taberneiro, para visitar a desditosa senhora e levar-lhe o consolo da religião. No seu leito de morte, a sra. de Brou recomendou a filha aos seus cuidados pastorais. O pároco prometeu cuidar dos interesses materiais e espirituais de Madeleine como se fosse de seus próprios bens. Cumpriria a promessa no seu estilo característico.

O primeiro pensamento de Madeleine após a morte da mãe foi desfazer-se de todos os laços mundanos e ingressar numa ordem religiosa. Mas, quando consultou seu guia espiritual, descobriu que ele era contra o projeto. Grandier insistia que fora do claustro ela podia praticar o bem mais do que dentro dele. Entre as ursulinas ou as carmelitas, estaria escondendo sua compreensão da vida sob um véu. Seu lugar era ali, em Loudun; sua vocação, dar um claro exemplo de sabedoria a todas aquelas tolas moças solteiras, que só pensavam em futilidades mundanas. Ele falava com eloquência e havia um divino fervor em suas palavras. Seus olhos brilhavam e toda a sua fisionomia parecia resplandecer com o fogo íntimo de uma intensa inspiração. Ele parecia, pensava Madeleine, um apóstolo, um anjo. Tudo que dizia era a pura expressão da verdade.

Continuou morando na velha casa; mas esta agora parecia muito triste, muito vazia, e acostumou-se a passar grande parte de seus dias com sua amiga (praticamente sua única amiga) Françoise Grandier, que vivia com seu irmão no presbitério. Algumas vezes — o que poderia ser mais natural? —, Urbain se juntava a elas enquanto costuravam para os pobres ou faziam ricos bordados para Nossa Senhora ou algum santo; e de repente a terra parecia mais luminosa e tão repleta de um sentido divino, que sentia a alma transbordar de felicidade.

Dessa vez, Grandier caiu em sua própria armadilha. Sua estratégia — a antiga e conhecida estratégia do sedutor profissional — exigia frieza diante de um fogo aceso premeditadamente, uma sensualidade livre de emoção opondo-se contra a paixão e aproveitando-se da imensidão do amor para servir a seus objetivos estritamente limitados. Mas, enquanto a campanha progredia, alguma coisa saía errado — ou melhor, alguma coisa dava certo. Grandier apaixonou-se pela primeira vez em sua vida; apaixonou-se não apenas pela perspectiva de voluptuosidades futuras, não apenas por uma inocente que seria divertido corromper, por alguém em situação social superior cuja humilhação lhe proporcionaria triunfo, mas por uma mulher na qual via um ser humano e a quem amava pelo que realmente era. O libertino convertera-se à monogamia. Era um grande passo à frente — mas um passo que um padre da Igreja Romana não poderia dar sem se envolver em infindáveis dificuldades: éticas, teológicas, eclesiásticas e sociais. Foi para se livrar de algumas dessas dificuldades que Grandier escreveu o pequeno tratado sobre o celibato do clero, já mencionado num capítulo anterior. Ninguém gosta de se julgar imoral e herege; mas ao mesmo tempo ninguém gosta de renunciar a uma linha de conduta ditada por fortes impulsos, principalmente quando esses impulsos são reconhecidos como intrinsecamente bons, uma vez que contribuem para uma vida mais elevada e completa. Consequentemente, toda a literatura requintada sobre racionalização e justificação — racionalização do impulso ou intuição em função do sistema filosófico vigente naquele determinado tempo e lugar, para estar de acordo com a moda; justificação de atos pouco ortodoxos através de referências ao código moral da época, reinterpretado a fim de adaptar-se ao motivo específico. O tratado de Grandier é um exemplo típico desse ramo da apologética, comovente e muitas vezes bastante singular. Ele ama Madeleine de Brou e sabe que esse amor é algo de intrinsecamente bom; contudo, de acordo com os regulamentos da ordem a que pertence, até mesmo esse amor intrinsecamente bom é nocivo. Portanto, é necessário que descubra algum argumento para provar que os regulamentos não significam exatamente o que enunciam, ou não traduziam as palavras que ele proferiu quando concordou sob juramento aceitá-los. Para um homem inteligente, nada é mais fácil que descobrir argumentos que convençam a si mesmo de estar agindo acertadamente quando está fazendo o que deseja. Para Grandier, os argumentos apresentados em seu tratado pareciam absolutamente convincentes. E o que é um tanto mais estranho, pareciam irrefutáveis para Madeleine. Extremamente religiosa, virtuosa não só por convicção mas por costume e temperamento, encarava os preceitos da Igreja como imperativos categóricos e teria preferido morrer a pecar contra a castidade. Mas estava apaixonada — pela primeira vez, e com a mais violenta paixão que é capaz de se apossar de uma natureza tão introvertida e reprimida durante tanto tempo. O coração tem suas razões, e quando Grandier argumentou que o voto do celibato não era obrigatório e que um padre podia se casar, ela acreditou. Tornando-se sua esposa, teria a permissão para amá-lo — na verdade, amá-lo seria seu dever. *Ergo* — pois a lógica é irresistível —, o sentido ético e teológico do tratado de seu amado era incontestável. E, portanto, assim aconteceu que à meia-noite, na igreja vazia, onde o eco repetia suas palavras, Grandier cumpriu a promessa que fizera à sra. de Brou, casando-se com a órfã que ela deixara a seus cuidados. Como padre, perguntou a si mesmo se aceitava esta mulher como sua legítima esposa, e como noivo respondeu afirmativamente e colocou a aliança no dedo de Madeleine. Como padre, deu a bênção e, como noivo, ajoelhou-se para recebê-la. Foi uma cerimônia fantástica; mas, desprezando a lei e os costumes, a Igreja e o Estado, resolveram acreditar em sua validade. Amando-se mutuamente, sabiam que aos olhos de Deus estavam verdadeiramente casados.[20] Aos olhos de Deus, talvez, mas em hipótese alguma aos olhos dos homens. No que dizia respeito às pessoas virtuosas de Loudun, Madeleine era apenas a mais recente concubina do pároco — uma indecente *sainte nitouche*,[21] que parecia desligada das coisas do mundo, mas na verdade não valia nada; uma santarrona que de repente se revelara uma prostituta e que estava degradando seu corpo com esse devasso de batina, esse lúbrico de barrete de clérigo.

Entre aqueles que se encontravam todas as tardes sob o crocodilo do sr. Adam, a indignação era maior, a animosidade, mais rancorosa que em qualquer outra parte. Odiando o pároco, mas impossibilitados de aproveitar esse último escândalo para prejudicá-lo, devido ao modo discreto como conduzia seus casos, compensavam-se dessa inação forçada fazendo uso de termos ofensivos. Não havia nada que pudessem fazer; mas ao menos podiam falar. E isso eles faziam — com muitas pessoas e em termos tão ofensivos, que os parentes de Madeleine acharam finalmente necessário tomar alguma providência contra essa atitude. O que eles pensavam acerca da ligação de Madeleine com o pároco não está registrado. Tudo que sabemos é que, como Trincant, acreditavam cegamente no poder da verdade jurídica para substituir a verdade real. *Magna est veritas legitima, et praevalebit.*[22] Agindo de acordo com essa máxima, per-

---

20 "Pelas atas das assembleias dos huguenotes de Poitiers em 1560, fica evidente que não era raro os padres desposarem secretamente suas concubinas, e, quando a mulher era uma calvinista, sua posição equívoca tornava-se motivo de sérios comentários de sua Igreja." (Henry C. Lea, *History of sacerdotal celibacy*. Do capítulo XXIX, "The Post-Tridentine Church".)
21 Expressão para moça que finge inocência e castidade; "santa do pau oco". [N.E.]
22 Em latim, no original: "A verdade jurídica é poderosa e prevalecerá". [N.E.]

suadiram Madeleine a mover uma ação por difamação contra o sr. Adam. O caso foi julgado no Parlamento de Paris e o boticário foi declarado culpado. Um proprietário rural da região, que não era amigo de De Brous e detestava Grandier, prestou fiança para o sr. Adam e recorreu da sentença. Houve um segundo julgamento e a decisão da Baixa Corte foi confirmada. O pobre sr. Adam foi condenado a pagar seiscentas e quarenta libras francesas de indenização, todas as despesas dos dois julgamentos e, na presença dos magistrados da cidade e de Madeleine de Brou e seus parentes, ajoelhar-se, de cabeça descoberta, e dizer "em alto e bom som que tinha, temerária e maliciosamente, pronunciado palavras cruéis e escandalosas contra a citada donzela, pelo que teria de pedir perdão a Deus, ao Rei, à Justiça e à mencionada srta. de Brou, sabendo-se ser ela uma virgem honrada e virtuosa". E assim foi feito. A verdade jurídica prevalecera triunfalmente. Os próprios advogados, o promotor público e o *Lieutenant Criminel* admitiram a derrota. Em qualquer futuro ataque a Grandier, perceberam que Madeleine teria de ser deixada em paz. Afinal, sua mãe fora uma Chauvet; De Cerisay era seu primo; os De Brou haviam se ligado por casamento com os Tabart, os Dreux, os Genebaut. O que quer que fizesse, uma moça com parentes de tal importância só poderia ser *fille de bien et d'honneur*. Entrementes, tinha sido extremamente desagradável que o boticário tivesse ficado completamente arruinado. Contudo, assim é a vida, tais os misteriosos desígnios da Providência. Todos nós temos nossas pequenas cruzes e cada homem, como o apóstolo tão justamente observou, deve suportar seu próprio fardo.

Dois novos recrutas aderiram ao conluio contra Grandier. O primeiro era um advogado de uma certa importância, Pierre Menuau, o advogado do rei. Anos antes, ele importunara Madeleine com propostas de casamento. Suas recusas não o desencorajaram e ainda tinha esperança de algum dia ganhar a moça, o dote e a influência dos vários ramos da família. Grande portanto foi sua raiva

Os demônios de Loudun 59

ao descobrir que Madeleine o havia despojado do que considerava seus direitos ao se entregar ao pároco. Trincant ouviu seus protestos com simpatia e, como consolo, ofereceu-lhe um lugar no conselho de guerra. O convite foi aceito com entusiasmo e de então em diante Menuau foi um dos mais ativos membros da conspiração.

O segundo dos novos inimigos de Grandier era um amigo de Menuau chamado Jacques de Thibault, um fidalgo de pouca cultura, que havia sido soldado e era agora como que um representante não oficial do cardeal Richelieu, dedicando-se à política local. Thibault não gostara do pároco desde o início. Um padreco insignificante, pertencente à classe média baixa — e ostentava os bigodes de um soldado de cavalaria, assumia ares de príncipe, exibia seu latim como se fosse um doutor da Sorbonne! E agora tem a impudência de seduzir a prometida do advogado do rei! Evidentemente não se poderia permitir que esse tipo de coisa continuasse.

A primeira providência de Thibault foi dirigir-se a um dos mais poderosos entre os amigos e protetores de Grandier, o marquês du Bellay. Ele falou em tom tão exaltado e sustentou suas acusações com uma lista de tantas ofensas reais e fictícias, que o marquês trocou de lado e daí em diante passou a tratar seu antigo amigo como *persona non grata*. Grandier ficou profundamente sentido e bastante alarmado. Amigos solícitos correram a contar-lhe o papel que Thibault desempenhara nesse caso e, na vez seguinte em que os dois homens se encontraram, o pároco (que estava em vestes litúrgicas e prestes a entrar na igreja de Sainte-Croix) abordou seu inimigo com palavras ásperas de reprovação. Como única resposta, Thibault ergueu sua bengala de junco e golpeou Grandier na cabeça. Uma nova fase da batalha de Loudun havia se iniciado.

Grandier foi o primeiro a agir. Jurando vingar-se de Thibault, partiu na manhã seguinte para Paris. Violência contra a pessoa de um padre era sacrilégio, era o exercício da blasfêmia. Recorreria ao Parlamento, ao procurador-geral da Coroa, ao chanceler e ao próprio rei.

Em menos de uma hora o sr. Adam foi detalhadamente informado de sua partida e do objetivo de sua viagem. Largando seu almofariz, correu para contar ao promotor público, que imediatamente enviou um criado a fim de convocar os outros membros do conluio. Chegaram e após alguma discussão elaboraram um plano de contra-ataque. Enquanto o pároco estava em Paris queixando-se ao rei, eles iriam a Poitiers e se queixariam ao bispo. Um documento foi redigido no melhor estilo jurídico. Neste, Grandier era acusado de ter seduzido inúmeras mocinhas e mulheres casadas, de ser mundano e herege, de nunca ler seu breviário e de ter prevaricado no interior de sua igreja. Transformar essas declarações em verdades jurídicas era fácil. O sr. Adam foi enviado ao mercado de gado e logo voltou com dois indivíduos maltrapilhos que se declararam dispostos a assinar, por uma pequena recompensa, qualquer coisa que fosse colocada à sua frente. Bougreau sabia escrever, mas Cherbonneau só pôde desenhar uma cruz. Quando tudo terminou, eles pegaram seu dinheiro e saíram exultantes para se embebedar.

Na manhã seguinte, o promotor público e o *Lieutenant Criminal* montaram seus cavalos e foram, em suas horas de folga, para Poitiers. Lá fizeram breve visita ao representante legal do bispo, o magistrado eclesiástico. Descobriram com grande prazer que Grandier já estava na lista negra diocesana. Boatos das façanhas amorosas do pároco já haviam chegado aos ouvidos de seus superiores. À luxúria e à imprudência somara-se o gravíssimo pecado da arrogância. Bem recentemente, por exemplo, o sujeito teve a insolência de transpor os limites da jurisdição episcopal concedendo uma licença para casamento e recebendo dinheiro por ele, sem a prévia leitura dos proclamas. Já era tempo de cortar-lhe as asas. Esses cavalheiros de Loudun tinham chegado muito oportunamente.

Portando uma carta de recomendação do magistrado eclesiástico, Trincant e Hervé foram falar com o bispo, que estava residindo em seu magnífico castelo de Dissay a umas quatro léguas da cidade.

Henry-Louis Chasteignier de la Rochepozay era um fenômeno raro: prelado pelo privilégio de ser de origem nobre, era ao mesmo tempo um homem culto e autor de obras maravilhosas de exegese bíblica. Seu pai, Louis de la Rochepozay, foi o protetor e amigo de toda a vida de Joseph Scaliger; e o jovem lorde, destinado de antemão a ser bispo, tivera a vantagem de ter como tutor este incomparável homem de estudos, "o maior intelectual", segundo Mark Pattison, "que consumiu sua vida na aquisição de conhecimento". Depõe muito a seu favor que, apesar do protestantismo de Scaliger e da abominável campanha de difamação dos jesuítas contra o autor da *De emendatione temporum*, permaneceu inalteravelmente fiel ao seu antigo mestre. Em relação a todos os outros hereges, o sr. de la Rochepozay mostrou-se sempre de uma hostilidade implacável. Odiava os huguenotes que eram em grande número em sua diocese e fazia tudo que estivesse em seu poder para dificultar suas vidas. Mas como o amor cristão, como a chuva que cai tanto nos *garden parties* dos justos como dos injustos, o mau-humor é completamente imparcial. Quando os próprios católicos o irritavam, o bispo dispunha-se a tratá-los tão mal quanto aos protestantes. Assim, em 1614, de acordo com uma carta escrita pelo príncipe de Condé à regente, Maria de Médicis, havia duzentas famílias acampadas fora da cidade e impossibilitadas de retornar a suas casas porque seu pastor, *plus méchant que le diable*,[23] ordenara a seus arcabuzeiros que atirassem neles se tentassem ultrapassar os portões. E qual era o crime dessa gente? Fidelidade ao governador, designado pela rainha, mas detestado pelo sr. de la Rochepozay. O príncipe pediu a Sua Majestade que punisse "a insolência inaudita desse padre". É claro que nada foi feito, e o virtuoso bispo continuou a reinar em Poitier, até que em 1651, em idade bastante avançada, foi levado desse mundo por um ataque apoplético.

23 Em francês, no original: "Mais maldoso que o diabo". [N.E.]

Um aristocrata irascível e déspota mesquinho, um erudito amante dos livros para quem o mundo fora de seu gabinete de trabalho era apenas uma fonte de exasperantes interrupções à séria tarefa de ler — tal era o homem que então escutou aos inimigos de Grandier. Em meia hora, ele chegou a uma decisão. O pároco era inconveniente e precisava aprender uma lição. Um secretário foi chamado e uma ordem para prender e transportar Grandier para a prisão episcopal de Poitiers foi redigida, assinada e selada. O documento foi entregue a Trincant e ao *Lieutenant Criminal* para ser usado à vontade.

Enquanto isso, em Paris, Grandier tinha apresentado sua queixa ao Parlamento e fora recebido (graças a D'Armagnac) em audiência privada pelo rei. Profundamente comovido com a narrativa que o pároco fez de seus males, Luís XIII ordenou que a justiça fosse feita o mais rápido possível, e em poucos dias Thibault recebeu uma citação para comparecer diante do Parlamento de Paris. Ele partiu imediatamente, levando consigo a ordem de prisão de Grandier. O processo foi deferido. Tudo parecia correr a favor do pároco, quando Thibault sacou dramaticamente o mandado do bispo e estendeu-o aos juízes. Após a leitura, a sessão foi imediatamente suspensa até que Grandier se explicasse com seu superior. Foi uma vitória para os inimigos do pároco.

Nesse ínterim, efetuava-se em Loudun uma investigação oficial a respeito do comportamento de Grandier; a princípio, sob a imparcial presidência do *Lieutenant Civil*, Louis Chauvet, e, mais tarde, quando este, desgostoso, abandonou o caso, sob a direção claramente facciosa do promotor público. Choviam acusações de todos os lados. O reverendo Meschin, um dos vigários de Grandier na igreja de Saint-Pierre, afirmou que tinha visto o pároco divertindo-se com mulheres no chão (evidentemente um pouco duro demais para tais recreações) de sua própria igreja. Outro clérigo, o reverendo Martin Boulliau, tinha se escondido atrás de uma coluna e observado seu colega enquanto este conversava com a sra. de Dreux, a falecida sogra do sr. de Cerisay, o *Bailli*, no banco da igreja reservado à família. Trincant valorizou esse depoimento substituindo a declaração original, na qual havia apenas o fato de "falar com a citada senhora segurando-lhe o braço", pelas palavras "cometendo o ato sexual". As únicas pessoas que não depuseram contra o pároco foram aquelas cujos depoimentos teriam sido os mais convincentes — as empregadinhas condescendentes, as esposas insatisfeitas, todas as viúvas em busca de consolo, Philippe Trincant e Madeleine de Brou.

A conselho de D'Armagnac, que prometeu interceder a seu favor em carta ao sr. de la Rochepozay e ao juiz eclesiástico, Grandier resolveu apresentar-se espontaneamente ao bispo. Regressando secretamente de Paris, passou apenas uma noite no presbitério. No dia seguinte, ao nascer do sol, estava a cavalo outra vez. Ao café da manhã, o boticário já sabia de tudo. Passada uma hora, Thibault, que havia regressado a Loudun dois dias antes, galopava pela estrada em direção a Poitiers. Encaminhando-se diretamente ao palácio episcopal, informou às autoridades que Grandier estava na cidade simulando uma obediência voluntária a fim de evitar a humilhação de ser preso. Era preciso impedi-lo a qualquer custo de pôr em prática tal estratagema. O juiz eclesiástico concordou com ele. Quando Grandier deixou sua residência seguindo para o palácio, foi preso pelo bedel do rei e levado, protestando mas *sans scandale, ès prisons episcopales dudict Poitiers*.

As prisões episcopais da referida Poitiers estavam localizadas em uma das torres do palácio de Sua Excelência. Ali, Grandier foi entregue ao carcereiro, Lucas Gouiller, e trancado numa cela úmida e quase sem luz. Era a 15 de novembro de 1629. Menos de um mês se passara desde a rixa com Thibault.

O frio era terrível, mas não era permitido enviar roupas mais quentes ao prisioneiro; e quando, alguns dias mais tarde, sua mãe pediu permissão para visitá-lo, o pedido foi recusado. Após duas semanas desse confinamento excessivamente rigoroso, Grandier escreveu uma carta lastimosa para o sr. de la Rochepozay. "Meu senhor" — começava, — "eu sempre acreditei e até mesmo ensinei que o sofrimento é o verdadeiro caminho para o céu, mas nunca passara por tal provação, até que sua benevolência, temendo por minha perdição e desejando minha salvação, lançou-me neste lugar, onde quinze dias de infortúnio aproximaram-me mais de Deus do que quarenta anos passados em prosperidade jamais haviam conseguido." A isso se segue um rebuscado trecho literário, repleto de ditos engenhosos e alusões à Bíblia. Deus, ao que parece, tem "acertadamente associado a presença de um homem à de um leão; em outras palavras, sua moderação com a fúria de meus inimigos que, desejando destruir-me como a outro José, proporcionaram-me um aperfeiçoamento em relação ao reino de Deus". De tal modo que seu ódio reverteu em amor, sua sede de vingança num desejo de ajudar àqueles que o caluniaram. E, após um amaneirado parágrafo sobre Lázaro, conclui rogando que, uma vez que o objetivo do castigo é a recuperação, e já que após duas semanas na prisão sua própria vida foi reformulada, ele devia ser solto sem demora.

É sempre difícil acreditar que uma emoção franca e genuína se possa revelar nos requintados artifícios de um estilo rebuscado. Mas a literatura não é idêntica à vida. A arte é regida por uma série de regras, o comportamento, por outras. No início do século XVIII, o contrassenso do estilo epistolar de Grandier é perfeitamente compatível com sentimentos autênticos. Não há razão para duvidar de sua sincera convicção de que seu tormento o encaminhara para mais perto de Deus. Infelizmente, pouco conhecia acerca de sua própria natureza para compreender que, recuperando seu bem-estar, se perderia o produto do sofrimento (ao menos que fizesse esforços tremendos e persistentes), e se perderia não em quinze dias, mas nos primeiros quinze minutos.

A carta de Grandier não comoveu o bispo. Menos ainda as cartas que recebeu em seguida do sr. d'Armagnac e de seu bondoso amigo, o arcebispo de Bordeaux. Que esse sujeitinho detestável tivesse amigos tão influentes já era bastante desagradável. Mas que esses amigos ousassem ditar ordens a ele, um De la Rochepozay, um erudito comparado com o qual o arcebispo não era superior a um de seus cavalos, que se atrevessem a aconselhá-lo sobre o que fazer com um padre indisciplinado — isso era positivamente intolerável. Ordenou que Grandier fosse tratado de forma ainda pior que anteriormente. As únicas pessoas que visitavam o pároco durante esse período desditoso eram os jesuítas. Ele havia sido seu aluno, e não o abandonaram. Junto com os consolos espirituais, os bons padres levavam-lhes meias quentes e cartas do mundo exterior. Por estas últimas ele soube que D'Armagnac havia conseguido a adesão do procurador-geral, que este tinha solicitado a Trincant, como promotor público de Loudun, que reabrisse o processo contra Thibault, que Thibault procurara D'Armagnac com o objetivo de entrar em um acordo, mas que *Messieurs les esclezeasticques* (a ortografia do governador é de estarrecer) tinham advertido contra qualquer concessão, uma vez que iria *faire tort à votre ynosance*. O pároco ganhou novo ânimo, escreveu outra carta ao bispo acerca de seu próprio processo, mas não obteve resposta; escreveu ainda outra, quando Thibault procurou-o pessoalmente a fim de chegarem a um acordo fora do tribunal, e ainda assim não recebeu resposta. No início de dezembro, as testemunhas que tinham sido pagas para acusá-lo foram ouvidas em Poitiers. Mesmo com os juízes parciais e a seu favor, a impressão que causaram foi inteiramente lastimável. Em seguida foi a vez do vigário de Grandler, Gervais Meschin, e do outro clérigo abelhudo que o tinha visto no banco da igreja com a sra. de Dreux. Seus testemunhos mostraram-se quase tão pouco convincentes quanto os de Bougreau e Cherbonneau. Declarar alguém culpado com tais provas parecia impossível. Contudo, o sr. de la Rochepozay não era homem para ser desviado de seu propósito devido a ninharias como equidade ou procedimento legal. No dia 3 de janeiro de 1630, foi finalmente proferida a sentença. Grandier foi condenado a passar a pão e água a cada sexta-feira durante três meses e foi proibido de exercer a função sacerdotal por cinco anos na diocese de Poitiers e para sempre na cidade de Loudun. Para o pároco, essa sentença significou a ruína financeira e o desmoronar de todas as suas esperanças de futuro cargo honorífico. Mas, enquanto isso, era um homem livre novamente — livre para viver outra vez em sua casa bem-aquecida, comer uma boa refeição (exceto às sextas-feiras), conversar com parentes e amigos, receber a visita (com que infinidade de cuidados!) da mulher que acreditava ser sua esposa, e livre, finalmente, para dirigir-se ao seu superior eclesiástico, o arcebispo de Bordeaux, a fim de apelar da sentença do sr. de la Rochepozay. Com abundantes expressões de respeito, mas no entanto firmemente, Grandier escreveu para Poitiers anunciando sua decisão de levar o caso ao metropolitano. Exasperado, o sr. de la Rochepozay não pôde contudo fazer nada para evitar essa intolerável afronta à sua vaidade. A lei canônica — poderia alguma coisa ser mais corrompida? — permitia a esses seres abjetos recorrerem à justiça e até mesmo, em determinadas circunstâncias, apelar da sentença.

Para Trincant e os outros membros do conluio, a notícia de que Grandier pretendia apelar foi muito mal recebida. O arcebispo era amigo íntimo de D'Armagnac e detestava o sr. de la Rochepozay. Havia razões de sobra para temer que o apelo, se realizado, seria bem-sucedido. Em tal caso, Loudun teria de suportar a presença do pároco para sempre. Para evitar que se fizesse o apelo, os próprios inimigos de Grandier recorreram não à mais alta corte eclesiástica, mas ao Parlamento de Paris. O bispo e seus provisores eram juízes eclesiásticos e só poderiam impor castigos espirituais, tais como jejuar e, em casos extremos, a excomunhão. Não poderia haver enforcamento, mutilação ou marca de ferrete, condenação às galés a não ser por decreto de um juiz civil. Se Grandier era bastante culpado para merecer interdição *a divinis*, então indubitavelmente era suficientemente culpado para ser julgado perante a alta corte.

O recurso foi aceito e o julgamento marcado para o fim do mês de agosto. Dessa vez quem se perturbou foi o pároco. O caso de René Sophier, o rude vigário que apenas seis anos antes havia sido queimado vivo por "incestos espirituais e sacrílegos despudores", estava tão presente em sua memória quanto na do promotor público. D'Armagnac, em cuja casa de campo passara a maior parte da primavera e do verão, tranquilizava-o. Afinal, Sophier tinha sido apanhado em flagrante, Sophier não tinha amigos na corte. Ao passo que no seu caso não havia provas, e o procurador-geral já prometera sua assistência ou pelo menos uma complacente neutralidade. Tudo sairia bem. E, realmente, quando o caso foi a julgamento, os juízes fizeram exatamente o que os inimigos de Grandier não esperavam que fizessem: solicitaram um novo julgamento perante o *Lieutenant Criminel* de Poitiers. Dessa vez, os juízes seriam imparciais, as testemunhas seriam submetidas a novo e minucioso interrogatório. As perspectivas eram tão alarmantes que Cherbonneau como que evaporou-se, e Bougreau não só retirou sua acusação como confessou que tinha sido pago para fazê-la. O mais velho dos dois padres, Martin Boulliau, há muito já havia negado as declarações a ele atribuída pelo promotor público, e, em seguida, poucos dias antes do início do novo julgamento, o mais jovem, Gervais Meschin, procurou o irmão de Grandier e, num acesso de pânico misturado talvez com remorso, prestou uma declaração no sentido de que tudo que dissera acerca da irreverência de Grandier, suas brincadeiras com as criadas e matronas no chão da igreja, suas farras com mulheres à meia-noite no presbitério, eram totalmente falsas; e que suas declarações foram feitas a pedido e sob a inspiração daqueles que conduziam o inquérito. Não menos comprometedor foi o testemunho dado voluntariamente por um dos cônegos de Saint-Croix, que então revelou ter Trincant ido secretamente a ele e tentado, primeiro através de lisonjas e depois intimidações, induzi-lo a fazer acusações infundadas contra seu colega. Quando o caso foi levado a julgamento, não havia prova contra o pároco, mas sim contra seus acusadores. Inteiramente desacreditado, o promotor público encontrava-se num dilema. Se contasse a verdade acerca de sua filha, Grandier seria condenado e sua própria conduta indigna estaria explicada e, em parte, justificada. Entretanto, contar a verdade seria expor Philippe à desonra e a si mesmo ao desprezo ou a uma piedade irrisória. Calou-se. Philippe foi preservada da ignomínia; mas Grandier, o alvo de todo o seu ódio, foi absolvido; e sua própria reputação como um cavalheiro, advogado e servidor público ficou irremediavelmente manchada.

Embora agora não houvesse mais para Grandier o perigo de ser queimado vivo por incestos espirituais, a interdição *a divinis* continuava em vigor e, uma vez que o sr. de la Rochepozay não cederia, a única coisa a fazer era apelar para o metropolitano. O arcebispado de Bordeaux pertencia nessa época à linhagem de Escoubleau de Sourdis. Graças ao fato de sua mãe, Isabeau Babou de la Bourdaisière, ser tia de Gabrielle d'Estrées, a amante favorita de Henrique IV, François de Sourdis havia subido rapidamente na carreira escolhida. Aos vinte e três anos atingiu o cardinalato e no ano seguinte, 1599, tornou-se arcebispo de Bordeaux. Em 1600, fez uma viagem à Roma, onde foi apelidado um tanto maldosamente de *Il Cardinale Sordido, arcivescovo di Bordello*. Voltando ao seu bispado, dividia seu tempo entre fundar congregações religiosas e altercar, por ninharias mas violentamente, com o Parlamento local, ao qual em certa ocasião excomungou com todas as pompas de sino, livro e vela. Em 1628, após governar por quase trinta anos, morreu e sucedeu-lhe o irmão mais novo, Henri de Sourdis.

Os comentários de Tallemant sobre o novo arcebispo começam como se segue: "A sra. de Sourdis, sua mãe, contou-lhe em seu leito de morte que ele era o filho do chanceler de Chivemy, que conseguira para ele o bispado de Maillezais e inúmeros outros benefícios, e suplicava-lhe que se contentasse com um diamante, sem exigir nada dos bens de seu falecido marido. Ele redarguiu: 'Mãe, eu nunca quis acreditar que você não valia nada (*que vous ne valiez rien*). Mas agora vejo que é verdade'. Isso não o impediu de obter as cinquenta mil coroas de sua parte legal como os outros irmãos e irmãs, pois ganhou sua ação judicial."[24]

Como bispo de Maillezais (outro benefício eclesiástico de família, que seu tio exercera antes dele), Henri de Sourdis levava a vida de um jovem cortesão dissipado. Excluído dos encargos do casamento, não se sentia obrigado a negar-se os prazeres do amor. Como desperdiçava muito de seus recursos nesses prazeres, a srta. du Tillet, com o senso econômico característico do francês, aconselhou à mulher de seu irmão, Jeanne de Sourdis, a *faire l'amour avec M. l'évesque de Maillezais, vostre beau-frère*. "Jesus, senhorita! O que dizes?", exclamou a sra. de Sourdis. "O que digo?", retrucou a outra. "Estou dizendo que não é bom que o dinheiro saia da família. Sua sogra fez a mesma coisa com o cunhado dela, que também era bispo de Maillezais."[25]

Nos intervalos do amor, o jovem bispo ocupava-se principalmente com a guerra, primeiro em terra, como chefe do serviço de intendência do Exército e intendente de artilharia, e mais tarde no mar, como comandante de navios e como ministro de Marinha. Nesta última posição, criou, por assim dizer, a Marinha francesa.

Em Bordeaux, Henri de Sourdis seguia os passos de seu irmão, brigando com o governador, o sr. d'Épernon, por questões tais como o direito do arcebispo a uma recepção oficial e a reivindicação da melhor parte do peixe mais fresco. A situação chegou a tal ponto que um dia o governador ordenou a seus homens que detivessem e impedissem a entrada da carruagem do arcebispo. Para vingar-se desse insulto, o arcebispo excomungou os guardas do sr. d'Épernon e suspendeu de antemão qualquer padre que rezasse missa em sua

---

24 Tallemant des Raux, *Historiettes* (Paris, 1854), vol. 2, p. 337.
25 Ibid., vol. 1, p. 189.

capela particular. Ao mesmo tempo, ordenou que fossem lidas orações públicas em todas as igrejas de Bordeaux para a conversão do duque d'Épernon. O duque, furioso, contra-atacou proibindo a reunião de mais de três pessoas dentro dos limites do palácio arcebispal. Quando lhe comunicaram essa ordem, o sr. de Sourdis correu às ruas clamando o povo a defender a liberdade da Igreja. Saindo de seu palácio para debelar o tumulto, o governador deu de cara com o arcebispo e, num acesso de cólera, bateu-lhe com a bengala. *Ipso facto* o sr. de Sourdis declarou-o excomungado. A disputa foi reportada a Richelieu, que decidiu apoiar o sr. de Sourdis. O duque foi banido de suas propriedades e o arcebispo permaneceu dominando o terreno, triunfantemente. No fim de sua vida, o sr. de Sourdis caiu em desgraça. "Durante seu exílio", escreve Tallemant, "aprendeu um pouco de teologia."

Tal homem era perfeitamente adequado para compreender e admirar Urbain Grandier. Sendo ele mesmo grande apreciador do sexo, encarava os pecadilhos do pároco com compreensiva indulgência. Sendo ele mesmo um lutador, admirava a belicosidade mesmo em um subordinado. Além disso, o pároco tinha boa retórica, abstinha-se de gíria, tinha um estoque de informações e anedotas divertidas e era uma companhia agradável. *"Il vous affectionne bien fort"*, D'Armagnac escreveu para o pároco após a última visita ao sr. de Sourdis na primavera de 1631, e a simpatia em breve teve ensejo de se manifestar objetivamente. O arcebispo ordenou que o caso fosse revisto pelos magistrados de Bordeaux.

Durante todo esse tempo, a grande revolução nacionalista, iniciada pelo cardeal Richelieu, estava em firme progresso e então, quase que de repente, começou a afetar a vida particular de cada personagem envolvido neste pequeno drama de província. Para acabar com o poder dos protestantes e dos senhores feudais, Richelieu persuadira o rei e o Conselho a ordenar a demolição de todas as fortalezas do reino. Já havia inúmeras torres destruídas, fossos aterrados, muralhas transformadas em aleias arborizadas.

E então chegou a vez do castelo de Loudun. Erigido pelos romanos, reconstruído e ampliado várias vezes durante a Idade Média, era a mais sólida fortaleza em todo o Poitou. Uma série de muralhas defendidas por dezoito torres dominava a colina sobre a qual a cidade fora construída, e dentro desse âmbito havia uma segunda vala, uma segunda muralha, e pairando acima de tudo a imensa torre medieval, restaurada em 1626 pelo atual governador, Jean d'Armagnac. As restaurações e a remodelação interna haviam lhe custado um bom dinheiro; contudo, ele recebera garantias pessoais do rei, a quem servira como camareiro-mor, de que, mesmo se o resto do castelo fosse destruído, a torre de menagem permaneceria de pé.

Richelieu, enquanto isso, tinha seus próprios pontos de vista sobre o assunto, e estes não coincidiam com os do rei. Em sua opinião, D'Armagnac era apenas um pequeno cortesão sem importância e Loudun, um antro de huguenotes, um perigo em potencial. De fato, esses huguenotes haviam permanecido fiéis durante todas as recentes rebeliões de seus correligionários no Sul sob o comando do duque de Rohan, em La Rochelle, numa aliança com os ingleses. Mas a lealdade de hoje não é garantia contra a revolta de amanhã. E seja como for, eles eram hereges. Não, não, o castelo devia ser destruído, e junto com ele deviam desaparecer todos os antigos privilégios de uma cidade que, por persistir predominantemente protestante, provara ser indigna deles. O plano do cardeal era transferir esses privilégios para sua própria cidade, a vizinha e ainda hipotética cidade de Richelieu, que estava então em construção ou em vias de ser construída nos arredores da casa de seus ancestrais.

Em Loudun, a opinião pública era decididamente contra a demolição do castelo. Naquela época, a paz interna ainda era uma novidade inconsistente. Privados de sua fortaleza, os habitantes da cidade, tanto os católicos quanto os protestantes, sentiam que ficariam (nas palavras de D'Armagnac) "à mercê de todo tipo de soldadesca e sujeitos a pilhagens frequentes". Além disso, já haviam se espalhado rumores sobre as intenções ocultas do Cardeal. Tão logo atingisse seus intentos, a pobre e antiga Loudun não seria nada mais que uma vila — e por isso mesmo, uma vila quase deserta. Devido à sua amizade com o governador, Grandier estava sem dúvida do lado da maioria. Seus inimigos particulares, quase sem exceção, eram cardinalistas, que pouco se importavam com o futuro de Loudun e estavam apenas interessados em procurar agradar Richelieu clamando pela demolição e trabalhando contra o governador. No exato momento em que Grandier parecia estar a ponto de conquistar uma vitória final, foi ameaçado por um poder imensamente maior do que todos que já tivera de enfrentar.

Durante todo esse tempo, a posição social do pároco era estranhamente paradoxal. Havia sido interditado *a divinis*; mas era ainda o *Curé* de Saint-Pierre, onde seu irmão, o vigário principal, representava-o. Seus amigos ainda eram amáveis; mas seus inimigos tratavam-no como a um marginal, banido da sociedade decente. E contudo, por trás dos bastidores, esse marginal estava exercendo a maior parte das funções de um governante real. D'Armagnac foi forçado a passar a maior parte de seu tempo na corte, a serviço do rei. Durante sua ausência, era representado em Loudun por sua esposa e um fiel substituto. Tanto este como a sra. D'Armagnac haviam recebido ordens explícitas de consultar Grandier a cada decisão importante. O padre desacreditado e em suspensão atuava como vice-governador da cidade e guardião da família do seu primeiro cidadão.

Durante aquele verão de 1631, o sr. Trincant retirou-se à vida privada. Seus confrades e a maioria do povo ficaram profundamente chocados com as revelações feitas no segundo julgamento de Grandier. Um homem que se dispunha por motivo de vingança pessoal a cometer perjúrio, subornar testemunhas, adulterar declarações escritas, era evidentemente contraindicado para ocupar um cargo jurídico de responsabilidade. Sob disfarçada, mas insistente pressão, Trincant renunciou. Em vez de negociar a sucessão de seu cargo (como tinha direito a fazer), cedeu-o a Louis Moussaut — mas sob uma condição. O jovem advogado só se tornaria promotor público de Loudun após casar-se com Philippe Trincant. Para Henrique IV, Paris valera uma missa. Para o sr. Moussaut, um bom emprego valeu a virgindade perdida de sua noiva e os gracejos irreverentes dos protestantes. Após uma discreta cerimônia, Philippe dispôs-se a cumprir sua sentença — quarenta anos de um casamento sem amor.

No novembro que se seguiu, Grandier foi chamado à abadia de Saint-Jouin-de-Marnes, uma das residências favoritas do mui privilegiado arcebispo de Bordeaux. Lá soube que seu recurso à sentença do sr. de la Rochepozay havia sido atendido. A interdição *a divinis* foi suspensa e estava livre outra vez para exercer suas funções de *Curé* de Saint-Pierre. O sr. de Sourdis fez acompanhar essa notícia de alguns conselhos amigáveis e bastante sensatos. Reabilitação legal, salientou, não acalmaria a fúria de seus inimigos, tenderia mesmo a intensificá--la. Uma vez que esses inimigos eram muitos e poderosos, não seria mais sábio, e mais proveitoso para uma vida tranquila, deixar Loudun e começar de novo numa outra paróquia? Grandier prometeu pensar sobre essas sugestões, mas já havia se decidido a não fazer nada daquilo. Ele era o pároco de Loudun e lá pretendia permanecer, apesar de seus inimigos — ou mesmo por causa deles. Queriam que partisse; muito bem, ficaria só para aborrecê-los e porque adorava uma briga, porque, como Martinho Lutero, gostava de se irritar.

Além dessas, o pároco tinha outras e desabonadoras razões para desejar permanecer. Loudun era a terra natal de Madeleine, e seria muito difícil para ela partir. E havia seu amigo, Jean d'Armagnac, que agora precisava tanto da ajuda de Grandier quanto este precisara uma vez da sua. Deixar Loudun no meio da contenda sobre o castelo seria como abandonar um aliado diante de um inimigo.

Em seu caminho para casa, voltando de Saint-Jouin, Grandier apeou-se no presbitério de uma das vilas em seu percurso, e perguntou se podia cortar um ramo do belo loureiro que crescia no jardim.

O idoso padre alegremente deu sua permissão. Nada como folhas de loureiro, observou, para dar mais sabor ao pato selvagem e ao veado assado. E nada como folhas de loureiro, acrescentou Grandier, para celebrar uma vitória. Foi com os louros de vencedor em sua mão que ele galopou pelas ruas de Loudun. Naquele entardecer, após cerca de dois anos de silêncio, a voz vibrante do pároco se fez ouvir outra vez na igreja de Saint-Pierre. Enquanto isso, sob o crocodilo do boticário, os membros do conluio souberam de sua derrota e soturnamente discutiram o próximo passo.

Uma nova fase da contenda estava para se iniciar mais rápido do que se esperava. Um dia ou dois após a volta triunfante de Grandier de Saint-Jouin, um visitante importante chegou na cidade e alojou-se no O Cisne e A Cruz. Esse visitante era Jean de Martin, barão de Laubardemont, primeiro presidente da Corte de Apelação (*cour des aides*) da Guyenne, um membro do Conselho de Estado e, naquela ocasião, comissário especial de Sua Majestade para a demolição do castelo de Loudun. Para um homem de apenas quarenta e um anos, o sr. de Laubardemont havia ido longe. Sua carreira era uma prova de que, em certas circunstâncias, rastejar é um meio de locomoção mais eficaz do que andar ereto, e que os melhores rastejadores são os que dão as picadas mais venenosas. Através de toda a sua vida Laubardement tinha sistematicamente rastejado diante dos poderosos e mordido os indefesos. E agora estava colhendo sua recompensa: tornara-se um dos subordinados favoritos de Sua Eminência.

Em aparência e feitio, o barão tomava como modelo, duzentos e tantos anos antes de seu surgimento, Uriah Heep de Dickens.[26] O corpo longo e contorcido, as mãos úmidas que esfregava constantemente, os repetidos protestos de humildade e boa vontade — estava tudo ali. E também ali estava a perversidade subjacente, o maligno bom senso em proveito próprio.

26 Personagem de *David Copperfield*, de Charles Dickens. [N.E.]

Aquela era a segunda visita de Laubardemont a Loudun. Estivera lá no ano anterior representando o rei no batismo de um dos filhos de D'Armagnac. Por esse motivo, o governador, um tanto ingenuamente, acreditava que Laubardemont era seu dedicado amigo. Entretanto, o barão não tinha amigos e devotava-se somente aos poderosos. D'Armagnac não exercia um verdadeiro poder; era apenas o favorito de um rei que mostrava-se invariavelmente muito fraco para dizer não ao seu primeiro-ministro. O favorito havia obtido de Sua Majestade a promessa de que a torre não seria demolida; entretanto, Sua Eminência decidira que isso era necessário. Assim sendo, resultaria inevitavelmente que mais cedo ou mais tarde (e com mais probabilidade mais para breve) o rei retiraria sua promessa. E então o favorito apareceria como realmente era — uma mera nulidade, um joão-ninguém com um título de nobreza. Antes de partir para Poitou, Laubardemont visitara o governador e fizera as costumeiras ofertas de serviço e os protestos de amizade eterna. E enquanto em Loudun era só atenções para a sra. d'Armagnac, desdobrava-se para ser amável com o pároco. Contudo, secretamente mantinha longas conferências com Trincant, Hervé, Mesmin de Silly e os outros cardinalistas. Grandier, cujo serviço secreto era não menos eficiente que o do boticário, soube imediatamente dessas reuniões. Escreveu para o governador avisando-o para se precaver contra Laubardemont e principalmente contra seu chefe, o cardeal. D'Armagnac replicou exultante que o rei acabara de escrever pessoalmente ao comissário com ordens explícitas para manter a torre erguida. Isso encerraria o assunto de uma vez por todas.

A carta real foi entregue em meados de dezembro de 1631. Laubardemont apenas meteu-a em seu bolso e nada mencionou sobre ela. A demolição das muralhas externas e das torres continuava em ritmo acelerado e quando, em janeiro, Laubardemont partiu de Loudun para atender a assuntos mais urgentes em outro lugar, os demolidores já estavam bem próximos da torre de menagem. Grandier interrogou o engenheiro encarregado da obra. Suas ordens eram para demolir tudo. Agindo por iniciativa própria, o pároco ordenou aos soldados sob o comando do governador para que fizessem um cerco em torno da fortaleza interna. Em fevereiro, Laubardemont regressou e, percebendo temporariamente os planos malograrem-se, pediu desculpas à sra. d'Armagnac por sua imperdoável omissão e finalmente divulgou a carta do rei. Provisoriamente a torre fora salva, mas por quanto tempo e a que preço? Michel Lucas, secretário particular de Sua Majestade e agente de confiança do cardeal, recebeu ordens de solapar a influência de D'Armagnac sobre seu real senhor. Em relação ao pároco — tomaria conta dele no devido tempo e em ocasião oportuna. Grandier e D'Armagnac tiveram sua última e mais suicida vitória no início do verão de 1632. Subordinou-se um mensageiro especial, um maço de cartas dos cardinalistas para Michel Lucas foi interceptado. Essas cartas continham, além de calúnias maldosas contra o governador, provas evidentes de que os homens que as tinham escrito trabalhavam sem reservas para a ruína de Loudun. D'Armagnac, que estava em sua casa de campo, chegou de surpresa na cidade e, ao som dos sinos de alarme, convocou uma assembleia do povo. As cartas incriminadoras foram lidas em voz alta e a fúria popular foi tanta que Hervé, Trincant e os outros tiveram de se esconder. O triunfo do governador foi entretanto de curta duração. Regressando poucos dias depois à corte, soube que a notícia de sua façanha o tinha precedido e que o cardeal a recebera muito mal. La Vrillière, o secretário de Estado, e um leal amigo chamaram-no à parte e disseram-lhe que teria de escolher entre sua torre e seus serviços à Coroa. Em nenhuma circunstância Sua Eminência permitiria que conservasse ambos. E, de qualquer forma, quaisquer que fossem as intenções de Sua Majestade naquele momento, a torre de menagem seria demolida. D'Armagnac compreendeu a insinuação. Dessa data em diante não ofereceu mais resistência. Um ano depois, o rei escreveu outra carta ao seu comissário. "Sr. de Laubardemont, tendo ouvido falar de tua diligência [...] escrevo esta carta para expressar minha satisfação, e como a torre ainda está para ser demolida, não deixarás de fazer com que o seja completamente, sem restar nada." Como sempre, o cardeal impusera sua vontade. Enquanto isso, Grandier estivera travando suas próprias batalhas tanto quanto as do governador. Após alguns dias de sua reintegração como *Curé* da igreja de Saint-Pierre, seus inimigos pediram ao bispo de Poitiers permissão para receber os sacramentos de outras mãos que não aquelas tão notoriamente impuras do padre da paróquia. O sr. de la Rochepozay sentiu-se muito gratificado ao consentir. Fazendo isso estaria punindo o homem que ousara recorrer de sua sentença e ao mesmo tempo estaria dizendo ao arcebispo exatamente o que pensava dele e de suas inúteis absolvições. Essa dispensa propiciou novos escândalos. No verão de 1632, Louis Moussaut e sua esposa, Philippe, chegaram a Saint-Pierre com seu primeiro filho. Em vez de deixar o batismo com um de seus vigários, Grandier ofereceu-se, com uma inconcebível falta de tato, para realizar a cerimônia. Moussaut mostrou a dispensa do bispo. Grandier insistiu que era ilegal e, após violenta altercação com o marido de sua ex-amante, moveu uma ação judicial para fazer valer seus direitos.

Enquanto o novo caso aguardava solução, um antigo havia sido reavivado. Esquecidos estavam todos os sentimentos cristãos contidos na carta que escrevera da prisão — todas aquelas belas palavras sobre o ódio que transformara-se em amor, a sede de vingança dando lugar a um desejo de servir aos que o tinham tratado injustamente. Thibault o tinha agredido e teria de pagar por isso. D'Armagnac várias vezes aconselhou-o a ficar longe da corte. Mas o pároco ignorou todas as ofertas de conciliação de Thibault e, tão logo se reabilitou, insistiu nas velhas acusações com vontade. Contudo, Thibault tinha amigos na corte, e embora Grandier finalmente ganhasse a causa, a indenização estipulada era humilhantemente pequena. Por causa de vinte e quatro libras francesas havia destruído a última esperança de reconciliação ou ao menos de um acordo com seus inimigos.

CAPÍTULO III

I

Enquanto Urbain Grandier ocupava-se em seguir as oscilações de seu destino, do triunfo para a derrota e de volta a um duvidoso triunfo, um contemporâneo seu mais jovem estava travando outro tipo de batalha por uma recompensa incomparavelmente maior. Como aluno do colégio de Bordeaux, Jean-Joseph Surin deve ter visto frequentemente, entre os estudantes de teologia ou os noviços jesuítas, um jovem padre particularmente belo, e deve ter ouvido várias vezes seus mestres falarem entusiasticamente de sua competência e dedicação. Grandier deixou Bordeaux em 1617, e Surin jamais poria os olhos nele outra vez. Quando foi para Loudun em fins do outono de 1634, o pároco já havia morrido e suas cinzas tinham sido espalhadas aos quatro ventos.

Grandier e Surin — dois homens aproximadamente da mesma idade, educados na mesma escola pelos mesmos professores, na mesma disciplina religiosa e humanística, ambos padres, um secular e outro jesuíta, e contudo predestinados a habitarem mundos incompatíveis. Grandier passava apenas um pouco da média do homem sensual comum. Seu universo, como o registro de sua vida é suficiente **para provar**, era "o mundo" no sentido em que essa palavra é utilizada no Evangelho e nas Epístolas. "Maldito seja o mundo por seus escândalos!" "Não rezo pelo mundo." "Não ame o mundo nem

as coisas do mundo. Se um homem ama o mundo, o amor do Pai não está com ele. Pois tudo que é do mundo, a luxúria da carne, a luxúria dos olhos e a vaidade da existência, não são do Pai mas do mundo. E o mundo passará e a luxúria dele; mas aquele que cumpre a vontade de Deus viverá eternamente."
"O mundo" é a manifestação da experiência do homem da forma como é moldada pelo seu ego. É aquela vida pouco fértil vivida de acordo com as exigências do eu individualista. É a natureza tornada cruel pela visão distorcida de nossos violentos desejos e reações inesperadas. É o finito desligado do Eterno. É a diversidade isolada do Substrato único. É o tempo temido dos fatos detestáveis que se sucedem. É um sistema de categorias verbais substituindo as insondáveis belezas e inexplicáveis circunstâncias que constituem a realidade. É um conceito rotulado "Deus". É o universo equiparado com as palavras de nosso vocabulário utilitário.

Em oposição ao "mundo" está "o outro mundo", no interior do Reino dos Céus. Para esse reino Surin se sentira atraído desde o início de sua vida acanhada. Além de rica e ilustre, sua família era também devota, de uma piedade atuante e abnegada. Antes de morrer, o pai de Jean-Joseph havia cedido uma grande propriedade para a Companhia de Jesus, e, após a morte de seu marido, a sra. Surin realizou o sonho há muito acalentado de ingressar no claustro como freira carmelita. Os idosos Surin devem ter criado seu filho numa severidade sistemática e escrupulosa. Cinquenta anos mais tarde, retrocedendo à sua infância, Surin descobriu apenas um curto intervalo de felicidade. Tinha oito anos e houvera um caso de doença contagiosa em pessoa da casa. O menino ficou de quarentena numa cabana no campo. Era verão, o lugar era belíssimo, sua governanta recebeu ordens de deixá-lo se divertir, seus parentes foram visitá-lo levando todo tipo de presentes maravilhosos. "Meus dias eram passados em brincadeiras e corridas sem controle, sem precisar ter medo de ninguém." (Que frase dolorosamente reveladora!) "Após esta quarentena, fui mandado para a escola e os maus dias começaram, sob um comando de Nosso Senhor para mim tão pesado, que daquela época até quatro ou cinco anos atrás meus sofrimentos eram terríveis e atingiram ao mais alto grau que, acho, um ser humano é capaz de suportar." Jean-Joseph foi posto na escola dos jesuítas. Ensinaram-lhe tudo que sabia e, quando chegou a hora de definir sua vocação, decidiu-se sem hesitar pela Companhia. Enquanto isso, tinha aprendido de outra fonte algo ainda melhor que o bom latim, mais importante que teologia escolástica. Durante cerca de cinco anos da meninice e adolescência de Surin, a prioresa do convento carmelita em Bordeaux era uma freira espanhola chamada irmã Isabel dos Anjos. A irmã Isabel havia sido companheira e discípula de santa Teresa e, na meia-idade, foi designada, com várias outras freiras, a realizar o trabalho missionário de levar para a França um novo modelo de ordem, assim como as práticas espirituais e a doutrina mística de santa Teresa. Para qualquer alma piedosa que estivesse verdadeiramente interessada em escutar, a irmã Isabel estava sempre disposta a expor aqueles ensinamentos elevados e difíceis. Entre os que a procuravam mais regularmente e a escutavam com a maior seriedade, estava um rapazinho um tanto franzino de doze anos. O menino era Jean-Joseph, e esse era o modo como gostava de passar seus feriados. Através das grades do locutório, ouvia maravilhado aquela voz que falava num francês cultivado e gutural do amor de Deus e da felicidade da união, da humildade e da autonegação, da purificação do coração e do vazio da mente ocupada e distraída. Ouvindo, o menino sentia-se tomado da heroica ambição de combater a carne e o mundo, principados e potências — de lutar e vencer, a fim de que se sentisse preparado finalmente para se dedicar a Deus. Entregou-se fervorosamente à batalha espiritual. Pouco depois de seu décimo terceiro aniversário, foi-lhe concedido o que parecia ser um sinal da graça de Deus, um presságio da suprema vitória. Um dia, rezando na igreja carmelita, deu-se conta de uma luz sobrenatural, uma luz que parecia revelar a natureza intrínseca de Deus e ao mesmo tempo manifestar todos os atributos divinos. A lembrança dessa revelação e da felicidade extraterrena que a tinha acompanhado jamais o abandonou. Ela o preservou de, no mesmo tipo de ambiente social e educacional de Grandier e de Bouchard, identificar-se, como os outros o haviam feito, com "a luxúria da carne e dos olhos, e com a vaidade humana". Não que a luxúria e a vaidade não o afetassem. Pelo contrário, achava-as terrivelmente fascinantes. Surin era um desses seres nervosos e frágeis nos quais o impulso sexual é forte, capaz de levar quase ao delírio. Além disso, possuía um notável talento para escrever e, já avançado nos anos, sentiu-se tentado, o que era natural, a incorporar aquele dom ao seu eu atuante e tornar-se um escritor profissional, interessado principalmente nos problemas da estética. Essa tentação a sucumbir a mais respeitada das "luxúrias dos olhos" foi reforçada pela vaidade e pela ambição humana. Teria se comprazido com o gosto da fama, teria lhe agradado, embora certamente aparentasse desprezar, o elogio da crítica, os aplausos de um público que o idolatrasse. No entanto, a última fraqueza de uma mente elevada é tão fatal no que se refere à vida espiritual quanto a primeira fraqueza de uma mente torpe. As tentações de Jean-Joseph, as louváveis não menos que as desonrosas, eram muito fortes; mas, à luz daquela glória contemplada, ele pôde reconhecê-las pelo que realmente eram. Surin morreu virgem, queimou a maior parte de sua produção literária e contentou-se não somente em não ser famoso, mas (como veremos) em ser incontestavelmente infame. Penosamente, com heroica perseverança e contra inconcebíveis obstáculos que serão narrados num capítulo posterior, consagrou-se à tarefa de atingir a perfeição cristã. Mas, antes de nos aventurarmos na história de sua estranha romaria, paremos um pouco para examinar o que leva homens e mulheres a empreender tais viagens ao desconhecido.

II

Introspecção, reflexão e registros do comportamento humano no passado e no presente deixam bastante claro que um anseio de autotranscendência é tão comum e às vezes tão forte quanto a necessidade de autoafirmação. Os homens desejam intensificar a certeza de serem a pessoa que pensam ser, mas também desejam — e frequentemente com incrível veemência — a sensação de serem alguma outra pessoa. Em suma, eles anseiam libertar-se de si mesmos, ultrapassar os limites desse pequeno universo isolado dentro do qual todo indivíduo se encontra confinado. Esse desejo de autotranscendência não é semelhante ao desejo de escapar à dor física ou mental. Em muitos casos, na verdade, o desejo de evadir-se da dor reforça o anseio de autotranscendência. Contudo, o último pode existir sem o primeiro. Se não fosse assim, as pessoas saudáveis e bem-sucedidas, que têm (na linguagem profissional da psiquiatria) "obtido uma excelente adaptação à vida", jamais sentiriam o anseio de transpor seus próprios limites. Mas na realidade elas o sentem. Mesmo entre aqueles a quem a natureza e a fortuna contemplaram generosamente encontramos não poucas vezes um horror profundamente enraizado de sua própria individualidade, um forte anseio de livrar-se da identidade repulsiva e mesquinha à qual a absoluta perfeição de sua "adequação à vida" os têm condenado (a menos que apelem à Suprema Corte) sem *sursis*. Qualquer homem ou mulher, o mais feliz (pelos padrões da sociedade) não menos que o mais desgraçado, pode chegar, de repente ou gradualmente, ao que o autor de *The Cloud of Unknowing* denomina "a percepção e o conhecimento puro de teu ser". Essa compreensão intuitiva da individualidade gera um desejo angustiante de ir além do eu isolado. "Sinto-me angustiado", escreve Hopkins,

Sinto-me angustiado, sinto-me descontente. O mais profundo decreto de Deus teria o sabor de amargura: o sabor era eu; ossos em mim formados, recheados de carne, sangue extravasando em tormento. O próprio fermento do espírito azeda-se em insípida massa. Percebo, os perdidos são assim, e seu castigo o de serem seus próprios carrascos, como eu o meu; mas ainda pior.

A total perdição é seu próprio carrasco, mas ainda pior. Ser seu próprio carrasco, mas não pior, apenas não melhor, é danação parcial da vida cotidiana, é a consciência, geralmente embotada mas algumas vezes penetrante e "pura", de nos comportarmos como a média dos seres humanos lascivos que somos. "Todos os homens têm motivos para sofrer", observa o autor de *The cloud*, "mas principalmente aquele que conhece a si mesmo. Todos os outros sofrimentos em comparação a esse são como que brincadeira para o fervoroso. Para ele, o verdadeiro sofrimento é ter a compreensão e a percepção não só do que ele é, mas *do fato* de ele ser. E aquele que nunca sentiu essa dor, deixe-o se afligir, pois na verdade nunca sentiu a dor total. Essa dor, quando se apresenta, purifica a alma não só do pecado mas também da pena que por ele merecera; e também torna a alma apta para receber aquela felicidade que despoja o homem de todo o conhecimento e percepção de seu ser."

Se experimentamos uma necessidade de autotranscendência é porque de algum modo obscuro e, apesar de nossa ignorância consciente, sabemos quem realmente somos. Sabemos (ou, para ser mais explícito, alguma coisa no nosso íntimo sabe) que o fundamento de nosso saber individual é idêntico ao Fundamento de todo o conhecimento e de toda a existência; que *Atman* (a mente escolhendo adotar o ponto de vista temporal) é o mesmo que *Brahman* (a mente em sua essência eterna). Sabemos de tudo isso, embora possamos jamais ter ouvido falar das doutrinas nas quais a Verdade Fundamental tem sido relatada, e ainda que aconteça de sermos versados nelas, podemos considerá-las ilusórias. E nós também conhecemos seu resultado prático, o qual propõe que o objetivo, fim, desígnio final de nossa existência é dar espaço no "tu" para o "Outro", é afastar-se de forma que o fundamental possa vir à superfície de nossa consciência; é "morrer" tão definitivamente que possamos dizer: "Estou crucificado com Cristo; apesar disso estou vivo; contudo não eu mas Cristo vive em mim".

Quando o eu consciente transcende a si mesmo, o ego essencial está livre para perceber, em termos de uma consciência finita, a verdade de sua própria eternidade junto com a realidade correlata de que cada particular no mundo das sensações partilha da intemporalidade e do infinito. Isso é libertação, é esclarecimento, é a visão beatífica, na qual as coisas são apreendidas no que são "em si mesmas" e não em relação a um eu odioso em seus desejos insaciáveis.

A verdade fundamental de que o Outro seja você é pertinente à percepção individual. De acordo com os objetivos religiosos, essa ocorrência da percepção tem de se manifestar e se concretizar pela projeção de uma divindade infinita afastada do finito. Ao mesmo tempo, o dever primeiro de se afastar, para que o Fundamento possa assomar à superfície da consciência finita, é projetado exteriormente como um dever de conseguir a salvação dentro dos princípios da fé. Dessas duas projeções originais as religiões inferiram seus dogmas, suas teorias de mediação, seus símbolos, ritos, suas regras e seus preceitos. Aqueles que obedecem às regras, cultuam os mediatários, cumprem os ritos, acreditam nos dogmas e adoram um Deus distante, além do finito, podem esperar obter a salvação com o auxílio da graça divina. Se atingem ou não a revelação que acompanha a percepção da Verdade Fundamental, depende de algo mais que a prática fiel da religião. Na medida em que ajuda o indivíduo a esquecer-se de si mesmo e de suas ideias feitas a respeito do universo, a religião prepara o caminho para a revelação. À medida que provoca e justifica sentimentos fortes tais como o temor, o remorso, a justa indignação, o patriotismo oficializado, o ódio engajado; à medida que repisa nas virtudes redentoras de conceitos teológicos indiscutíveis e combinações de palavras consagradas, a religião constitui um obstáculo no caminho da revelação.

A verdade e o dever fundamentais podem ser formulados, de forma mais ou menos adequada, no vocabulário de todas as religiões mais importantes. Na linguagem utilizada pela teologia cristã, podemos definir revelação como união da alma com Deus como uma Trindade, três em um. É simultaneamente com o Pai, o Filho e o Espírito Santo — união com a fonte e o Fundamento de todo o ser, união com a manifestação desse Fundamento na consciência humana e união com o espírito que une o incognoscível ao conhecido.

União com uma única pessoa da Trindade, com exclusão das outras duas, não é revelação. Assim, união exclusivamente com o Pai é um conhecimento, por participação extática, do Fundamento em sua essência eterna; mas não, simultaneamente, em sua revelação do finito. A experiência total, que liberta e revela, é a da eternidade no tempo, do uno na multiplicidade. Para o bodhisattva, de acordo com a tradição mahayanista, os êxtases de abstração do mundo do sravaka hinayanista não são revelação, mas obstáculos a ela. No Ocidente, o ataque ao quietismo foi causado por motivos religiosos e redundou em perseguição. No Oriente, o sravaka não foi punido; disseram-lhe apenas que estava no caminho errado. "O sravaka", diz Ma-tsu, "é esclarecido e, no entanto, extraviou-se. O homem comum está fora do caminho certo, e contudo de certo modo iluminado. O sravaka não consegue perceber que a mente em si não conhece estágios, causalidade, concepção. Através de disciplina ele chegou da causa ao efeito e permaneceu no Samani do vazio por toda a eternidade. Embora esclarecido a seu modo, o sravaka não está absolutamente no caminho certo. Sob o ponto de vista de bodhisattva, isso (a permanência no samadhi do vazio) é como sofrer as torturas do inferno. O sravaka retirou-se do mundo no vazio e não sabe como sair de sua serena contemplação, uma vez que não tem penetração na essência de Buda." O conhecimento unitivo do Pai exclui um conhecimento do mundo "em si" — uma multiplicidade manifestando o uno infinito, uma ordem temporal participando do eterno. Para um conhecimento do mundo "em si", tem de haver união não só com o Pai, mas também com o Filho e o Espírito Santo. União com o Filho é a assimilação pela personalidade de um modelo de amor desinteressado. União com o Espírito Santo é ao mesmo tempo agente e resultado da autotranscendência individual no amor desinteressado. Juntos eles tornam possível a compreensão daquilo que, inconscientemente, desfrutamos a cada momento — a união com o Pai. Nos casos em que a união é dedicada com muita exclusividade ao Filho — quando a reflexão é concentrada sobre a natureza humana do mediador histórico —, a religião tende a se tornar, exteriormente, um caso de obras, e, no íntimo, de devaneios, visões e emoções autoinduzidas. Contudo, nem as obras, nem as visões ou emoções dirigidas a uma figura lembrada ou imaginada são suficientes por si mesmas. Seu valor, à medida que se referem a libertação e revelação, é puramente instrumental. São meios para atingir o altruísmo (ou, para ser mais exato, *podem* ser meios), e então tornar possível ao indivíduo que pratica as obras, ou vê as aparições e sente as emoções, aperceber-se do Fundamento divino, no qual tem sempre estado o seu ser inconscientemente. O complemento das obras, fantasias e emoções é a fé — não fé no sentido de acreditar numa coleção de asserções teológicas e históricas, não no sentido de uma convicção exaltada de ser salvo pelos méritos de outro, mas fé como confiança na ordem das coisas, fé como uma teoria acerca da natureza divina e humana, como uma hipótese atuante trabalhando resolutamente na esperança de que o que se iniciou como uma suposição virá a se transformar, mais cedo ou mais tarde, num conhecimento pessoal autêntico, pela participação numa realidade incognoscível para o ego isolado.

A incognoscibilidade, podemos observar, é comumente um atributo não somente do Fundamento divino de nosso ser, mas também de muito mais que repousa, por assim dizer, entre esse Fundamento e nossa percepção comum. Para aqueles, por exemplo, que se submetem a testes de percepção extrasensorial (PES) ou previsões, não existe distinção visível entre sucesso e fracasso. O processo de suposição "sente" exatamente o mesmo, seja o resultado do *score* atribuível ao mero acaso ou acentuadamente além ou aquém daquela personalidade. Isso é verdade inquestionável em relação a situações de teste de laboratório. Mas nem sempre é verdade em situações mais significativas. Pelos vários casos provados de que se tem notícia, fica claro que PES e previsão algumas vezes acontecem espontaneamente, e que as pessoas nas quais ocorrem têm consciência do fato e estão inteiramente convencidas da verdade da informação que está sendo transmitida. No campo espiritual, encontramos registros análogos de teofanias espontâneas.[27] Pela graça de uma súbita intuição, o comumente incognoscível faz-se conhecer de maneira inquestionável. Em homens e mulheres que atingirem um alto grau de altruísmo, esses vislumbres, de raros e breves, podem se tornar habituais. União com o Filho através de obras e união com o Espírito Santo através da entrega total à inspiração torna possível uma união consciente e gloriosa com o Pai. Nesse estado de união, os objetos não são mais percebidos como em relação a um eu isolado, mas são compreendidos "como são em essência" — em outras palavras, como são em sua identidade básica em relação ao Fundamento divino de todo ser.

Com o objetivo de revelação e libertação, uma união muito exclusiva com o Espírito não é mais satisfatória que uma união exclusivista com o Pai em êxtase de abstração do mundo, ou com o

---

27 Manifestação visível da divindade. [N.T.]

Filho em obras externas e fantasias e emoções interiores. Onde a união com o Espírito é dirigida para a exclusão das outras uniões, encontramos os padrões de pensamento do ocultismo, os padrões de comportamento da psicologia e dos sensitivos. Os sensitivos são pessoas que nasceram com a aptidão (ou adquiriram o dom) de ter consciência de acontecimentos que se sucedem em níveis subliminares, em que a mente organizada perde sua individualidade e há uma fusão com o ambiente psíquico (para usar uma metáfora física), fora do qual o eu pessoal se cristalizou. Dentro desse meio, existem muitas outras cristalizações, cada uma com seus limites imprecisos, fronteiras que se misturam e que se interpenetram. Algumas dessas cristalizações são as mentes de outros seres corpóreos; outras, os "fatores psíquicos" que sobrevivem à morte do corpo. Algumas, sem dúvida, são as ideias-modelo, criadas por indivíduos que sofreram, divertiram-se e refletiram, e que persistem como objetos de possíveis experiências "lá fora" do ambiente psíquico. E, finalmente, outras ainda dessas cristalizações podem ser entidades não terrenas, benéficas, malignas ou apenas estranhas. Fadados ao fracasso estão todos aqueles que visam apenas à união com o Espírito. Se ignoram o chamado para a união com o Filho através de obras, se esquecem que o objetivo final da vida humana é a libertação e o conhecimento libertador e transfigurador do Pai, em quem depositamos nossos seres, jamais alcançarão seu fim último. Para eles não haverá união com o Espírito, haverá uma mera fusão com cada Tom, Dick e Harry de um mundo psíquico, no qual a maioria dos habitantes não está mais perto que nós da revelação, enquanto alguns podem ser mais impenetráveis à luz do que o mais opaco dos seres encarnados.

    Sabemos de maneira vaga quem somos. Por isso nosso desgosto de precisar parecer ser o que não somos, e o ardente desejo de ultrapassar os limites desse eu aprisionado. A única autotranscendência libertadora é através do altruísmo e da entrega total à inspiração (em outras palavras, união com o Filho e o Espínto Santo), na conscientização daquela união com o Pai, na qual sem saber temos sempre vivido. Contudo, a autotranscendência libertadora é mais fácil de explicar do que atingir. Para aqueles que se encontram intimidados pelas dificuldades do caminho ascendente há alternativas menos árduas. A autotranscendência não é de modo algum invariavelmente dirigida para cima. Na verdade, na maioria dos casos é uma fuga, ou em sentido descendente para um estágio inferior da personalidade, ou mesmo horizontalmente para algo mais amplo que o ego e, no entanto, não mais elevado, não outro essencialmente falando. Estamos eternamente tentando mitigar os efeitos da queda coletiva na personalidade isolada, com outra queda estritamente pessoal no embrutecimento ou na loucura, ou com alguma evasão mais ou menos recomendável, pela arte ou pela ciência, política, um *hobby* ou um emprego. É desnecessário dizer que esses sucedâneos para a autotranscendência ascendente, essas fugas para sucedâneos, subumanos ou tão somente humanos, da Graça, são na melhor das hipóteses insatisfatórios e na pior, desastrosos.[28]

III

As *Lettres provinciales* se situam entre as obras-primas mais consumadas da arte literária. Que clareza, que elegância verbal, que lucidez profunda! E que sarcasmo sutil, que crueldade civilizada! O prazer que extraímos da obra de Pascal é capaz de nos fazer esquecer o fato de que na disputa entre jesuítas e jansenistas, nosso incomparável virtuose lutou pela causa que era a pior. Não foi certamente de grande benefício que os jesuítas triunfassem finalmente sobre os jansenistas. Mas ao menos não foi a calamidade que sem dúvida teria sido o triunfo da facção de Pascal. Comprometida

---

28 Ver Apêndice, p. 377.

com a doutrina da condenação eterna predeterminada para quase todos, e com a ética do rígido puritanismo dos jansenistas, a Igreja poderia facilmente ter se transformado num instrumento praticamente inquebrantável do mal. Na verdade, veio a suceder que os jesuítas prevaleceram. Em doutrina, os excessos do augustinismo jansenista eram atenuados por certa influência do bom senso de pelagianos moderados. (Em outras épocas, os excessos do pelagianismo — os dos helvécios, por exemplo, ou os de J. B. Watson e Lysenko em nossos próprios dias — precisaram ser suavizados com doses adequadas do bom senso de augustianianos moderados.) Na prática, a severidade deu lugar a uma atitude mais indulgente. Essa atitude era justificada por uma casuística cujo objetivo era sempre provar que o que parecia pecado mortal era na verdade venial; e essa casuística baseava-se na teoria do probabilismo, segundo a qual a multiplicidade de opiniões abalizadas tinha por objetivo dar ao pecador o benefício de qualquer dúvida concebível. Para Pascal, rígido e exageradamente consequente, o probabilismo parecia completamente imoral. Para nós, a teoria e o tipo de casuística que ela justifica possuem um grande mérito: reduzem ao absurdo a revoltante doutrina da condenação eterna. Um inferno do qual alguém pode escapar por meio de um sofisma que não seria levado a sério por um delegado de polícia, não merece muito crédito. O propósito dos jesuítas casuístas e dos éticos era, por meio da tolerância, manter até mesmo os mais pecadores e mundanos dos homens dentro do âmbito da Igreja, e assim fortalecer a organização como um todo e sua própria ordem em particular. Numa certa medida eles atingiram seu intento. Mas, ao mesmo tempo, conseguiram criar um cisma considerável dentro da fortaleza[29] e, implicitamente, uma *reductio ad absurdum* de uma das principais doutrinas do cristianismo — a doutrina do castigo eterno para ofensas temporais. O desenvolvimento

29 Ou seja, dentro da própria Igreja. [N.E.]

rápido do deísmo, do "livre pensamento" e do ateísmo a partir de 1650 foi o resultado final de muitas causas conjuntas. Entre essas causas estava a casuística e o probabilismo dos jesuítas e aquelas *Provinciales*, nas quais, com insuperável habilidade artística, Pascal caricaturou-os com violência.

Os jesuítas que tiveram uma participação direta ou indireta em nosso estranho drama eram bastante diferentes dos bons padres das *Provinciales*. Não se envolviam em política: tinham pouquíssimo contato com o mundo e seus habitantes; a austeridade de suas vidas era extrema, até quase à insanidade, e pregavam a mesma austeridade a seus amigos e discípulos, que eram todos, a suas imagens, contemplativos dedicados à conquista da perfeição cristã. Eram místicos naquela escola de misticismo jesuítico cujo mais eminente representante fora padre Alvarez, diretor espiritual de santa Teresa. Alvarez foi censurado por um diretor da Companhia por praticar e ensinar a contemplação em oposição à meditação digressiva na linha dos cultos religiosos inacianos. Um diretor posterior, Aquaviva, exonerou-o e, assim fazendo, estabeleceu o que pode ser definido como as normas oficiais dos jesuítas no que se refere ao contemplativo que ora. "Aquelas pessoas que tentam prematura e temerariamente lançar-se em elevada contemplação, devem ser censuradas. Entretanto, não devemos chegar ao extremo de não aceitar as práticas constantes dos santos padres, desprezando a contemplação e proibindo-a a nossos fiéis. Porque está bastante comprovado, pela experiência e autoridade de muitos padres, que a contemplação autêntica e profunda possui mais força e eficácia que qualquer outro método de oração, tanto para reprimir e subjugar o orgulho humano como para estimular as almas tíbias a executar as ordens de seus superiores e trabalhar com entusiasmo pela salvação das almas." Durante a primeira metade do século XVII, aqueles membros da Companhia que demonstravam uma forte vocação para a vida mística tinham permissão e eram até encorajados a se devotar à contemplação dentro da estrutura de sua ordem intrinsecamente ativa. Numa época posterior, após a condenação de Molinos e durante a acirrada controvérsia acerca do quietismo, a contemplação passiva passou a ser vista com bastante suspeita pela maioria dos jesuítas.

Nos dois últimos volumes de sua *Histoire littéraire du sentiment religieux en France*, Brémond dramatiza com imaginação o conflito entre a maioria ascética dentro da ordem e a maioria de contemplativos frustrados. Pottier, o erudito historiador jesuíta de Lallemant e seus discípulos, submeteu a tese de Brémond a uma crítica severa e destrutiva. Insistia em que a contemplação nunca foi condenada oficialmente e os indivíduos que a praticavam continuaram, mesmo nos piores dias do antiquietismo, a vingar dentro da Companhia. Por volta de 1630, meio século antes do aparecimento do quietismo, o debate acerca da contemplação não fora ainda envenenado pelas acusações de heresia. Para Vitelleschi, o diretor e toda a classe de superiores, o problema era apenas prático. Os métodos de contemplação produziriam melhores jesuítas que os métodos de meditação digressiva, ou não?

De 1628 até seu afastamento por razões de saúde em 1632, um grande jesuíta contemplativo, padre Louis Lallemant, conservou o cargo de mentor no colégio de Rouen. Surin foi enviado a Rouen no outono de 1629 e lá permaneceu com um grupo de doze ou quinze jovens padres, que tinham ido para seu "segundo noviciado" até o fim da primavera de 1630. Durante todo esse memorável semestre, ouviu preleções diárias do mentor e preparou-se, através de oração e sacrifício, para uma vida de perfeição cristã dentro do modelo inaciano.

Os princípios gerais do ensinamento de Lallemant, como registrados resumidamente por Surin e mais minuciosamente por seu condiscípulo, padre Rigoleuc, foram aprimorados a partir de anotações originais por outro jesuíta, padre Champion, e publicados no final do século XVII sob o título de *La Doctrine Spirituelle du Père Louis Lallemant*.

Não havia nada de basicamente novo na doutrina de Lallemant. E como poderia? O objetivo almejado era o conhecimento unitivo de Deus, que é a meta de todos que aspiram à autotranscendência ascendente. E os meios para chegar a esse objetivo eram estritamente ortodoxos — comunhão frequente, cumprimento escrupuloso do voto de obediência jesuítica, mortificação sistemática do "homem natural", exame de consciência e um permanente "cuidado com a alma", meditações diárias sobre a Paixão e, para os que já estavam preparados, a oração contemplativa, a vigilante espera por Deus, na esperança de uma infusão da graça da contemplação. Os temas eram antigos; mas a maneira pela qual Lallemant primeiro os experimentava e então os exprimia era pessoal e original. A doutrina, como é formulada pelo mestre e seus discípulos, tem suas características especiais, seu estilo e forma peculiares.

Nos ensinamentos de Lallemant dava-se ênfase especial à purificação do coração e à obediência às orientações do Espírito Santo. Em outras palavras, ensinava ele que a união consciente com o Pai só pode ser esperada onde existe união com o Filho através de obras e devoção, e união com o Espírito na vigilante passividade da contemplação.

A purificação do coração é alcançada através de intensa devoção, comunhão frequente e uma vigilante autopercepção, visando à verificação e penitência a cada impulso de sensualidade, orgulho e amor-próprio. Acerca de sentimentos religiosos e reflexões e de suas relações com a revelação, haverá oportunidade de falar num capítulo posterior. Por enquanto nossos temas são os processos de penitência e o "homem natural", que tem de ser mortificado. A consequência do "Teu reinado chegou" é "nosso reinado se foi". Sobre essa questão todos estão de acordo. Mas nem todos concordam quanto ao melhor modo de perder nosso reinado. Deveria ser conquistado pela força das armas? Ou pela conversão? Lallemant era um rigorista que tinha um ponto de vista muito sombrio e augustiniano sobre a total depravação da natureza humana decaída. Como um bom jesuíta, defendia a indulgência para os pecadores e os mundanos. Mas o pendor de seu pensamento teológico era profundamente pessimista, e, para consigo mesmo e todos aqueles que aspiravam à perfeição, era implacável. Para ele e esses outros só havia um caminho franqueado, por onde deviam avançar até os limites extremos suportados por um ser humano. "É evidente", escreve Champion em sua curta biografia do padre Lallemant, "que os rigores que infligia a seu corpo estavam acima de suas forças e que esse excesso, segundo os amigos mais íntimos, abreviou muito sua vida."

A propósito disso é interessante ler o que outro contemporâneo de Lallemant, John Donne, católico papista que se tornou anglicano, poeta arrependido transformado em pregador e teólogo, tem a dizer sobre o assunto de autopunição. "Provações externas não são meu mérito, mas de outros homens; quando voluntárias e intencionais, contraídas pelo meu próprio pecado, não são minhas; nem o são as inexplicáveis, remotas e desnecessárias. Uma vez que estou destinado a carregar minha cruz, tem de haver uma cruz feita para eu carregar, preparada por Deus e colocada em meu caminho, que são as tentações e tribulações em minha vocação; e eu não devo me afastar de meu caminho e procurá-la, porquanto ela não será minha nem foi colocada para que eu a pegue. Não estou destinado a buscar perseguição, nem suportá-la sem fugir, ou suportar um tormento sem procurar afastá-lo, nem expor-me à injúria sem me defender. Não estou obrigado a passar fome devido a jejuns excessivos, nem rasgar minhas carnes através de vergastadas e flagelações inumanas. Tenho o dever de carregar minha cruz; e esta é só minha, que a mão de Deus reservou para mim, no caminho de minha vocação, as tentações e tribulações a ela inerentes."

Essas opiniões não são de modo algum exclusivamente protestantes. Em determinadas épocas foram expressas por muitos dos maiores santos e teólogos católicos. E, no entanto, penitências físicas, levadas frequentemente a extremos, permaneceram uma prática habitual na Igreja Romana por muitos séculos. Havia duas razões para isso, uma doutrinária e outra psicofisiológica. Para muitos, autoflagelação era um substituto do purgatório. A alternativa era entre a tortura agora e outra muito pior no futuro póstumo. Mas havia também outras e mais obscuras razões para as mortificações do corpo. Para aqueles cuja meta é a autotranscendência, jejum, insônia e padecimento físico são "alternativas" (tomando emprestada uma palavra da mais antiga farmacologia); elas trazem uma mudança de estado, transformam o paciente. No plano fisiológico, essas alternativas, se administradas em excesso, podem resultar em autotranscendência descendente, terminando em doença e mesmo, como no caso de Lallemant, em morte prematura. Mas no trajeto para esse fim indesejável, ou em casos em que são utilizados com moderação, os sacrifícios físicos podem ser instrumentos de autotranscendência horizontal e até mesmo de autotranscendência ascendente. Quando o corpo sente fome, há frequentemente um período de extraordinária lucidez mental. A falta de sono tende a reduzir o limiar entre o consciente e o subconsciente. A dor, quando não insuportável, é um choque energético para organismos profunda e complacentemente mergulhados na rotina. Praticadas por religiosos, essas autopunições podem realmente facilitar o processo ascendente para a autotranscendência. Entretanto, com mais frequência eles dão acesso não ao Fundamento divino de todo ser, mas àquele estranho mundo "psíquico" que jaz, por assim dizer, entre o Fundamento e os níveis mais elevados e individuais da mente consciente e subconsciente. Aqueles que conseguem acesso a esse universo psíquico — e a prática de penitências físicas parece ser um excelente caminho para o oculto — frequentemente adquirem poderes que nossos ancestrais denominavam de "sobrenaturais" ou "miraculosos". Tais poderes acompanhados dos estados psíquicos eram muitas vezes confundidos com revelação espiritual. Na verdade, é evidente que essa espécie de autotranscendência é horizontal e não ascendente. Contudo, as experiências psíquicas são tão estranhamente fascinantes que muitos homens e mulheres se mostraram dispostos e até mesmo ansiosos para serem submetidos a autoflagelações que as tornam possíveis. Conscientemente e como teólogos, Lallemant e seus discípulos jamais acreditaram que "graças extraordinárias" eram o mesmo que união com Deus, ou que aquelas tivessem na verdade uma inevitável ligação com esta. (Muitas graças extraordinárias, como veremos, são indiscerníveis, em suas manifestações, dos trabalhos dos "maus espíritos".) Contudo, a crença consciente não é o único fator determinante da conduta, e parece possível que Lallemant e provavelmente Surin se sentissem fortemente atraídos pelas mortificações que de fato os ajudavam a obter as "graças extraordinárias",[30] e que justificassem essa atração em função de crenças tão ortodoxas quanto a de que o homem natural é intrinsecamente mau e deve se libertar a qualquer custo e por qualquer meio, por mais violento que este seja.

A hostilidade que Lallemant manifesta contra a natureza dirigia-se tanto para o exterior como para o interior. Para ele, o mundo decaído estava cheio de armadilhas e crivado de perigos ocultos. Gostar das pessoas, apreciar sua beleza, aprofundar-se demasiadamente nos mistérios da mente, da vida e da matéria — essas coisas significavam para ele desviar perigosamente a atenção do estudo adequado de humanidade, que não é o homem nem a natureza, mas Deus e o caminho para conhecê-lo. Para um jesuíta, o problema de atingir a perfeição cristã era particularmente difícil. A Companhia não era uma ordem contemplativa, cujos membros vivessem em reclusão e devotassem suas vidas apenas à oração. Era uma ordem atuante, uma

30 "Os consolos e prazeres da oração", escreve Surin em uma de suas cartas, "sucedem lado a lado com as mortificações do corpo." "Os corpos que não se autoflagelam", lemos em outro momento, "dificilmente estão capacitados para receber a visita dos anjos. Para ser amado e protegido por Deus, deve-se ou sofrer profundas penas d'alma, ou então maltratar o corpo."

ordem de apóstolos, dedicada à salvação das almas e propondo-se a lutar as batalhas da Igreja no mundo. A concepção de Lallemant sobre o jesuíta ideal está resumida nos apontamentos em que Surin registrou os ensinamentos de seu mestre. A essência, o objetivo principal da Companhia, consiste nisto: "Reunir coisas aparentemente opostas, tais como sabedoria e humildade, juventude e castidade, diversidade de raças e um perfeito amor cristão. [...] Em nossa vida, devemos misturar um profundo amor às coisas do Céu com estudos científicos e outras ocupações terrenas. Ora, é muito fácil lançar-se de um extremo para o outro. Podemos ter uma imensa paixão pelas ciências e negligenciar a oração e as coisas espirituais. Ou, se alguém aspira tornar-se um homem puro, pode deixar de cultivar, embora devesse, talentos naturais tais como conhecimento da doutrina, eloquência e tato". A superioridade de espírito dos jesuítas consiste no fato de "honrar e imitar a forma como o divino estava unido a tudo o que era humano em Jesus Cristo, com os dons de seu espírito, com as partes integrantes de seu corpo, com seu sangue e tornando tudo divino. [...] Contudo, essa fusão é difícil. Daí que aqueles entre nós que não atingem a perfeição de espírito tendem a se apegar às vantagens terrenas e mundanas, ficando carentes do sobrenatural e do divino". O jesuíta que deixa de viver de acordo com o espírito da Companhia se transforma naquele padre da imaginação popular e não raro da verdade histórica — mundano, ambicioso, intrigante. "O homem que deixa de se dedicar de todo o coração à vida interior, cai inevitavelmente nestas faltas; porque a alma necessitada e faminta precisa se agarrar a alguma coisa na esperança de mitigar sua fome."[31]

Para Lallemant, a vida da perfeição é ao mesmo tempo ativa e contemplativa, vivida simultaneamente no infinito e no finito, no tempo e na eternidade. Esse é o mais alto ideal que um ser racional pode

---

31 "Os jesuítas tentaram unir Deus e o mundo e só ganharam o desprezo de ambos." (Pascal)

conceber — o mais elevado e ao mesmo tempo mais realista, o mais de acordo com as verdades admitidas das naturezas divina e humana. Contudo, quando discutiam os problemas práticos envolvidos na realização desse ideal, Lallement e seus discípulos demonstravam um rigor estreito e mesquinho. A "natureza" a se fundir com o divino não é aquela em sua totalidade, mas um aspecto restrito da natureza humana — uma aptidão para o estudo ou para a oração, para os negócios ou para a administração. A natureza não humana não se acha mencionada no resumo de Surin e é citada só de passagem no relato mais longo dos ensinamentos de Lallemant feito por Rigoleuc. E no entanto Cristo disse a seus seguidores que olhassem os lírios — e que os olhassem, note-se bem, com uma disposição de espírito quase taoísta, não como um símbolo de alguma coisa humana, mas como outros seres autônomos e abençoados vivendo de acordo com suas próprias leis e em união (perfeita, salvo por não serem conscientes) com a ordem das coisas. O autor dos *Provérbios* convida o preguiçoso a refletir sobre os hábitos da precavida formiga. Mas Cristo aprecia os lírios justamente porque não são prudentes, porque não labutam nem se apressam, e contudo são incomparavelmente mais encantadores que o mais grandioso dos reis hebreus. Como os "Animais" de Walt Whitman,

 Eles não suam ou reclamam de sua condição,
 Eles não se deitam acordados no escuro e choram seus pecados,
 Eles não me irritam discutindo seus deveres para com Deus,
 Nenhum deles é insatisfeito, nenhum deles enlouquece com a mania de possuir coisas,
 Nenhum deles se ajoelha diante de outro nem diante de seu igual que viveu há centenas de anos,
 Nenhum deles tem ares respeitáveis ou é infeliz onde quer que seja.[32]

---

32 Seção 32 do poema "Canção de mim mesmo", de Whalt Whitman. Tradução de Bruno Gambarotto. [N.E.]

Os lírios de Cristo são existências à parte das flores com as quais são Francisco de Sales abre seu capítulo sobre a purificação da alma. Essas flores, diz a *Philothea*, são os grandes anseios do coração. Na *Introdução à vida devota*, há uma grande quantidade de referências à natureza, mas a natureza como é vista através dos olhos de Plínio e dos autores dos bestiários, a natureza como símbolo do homem, a natureza semelhante ao professor e ao moralista. Os lírios do campo entretanto gozam de uma fama que tem isto em comum com a *Ordem da Jarreteira* — "não há nenhum grande mérito nisso". É essa precisamente sua peculiaridade; é por isso que para nós seres humanos são tão reconfortantes e, num nível muito mais profundo do que o da lição moral, extremamente edificantes. "O Bom Caminho", diz o Terceiro Patriarca do Zen,

> O Bom Caminho não é mais difícil do que os próprios homens
> O fazem quando não se recusam a escolhê-lo;
> Pois onde não há ódio, onde não há
> Frensei de possuir, o Caminho manifesto repousa

Como sempre na vida real, estamos no meio de paradoxos e contradições — na obrigação moral de escolher o bem em vez do mal, mas obrigados ao mesmo tempo, se desejamos realizar a união com o Fundamento divino de nosso ser, a escolher sem desejo ardente ou aversão, sem impor sobre o universo nossos próprios conceitos de utilidade a moralidade.

À medida que ignoram a natureza não humana, ou tratam-na como mero símbolo da natureza humana, apenas como um instrumento subordinado ao homem, os ensinamentos de Lallemant e Surin são característicos de seu tempo e país. A literatura francesa do século XVII é incrivelmente carente de expressões que não sejam apenas de interesse utilitário ou simbólico acerca de pássaros, flores, animais e paisagens. Em todo o *Tartufo*, por exemplo, existe apenas uma referência à natureza não humana — uma única linha, e estarrecedoramente prosaica. *La campagne à présent n'est pas beaucoup fleurie*. Jamais foram ditas palavras tão verdadeiras. No que diz respeito à literatura, o campo francês, naqueles anos que o antecederam e durante o *grand siècle*, era quase destituído de flores. Os lírios dos campos estavam lá, evidentemente; contudo, os poetas não os levavam em conta. É claro que a regra tinha sua exceções; mas eram poucas — Théophile de Viau, Tristan l'Hermite e, mais tarde, La Fontaine, que eventualmente escreveu sobre os irracionais não como homens de peles e penas, mas como seres de outra espécie, embora aparentados, que deveriam ser encarados como realmente são e amados por si mesmos e por amor a Deus. No *Discours à Madame de la Sablière* há um belo trecho acerca da filosofia então em voga, cujos expoentes proclamam:

Que la beste est une machine;
Qu'en elle tout se fait sans choix et par ressorts:
Nul sentiment, point d'âme, en elle tout est corps. [...]
L'animal se sent agité
De mouvements que le vulgaire appelle
Tristesse, joye, amour, plaisir, douleur cruelle,
Ou quelque autre de ces estats.
Mais ce n'est point cela; ne vous y trompez pas.[33]

Esse resumo da odiosa doutrina cartesiana — a propósito, uma doutrina não muito afastada do ponto de vista católico ortodoxo de

---

33 Em francês, no original: "Que a besta é uma máquina;/ Que nela tudo se dá sem escolha e por turbina./ Nada de sentimento, nenhuma alma, nela tudo é corpo [...]/ O animal sente-se agitado/ Com movimentos que o vulgar chama/ Tristeza, alegria, amor, prazer, dor tirana,/ Ou qualquer outro desses estados/ Mas não é nada disso; não se deixem ser enganados". [N.E.]

que os irracionais não possuem alma e podem portanto ser usados pelos seres humanos, assim como se fossem meros objetos — é seguido por uma série de exemplos de inteligência animal, no veado macho, na perdiz e no castor. O trecho inteiro é tão refinado, a seu modo, quanto qualquer outro no âmbito da poesia reflexiva. Entretanto, encontra-se quase como que um caso isolado. Nas obras dos ilustres contemporâneos de La Fontaine, a natureza não humana não desempenha praticamente nenhum papel. O mundo em que os fabulosos heróis de Corneille representam suas tragédias é o de uma sociedade hierárquica, rigorosamente organizada. "L'espace cornélien c'est la Cité", escreve o sr. Octave Nadal. O universo ainda mais limitado das heroínas de Racine e dos homens um tanto descaracterizados que servem de pretexto para suas angústias é tão sem horizontes quanto a cidade corneliana. A grandeza dessas tragédias pós-Sêneca é confinada e sufocante, o páthos, sem espaço, sem liberdade, sem cenário. Estamos longe da verdade do *Rei Lear* e *Como gostais*, de *Sonho de uma noite de verão* e *Macbeth*. Praticamente em nenhuma tragédia ou comédia de Shakespeare podem-se ler vinte linhas sem dar-se conta de que, atrás dos bufões, dos criminosos, dos heróis, dos galanteadores e das rainhas chorosas, por trás de tudo que é trágico ou comicamente humano, e, contudo, em união simbiótica com o homem, inerente a sua consciência e em consubstanciação com o seu ser, jaz ali o tempo eterno, as verdades admitidas em todos os níveis das existências terrestre e cósmica, viva ou inanimada, irracional ou com um propósito consciente. Uma poesia que retrata o homem isolado da natureza, não o faz adequadamente. E, da mesma forma, uma espiritualidade que procura o conhecimento de Deus somente no interior das almas humanas, e não simultaneamente no universo não humano com o qual estamos na verdade indissoluvelmente ligados, é uma espiritualidade que não pode conhecer a plenitude da essência divina. "Minha convicção mais profunda", escreve um eminente filósofo católico de

nossa época, o sr. Gabriel Marcel, "minha convicção mais profunda e inabalável — e se minha posição é herética, pior para a ortodoxia — é que, o que quer que tenham dito todos os pensadores e doutores, não é desejo de Deus ser amado por nós em contraste com a criação, mas sim glorificado através da criação, que será para nós o princípio de tudo. É por isso que considero intoleráveis muitos livros religiosos." Sob esse aspecto, o livro religioso menos insuportável do século XVII seria o *Centuries of Meditations* de Traherne. Para esse poeta e teólogo inglês, não existe o caso de um Deus exaltado em oposição à criação. Pelo contrário, Deus deve ser louvado através da criação, ser percebido na criação — a imensidão num grão de areia e a eternidade numa flor. O homem que, segundo a expressão de Traherne, "compreende o cosmo" através da contemplação desinteressada, desse modo atinge Deus e descobre que todo o restante já lhe foi acrescentado. "Não é agradável satisfazer toda a cobiça e ambição, livrar-se da dúvida e da descrença, infundir coragem e alegria? Tudo isso lhe proporciona a compreensão do cosmo. Porque assim Deus é visto em toda a Sua sabedoria, poder, benevolência e glória."
Lallemant fala da fusão de elementos aparentemente incompatíveis, o natural e o sobrenatural, na vida da perfeição. Mas, como já vimos, o que ele denomina "natureza" não é a natureza em sua plenitude, apenas um fragmento. Traherne defendia a mesma fusão dos incompatíveis, mas aceitava a natureza em sua totalidade e nos menores detalhes. Os lírios e os corvos devem ser respeitados, não *quoad nos*, mas sem egoísmo, *an sich* — o que é o mesmo que dizer "em Deus". E eis a areia e uma flor crescendo entre os grânulos; contemplai essas coisas com amor e as verás transfiguradas pela imanência da imensidão e da eternidade. Vale a pena lembrar que esta observação, de um ser divino imanente nas coisas físicas, sucedeu também a Surin. Em algumas breves anotações, registra que houve ocasiões em que percebeu toda a grandeza de Deus numa árvore ou num animal que passava. Mas, embora seja de estranhar, jamais escreveu

qualquer coisa acerca desta beatífica visão do absoluto no relativo. E, mesmo aos destinatários de suas epístolas religiosas, ele jamais opinou que a obediência à exortação de Cristo para olhar os lírios dos campos pudesse ajudar as almas cegas que tateiam a chegar ao conhecimento de Deus. Pode-se supor que a certeza da total depravação da índole degenerada era mais forte em sua opinião que o reconhecimento de sua própria experiência. As palavras dogmáticas que aprendera na escola dominical eram suficientemente obscuras para toldar a Verdade direta. "Se deseja vê-la diante de seus olhos", escreve o terceiro patriarca do zen, "não tenha opiniões preconcebidas nem contra nem a favor da coisa." Mas noções preconcebidas são ofício dos teólogos, e ambos Surin e seu mestre eram teólogos antes de serem os que buscavam a revelação.

No projeto de ascese de Lallemant, a purificação do coração devia vir acompanhada e complementada por uma fiel obediência à orientação do Espírito Santo. Um dos sete dons do espírito é a inteligência, e o vício que se opõe a ela é "a falta de sensibilidade para as coisas espirituais". Essa insensibilidade é o estado normal dos irrecuperáveis, praticamente cegos para a luz interior e surdos para a inspiração. Através da mortificação de seus impulsos egoístas, "estabelecendo um controle sobre seus pensamentos e as tendências de seu coração", um homem pode aguçar sua percepção a ponto de captar as mensagens vindas das profundezas obscuras da mente — mensagens na forma de conhecimento intuitivo, de ordens diretas, de sonhos simbólicos e fantasias. O coração permanentemente vigiado e controlado torna-se receptivo a todas as graças e é finalmente de verdade "possuído e governado pelo Espírito Santo".

Mas, durante o percurso para esse fim desejado, pode haver possessões de espécies muito diferentes. De forma alguma todas as inspirações são divinas, ou mesmo edificantes ou convenientes. Como poderemos distinguir entre as orientações do não Eu que é o Espírito Santo e daquele outro não Eu que é algumas vezes um tolo, um louco, ou mesmo um criminoso malévolo? Bayle cita o caso de um piedoso jovem anabatista que um dia sentiu-se inspirado a cortar a cabeça de seu irmão. A vítima predestinada havia lido a Bíblia, sabia que esse tipo de coisa acontecera antes, reconheceu a origem divina da inspiração e, perante uma grande assembleia de fiéis, permitiu que o decapitassem como a um segundo Isaac. Tais suspensões de moralidade teleológicas, como Kierkegaard elegantemente as denomina, cabem todas muito bem no livro do Gênesis, mas não na vida real. Na vida real temos de nos guardar contra as travessuras revoltantes do maníaco que existe dentro de nós. Lallemant sabia muito bem que muitas de nossas inspirações sem dúvida não são provenientes de Deus, e cuidava de tomar as devidas precauções contra a falsa impressão. Àqueles colegas que objetavam ser duvidosa sua doutrina de obediência ao Espírito Santo, assemelhando-se à doutrina calvinista do espírito interior, ele respondia: primeiro, que era artigo de fé que nenhuma boa obra pode ser executada sem a orientação do Espírito Santo em forma de inspiração; e, segundo, que a inspiração divina implicava a fé católica, as tradições da Igreja e a obediência devida aos superiores eclesiásticos. Se uma inspiração impelia um homem a ir contra a fé ou a Igreja, não poderia ser divina.

Esse é um modo — e um modo muito eficaz — de se proteger contra as extravagâncias do maníaco que em nós habita. Os quakers possuíam outros. Pessoas que sentiam uma tendência para fazer qualquer coisa diferente ou muito importante eram aconselhadas a consultar vários "amigos de peso" e aceitar suas opiniões em relação à natureza da inspiração. Lallemant recomendava o mesmo procedimento. Na verdade, ele assevera que o Espírito Santo realmente "nos induz a consultar-nos com pessoas sensatas e nos conduzirmos de acordo com a opinião dos outros".

Nenhuma boa obra pode ser realizada sem a inspiração do Espírito Santo. Isso, Lallemant poderia fazer ver aos seus censores, é um artigo de fé católica. Àqueles colegas que "queixavam-se de não ter essa espécie de orientação do Espírito Santo e de serem incapazes de experimentá-la", ele respondia que, se eles estivessem em estado de graça, tais inspirações nunca faltariam, embora pudessem não estar conscientes delas. E acrescentava que certamente teriam consciência da inspiração divina se agissem como deviam.

Mas em vez disso "escolhiam viver superficialmente, dificilmente isolando-se para contemplar a própria alma, fazendo seus exames de consciência (aos quais eram obrigados por seus votos) de uma forma muito superficial e levando em consideração somente as faltas que eram evidentes para os leigos, sem procurar descobrir as origens internas de suas paixões e hábitos preponderantes, e sem examinar o estado e a disposição da almas e os sentimentos do coração". Não era de surpreender que tais pessoas não sentissem a orientação do Espírito Santo. "Como poderiam conhecê-lo? Nem mesmo conhecem seu pecados íntimos, que são seus próprios atos executados através do livre-arbítrio. Entretanto, tão logo escolham criar dentro de si mesmos as condições apropriadas para tal conhecimento, eles infalivelmente o terão."

Tudo isso explica por que a maioria das pretensas boas obras são ineficazes a ponto de se tornarem quase malévolas. Se o inferno está cheio de boas intenções, é porque a maioria das pessoas, cegas para a luz interior, são na verdade incapazes de ter uma intenção completamente boa. Por essa razão, diz Lallemant, a ação deve ser diretamente proporcional à contemplação. "Quanto mais voltados para o interior formos, melhor poderemos empreender atividades externas; quanto menos interiorizados, mais deveremos nos abster de tentar fazer o bem." Novamente, "se alguém se ocupa com obras por fervor e caridade, será apenas por motivo de fervor e caridade? Não será talvez porque encontra uma satisfação pessoal nessa espécie de tarefa, porque não gosta de oração e estudo, não suporta permanecer numa sala, não consegue tolerar solidão e contemplação?" Um padre pode possuir uma congregação grande e dedicada; mas suas palavras e obras terão proveito "apenas em proporção à sua união com Deus e desapego de seus interesses próprios". A impressão de estar fazendo o bem é frequentemente bastante enganadora. As almas são salvas pelos santos, não pelos diligentes. "A ação não deve nunca se tornar um obstáculo para nossa união com Deus, deve sim unir-nos mais estreita e amorosamente a Ele." Pois "assim como existem certos humores que, quando abundantes, causam a morte do corpo, assim também na vida religiosa, quando a ação se torna excessiva e não é amenizada pela oração e meditação, é certo que sufoca o espírito". Daí a aridez de tantas vidas, aparentemente tão louváveis, brilhantes e produtivas. Sem a introspecção altruísta, que é a condição para a inspiração, o talento é infrutífero, a dedicação e o trabalho duro não produzem nada de valor espiritual. "Um homem de oração pode fazer mais num único ano que outro pode realizar numa vida inteira." O trabalho exclusivamente voltado para fora pode ser eficaz para mudar circunstâncias externas; mas aquele que deseja transformar as reações dos homens às circunstâncias — e pode-se reagir de modo destrutivo e suicida até mesmo ao melhor ambiente — deve começar por purificar sua própria alma e torná-la capaz de inspiração. Um homem apenas voltado para o exterior pode trabalhar como um troiano e falar como um Demóstenes; no entanto, "um homem voltado para o seu íntimo causará maior impressão nos corações e mentes com uma única palavra animada pela essência de Deus", que o outro pode causar com todos os seus esforços, sabedoria e instrução.

Qual é a sensação real de quem se sente possuído e orientado pelo Espírito Santo? Esse estado de inspiração consciente e contínua foi descrito com a mais escrupulosa exatidão de uma autoanálise, feita pela jovem contemporânea de Surin, Armelle Nicolas, afetuosamente conhecida por toda a Bretanha, onde nascera, como *la bonne Armelle*. Essa criada sem cultura, que vivia como uma santa contemplativa enquanto fazia o jantar, esfregava o chão e tomava conta das crianças, estava impossibilitada de escrever sua própria história. Mas felizmente ela foi escrita por uma freira muito inteligente, que conseguiu retratá-la e registrar suas confidências quase literalmente.[34] "Perdendo-se de si mesma e sentindo sua mente não mais funcionar, Armelle não tardou a se considerar sem ação, mas sofredora e passivamente submetida aos trabalhos que Deus realizava nela e através dela; de tal modo que a ela parecia que, embora possuísse um corpo, era apenas para que pudesse ser movido e governado pelo Espírito de Deus. Foi nesse estado que ela mergulhou depois que Deus ordenou tão peremptoriamente que Lhe desse lugar." [...] Quando pensava sobre seu corpo e sua mente, não mais dizia "meu corpo" ou "minha mente"; porque a palavra "meu" havia sido banida, e ela costumava dizer que tudo pertencia a Deus.

"Eu me lembro de ouvi-la dizer que, quando Deus fez-se dono absoluto de seu ser, ela tinha sido despedida tão definitivamente, como antes ela própria tivesse dado o aviso prévio" (as metáforas de Armelle eram todas retiradas do jargão profissional de uma criada para todos os tipos de serviços) "para aquelas outras coisas" (seus maus hábitos, seus impulsos egoístas). "Uma vez despedida, sua mente não tinha permissão de ver ou compreender o trabalho de Deus nos profundos recessos de sua alma, nem de interferir com suas próprias obras. Era como se sua mente permanecesse encolhida do lado de fora da porta do quarto principal, onde só Deus poderia entrar livremente, esperando como um lacaio pelas ordens de seu amo. E a mente não se encontrava sozinha nessa situação; parecia algumas vezes que uma quantidade infinita de anjos lhe faziam companhia em torno da casa de Deus, de modo a impedir que qualquer coisa cruzasse o limiar. "Esse estado de coisas perdu-

---

34 Ver Le Gouvello, Armelle Nicolas (1913); R. Brémond, *Histoire littéraire du sentiment religieux en France* (Paris, 1916).

rou por algum tempo. Então Deus permitiu ao seu eu consciente penetrar no aposento principal da alma — entrar e *ver* realmente as perfeições divinas das quais estava agora repleto, estivera na verdade sempre repleto; mas, como no caso de todo mundo, ela ainda não sabia. A luz interior era tão intensa que ia além de sua capacidade de suportá-la, e por algum tempo seu corpo sofreu excruciantemente. Afinal adquiriu certo grau de tolerância à dor e tornou-se capaz de suportar a percepção de sua iluminação sem muito sofrimento."

Notável por si mesma, a autoanálise de Armelle é duplamente interessante por ser uma prova entre as muitas outras que levam à mesma conclusão: isto é, que o eu fenomenal apoia-se no Ego Puro ou *Atman*, que tem a mesma natureza do Fundamento divino de todo o ser. Fora do quarto principal onde (até que a alma tenha se tornado altruísta) "ninguém além de Deus pode penetrar", entre o Fundamento divino e o eu consciente, fica a mente subliminar, quase impessoal em seus limites indefinidos, mas cristalizando-se, quando se aproxima do eu fenomenal, no subconsciente pessoal com seu acúmulo de detritos sépticos, seus bandos de ratos e besouros negros e seus eventuais escorpiões e víboras. Esse subconsciente individual é o covil do criminoso lunático que nos habita, o *locus* do pecado original. Mas o fato de o subconsciente individual estar associado a um maníaco não é incompatível com o fato de estar também associado (de forma inteiramente inconsciente) com o Fundamento divino. Nascemos com o pecado original; mas também nascemos com a virtude original — com a aptidão para a graça, na linguagem teológica ocidental, com uma "centelha", uma "característica superior da alma", um fragmento de consciência não decaída, subsistindo do estado de inocência primal e conhecido tecnicamente como *synteresis*. Os psicólogos freudianos dão muito mais atenção ao pecado original que à virtude original. Eles estudam atentamente os ratos e os besouros negros, mas relutam em ver a luz interior. Jung e seus seguidores têm se mostrado um pouco mais realistas.

Ultrapassando os limites do subconsciente individual, começaram a explorar o domínio em que a mente, tornando-se cada vez mais impessoal, é absorvida pelo meio psíquico fora do qual os egos individuais são cristalizados. A psicologia junguiana vai além do maníaco imanente, mas para à pequena distância do Deus imanente.

E, no entanto, torno a dizer, existem inúmeras provas da existência da virtude original subjacente ao pecado original. A experiência de Armelle não foi a única. O conhecimento de que existe um compartimento central da alma, resplandecendo com a luz do amor e da sabedoria divina, tem se revelado no curso da história para multidões de seres humanos. Revelou-se, entre outros, ao padre Surin — e, como será relatado num capítulo posterior, conjuntamente com um conhecimento, não menos instantâneo e não menos esmagador, dos horrores às soltas no meio psíquico e dos animais peçonhentos no subconsciente individual. Num só momento teve o conhecimento de Deus e de Satã, percebeu sem sombra de dúvida que estava unido ao Fundamento divino de todo o ser, e no entanto teve a certeza de que já estava irreversivelmente condenado. Afinal, como veremos, foi a consciência de Deus que prevaleceu. Naquela mente atormentada, o pecado original foi finalmente absorvido no infinito de algo muito mais original porque eterno — a virtude.

Experiências místicas, teofanias, lampejos do que se tem chamado de consciência cósmica — isso não se consegue de graça, nem se pode repetir uniformemente e quando se quiser em laboratório. Mas, se a experiência do compartimento central da alma não pode ser controlada, algumas experiências de aproximar-se daquele centro, de ficar dentro de seu âmbito, de se postar à porta (nas palavras de Armelle) entre um grupo de anjos são reproduzíveis, se não de maneira verdadeiramente uniforme (visto que só as mais primárias experiências psicológicas podem ser repetidas com uma certa uniformidade), ao menos com uma frequência suficiente para indicar a natureza do limite transcendente para o qual elas todas convergem. Por exemplo, aqueles que fizeram experiências com hipnose descobriram que, num determinado momento de profundo transe, não raro acontece que pacientes deixados sozinhos e sem nada que lhes desvie a atenção, se darão conta de uma serenidade imanente e uma bondade que muitas vezes se associa à percepção de luz e de espaços vastos, mas não desertos. Algumas vezes o iniciado sente-se impelido a falar acerca de sua própria experiência. Deleuze, que era um dos melhores observadores da segunda geração de seguidores do magnetismo animal, registra que esse estado de sonambulismo é caracterizado por um total desligamento de todos os interesses particulares, pela ausência de paixão, pela indiferença a opiniões adquiridas e a preconceitos e por "uma forma nova de encarar os objetos, um julgamento rápido e direto, acompanhado de uma convicção íntima. [...] Assim, o sonâmbulo possui ao mesmo tempo a tocha que lhe fornece luz e a bússola que lhe indica o caminho. Essa tocha e esta bússola", conclui Deleuze, "não são produto do sonambulismo; estão sempre conosco, mas as preocupações do mundo que nos distraem, as paixões e, acima de tudo, o orgulho e o apego aos bens materiais, impedem-nos de perceber a tocha e consultar a bússola".[35] (Menos perigosamente e de forma mais eficaz que as drogas, que algumas vezes produzem "revelações anestésicas",[36] o hipnotismo abole temporariamente as perturbações e acalma as paixões, deixando a consciência livre para se ocupar com o que está além do covil do maníaco imanente.) "Nessa nova situação", prossegue Deleuze, "a mente fica repleta de ideias religiosas com as quais talvez jamais se preocupara antes." Entre a nova forma do sonâmbulo contemplar o mundo e seu estado normal, existe uma diferença "tão extraordinária que às vezes ele se

---

35 Ver J.P.F. Deleuze, *Practical Instruction in Animal Magnetism*. Tradução de T.C. Hartshorn (Nova York, 1890).
36 Ver William James, *As variedades da experiência religiosa*.

sente como se estivesse iluminado; vê a si mesmo como instrumento de uma inteligência superior, mas isso não estimula sua vaidade".

As descobertas de Deleuze são confirmadas pelas de uma psiquiatra experiente que por muitos anos fez pesquisas sobre a psicografia. Em conversa, essa senhora comunicou-me que, mais cedo ou mais tarde, a maioria dos psicógrafos produzem escritas nas quais são expostas algumas ideias metafísicas. O tema dessas escritas é sempre o mesmo: qual seja, que o fundamento da alma individual é idêntico ao Fundamento divino de todo o ser. Voltando ao seu estado normal, os psicógrafos leem o que escreveram e frequentemente acham que aquilo está em completa discordância com as coisas nas quais sempre acreditaram.

Em relação a isso, vale a pena observar que (como F.W.H. Myers assinalou há muitos anos) o caráter da fala mediúnica acerca da vida em geral é quase sempre acima de qualquer crítica. Devido ao seu estilo, tais declarações podem ser rejeitadas como meros disparates. Contudo, apesar da linguagem pesada, dos conceitos cheios de lugares-comuns (e nos últimos trinta séculos, pelos menos, todas as grandes verdades têm sido lugares-comuns), a tagarelice tola é sempre inofensiva, e poderia até mesmo, se os médiuns conseguissem escrever um pouco melhor, elevar espiritualmente. A conclusão a se tirar de tudo isso é que em certos estados de transe os médiuns ultrapassam o subconsciente individual e o âmbito infestado do pecado original, atingindo uma área da mente subliminar na qual, como uma radiação de alguma origem remota, a influência da virtude original faz-se sentir fracamente, mas ainda assim de forma perceptível. Entretanto, é claro que, se se descuidam da união com o Pai como um fim, e da união com o Filho através das obras como um caminho para atingir esse fim, encontram-se no perigo constante de se acharem inspirados não pelo Espírito Santo, mas por todos os tipos de entidades inferiores; algumas inatas aos seus próprios subconscientes individuais, outras existindo "lá fora" no meio psíquico; algumas inofensivas ou realmente proveitosas, mas outras extremamente indesejáveis.

Com essas provas inferidas da realidade da experiência mística, e concordando em afastar essa prova, Lallemant e seus discípulos não tinham com que se preocupar. Tinham o conhecimento de primeira mão e, para ratificá-lo, uma bibliografia autorizada da *Teologia mística* de Dionísio, o Areopagita, aos escritos quase contemporâneos de santa Teresa e são João da Cruz. Jamais houve em suas mentes a menor dúvida acerca da realidade e da natureza divina do fim, para o qual a pureza do coração e a obediência ao Espírito Santo eram os meios principais. No passado, grandes servos de Deus tinham escrito sobre suas experiências, e a ortodoxia desses escritos fora assegurada pelos doutores da Igreja. E agora, no presente, eles próprios haviam vivido as angustiantes noites tenebrosas dos sentidos e do desejo, e conhecido a paz que supera todo o conhecimento.

CAPÍTULO IV

Para quem não tinha vocação religiosa, viver num convento seiscentista era apenas uma sucessão de aborrecimentos e frustrações, mitigados em pequenas doses por um ocasional *Schwärmerei*, por fofocas com os visitantes no gabinete e pela absorção em algum passatempo inocente, mas inteiramente estúpido, durante as horas vagas. Padre Surin, em suas *Cartas*, fala dos ornamentos de palha trançada com os quais muitas das boas irmãs de sua relação gastavam grande parte de seu tempo ocioso. A obra-prima delas nessa especialidade era uma pequena carruagem de palha, puxada por seis cavalos também de palha, destinada a adornar a penteadeira de alguma benfeitora aristocrática. Sobre as freiras da Visitação, o padre De la Combière escreve que, apesar das regras da ordem serem admiravelmente feitas para conduzir as almas às mais altas perfeições, e apesar de haver encontrado certas visitandinas de santidade exaltada, continua a ser verdadeiro, contudo, "que casas religiosas são cheias de gente que respeitam suas leis, acordam, vão à missa, rezam, confessam, comungam, apenas porque isso é um hábito, porque os sinos dobram e porque outras pessoas fazem o mesmo. Seus corações não tomam parte naquilo que estão fazendo. Elas têm seus pequenos caprichos, seus pequenos planos que as mantêm ocupadas; as coisas de Deus penetram em seus corações apenas como coisas indiferentes. Parentes e amigos dentro ou fora do convento consomem suas afeições, por isso é deixada para Deus apenas uma espécie de emoção, apática e forçada, que de modo algum é aceitável para Ele. [...] Comunidades que deveriam ser as fornalhas onde as almas ficam para sempre em fogo com o amor de Deus, permanecem, ao contrário, na condição de espantosa mediocridade, e Deus permita que as coisas não vão de mal a pior".

Para Jean Racine, Port-Royal parecia admirável unicamente por causa "da solidão do gabinete, da pequena ânsia mostrada pelas freiras em iniciar uma conversação, de sua falta de curiosidade a respeito das coisas do mundo e mesmo sobre os afazeres dos vizinhos". Por esse catálogo dos méritos de Port-Royal, podemos deduzir os defeitos correspondentes dos outros conventos menos notáveis.

A casa das freiras ursulinas, que fora fundada em Loudun em 1626, nunca foi melhor nem pior do que a média. A maioria das dezessete freiras eram nobres, que tinham abraçado a vida monástica não por algum desejo dominante de seguir os ditos evangélicos e atingir a perfeição cristã, mas sim porque não havia em suas casas dinheiro suficiente para provê-las com dotes à altura de seus nomes e aceitáveis para futuros pretendentes que tivessem a mesma linhagem. Não havia nada de escandaloso em suas condutas, e nada particularmente edificante. Elas seguiam as leis do convento, mas faziam-no com mais resignação do que entusiasmo.

A vida em Loudun era difícil. As freiras da nova fundação tinham chegado sem dinheiro a uma cidade que era metade protestante e avarenta por inteiro. O único prédio cujo aluguel elas poderiam pagar era o de uma construção velha e lúgubre, onde ninguém morava porque era notoriamente mal-assombrada. As freiras não tinham móveis, por isso durante algum tempo foram obrigadas a dormir no chão. As pupilas, com quem elas contavam para sobreviver, demoravam a aparecer, e durante algum tempo estas jovens De Sazilly e D'Escoubleau, estas De Barbezière e De la Motte, estas De Belciel e De Dampierre, todas de sangue azul, foram obrigadas a trabalhar com suas próprias mãos e ficar sem comer, não apenas às sextas-

-feiras, mas também às segundas, terças, quartas e quintas-feiras. Depois de alguns meses, o que as salvou foi o esnobismo. Quando os burgueses de Loudun descobriram que, mediante modesta gratificação, suas filhas poderiam aprender francês e boas maneiras, ensinadas pela prima em segundo grau do cardeal de Richelieu, por uma parenta próxima do cardeal de Sourdis, pela filha mais jovem de um marquês e uma sobrinha do bispo de Poitiers, pensionistas e pupilas apareceram rapidamente e em grande número. Com elas, finalmente, veio a prosperidade. Empregaram-se serventes para o serviço mais pesado, a carne de vaca e a de carneiro reapareceram na mesa do refeitório e os colchões saíram do chão e foram colocados sobre as armações das camas.

Em 1627, a prioresa da nova comunidade foi transferida para uma outra casa da ordem, e uma nova superiora foi designada para o seu lugar. Seu nome religioso era Jeanne des Anges;[37] no mundo leigo, seu nome tinha sido Jeanne de Belciel, filha de Louis de Belciel, barão de Coze, e de Charlotte Gourmart d'Eschillais, que veio de uma família apenas menos velha e eminente que a de Louis. Nascida em 1602, Jeanne estava agora com vinte e cinco anos, tinha um rosto bonito, mas o corpo era pequeno, tendendo para o nanismo, além de ser um pouco deformado — presumivelmente afetado por alguma infecção tuberculosa nos ossos. A educação de Jeanne fora apenas um pouco menos elementar que a das outras jovens de seu tempo, mas ela tinha uma inteligência inata considerável, combinada, contudo, a um temperamento e a uma personalidade que tinham feito dela um tormento para os outros, e, para si própria, sua pior inimiga. Por causa da sua deformidade, a criança era fisicamente sem atrativos; e a consciência de ser disforme, o doloroso conhecimento de saber-se objeto de repugnância e piedade, despertaram nela um ressentimento crônico, que tornou-lhe impossível sentir afeição ou permitir a si

37 Conhecida no Brasil como Joana dos Anjos. [N.E.]

própria ser amada. Desprezando e consequentemente sendo desprezada, ela vivia numa concha protetora, seguindo em frente apenas para atacar seus inimigos — e todos, *a priori*, eram seus inimigos — com sarcasmos súbitos ou estranhos acessos de gargalhadas de pura zombaria. "Observei", Surin escreveria sobre ela,"que a madre superiora tinha certa natureza jocosa, que a incitava a zombarias e pilhérias (*bouffonner*), e que o demônio, Balaão, fez o possível para alimentar e conservar esse humor. Vi que este espírito era completamente oposto à seriedade com a qual devem ser tomadas as coisas de Deus, e que isso fomentava nela certo júbilo que destrói a compreensão do coração, indispensável para uma perfeita conversão a Deus. Vi que apenas uma hora dessa jocosidade era suficiente para destruir tudo que eu havia construído durante tantos dias, e eu produzia nela um forte desejo de desembaraçar-se de seus inimigos." Há um riso perfeitamente compatível com as coisas de Deus, um riso de humildade e autocrítica, um riso de afável tolerância, um sorriso, ao invés do desespero ou da indignação diante dos absurdos perversos do mundo. Muito diferente deles, a risada de Jeanne era de escárnio e cinismo. Lançado contra os outros, nunca contra ela mesma, o escárnio era um sintoma do desejo da corcunda inconformada de se vingar do destino, colocando as pessoas em seus devidos lugares — e seus lugares, apesar de todas as aparências, eram abaixo dela. Motivado pela mesma ânsia de dominação como forma de compensação, o cinismo era uma convulsão mais impessoal, e a zombaria, acima de tudo, pelos padrões atuais, era mais solene, arrogante e pretensiosa.

    As pessoas com o caráter de Jeanne são destinadas a dar muito trabalho, tanto para elas mesmas quanto para as demais pessoas. Incapazes de aguentar essa criança tão desagradável, seus pais enviaram-na para uma velha tia, prioresa de uma abadia nas vizinhanças. Após dois ou três anos, ela havia voltado, vergonhosamente; as freiras nada puderam fazer com ela. O tempo passou, e a vida no *château* paterno tornou-se tão repugnante para ela, que mesmo o claustro parecia preferível ao lar. Jeanne ingressou na casa das ursulinas em Poitiers, atravessou o noviciato comum e tomou seus votos. Como era de esperar, Jeanne não veio a ser uma boa freira; mas sua família era rica e influente, e a superiora julgou oportuno tolerá-la. E então, quase que da noite para o dia, houve uma transformação maravilhosa, para melhor. Desde sua vinda para Loudun, a irmã Jeanne tinha se comportado com piedade e diligência exemplares. A jovem que, em Poitiers, tinha sido tão desprovida de ideal, tão negligente em suas obrigações, era agora uma religiosa perfeita — obediente, trabalhadora e devota. Profundamente impressionada com essa conversão, a priora, que se aposentava, recomendou a irmã Jeanne como a pessoa mais indicada para tomar seu lugar.

Quinze anos mais tarde, a convertida deu sua própria versão para o episódio: "Tomei como meta prioritária", escreveu, "fazer com que minha autoridade fosse indispensável para aquelas pessoas, e, como havia poucas freiras, a superiora foi obrigada a me designar para todos os cargos da comunidade. Não havia nada que ela não pudesse fazer sem mim, pois dispunha de freiras melhores do que eu; acontecia apenas que eu me impunha a ela usando de mil pequenas condescendências, fazendo-me necessária a ela. Sabia me adaptar tão bem a seu humor, sabia persuadi-la tão bem, que, afinal, ela achava que nada estava bem feito, exceto se fosse feito por mim; ela até acreditava que eu fosse boa e virtuosa. Isso envaidecia tanto meu coração, que eu não sentia dificuldades de praticar ações que pareciam dignas de estima. Eu sabia como dissimular e usei de hipocrisia; assim sendo, minha superiora poderia continuar fazendo bom juízo de mim e ser favorável às minhas inclinações; e com efeito, ela me concedia grandes privilégios, os quais eu aproveitava, e, já que ela mesma era boa e virtuosa, e acreditava que também eu queria atingir a Deus e à perfeição cristã, frequentemente convidava-me para conversas com os dignos monges, o que eu fazia mais para satisfazer-lhe a vontade e passar o tempo".

Quando os dignos monges conseguiam licença, podiam passar pela grade alguns clássicos da vida espiritual recentemente traduzidos. Um dia foi a obra de Blosius; noutro, a vida da abençoada Madre Teresa de Ávila, escrita por ela mesma, junto com as *Confissões* de Santo Agostinho e mais os artigos de Del Río sobre os anjos mandados para o inferno como garantia. Lendo esses livros, aprendendo a discutir seus conteúdos com a prioresa e com os padres, a irmã Jeanne sentiu sua postura ir mudando aos poucos. As pias conversas no gabinete, esses estudos literários, deixaram de ser meros passatempos e tornaram-se meios para fins específicos. Se ela lia os místicos, se conversava com as carmelitas que iam visitar o convento sobre perfeição, não era absolutamente "pelo bem de seu próprio avanço na vida espiritual, mas somente para parecer mais inteligente e eclipsar todas as demais freiras junto a qualquer tipo de companhia". A ânsia de superioridade da irreconciliada corcunda havia encontrado outra saída, um campo novo e fascinante no qual operar. Ainda havia ocasionais explosões de sarcasmo e cinismo, mas em intervalos de seriedade a irmã Jeanne era agora perita em espiritualidade, a sábia consultora sobre todas as questões de teologia mística. Exaltada pelos conhecimentos recentemente descobertos, ela podia agora desprezar suas irmãs com uma deliciosa mistura de desrespeito e piedade. Era verdade, elas eram piedosas, estavam tentando, pobrezinhas, serem boas — mas com que virtude inútil, com que devoção ignorante, e pode-se dizer, insensível! O que *elas* sabiam a respeito de graças extraordinárias? E a respeito de toques espirituais, êxtases e inspirações, a respeito de aridez e de noite do juízo? E a resposta a todas essas questões era que elas não sabiam nada de nada. Ao passo que ela — a pequena anã com um ombro mais alto que o outro —, ela sabia praticamente tudo.

Madame Bovary teve um triste fim porque imaginava-se ser uma pessoa que de fato não era. Percebendo que a heroína de Flaubert encarnava uma tendência humana muito comum, Jules de Gaultier derivou de seu nome a palavra bovarismo e escreveu um livro sobre o tema, cuja leitura vale a pena. O bovarismo é, sem dúvida, invariavelmente desastroso. Pelo contrário, o processo de imaginar que nós somos aquilo que não somos, e agir de acordo com essa ideia, é um dos mais efetivos mecanismos da educação. O título do livro mais tradicional da fé cristã, *Imitação de Cristo*, dá um testemunho eloquente desse fato. É pensando e agindo, numa determinada situação, não da forma como normalmente pensaríamos ou agiríamos, mas como imaginamos que faríamos se fôssemos alguma outra pessoa bem melhor do que nós, que finalmente deixamos de ser análogos aos nossos velhos eus para, em vez disso, nos assemelharmos ao nosso modelo idealizado.

Algumas vezes, naturalmente, a idealização é inferior, e o modelo, mais ou menos indesejado. Mas o mecanismo bovarístico de nos imaginarmos o que não somos, pensar e agir como se fantasia fosse realidade, permanece o mesmo. Há, por exemplo, o bovarismo no campo do vício — o bovarismo do bom rapaz que conscienciosamente entrega-se à bebida e à corrupção para se tornar um homem viril ou um atrevido. Há o bovarismo no campo dos relacionamentos hierárquicos — o bovarismo do burguês esnobe que se imagina um aristocrata e tenta agir como tal. Há um bovarismo político — o bovarismo daqueles que praticam a imitação de Lênin, Webb ou Mussolini. Há um bovarismo cultural e estético — o bovarismo das *précieuses ridicules*, o bovarismo do filisteu moderno, que é convertido, da noite para o dia, de capa do *Saturday Evening Post* a Picasso. E finalmente há bovarismo na religião — e temos, num extremo da escala, o santo que, convictamente, imita o Cristo, e no outro, o hipócrita que tenta ser como um santo para buscar mais eficazmente seus fins profanos. No meio-termo, em algum ponto entre os dois extremos de Tartufo e são João da Cruz, existe uma terceira variedade, híbrida, de bovaristas religiosos. Estes, comediantes absurdos, mas frequentemente comoventes da vida espiritual, não são nem conscientemente malvados nem resolutamente sagrados. Seu desejo, muito humano, é de tirar o melhor partido de ambos os mundos. Eles aspiram ser salvos — mas sem muito trabalho; eles aspiram ser recompensados — mas apenas por parecerem heróis, por falarem como pensadores, não por serem ou por pensarem realmente. A fé que os mantém é a ilusão, um pouco tida como realidade, de que, ao dizerem "Senhor, Senhor" com suficiente frequência, eles conseguirão, de um jeito um de outro, entrar no Reino dos Céus.

Sem o "Senhor, Senhor" ou outra frase doutrinal ou piedosa equivalente, porém mais elaborada, o processo de bovarização seria diferente e, em alguns casos, totalmente impossível. A caneta é mais piedosa que a espada neste sentido: de que é através de verbalização dos pensamentos que dirigimos e sustentamos nossas realizações. Mas é possível fazer uso das palavras como sucedâneo dos feitos, viver num universo unicamente verbal e não no mundo real das experiências imediatas. Mudar um vocabulário é fácil, mudar as circunstâncias externas ou nossos próprios hábitos entranhados é difícil e cansativo. O bovarista religioso que não está preparado para empreender uma imitação convicta de Cristo, satisfaz-se com a aquisição de um novo vocabulário. Mas um novo vocabulário não é a mesma coisa que um novo ambiente ou uma nova personalidade. A literatura mata, ou apenas deixa inerte; é o espírito, é a realidade que está por baixo dos signos verbais, que dá nova vida. Frases que, em suas primeiras formulações, expressavam experiências importantes (como a natureza dos seres humanos e suas organizações religiosas), tendem a se tornar um simples jargão, um jargão piedoso, por meio do qual o hipócrita disfarça sua fraqueza consciente e o comediante mais ou menos inofensivo tenta enganar a si próprio e impressionar seus companheiros. Como era de esperar, Tartufo fala e ensina os outros a falar a linguagem dos filhos e servos de Deus.

De toutes amitiés il détache mon âme,
Et je verrais mourir frère, enfants, mère et femme
Que je m'en soucierais autant que de cela.[38]

Reconhecemos um eco distorcido dos Evangelhos, uma paródia das doutrinas inacianas e salesianas de indiferença sagrada. E quão comoventemente, quando é finalmente desmascarado, o hipócrita confessa sua total depravação! Todos os santos acreditavam-se grandes pecadores, e Tartufo não é exceção à regra.

Oui, mon frère, je suis un méchant, un coupable,
Un malheureux pécheur, tout plein d'iniquité.
Le plus grand scélérat qui jamais ait été.[39]

Essa é a linguagem de santa Catarina de Siena — e a linguagem da irmã Jeanne, quando ela lembra de falar sobre esse assunto em sua *Autobiografia*.

Mesmo quando está fazendo propostas a Elmir, Tartufo emprega a fraseologia do devoto. *"De vos regards divins l'ineffable douceur"* [De seus olhares divinos, a inefável doçura] — dirigidas a Deus ou a Cristo, essas palavras são encontradas nos escritos de todo cristão místico. *"C'en est fait"*, brada o indignado Orgon, quando finalmente descobre a verdade,

---

38 *Tartufo*, Ato 3, cena 4. Em francês, no original: "De todas as amizades, ele desprende minha alma/ E eu verei morrer irmão, filhos, mãe e dama/ Sem me inquietar tanto com isso". [N.E.]

39 *Tartufo*, Ato 3, cena 4. Em francês, no original: "Sim, meu irmão, sou um perverso, um culpado/ Um infeliz pecador, repleto de iniquidade/ O maior celerado de qualquer idade". [N.E.]

*C'en est fait, je renonce à tous les gens de bien:
J'en aurai désormais une horreur effroyable,
Et m'en vais devenir pour eux pire qu'un diable.*[40]

Seu irmão, que era mais sensível, prestou-lhe alguns esclarecimentos sobre semântica. Porque algumas pessoas de bem não são o que aparentam ser, não significa que todos sejam vilões ou comediantes. Cada caso precisa ser considerado segundo seu próprio mérito.

No decorrer do século XVII, muitos guias eminentes de almas — cardeal Bona era um deles, o padre jesuíta Guilloré era outro — publicaram ensaios exaustivos tratando dos problemas de distinguir entre falsa espiritualidade e autêntico artigo de fé; entre simples palavras e substâncias vivas; entre fraude, fantasia e "graças extraordinárias". Se fosse submetida a testes como os propostos por esses escritores, parece improvável que a irmã Jeanne pudesse escapar impune durante muito tempo. Infelizmente seus guias estavam (o que não se deve criticar) apenas ansiosos demais para dar a ela o beneplácito de qualquer dúvida. Sã ou histérica, mas também na condição de consumada atriz, a irmã Jeanne teve o infortúnio de ser tomada a sério em todas as ocasiões, exceto, como veremos, quando fez o possível para contar a pura e simples verdade.

Se os guias tomavam-na a sério era porque eles também tinham suas próprias razões, não muito dignas de crédito, para acreditar nas graças extraordinárias de Jeanne, ou seja, porque eles estavam submetidos, por temperamento e *Weltanschauung*, a esse tipo de ilusão. Quão seriamente, devemos perguntar, ela tomava a si própria? Quão seriamente ela era tomada pelas suas companheiras de convento? Nós podemos apenas conjecturar sobre as respostas a essas perguntas.

40 Em francês, no original: "Já chega, renuncio a todas as pessoas de bem:/ Eu terei deles um horror demasiado,/ E vou tornar-me para eles pior do que um diabo". [N.E.]

Deve haver ocasiões em que, apesar de perfeitamente adaptados a seus papéis, os comediantes da vida espiritual tornam-se desconfortavelmente conscientes de que algo não vai bem, de que talvez, afinal, Deus não seja fingido, e de que mesmo os seres humanos podem não ser tão bobos (ideia espantosa!) quanto alguém pode ser levado a supor. A irmã Jeanne parece ter começado a compreender essa verdade última numa das primeiras etapas de sua prolongada imitação de santa Teresa. "Deus", escreve ela, "frequentemente permitiu que as coisas me acontecessem às vistas das criaturas, o que me causa muita dor." Através dos obscuros véus desses estranhos jargões, adivinhamos o dar de ombros irônico com que a irmã X recebia alguma palestra especialmente eloquente sobre o casamento espiritual; os insensíveis comentários feitos pela irmã Y sobre os novos artifícios de Jeanne na igreja, ao revolver os olhos e apertar as mãos sobre um peito selvagemente palpitante com graças extraordinárias, como uma santa das pinturas barrocas. Todos nós nos imaginamos simultaneamente clarividentes e impenetráveis, mas, exceto quando cegas por alguma paixão, as outras pessoas podem ver através de nós tão facilmente quanto nós podemos ver através delas. A descoberta desse fato parece ser extraordinariamente desconcertante.

Afortunadamente para a irmã Jeanne — ou talvez muito desafortunadamente —, a primeira prioresa da casa de Loudun era menos perspicaz que aquelas outras criaturas, cujo ceticismo irônico tinha lhe causado tanta dor. Profundamente impressionada pela sagrada conversão e pelo comportamento exemplar de sua jovem pupila, a boa madre não hesitou em recomendar a indicação de Jeanne para prioresa. E agora a nomeação havia sido feita, e aqui estava ela — com apenas vinte e cinco anos e chefe da casa, a rainha de um minúsculo império, cujas dezessete súditas eram limitadas, pela Sagrada Escritura, a seguir suas ordens e ouvir seus conselhos.

Agora que a vitória tinha sido conquistada, agora que os frutos de uma longa e árdua campanha estavam seguramente a seu alcance, a irmã Jeanne sentiu que poderia outorgar-se um feriado. Ela prosseguiu com suas leituras místicas, continuou, ocasionalmente, a falar com muita sabedoria sobre a perfeição cristã; mas nos intervalos ela se permitia — na verdade, como superiora, ela ordenava a si própria — algum descanso. No gabinete, onde ela agora estava livre para pensar quanto tempo quisesse, a nova prioresa comprazia-se em intermináveis conversas com suas amigas e seus conhecidos do mundo leigo. Alguns anos mais tarde, ela piedosamente expressou o desejo de que lhe fosse permitido contar "todas as faltas que cometi e fiz com que fossem cometidas no curso das conversas que não eram estritamente necessárias; assim mostraria quão perigoso é expor as jovens freiras, com tanta facilidade, nas grades dos gabinetes de seus conventos, mesmo que suas conversas pareçam ser inteiramente espirituais". Sim, mesmo a fala mais espiritual, como a prioresa sabia muito bem, tinha uma curiosa maneira de acabar como algo muito diferente. Começava-se com uma série de comentários edificantes sobre a devoção a são José, sobre meditação, e, no momento exato, quando seria permitido dar lugar às preces de simples respeito, preces sobre a indiferença sagrada e iniciar o culto da presença de Deus — começava-se com essas coisas e então, antes de saber onde se estava, como exatamente chegou-se lá, estava-se discutindo, mais uma vez, as proezas do fascinante e abominável sr. Grandier.

"Essa criatura cínica na rue du Lion d'Or. [...] Essa namoradeira, que era a governanta do sr. Hervé, antes de ele casar-se. [...] Essa filha de sapateiro, que agora está servindo a Sua Majestade, a rainha-mãe, e que o manteve informado sobre tudo o que ocorria no tribunal. [...] E seus penitentes. [...] Treme-se em pensar. [...] Sim, na sacristia, reverenda madre, na sacristia — a menos de quinze passos do Sagrado Sacramento. [...] E aquela pobre moça, a Trincant, seduzida, pode-se dizer, sob o nariz de seu pai, na sua própria biblioteca. E agora era a srta. de Brou. Sim, aquela pudica, aquela puritana. Tão devota que, quando sua mãe morreu, falou em tornar-se freira carmelita. Em vez disso..."

Em vez disso... No seu próprio caso, a prioresa refletiu, não tinha tido "em vez de". Uma noviça de dezenove anos, uma freira, quando era ainda uma criança. E, no entanto, depois da morte de suas irmãs e de seus dois irmãos, seus pais haviam lhe implorado que voltasse para casa, casasse e lhes desse netos. Por que havia recusado? Por que, se odiava aquela vida horrível, entre quatro paredes, Jeanne havia insistido em tomar os votos finais? Fora por amor a Deus ou por desamor a sua mãe? Fora para contrariar o sr. de Coze ou para agradar a Jesus?

Ela pensou com inveja em Madeleine de Brou. Não havia nenhum pai irado, nenhuma mãe intrometida; abundância de dinheiro; e sua própria dona, livre para fazer o que lhe agradasse. E agora ela tinha Grandier.

A inveja transformou-se em aversão e despeito.

Essa hipócrita, com sua face pálida como a de uma mártir virgem num livro de pintura! Essa dissimulada, com voz macia, com suas contas e suas longas preces, e com sua edição de bolso do bispo de Geneva em marroquim vermelho! E todo o tempo, sob aqueles trajes negros, atrás daquele olhar deprimido, que ardor, que sensualidade. Não era melhor que aquela prostituta da rue du Lion d'Or, não melhor que a filha do sapateiro ou a pequena Trincant. E essas tinham ao menos desculpas de ser uma jovem e a outra, viúva, que era o máximo que se poderia dizer daquela empregada de trinta e cinco anos, de figura longilínea e sem beleza alguma. Ao passo que ela, a prioresa, ainda tinha seus vinte e poucos anos, e a irmã Claire de Sazilly costumava dizer que sua face, sob a touca, parecia de um anjo espiando através de uma nuvem. E que olhos! Todas as pessoas haviam sempre admirado seus olhos — mesmo sua mãe, mesmo sua tia velha e detestável, a abadessa. Se pelo menos ela pudesse levá-lo até o gabinete! Então ela poderia olhá-lo através das grades —

olhá-lo fixamente, minuciosamente, com olhos que revelariam sua alma em toda a sua nudez. Sim, em toda a sua nudez, porque a grade não era acessória da decência, ela estava no lugar da decência. A repressão saíra da mente e encarnara numa treliça. Atrás das grades alguém poderia ser desavergonhado.

Mas, infelizmente, a oportunidade para a sem-vergonhice nunca se apresentou. O clérigo não tinha razões, nem profissionais nem pessoais, para visitar o convento. Ele não era o guia espiritual das freiras, não tinha parentes entre suas pupilas. Seus processos e seus deveres paroquiais não lhe deixavam tempo livre para tagarelices insensatas ou conversas sobre perfeição, suas amantes não lhe deixavam apetite para "embarques" novos e arriscados. Meses sucederam-se, anos passaram-se, e a prioresa não havia ainda encontrado ocasião para que aqueles irresistíveis olhos atacassem; para ela, Grandier permaneceu apenas como um nome — mas um nome de força, um nome que evocava fantasias irreconhecíveis, espíritos familiares e sujos, um demônio de curiosidade, um pesadelo de concupiscência. Uma reputação ruim é o equivalente mental aos apelos puramente psicológicos emitidos pelos animais durante suas sessões de acasalamento — choros, odores e mesmo, no caso de certas mariposas, radiações infravermelhas. Numa mulher, tornar-se conhecida por causa de promiscuidade constitui um convite constante para qualquer homem daquele círculo de fofocas. E que fascinante, mesmo para a mais respeitável senhora, é o sedutor profissional, o empedernido destruidor de corações! Na imaginação de suas paroquianas, as façanhas amorosas de Grandier assumiam heroicas proporções. Ele tornou-se uma figura mítica, parte Júpiter, parte Sátiro — bestialmente luxurioso e, no entanto, ou portanto, divinamente sedutor. Na época de seu julgamento, uma senhora casada, pertencente a uma das mais honradas famílias de Loudun, testemunhou que, após ministrar a comunhão, o padre olhou-a fixamente, depois do que ela "foi tomada de violento amor por ele, que começou através de uma pequena vibração em todos os seus membros". Uma outra encontrou-o na rua e foi incontinenti vencida por "uma paixão sem limites". Uma terceira apenas olhou para ele enquanto entrava na igreja e sentiu "emoções extremamente intensas, acompanhadas de impulsos tais que ela teria gostado muito de dormir com ele ali, naquele exato momento". Todas essas senhoras eram sabidamente virtuosas e de reputação imaculada. E ainda mais, cada uma delas tinha uma casa com um homem e uma família em crescimento. A pobre prioresa não tinha nada a fazer, não tinha marido, não tinha filhos e não tinha vocação. Que maravilha se ela também se apaixonasse pelo delicioso monstro! *"La mère prieure en fut tellement troublée, qu'elle ne parlait plus que de Grandier, q'elle disait estre l'objet de touttes ses affections."*[41] Aquele duplo "t" em "touttes" parecia elevar "todas" a um poder mais alto, de sorte que Grandier se tornava o objeto de afeições acima do limite da experiência, aquelas que para qualquer pessoa são impossíveis de sentir — mesmo assim ela sentia essas emoções em toda a sua monstruosa e perversa enormidade. A lembrança do pároco obcecava-a continuamente. Suas meditações, que deveriam ser uma prática da presença de Deus, eram ao invés a prática da presença de Urbain Grandier, ou melhor, da imagem obscenamente fascinante que se havia cristalizado em sua mente em torno desse nome. O desejo dela era aquele sem objetivo, e portanto o desejo ilimitado e insano da mariposa pela estrela, da estudante pelo artista, da dona de casa entediada e frustrada por Rodolfo Valentino. A tais pecados apenas carnais, como a gula e o desejo, o corpo impõe, por sua natureza e constituição, certos limites. Mas quanto mais fraca for a carne mais estará o espírito sempre, indefinidamente propenso. Aos pecados da carne e da imaginação a natureza não opõe limites.

41 Em francês, no original: "A prioresa estava tão perturbada, que falava então apenas de Grandier, o qual dizia ser o objeto de todas as suas afeições". [N.E.]

A avareza e a fome do poder são tão infinitamente próximos como nada neste mundo pode ser. E é a isso que D. H. Lawrence chamou de "sexo na cabeça". Assim como a paixão heroica, isso é uma das últimas fraquezas de mentes nobres. Assim como sensualidade suposta, é uma das primeiras enfermidades de mentes insanas. E, em qualquer caso (sendo livre do corpo e das limitações impostas pela fadiga, pelo tédio, pela falta essencial de pertinência de acontecimentos materiais em relação a nossas ideias e fantasias), tem algo de infinito. Atrás de suas grades, a prioresa sentia-se vítima de um monstro insaciável: sua imaginação. Em sua própria pessoa ela juntou a caçada tremenda e lacerante com o análogo diabólico do Cão Divino. Como seria de esperar, sua saúde foi abalada, e por volta de 1629 a irmã Jeanne estava sofrendo de um "desarranjo estomacal" psicossomático que, de acordo com o dr. Rogier e o cirurgião Mannoury, "tornou-a tão fraca que ela caminhava com dificuldade".

Nessa época, deixem-nos lembrar, o pensionato das ursulinas estava ensinando a ler e a escrever, ministrando o catecismo e boas maneiras a um número cada vez maior de jovens moças. Como, pode-se perguntar, as pupilas reagem ao sacerdócio da diretora nessa situação embaraçosa de prisioneira de uma obsessão sexual, com as professoras já afetadas pela histeria da superiora? Para essas perguntas os documentos não fornecem, infelizmente, nenhuma resposta. Tudo o que sabemos é que não foi antes de um derradeiro acontecimento que pais indignados começaram a retirar suas crianças dos cuidados das boas irmãs. Atualmente, poderia parecer que a atmosfera mental do convento não era tão manifestadamente anormal que provocasse alarme. Então, logo no quinto ano de mandato da prioresa, houve lá uma série de eventos que, apesar de sem importância, destinavam-se a ter enormes consequências.

O primeiro desses eventos foi a morte do diretor das ursulinas, o cônego Moussaut. Padre muitíssimo digno, o cônego tinha conscienciosamente feito o melhor pela sua comunidade, mas o melhor dele, visto que estivesse à beira da segunda infância, não havia sido muito bom. Ele não entendia os problemas de seus penitentes, e seus penitentes, por outro lado, não prestavam atenção a nada do que ele dizia.

Com a notícia da morte de Moussaut, a prioresa tentou ao máximo parecer triste, mas intimamente ela estava cheia de efervescente júbilo. Finalmente! Finalmente! Assim que o velho senhor foi enterrado em lugar seguro, ela despachou uma carta para Grandier. Começava com um parágrafo sobre a irreparável perda sofrida pela comunidade, prosseguia sublinhando a necessidade de uma liderança espiritual, para ela e para as suas irmãs, exercida por um diretor não menos sábio e sagrado que o amado defunto, e terminava com um convite a Grandier. Salvo pela ortografia, que havia sido sempre seu ponto mais fraco, a carta era totalmente admirável. Lendo a versão definitiva, a prioresa não podia ver como ele possivelmente pudesse resistir a um apelo tão sincero, tão piedoso, tão delicadamente lisonjeiro.

Mas a resposta de Grandier, quando chegou, era uma polida recusa. Não apenas ele se sentia indigno de tão grande honra, ele estava também muito ocupado com suas obrigações como padre da paróquia.

Dos píncaros da alegria onde estava, a prioresa rolou de cabeça para um desapontamento enorme, onde a dor se combinava a orgulho ferido, e que cresceu pelo fato de ela ruminar o gosto amargo de sua derrota, uma raiva fria e persistente, uma aversão constante e maligna.

Dar vazão a essa aversão não seria fácil, porque o pároco habitava um mundo no qual era impossível a uma freira enclausurada entrar. Ela não podia ir até ele, ele não queria ir até ela. O contato mais próximo entre eles aconteceu quando Madeleine de Brou passou pelo convento para visitar sua sobrinha, que era uma das pensionistas. Ao entrar no gabinete, Madeleine deparou com a prioresa em frente a ela, do outro lado da grade. Ela emitiu uma polida saudação que foi respondida por uma torrente de insultos. "Prostituta, vagabunda, corruptora de padres, você cometeu o maior dos sacrilégios!" Pelas grades, a prioresa gritou veementemente com a sua rival. Madeleine virou-se e partiu.

A última esperança de uma vingança pessoal, cara a cara, tinha se perdido agora. Mas uma coisa pelo menos a irmã Jeanne poderia fazer ainda: ela poderia se associar a toda a comunidade acusada de inimigos confessos de Grandier. Sem demora, ela mandou chamar o homem que, de todos os clérigos locais, tinha as razões mais convincentes para detestar Grandier. Repulsivo, aleijado de nascença, destituído de talento não menos que de charme, o cônego Mignon havia sempre invejado a boa aparência do pároco, seu raciocínio rápido e seu fácil êxito. A essa geral e, digamos, prévia antipatia, havia sido acrescentado, com o passar dos anos, um grande número de razões mais específicas de desagrado — o sarcasmo de Grandier, a sedução da prima de Mignon, Philippe Trincant, e mais recentemente a discussão a respeito de um pedaço de propriedade disputado entre a igreja de Sainte-Croix e a paróquia de Saint-Pierre. Agindo contra o conselho dos demais cônegos, Mignon levou o caso à corte e, como todos haviam previsto, perdeu. Ele estava ferido por essa humilhação quando a prioresa convocou-o ao gabinete do convento, e, após ter falado de modo geral sobre a vida espiritual e em particular sobre a escandalosa conduta do pároco, convidou-o a se tornar confessor das freiras. A oferta foi aceita imediatamente. Um novo aliado havia se juntado às forças confederadas contra Grandier. Mignon não sabia ainda precisamente como fazer uso daquele novo aliado. Mas, como bom general, ele estava preparado para agarrar qualquer oportunidade que se lhe apresentasse.

Na mente da prioresa, entretanto, o novo ódio por Grandier não havia anulado, não havia nem mesmo abrandado os velhos desejos obsessivos. O herói idealizado dos seus sonhos acordados noturnos permanecia o mesmo; mas agora ele não era mais o príncipe encantado, para quem se deixa o trinco da janela aberto à noite, mas sim um pesadelo persistente, que deleitava-se em infligir a sua vítima o ultraje de um prazer importuno, mas irreprimível. Depois da morte de Moussaut, a irmã Jeanne sonhou, em diversas ocasiões, que o velho homem tinha voltado do Purgatório para implorar a seus antigos penitentes que o ajudassem com suas preces. Mas, à medida que ele melancolicamente ia falando, tudo ia mudando, e "não era mais a figura de seu falecido confessor que ela via, mas sim a face e o semblante de Urbain Grandier, que, alterando suas palavras e comportamento ao mesmo tempo que sua figura, falava-lhe de aventuras amorosas, importunando-a com carícias não menos insolentes que impuras, e pressionava-a para que desse aquilo de que ela não podia mais dispor, aquilo que por seus votos ela havia consagrado a seu divino Noivo".

Nas manhãs, a prioresa recontava essas aventuras noturnas às demais freiras. As histórias nada perdiam na narrativa e, dentro em pouco, duas outras jovens — a irmã Claire de Sazilly (prima do cardeal Richelieu) e outra Claire, uma irmã leiga, estavam também tendo visões de clérigos importunos e ouvindo uma voz que sussurrava as mais indelicadas propostas em seus ouvidos.

A seguir, o evento determinante na longa série que culminou com a destruição do pároco foi um logro bem estúpido. Tramado por um comitê formado pelas freiras mais jovens e suas pupilas mais velhas com o propósito de assustar as crianças e os velhos piedosos e ingênuos, o jogo era uma brincadeira de mau gosto de falsas aparições e espíritos mal-assombrados. A casa em que as freiras e suas pensionistas estavam alojadas tinha a reputação, como já vimos, de ser mal-assombrada. Suas ocupantes estavam, portanto, bem preparadas para ser aterrorizadas, quando, abruptamente, após a morte do velho cônego, uma figura fantasmagórica foi vista deslizando ao redor dos dormitórios. Após a primeira visita, todas as portas foram cuidadosamente aferrolhadas, mas os fantasmas ou seguiam caminho pelos patamares e entravam pelas janelas, ou então eram admitidos pelas suas quintas-colunas dentro dos quartos. Lençóis eram arrancados das camas, faces eram tocadas por dedos gelados. Na parte de cima, nos sótãos, havia um gemido e um arrastar de correntes. As crianças gritavam, as reverendas madres persignavam-se e exortavam por são José. Inutilmente. Após algumas noites de calma, os fantasmas voltavam. A escola e o convento estavam em pânico.

Sentado no posto de escuta no confessionário, o cônego Mignon foi informado de tudo — sobre os pesadelos nas celas, sobre os fantasmas nos dormitórios, sobre o logro nos sótãos. Ele sabia de tudo — e de repente uma luz se fez, e o dedo da Providência manifestou-se. Todas as coisas, ele agora percebia, estavam trabalhando para o bem. Ele poderia trabalhar com elas. Para isso, ele repreendeu as piadistas, mas ordenou-lhes que não dissessem nada sobre suas brincadeiras. Ele instilou um novo terror nas vítimas daquelas piadistas ao contar-lhes que as coisas que elas haviam tomado por fantasmas eram, mais provavelmente, demônios. E ele conferiu o sacramento da confirmação à madre superiora e às suas companheiras visionárias, assegurando-lhes que seus visitadores noturnos eram reais e manifestadamente satânicos. Após o que ele dirigiu-se, com uns quatro ou cinco dos mais influentes inimigos do pároco para a casa de campo do sr. Trincant, em Puydardane, a uma légua da cidade. Lá, diante do conselho de guerra reunido, ele explicou o que estava acontecendo no convento e mostrou como a situação poderia ser explorada para prejuízo de Grandier. O assunto foi discutido, e um plano de campanha, complementado por armas secretas, operação de guerra psicológica e um serviço de inteligência sobrenatural, foi traçado. Os conspiradores partiram com os espíritos elevados. Nesse momento, todos sentiram, eles o tinham nas mãos.

    O passo seguinte de Mignon foi visitar os carmelitas. Ele precisava de um exorcista. Os reverendos padres poderiam providenciar um? Entusiasticamente o prior deu-lhe não apenas um, mas três — os padres Eusèbe de Saint-Michel, Pierre-Thomas de Saint--Charles e Antonin de la Charité. Com Mignon, eles puseram-se imediatamente a trabalhar, e saíram-se tão satisfatoriamente bem em suas operações que, dentro de poucos dias, todas as freiras, exceto duas ou três entre as mais velhas, estavam recebendo visitas noturnas do pároco.

Depois de algum tempo, os rumores começaram a escapar do convento mal-assombrado, e dentro em pouco era do conhecimento geral que as boas irmãs estavam todas possuídas pelo demônio, e que os demônios assentaram a culpa de tudo no fantasmagórico sr. Grandier. Os protestantes, como era de esperar, estavam deliciados. Que um padre católico tivesse conspirado com Satã para debochar de todo um convento de ursulinas era quase que suficiente para consolá-los da queda de La Rochelle.

Quanto ao pároco, ele apenas deu de ombros. Afinal, ele nunca tinha nem ao menos posto os olhos na prioresa ou em suas desvairadas irmãs. O que aquelas mulheres dementes diziam dele era apenas o produto de suas enfermidades, melancolia inflamada combinada com um toque de *furor uterinus*. Privadas de homens, as pobres precisavam sonhar. Quando esses comentários foram dados a conhecer ao cônego Mignon, ele apenas sorriu e observou que ri melhor quem ri por último.

Nesse ínterim, a tarefa de exorcizar todos esses demônios era tão grande que, após alguns meses de heroica luta com os diabos, o cônego teve de pedir reforços. O primeiro a ser convocado foi Pierre Rangier, o *Curé* de Veniers, um homem que devia sua influência considerável na diocese e sua impopularidade universal ao fato de ter-se tornado espião e agente secreto do bispo. Com Rangier participando dos exorcismos, o cônego pôde sentir-se confiante de que não haveria ceticismo nas altas posições. A posse seria oficial e ortodoxa.

À contribuição de Rangier imediatamente somou-se a ajuda de outro padre de estirpe bem diferente. O sr. Barré, *Curé* de Saint--Jacques, na cidade vizinha de Chinon, era um daqueles cristãos ao contrário, para quem o demônio é incomparavelmente maior e mais interessante do que Deus. Ele via marcas do diabo em tudo, ele reconhecia o trabalho de Satã em todos os estranhos, em todos os sinistros, em todos os eventos agradáveis da vida humana. Nada o deleitava mais que uma boa peleja com Belial ou com Belzebu; ele estava sempre fabricando e exorcizando demônios. Graças a seus esforços, Chinon estava cheia de meninas delirantes, vacas feiticeiras, maridos incapazes, por causa de alguma magia de um feiticeiro maligno, de cumprir com seus deveres conjugais. Em sua freguesia paroquial ninguém poderia reclamar que a vida era desinteressante; com o *Curé* e o diabo, não havia um momento de tédio.

O convite de Mignon foi aceito com entusiasmo, e alguns dias depois Barré chegou de Chinon, à frente de uma procissão formada por um grande número de seus paroquianos mais fanáticos. Para seu grande desapontamento, ele achou que, até aquele momento, os exorcismos haviam sido feitos a portas fechadas. Esconder o jogo de alguém — que ideia! Por que não dar ao público a chance de ser doutrinado? As portas da capela das ursulinas foram escancaradas; o populacho invadiu-a. Na sua terceira tentativa, Barré conseguiu provocar convulsões na madre superiora. "Destituída de senso e de razão", a irmã Jeanne rolou no chão. Os espectadores deliciaram-se, especialmente quando ela mostrou suas pernas. Finalmente, após diversas "violências, vexames, gritos e ranger de dentes, dois dos quais, no fim da boca, quebraram-se", o diabo obedeceu a ordem de deixar sua vítima em paz. A prioresa deitou-se, exausta; o sr. Barré enxugou o suor de sua testa. E agora era a vez do cônego Mignon e da irmã Claire de Sazilly, do padre Eusebius e da irmã leiga, do sr. Rangier e da irmã Gabrielle de l'Incarnation. A função terminou apenas no fim do dia. Os espectadores, em bando, saíram em direção ao crepúsculo outonal. Todos de um modo geral concordaram que, nunca antes da vinda daqueles acrobatas viajantes, com os dois anãos e os ursos performáticos, havia sido oferecido a Loudun um espetáculo tão bom quanto aquele. E de graça — porque, é claro, não era preciso colocar nada no saco quando ele circulava, e, caso se desse alguma coisa, um centavo faria um barulho tão bom quanto um xelim.

Dois dias depois, em 8 de outubro de 1632, Barré conquistou sua primeira vitória importante ao expulsar Asmodeu, um dos sete demônios que tinham tomado residência no corpo da prioresa. Falando pelos lábios da endemoniada, Asmodeu revelou que estava alojado em seu baixo estômago. Durante mais de duas horas Barré lutou corpo a corpo com ele. Repetidas vezes, as sonoras frases latinas ressoaram na seguinte ordem: *"Exorciso te, immundissime spiritus, omnis incursio adversarii, omne phantasma, omnis legio, in nomine Domini nostri Jesus Christi; eradicare et effugare ab hoc plasmate Dei."*[42] E, além disso, poderia ter um borrifo de água benta, uma bênção, *"Adjuro te, serpens antique, per Judicem vivorum et mortuorum, per factorem tuum, per factorem mundi, per eum qui habet potestatem mittendi te in gehennam, ut ab hoc farmulo Dei, qui ad sinum Ecclesiae recurrit, cum metu et exercitu furoris tui festinus discedas."*[43] Mas, ao invés de partir, Asmodeu apenas ria e proferia algumas alegres blasfêmias. Outro homem poderia admitir-se derrotado. Mas não o sr. Barré. Ele ordenou que a prioresa fosse levada para sua cela e que fosse chamado, às pressas, o boticário. O sr. Adam veio, trazendo com ele o clássico emblema de sua profissão, a

---

42 "Exorcito-vos, o mais impuro dos espíritos, cada investida violenta do adversário, cada espectro, cada legião; em nome de Nosso Senhor Jesus Cristo, sede vós erradicado e afugentado dessa criatura de Deus."

43 "Conjuro-vos, serpente anciã, pelo Juiz dos vivos e dos mortos, pelo vosso criador, pelo criador do mundo, por ele, que tem o poder de arremessar-vos ao inferno que, desta serva de Deus, que acelera a volta para o seio da Igreja, vós, com os medos e aflições de vossa fúria, rapidamente, parti."

enorme seringa de latão, de farsas molierescas e de realidade médica do século XVII. Uma quarta de água sagrada estava cheia para ele. A seringa foi carregada, e o sr. Adam aproximou-se da cama onde a madre superiora estava deitada. Percebendo que sua hora final estava próxima, Asmodeu embraveceu-se. Em vão. Os membros da prioresa estavam presos, mãos fortes seguravam o corpo contorcido, e, com a habilidade nascida de longa prática, o sr. Adam ministrou o enema miraculoso. Dois minutos depois, Asmodeu partiu.[44]

Na biografia que escreveu alguns anos mais tarde, a irmã Jeanne assegura-nos que, durante os primeiros meses de possessão, sua mente esteve tão confusa, que não podia se lembrar de nada do que lhe havia acontecido. A declaração pode ser verdadeira — ou não. Há muitas coisas que gostaríamos de esquecer, que fazemos o máximo para abafar, mas que, na verdade, continuamos relembrando, e muito vividamente. A seringa do sr. Adam, por exemplo...

Há muitas maneiras de escapar da individualidade isolada, indo para uma condição larval de subumanidade. Esse estado tem algo do Nada, que é o tema de tantos poemas de Mallarmé.

Mais ta chevelure est une rivière tiède,
Où noyer sans frissons l'âme qui nous obsède,
Et trouver ce Néant que tu ne connais pas.[45]

Mas para muitas pessoas o Nada absoluto não é o bastante. O que elas querem é um Nada com qualidades negativas, uma Nulidade que fede e que é abominável, como nos versos do poema de Baudelaire.

44 Barré não foi o inventor desse acessório para o exorcismo. Tallemant registra que um nobre francês, o sr. de Fervaque, o havia usado com sucesso numa freira de suas relações que estava possuída. Hoje em dia, na África do Sul, há seitas negras que praticam o batismo pela lavagem intestinal.
45 Em francês, no original: "Mas sua cabeleira é um rio morno,/ Onde afogar sem calafrio a alma de nosso entorno,/ E encontrar este Nada que você não conhece". [N.E.]

*Une nuit que j'étais près d'une affreuse Juive,
Comme au long d'un cadavre étendu*[46]

Essa também é uma experiência do Nada — mas violentamente. E é justo no violentamente Nada que certas mentes descobrem o que é, para elas, o tipo de alteridade mais satisfatoriamente experimentada. Em Jeanne des Anges, o desejo de autotranscendência era poderoso, na proporção da intensidade de seu egoísmo inato e das circunstâncias frustrantes de seu ambiente. Anos mais tarde, ela pretendeu tentar, sem fingimento, atingir uma ascese para uma maior autotranscendência na vida espiritual. Mas a essa altura de sua carreira, a única alameda de saída que se lhe apresentou foi um rebaixamento para a sexualidade. Ela tinha começado por tolerar, deliberadamente, a fantasia de viver uma aventura amorosa com seu *beau ténébreux*, o desconhecido, mas excitantemente notório por sua má reputação, sr. Grandier. Salvo eventualmente, indulgência premeditada e ocasional transforma-se em vício. O hábito converteu suas fantasias sexuais em necessidades imperiosas. O *beau ténébreux* adquiriu existência autônoma, inteiramente independente de sua vontade. Ao invés de ser dona de sua imaginação, ela era agora escrava. A escravidão é humilhante; todavia, a consciência de não estar mais no controle de seus próprios pensamentos e ações é uma forma inferior, sem dúvida, mas eficaz daquela autotranscendência a que todo ser humano aspira. A irmã Jeanne tinha tentado se libertar de sua servidão às imagens eróticas que havia evocado; mas a única liberdade que pôde atingir foi a de odiar a si própria. Não havia nada a fazer, a não ser escorregar de novo no calabouço de seu vício.

[46] "Certa noite bem junto a uma horrenda judia/ Como ao longo de um morto outro morto estendido" (*As flores do Mal*. Tradução, introdução e notas de Ivan Junqueira. Rio de Janeiro: Nova Fronteira, 2006, poema XXXII)

E agora, após meses dessa luta interna, ela estava nas mãos do ilustre sr. Barré. A fantasia de uma autotranscendência descendente transformou-se no rude fato de estar sendo tratada por ele, como algo abaixo de ser humano — como alguma estranha espécie de animal para ser exibido à ralé, como um mico de circo, como se fosse um ser inferior, útil apenas para ser repreendida, manipulada, atirada por reiteradas sugestões em convulsões e finalmente subjugada, contra o que ficou de sua vontade e apesar dos resíduos de sua modéstia, ao ultraje de uma violenta irrigação do cólon. Barré tinha lhe oferecido uma experiência que era o equivalente, mais ou menos, à de um estupro num banheiro público.[47]

[47] Na prática médica dos séculos XVII e XVIII, o clister era empregado tão livre e frequentemente quanto a seringa hipodérmica o é hoje. "Os clisteres", escreve Robert Burton, "estão muito em voga. Trincavellius usa-os antes de qualquer outra coisa, e Hércules de Saxônia é um grande apreciador deles. Tenho percebido [diz ele] por experiência que muitos homens, hipocondríacos e deprimidos, têm sido curados com o uso exclusivo de clisteres. Sem dúvidas", Burton acrescenta em outra passagem, "um clister, oportunamente usado, não pode deixar de, tanto nesta quanto na maioria das outras enfermidades, fazer muitíssimo bem." Desde a tenra infância, todos os membros de classes que tinham recursos para chamar o médico ou o boticário eram versados na seringa gigante e no supositório — com abundantes doses retais de "sabão castilo, mel fervido até diluir-se ou, mais forte, de Escamônea, Heléboro etc.". Logo, não é surpreendente notar que, quando descreve suas tolas diversões com as *petites demoiselles*, que costumavam vir e brincar com suas irmãs, Jean-Jacques Bouchard (o exato contemporâneo da prioresa) fala, como se fossem coisas conhecidas por todos, dos *petits bastons*, com os quais meninos e meninas costumavam fingir que aplicavam clisteres uns nos outros. Mas a criança é pai do homem e mãe da mulher, e, durante gerações, a monstruosa seringa do boticário continuou assediando a imaginação sexual, não apenas dos filhos menores mas também dos mais velhos. Mais de cento e cinquenta anos antes do feito do sr. Barré, os heróis e heroínas do marquês de Sade, em seus laboriosos esforços de ampliar o alcance de seus prazeres sexuais, estavam fazendo uso frequente da arma secreta do exorcista. De uma geração anterior ao Marquês, François Boucher tinha exibido, em *L'attente du Clystère*, a mais extraordinária gravura feminina do século, talvez de todos os tempos. Do selvagemente obsceno e do graciosamente pornográfico há

A pessoa que um dia fora a irmã Jeanne des Anges, prioresa das ursulinas de Loudun, aniquilara-se — aniquilada não à maneira de Mallarmé, mas à de Baudelaire, violentamente. Parodiando a expressão de Paulina, ela podia dizer de si mesma, "Vivo, não eu, mas sujeira, humilhação, mera fisiologia vive em mim". Durante os exorcismos, ela não era mais um ser; era apenas um objeto com intensas sensações. Era horrível, mas também maravilhoso — um ultraje, mas ao mesmo tempo uma revelação e, no sentido liberal da palavra, um êxtase, um sentimento muito além do ódio, e muito íntimo.

Nesse período, deve ser dito, a irmã Jeanne não tinha nenhuma sensação íntima de ser um demônio. Mignon e Barré contaram-lhe que ela estava infestada de demônios e, nos delírios induzidos por seus exorcismos, ela própria podia dizer o quanto. Mas ela não tinha, até agora, sensação de ser possuída pelos sete demônios (seis, depois da partida de Asmodeu), que supostamente estariam acampados em seu minúsculo corpo. Aqui está sua própria análise da situação.

"Eu não acreditava que alguém pudesse ser possuído sem ter dado consentimento para isso, ou feito um pacto com o diabo; no que eu estava enganada, porque o mais inocente e mesmo o mais sagrado pode ser possuído. Eu mesma não estou entre os vários inocentes, por inúmeras vezes ter me entregado ao diabo ao pecar e

uma fácil modulação para a diversão rabelaisiana e para a anedota no salão de fumar. Recorde-se a velha senhora no *Cândido*, com seus pequenos chistes sobre cânulas e *nous autres femmes*. Lembre-se o amoroso Sganarelle, no *Le Médecin malgré lui*, ternamente implorando a Jacqueline permissão para lhe dar, não um beijo, mas un petit clystère *dulcifiant*. O sr. Barré com sua seringa de água sagrada era um *petit clystère sanctifiant*. Mas, santificante ou dulcificante, a coisa permaneceu o que era intrinsecamente e o que, por convenção e naquele momento particular da história, tinha-se tornado — tudo menos uma experiência erótica, um ultraje ao decoro e um símbolo enriquecido por toda uma gama de sons harmônicos e concomitantes de pornografia, que penetrou nos folclores e se tornou uma parte da cultura da região.

fazer constante resistência à graça. [...] Os demônios instalaram-se em minha mente e inclinações de tal forma que, através das más disposições que eles encontraram em mim, fizeram-me uma e a mesma substância deles próprios. [...] Geralmente os demônios agiam de acordo com os sentimentos que eu tinha na alma; eles faziam-no tão sutilmente que eu mesma não acreditava que tinha algum demônio dentro de mim. Sentia-me insultada quando as pessoas mostravam suspeitas de que estivesse possuída, e se alguém falasse de minha possessão pelo demônio, sentia uma violenta sensação de cólera e não podia controlar a manifestação de meu ressentimento." Isso significa que a pessoa que não podia deixar de sonhar com o sr. Grandier, a pessoa que o sr. Barré estava tratando como uma espécie de animal de laboratório, não estava consciente, fora dos exorcismos e durante as horas que estava acordada, de ser de algum modo anormal. Os êxtases de humilhação e de sensualidade alucinante estavam sendo impostos a uma mente que sentia-se ser a de uma mulher sensual comum, que tinha tido a má sorte de desembarcar num convento, quando deveria ter casado e criado uma família.

Sobre o estado de espírito do sr. Barré e dos outros exorcistas, não sabemos nada de primeira mão. Eles não deixaram autobiografia nem escreveram cartas. Até que o padre Surin fizesse suas entradas em cena, por volta de dois anos depois, a história dos homens envolvidos nessa prolongada orgia psicológica é completamente deficiente de traços pessoais. Afortunadamente para nós, Surin era um introvertido, com um ímpeto de autorrevelação, um "compartilhador" nato, cuja paixão por confissão compensava amplamente as reticências de seus colegas. Escrevendo sobre esses anos que passou em Loudun e, mais tarde, em Bordeaux, Surin queixa-se de ter sido subjugado a tentações da carne quase que constantes. Dadas as circunstâncias de vida de um exorcista num convento de freiras demoníacas, não é surpreendente que, no centro de um bando de mulheres histéricas, todas num estado crônico de excitação sexual, ele fosse o macho privilegiado, dominador e titânico. A degradação na qual seus encargos estavam tão enlameadamente absortos servia apenas para enfatizar a masculinidade triunfante do papel do exorcista. A passividade das freiras intensificava seu senso de ser o mestre. No meio de incontroláveis frenesis, ele era lúcido e forte; no meio de tanta animalidade, ele era o único ser humano; no meio de demônios, ele era o representante de Deus. E, como representante de Deus, ele tinha o privilégio de fazer o que quisesse com aquelas criaturas inferiores — obrigá-las a executar trapaças, fazê-las entrar em convulsões, maltratá-las como se fossem porcas ou bezerras recalcitrantes, prescrever o enema ou o chicote.[48] Em seus momentos mais lúcidos, as demoníacas confiavam aos seus senhores — e que obsceno deleite havia em espezinhar assim as convenções que tinham sido uma parte essencial de suas personalidades! — os fatos mais escondidos a respeito de suas condições físicas, as fantasias mais chocantes, dragadas das lodosas profundezas de seus subconscientes. O tipo de relação que podia existir entre exorcistas e as

---

48 Na carta que escreveu após a visita a Loudun, em 1635, Thomas Killigrew descreve o tratamento com que foi aquinhoada aquela encantadora irmã Agnes, cuja boa aparência e comportamento espantosamente indecoroso tinham-lhe valido, entre os habitués do exorcismo, o carinhoso apelido de *le beau petit diable*. Ela era muito jovem e atraente, da mais terna aparência e contorno mais esguio que qualquer uma das outras. [...] A graça de seu rosto era encapuçada num véu triste e negro que, com minha entrada na capela, ela escondeu, mas imediatamente mostrou de novo" (Killigrew tinha apenas vinte anos naquele tempo, e era excepcionalmente bonito). "E embora ela permanecesse agora presa como uma escrava nas mãos do frade, pode-se ver através de todos os seus infortúnios, nos seus olhos negros, os arcos intactos de muitos triunfos". *Como uma escrava nas mãos do frade* — essas palavras são dolorosamente apropriadas. Um pouco mais tarde, como Killigrew registra, a infeliz garota era uma escrava sob os pés do frade. Após tê-la lançado em convulsões e fazê-la rolar no chão, o bom padre pisava na sua vítima caída. "Confesso que foi uma triste visão", diz Killigrew, "não tive forças para ver o milagroso trabalho de sua cura, em vez disso fui dali para a hospedaria."

freiras supostamente endemoniadas é bem ilustrada pelo seguinte extrato de uma narrativa contemporânea à da possessão das ursulinas de Auxonne, que começou em 1658 e continuou até 1661. "As freiras declaram, assim como os padres, que por meio de exorcismo, eles (os padres) isentavam-nas de hérnias, *qu'ils leur ont fait rentrer des boyaux que leur sortaient de la matrice*,[49] que eles curavam-nas em um instante das lacerações do útero causadas pelos bruxos, que eles provocavam a expulsão *des bastons couverts de prépuces de sorciers qui leur avoient esté mis dans la matrice, des bouts de chandelle, des bastons couverts de langues et d'aultres instruments d'infamie, comme des boyaux et aultres choses desquelles les magiciens et les sorciers s'étaient servis pour faire sur elles des actions impures*".[50] Elas também declaram que os padres curavam-nas de cólicas, dores de estômago e dores de cabeça, que eles curavam-nas do endurecimento do peito por causa de confissão; que eles estancavam hemorragias pelo exorcismo e, através de água sagrada tomada pela boca, eles punham fim a tumores da barriga causados pelo coito com demônios e bruxos.

"Três das freiras noticiaram, sem rodeios, que elas tinham sido submetidas a coitos com demônios, que as defloraram. Cinco outras declararam que tinham sofrido, nas mãos de feiticeiros, mágicos e demônios, ações cujo pudor as proibia de mencionar, mas que, de fato, não eram outras senão aquelas descritas pelas três primeiras. Os ditos exorcistas dão testemunho da verdade de todas as declarações acima."[51]

---

49 Em francês, no original: "que eles tinham feito entrar pelos intestinos e que saíam pelo útero". [N.E.]
50 Em francês, no original: "de clavas cobertas de prepúcios de bruxos que haviam sido inseridas em seus úteros, pedaços de vela, clavas cobertas de línguas e outros instrumentos de infâmia, como tripas e outras coisas das quais os bruxos e feiticeiros se serviam para infligir a elas atos impuros". [N.E.]
51 Ver *Barbe Buvée et la prétendue possession des Ursulines d'Auxonne*, do dr. Samuel Garnier (Paris, 1895), p. 14-15.

Que sordidez cômoda, que intimidades cirúrgicas! A sujeira é moral tanto quanto material; as misérias fisiológicas são combinadas pelo espiritual e pelo intelectual. E, acima de tudo, como uma neblina desagradável e fedorenta, flutua uma sexualidade opressiva, suficientemente espessa para ser cortada com uma faca, e mais ainda, onipresente, irrestrita. Os médicos que, por ordem do Parlamento de Burgundy, visitaram as freiras, não encontraram provas da possessão, mas muitos indícios de que todas ou a maioria delas sofriam do mal ao qual nossos padres dão o nome de *furor uterinus*. Os sintomas dessa doença eram "calor que se fazia acompanhar de um apetite sexual inesgotável" e uma incapacidade, da parte das irmãs mais jovens, de "pensar ou falar de qualquer coisa que não fosse sexo".

Tal era a atmosfera num convento de freiras endemoniadas, e tais as pessoas com as quais, numa intimidade que era uma combinação das intimidades existentes entre ginecologista e paciente, treinador e animal, psiquiatra venerado e neurótico loquaz, o padre oficiante passava várias horas de todos os dias e noites. Para os exorcistas de Auxonne, as tentações eram muito fortes, e há boas razões para acreditar que eles tiravam vantagens de sua situação para seduzir as freiras confiadas a sua tutela. Semelhantes acusações não eram apresentadas contra os padres e monges que trabalhavam com a irmã Jeanne e as outras histéricas de Loudun. Havia, como Surin testemunha, uma constante tentação, que era rechaçada. A orgia contínua existia apenas na imaginação, e nunca era física.

A expulsão de Asmodeu foi uma vitória notável, e as freiras estavam, naquele tempo, tão bem treinadas a fazerem o papel de demônios que Mignon e os outros inimigos de Grandier agora sentiam-se suficientemente fortes para tomar uma ação oficial. Dessa maneira, no dia 2 de outubro, Pierre Rangier, o pároco de Veniers, foi mandado ao escritório do mais eminente magistrado da cidade, o sr. de Cerisay. Ele prestou contas do que havia acontecido e convidou o *Bailli* e seu tenente, Louis Chauvet, a irem até lá e verem com seus próprios olhos. O convite foi aceito, e na mesma tarde os dois magistrados, com seus escrivães, chamados ao convento, foram recebidos por Barré e pelo cônego Mignon e levados "a uma sala de teto alto, mobiliada com sete pequenas camas, uma das quais estava ocupada pela irmã leiga e a outra pela madre superiora. A última estava cercada por várias carmelitas, por algumas freiras do convento, por Mathurin Rousseau, padre e cônego de Sainte-Croix e pelo cirurgião, Mannoury". Ao ver o *Bailli* e seu tenente, a prioresa (nas palavras da ata redigida pelo escrivão do magistrado) "começou a fazer movimentos violentos com certos ruídos como os grunhidos de um pequeno porco, depois escondeu-se sob as cobertas, mostrou os dentes e fez várias contorções, como as que devem ser feitas pela pessoa que perdeu o juízo. A sua direita estava uma carmelita e, à sua mão esquerda, o já mencionado Mignon, que enfiou dois dedos, os chamados polegar e o indicador, na boca da dita madre superiora e executou exorcismos e conjuras em nossa presença".

No curso desses exorcismos e conjuras, transpareceu que a irmã Jeanne tinha sido possuída através das forças materiais de dois diabólicos "pactos" — um consistindo de três espinhos, o outro, de um ramalhete de rosas que ela teria encontrado nos degraus e colocado no seu cinto, "e então ela foi atacada por um grande tremor em seu braço direito e foi presa pelo amor de Grandier todo o tempo de suas orações, sendo incapaz de fixar sua mente em outra coisa que não fosse a representação da pessoa de Grandier, que a havia impressionado muitíssimo".

Interrogada em latim, "Quem mandou essas flores?", a prioresa, "após ter demorado e hesitado, respondeu como se sob constrangimento, *"Urbanus"*. Logo após, o dito Mignon disse, *"Dic qualitatem"*. Ela disse, *"Sacerdos"*. Ele disse, *"Cujus ecclesiae?"*, e a dita freira replicou, *"Santi Petri"*,[52] essas últimas palavras ela pronunciou muito baixo.

[52] "Urbain." "Qual a sua profissão?" "Padre." "De que igreja?" "Da de Saint-Pierre."

Quando o exorcismo acabou, Mignon chamou o *Bailli* à parte e, na presença do cônego Rousseau e do sr. Chauvet, observou que tal caso parecia apresentar uma notável semelhança com o de Louis Gauffridy, o padre provençal que, vinte anos antes, tinha sido queimado vivo por enfeitiçar e corromper certa ursulina de Marselha. Com a menção de Gauffridy, Mignon dera com a língua nos dentes. A estratégia da nova campanha contra o pároco estava claramente revelada. Ele seria acusado de feitiçaria e magia, convocado ao tribunal e, se absolvido, teria sua reputação arruinada, se condenado, seria mandado para a fogueira.

CAPÍTULO V

E então Grandier foi acusado de feitiçaria, e as ursulinas, de estarem possuídas pelos demônios. Lemos essas declarações e sorrimos; mas antes que o sorriso se alargue ou estoure numa gargalhada, deixem-nos tentar descobrir o significado atribuído a essas palavras na primeira metade do século XVII. E, uma vez que nessa época a feitiçaria era um crime por toda parte, comecemos pelos aspectos legais do problema.

Sir Edward Coke, o mais notável advogado inglês do final da época elisabetana e do início do reinado de Jaime I, definia um feiticeiro como "uma pessoa que tivesse entrevista com o diabo, para consultá-lo ou para realizar qualquer ato". Pelo Estatuto de 1563, a feitiçaria era punida com a morte somente quando se podia provar que o bruxo havia tentado contra a vida de alguém. Mas, no primeiro ano do reinado de Jaime, esse estatuto foi substituído por uma nova lei, mais rigorosa. Após 1603, o crime capital não era mais o assassinato por meios sobrenaturais, mas o simples fato de ser declarado feiticeiro. O ato praticado pelo acusado podia ser inofensivo, como no caso da adivinhação, ou mesmo benéfico, como no caso de curas através de sortilégios e magias. Se houvesse prova de que fora realizado através de "entrevista com o diabo" ou por processos mágicos realmente diabólicos, o ato era criminoso e seu executor, condenado à morte.

Essa era uma lei inglesa e protestante; mas estava em pleno acordo com a lei canônica e a prática católica. Kramer e Sprenger, os sábios autores dominicanos de *Malleus maleficarum* (por quase dois séculos, o manual e *vade mecum* de todos os caçadores de bruxos, luteranos e calvinistas não menos que os católicos), citam várias autoridades a fim de provar que a pena adequada para a feitiçaria, quiromancia ou a prática de qualquer espécie de habilidade mágica, é a morte. "Porque bruxaria é alta traição contra a majestade de Deus. E então os acusados devem ser torturados para que confessem. Qualquer pessoa, seja qual for sua posição social, deve ser posta sob tortura a tal acusação. E, se for considerado culpado, mesmo que confesse o crime, levem-no ao cavalete, que sofra todas as outras torturas prescritas pela lei, para que sofra a punição adequada à sua ofensa."[53]

Por detrás dessas leis, pairavam uma antiquíssima tradição de intervenção demoníaca em assuntos humanos e, mais especificamente, as verdades reveladas de que o demônio é o soberano do mundo e inimigo jurado de Deus e de Seus filhos. Algumas vezes o diabo trabalha por conta própria; outras vezes, pratica suas maldades usando os seres humanos como instrumento. "E, se for indagado se o diabo tem mais capacidade de prejudicar os homens e os animais por si mesmo ou através de um feiticeiro, deve ser dito que não há termo de comparação entre os dois casos. Porque ele tem muito maiores possibilidades de fazer o mal através da atuação de um bruxo. Em primeiro lugar, porque assim ele ofende muito mais a Deus, apropriando-se de uma criatura a Ele destinada. Segundo, porque quando Deus está mais magoado, permite a ele um maior poder para causar dano ao homem. E, em terceiro lugar, para seu próprio proveito, que ele coloca na perdição das almas."[54]

Em meio à cristandade da época medieval e do início da Idade Moderna, a situação dos feiticeiros e seus clientes era quase que

---

53 Kramer e Spranger, *Malleus maleficarum*, tradução do reverendo Montague Summers (Londres, 1948), pp. 5-6.
54 Ibid., p. 122.

exatamente igual à dos judeus sob o jugo de Hitler, dos capitalistas durante o governo de Stálin, dos comunistas e seus simpatizantes nos Estados Unidos. Eles eram olhados como agentes de uma força estrangeira, no melhor das hipóteses impatrióticos e, na pior, traidores, hereges, inimigos do povo. Morte era a pena imposta a esses quisling[55] do passado, e na maior parte do mundo contemporâneo morte é a pena que espera os adoradores do demônio, leigos e políticos conhecidos aqui como vermelhos, lá como reacionários. No século XIX, brevemente liberal, homens como Michelet encontraram dificuldade não somente em perdoar, mas até mesmo em entender a selvageria com que os feiticeiros haviam sido tratados. Muito severos em relação ao passado, eram ao mesmo tempo bastante complacentes em relação ao seu tempo e otimistas demais com respeito ao futuro — a *nós!* Eram racionalistas que ingenuamente imaginavam que a decadência da religião tradicional poria um fim a crueldades tais como a perseguição aos hereges, torturas e o lançar das bruxas à fogueira, *Tantum religio potuit suadere malorum*.[56] Entretanto, olhando para o passado e para diante de nosso ponto privilegiado do percurso descendente da história moderna, podemos agora perceber que todos os males da religião podem medrar sem nenhuma crença no sobrenatural, que materialistas convictos estão dispostos a adorar suas próprias criações sem fundamento como se fossem o Absoluto, e que pretensos humanistas perseguirão seus adversários com toda a veemência dos inquisidores, exterminando os devotos de um Satã particular e transcendente. Tais modelos de comportamento antecederam e sobreviveram às crenças que num dado momento pareciam motivá-los. Poucas pessoas hoje em dia acreditam no diabo; mas muitas gostam de proceder como seus ancestrais faziam na época em que o demônio era uma realidade tão inquestionável

---

55 Traidores que servem de instrumento aos conquistadores de seu país. [N.T.]
56 "Tão grande o mal que a religião causou."

quanto seu Oposto. Com o objetivo de justificar seu comportamento, transformam suas teorias em dogmas, seus regulamentos em verdades fundamentais, seus chefes políticos em deuses e todos aqueles que deles discordam em demônios encarnados. Essa transformação idólatra do relativo em Absoluto e do inteiramente humano em divino torna-lhes possível serem indulgentes em relação às suas mais revoltantes paixões com a consciência limpa e na certeza de que estão trabalhando pelo supremo bem. E, quando as crenças em voga passam por sua vez a parecer tolas, uma nova tendência será inventada, de forma que a antiquíssima loucura prossiga usando seu disfarce habitual de legalidade, idealismo e verdadeira religião.

Em princípio, como vimos, a lei em relação à bruxaria era excessivamente simples. Qualquer pessoa que deliberadamente tivesse relações com o diabo era culpada de crime capital. Na prática, explicar como essa lei era aplicada exigiria muito mais espaço que este do qual dispomos. Basta dizer que, enquanto alguns juízes assumiam uma posição claramente preconceituosa, muitos faziam o que podiam para proporcionar ao acusado um julgamento justo. Mas até mesmo um julgamento justo era, de acordo com nossos atuais padrões ocidentais, uma caricatura monstruosa da justiça. "As leis", lemos no *Malleus maleficarum*, "permitem que qualquer testemunha seja admitida como prova contra eles." E não só toda a gente, incluindo crianças e seus inimigos mortais, era aceita como testemunha; toda espécie de prova era também admitida — boatos, mexericos, deduções, sonhos recordados, declarações feitas por possuídos. Sempre de acordo com os regulamentos, a tortura era frequentemente (embora com algumas exceções) utilizada para obter confissões. E com a tortura vinham as falsas promessas em relação à sentença final. No *Malleus*,[57] essa questão das falsas promessas é discutida com a argúcia e meticulosidade habituais aos autores. Há

---

57 Kramer e Sprenger, op. cit., p. 228.

três alternativas possíveis. Se o juiz escolhe a primeira, pode prometer à bruxa conservar sua vida (sob a condição, é claro, de que ela revele os nomes das outras bruxas) e pode pretender manter a promessa. A única fraude que pratica é levar a crer ao acusado que a pena de morte será comutada para alguma punição leve, tal como o exílio, quando em seu íntimo já decidiu condená-la à prisão perpétua em solitária a pão e água.

Uma segunda alternativa é preferida por aqueles que pensam que, "após ser colocada na prisão nessas condições, a promessa de poupar sua vida pode ser mantida por algum tempo, mas que depois de um determinado período ela será queimada".

"Uma terceira opinião é de que o juiz pode prometer sem risco a vida à acusada, mas de tal modo que depois poderá renunciar à obrigação de proferir a sentença, incumbindo outro juiz em seu lugar."

(Que riqueza de significado nesta pequena expressão, "sem risco"! O hábito de mentir coloca a alma do mentiroso em situação um tanto perigosa. *Ergo*, se acha conveniente mentir, não se esqueça de fazer as restrições mentais que servirão para que você se sinta — senão os outros, ou Deus que certamente não será iludido — um digno candidato ao paraíso).

Aos olhos ocidentais contemporâneos, o aspecto mais absurdo, como também o mais injusto, de um julgamento de bruxas na época medieval ou no início da Idade Moderna, era o fato de que quase qualquer acontecimento estranho ou calamitoso do cotidiano podia legalmente ser tratado como resultado da intervenção diabólica levada a efeito pelas artes mágicas de um feiticeiro. Aqui temos, por exemplo, um componente do depoimento segundo o qual uma das duas bruxas julgadas em 1664, em Bury St. Edmunds, diante do futuro presidente do Supremo Tribunal de Justiça, sir Matthew Hale, foi condenada à forca. Durante uma discussão, a acusada amaldiçoara e ameaçara um de seus vizinhos. Depois disso, o homem asseverou, "tão logo suas porcas deram cria, os bacorinhos saltaram e fizeram cabriolas, caindo mortos em seguida". E isso não era tudo. Um pouco depois, viu-se "atormentado por uma praga de piolhos de tamanho extraordinário". Contra tais insetos sobrenaturais os métodos correntes de assepsia eram inúteis, e a testemunha não teve alternativa senão jogar ao fogo dois de seus melhores trajes. Matthew Hale era um juiz imparcial, partidário da moderação, um homem de grandes conhecimentos, tanto científicos como literários e jurídicos. Que levasse a sério tal tipo de prova agora nos parece quase inacreditável. Contudo, é fato consumado que assim agiu. O motivo deve ser procurado, presumivelmente, no fato de Hale ser excessivamente devoto, como todos os demais. Mas, numa época fundamentalista, a devoção compreendia a crença num demônio particular e no dever de dizimar as bruxas que eram suas servas. Além disso, conferindo veracidade a tudo que constava da tradição judaico-cristã, havia uma probabilidade de que, se precedidas por uma maldição de uma mulher velha, a morte dos bacorinhos e a praga de piolhos fossem acontecimentos sobrenaturais, devido à intervenção de Satã em benefício de um de seus adoradores.

Às tradições bíblicas de demônios e bruxas haviam sido somadas inúmeras superstições populares que chegaram finalmente a ser tratadas com a mesma veneração devida às verdades reveladas da Escritura. Como exemplo, temos, até o final do século XVII, todos os inquisidores e a maioria dos magistrados civis aceitando sem questionar a validade do que podemos chamar de teste físico de bruxaria. O corpo do acusado exibia marcas incomuns? Poderia se encontrar em alguma mancha insensibilidade à espetada de uma agulha? Haveria, acima de tudo, alguma daquelas "pequenas tetas" ou mamilos excedentes, onde algum demônio familiar — sapo ou gato — pudesse sugar e engordar? Nesse caso, o suspeito era sem dúvida um feiticeiro; porque segundo a tradição esses eram os estigmas e símbolos com os quais o diabo marcava seus seguidores. (Uma vez que nove por cento de todos os machos e um pouco menos de cinco por cento de todas as fêmeas nascem com mamilos extras, jamais houve escassez de vítimas predestinadas. A natureza cumpria meticulosamente a sua parte; os juízes, com seus postulados irretorquíveis e verdades fundamentais, faziam o resto.)

Entre as outras superstições populares que se solidificaram em axiomas, há três que merecem ao menos uma breve menção devido aos tremendos sofrimentos que acarretaram. São as crenças de que, evocando a ajuda do diabo, as bruxas podem causar tempestades, doenças e impotência sexual. No *Malleus*, Kramer e Sprenger tratam esses conceitos como verdades comprovadas, estabelecidas não apenas pelo senso comum mas também pela autoridade dos maiores sábios. "São Tomás, em seu comentário sobre Jó, diz o seguinte: Temos de admitir que, com a permissão de Deus, os demônios podem alterar a atmosfera, provocar ventanias e fazer relâmpagos caírem do céu. Porque, embora no tocante a tomar várias formas, a natureza corpórea não esteja sob as ordens de nenhum anjo, bom ou mau, mas apenas sob a de Deus o Criador, ainda assim tem de obedecer à natureza espiritual. [...] Contudo os ventos, a chuva e outros fenômenos semelhantes da atmosfera podem ser causados pelo mero movimento dos vapores que emanam da terra e da água; portanto, os poderes naturais do demônio são suficientes para provocar tais coisas. Assim fala são Tomás."[58]

Em relação às doenças, "não existe enfermidade, nem mesmo a lepra ou a epilepsia, que não possa ser causada pelas bruxas, com a permissão de Deus. E isso fica provado pelo fato de que nenhum tipo de enfermidade é rejeitada pelos doutores".[59]

A autoridade dos médicos é confirmada pelas observações pessoais de nosso homem de letras. "Porque muitas vezes descobrimos que algumas pessoas foram acometidas de epilepsia ou 'mal caduco'

[58] Ibid., p. 147.
[59] Ibid., p. 134.

através de ovos que haviam sido enterrados juntamente com cadáveres, especialmente os de feiticeiros [...] principalmente quando foram servidos na comida ou bebida."[60]

Em relação à impotência, nossos autores fazem uma clara distinção entre o tipo comum e o sobrenatural. A impotência comum é a incapacidade de ter relações sexuais com qualquer membro do sexo oposto. A sobrenatural, causada por feitiços e demônios, é a incapacidade de relação com apenas uma pessoa (principalmente marido ou mulher), permanecendo a potência inalterável em relação a todos os outros membros do sexo oposto. Devemos observar, dizem os autores, que Deus permite que sejam realizados mais feitiços em relação às funções reprodutivas do que em qualquer outro setor da vida humana, e o motivo é que, desde a queda, existe em tudo que diz respeito ao sexo "uma sedução maior do que no caso de outras atividades humanas".

Tempestades devastadoras não são pouco comuns, impotência com relação a determinadas pessoas afeta a maioria dos homens uma vez ou outra, e a doença nunca falta. Num mundo onde a lei, a teologia e a superstição popular concordam em atribuir aos feiticeiros a responsabilidade por essas ocorrências diárias, as justificativas para espionar e as oportunidades para a delação e a perseguição eram inumeráveis. No auge da caça às bruxas no século XVI, a vida social em determinadas regiões da Alemanha deve ter sido muito semelhante àquela sob o domínio nazista ou num país recentemente dominado pelos comunistas.

Sob tortura, movido por um sentimento de dever ou sob alguma compulsão histérica, um homem denunciaria sua mulher, uma mulher, a suas melhores amigas, uma criança, a seus pais, um criado, ao seu amo. Esses não eram os únicos males a serem encontrados numa sociedade obcecada pelo diabo. As incessantes

60 Ibid., p. 137.

sugestões de feitiçaria e as advertências diárias contra o demônio tinham um efeito desastroso sobre muitos indivíduos. Alguns dos mais assustadiços enlouqueciam, outros chegavam mesmo a morrer devido ao medo obsedante. Quanto aos ambiciosos e rancorosos, esse constante falar sobre os perigos do sobrenatural tinha efeito completamente oposto. Com o objetivo de conseguir as vantagens que cobiçavam com sofreguidão, homens como Bothwell, mulheres como a sra. de Montespan, estavam dispostos a aproveitar os recursos da magia negra para seus fins criminosos. E se alguém sentia-se oprimido ou frustrado, se alguém guardava algum ressentimento contra a sociedade em geral ou um vizinho em particular, o que haveria de mais natural do que apelar para aqueles que, de acordo com são Tomás e os outros, eram capazes de causar estragos tão grandes? Pelo fato de darem tão grande importância ao demônio e por tratarem a feitiçaria como o mais hediondo dos crimes, os teólogos e os inquisidores na verdade difundiram as crenças e estimularam as práticas que tentavam reprimir de forma tão implacável. No início do século XVIII, a feitiçaria havia cessado de ser um problema social sério. Ela foi esquecida, entre outras razões, porque quase ninguém então se lembrava de reprimi-la. Quanto menos reprimida, menos difundida. A atenção se deslocara do sobrenatural para o natural. De 1700 até os dias de hoje, todas as perseguições no Ocidente têm sido leigas e, pode-se dizer, humanísticas. Para nós, o mal radical deixou de ser metafísico e tornou-se político ou econômico. E aquele mal radical não se personifica em bruxos e mágicos (pois gostamos de nos definir como positivistas), mas nos representantes de uma classe ou nação odiada. Os agentes provocadores das ações e a maneira de encará-los sofreram certa mudança, mas os ódios que daí decorrem e as atrocidades cometidas em seu nome são todos bastante conhecidos.

    A Igreja, como temos visto, ensinava que a feitiçaria era uma realidade terrível e onipresente, e a lei aquiesceu a esses ensinamentos com a devida desumanidade. Até que ponto a opinião pública estava de acordo com o ponto de vista oficial acerca do assunto? O modo de ver da maioria não atuante e analfabeta só pode ser inferido através de suas ações relatadas e das observações dos instruídos. Em seu capítulo dedicado ao enfeitiçamento de animais, o *Malleus* lança luz sobre um aspecto curioso da vida numa aldeia medieval, da qual os sentimentalistas, cujo desgosto do presente os cega para os horrores menores do passado, ainda guardam nostálgica saudade. "Não existe", lemos, "uma fazenda, por menor que seja, onde as mulheres não prejudiquem as vacas das outras fazendo secar seu leite (por meio de feitiços) e matando-as frequentemente." Passadas quatro gerações, encontramos nos escritos de dois teólogos ingleses, George Gifford e Samuel Harsnett, narrativas absolutamente semelhantes sobre a vida rural numa sociedade perseguida pelo demônio. "Uma mulher", escreve Gifford, "briga encarniçadamente com seu vizinho; daí se segue algum grande prejuízo. [...] Cria-se um clima de suspeita. Alguns anos depois, ela entra em conflito com outro. Este também é amaldiçoado. O caso espalha-se com alarde. A tia W é uma bruxa. [...] Bem, a tia W começara a ser muito desagradável e ameaçadora para várias pessoas, seus vizinhos não ousavam dizer nada, mas em seu íntimo desejavam que ela fosse enforcada. Logo depois outro caiu doente e começou a definhar. Os vizinhos iam visitá-lo. "Ora, vizinho", disse um, "você não suspeita de nenhuma conduta maldosa? Você nunca irritou a tia W?" "Na verdade, vizinho", respondeu o outro, "há muito tempo que não vou com a cara dessa mulher. Não sei como eu poderia ter aborrecido a ela, a não ser no outro dia em que eu e minha mulher pedimos que deixasse as galinhas dela fora do nosso jardim. [...] Eu acho mesmo que ela me enfeitiçou." Todo mundo já dizia então que a tia W era mesmo uma bruxa. [...] Não havia mais dúvida, pois houve quem visse uma doninha correndo do pátio da casa dela para o quintal do doente pouco antes deste cair de cama. O doente morre e antes do desfecho jura que sua morte é obra de feitiçaria. Tia W é então detida e levada à prisão; é chamada a juízo e condenada, já no patíbulo jura, antes de morrer, que é inocente."[61] E aqui temos o que Harsnett escreve em sua *Declaration of egregious popish impostures*: "Ora essa, então tomem cuidado, olhem a sua volta, meus vizinhos! Se algum de vocês tem um carneiro doente com cenurose, ou um porco sofrendo de parotidite, ou um cavalo com encefalite, ou um garoto safado na escola, ou uma menina indolente para o trabalho, ou uma jovem rameira mal-humorada que não tem gordura suficiente para o caldo, nem seu pai e sua mãe, manteiga bastante para seu pão, [...] e além disso a velha tia Nobs chamou-a por acaso de "jovem vagabunda" ou mandou o diabo arranhá-la, então não existe dúvida de que a tia Nobs é uma bruxa."[62] Esses retratos das comunidades rurais solidamente fundamentadas na superstição, temor e maldade coletiva são singularmente depressivos ainda mais por serem tão recentes, tão comuns e atualizados. Eles nos fazem recordar forçosamente certas páginas de *A vigésima quinta hora* e *1984* — páginas nas quais o romeno descreve os acontecimentos de pesadelo do presente e de um passado próximo, o inglês antecipa um futuro ainda mais diabólico.

As narrativas precedentes, feitas por homens cultos sobre a opinião pública não articulada, são suficientemente esclarecedoras. Contudo os fatos falam ainda mais alto que as palavras, e uma sociedade que periodicamente condena seus feiticeiros à morte, declara abertamente sua fé na magia e seu medo do diabo. Aqui temos um exemplo retirado da história francesa, e quase contemporâneo aos eventos narrados neste livro. No verão de 1644, após uma tempestade

---

61 George Gifford, *A Discourse of the Subtill Practises of Devilles by Witches and Sorcerers*, como está citado em W. Notestein, *A History of Witchcraft in England*, p. 71.
62 Notestein, ibid., p. 91.

violenta e destrutiva acompanhada de granizo, os habitantes de várias aldeias próximas a Beaune reuniram-se em bando a fim de se vingarem dos demônios revestidos de forma humana que haviam então impiedosamente arruinado suas colheitas. Sob a liderança de um garoto de dezessete anos que afirmava ter um faro infalível para descobrir bruxas, agarraram um grupo de mulheres e espancaram--nas até a morte. Outros suspeitos foram queimados com pás em brasa, lançados a fornos de olaria ou atirados de cabeça para baixo de grandes alturas. Com o objetivo de pôr um fim a esse horrível reinado do terror, o Parlamento de Dijon teve de enviar comissários especiais à frente de um forte choque de polícia.

Observamos então que a opinião pública inarticulada estava de pleno acordo com os teólogos e os homens da lei. Entre os esclarecidos, porém, não havia tanta unanimidade de opinião. Kramer e Sprenger escrevem com indignação sobre aqueles — e no fim do século xv já eram bastante numerosos — que duvidam da veracidade da feitiçaria. Ressaltam que todos os teólogos e professores de direito canônico são unânimes em condenar o erro "daqueles que dizem não existir feitiçaria no mundo, a não ser na imaginação dos homens que, por seu desconhecimento das causas ocultas, as quais nenhum homem ainda conseguiu compreender, atribuem à feitiçaria determinados resultados, como se não fossem consequências de causas ocultas, mas de obras de demônio feitas por eles mesmos ou em comunhão com bruxas. E, embora todos os outros doutores condenem esse erro como simples impostura, são Tomás o combate com mais energia e o classifica como verdadeira heresia, dizendo que provem fundamentalmente da infidelidade."[63]

Essa conclusão teórica levanta um problema prático. Pergunta--se se as pessoas que afirmam que não existem bruxas devem ser vistas como hereges manifestos ou como seriamente suspeitos de

---

63 Kramer e Sprenger, op. cit., p. 56.

terem opiniões heréticas. Parece que a primeira ideia é a correta. Mas, embora todas as pessoas "declaradamente culpadas de tão perniciosa crença" mereçam excomunhão com todas as punições que daí decorrem, "devemos levar em consideração o grande número de pessoas que devido à sua ignorância cometerão tal erro. E, uma vez que o erro é tão frequente, o rigor da justiça deve ser abrandado pela misericórdia." Por outro lado, "nenhum homem deve pensar que pode se salvar alegando ignorância. Pois aqueles que enveredaram pelo mau caminho devido a esse tipo de ignorância podem ser julgados como tendo pecado gravemente."

Em suma, a posição oficial da Igreja era tal que, embora desacreditar em bruxaria fosse sem dúvida uma heresia, o incrédulo não estava em perigo de castigo imediato. Permanecia contudo sob grave suspeita e, se persistisse em sua falsa doutrina após ter conhecimento da verdade católica, podia se envolver em sérias dificuldades. Daí a cautela demonstrada por Montaigne no décimo primeiro capítulo de seu Terceiro Livro. "As bruxas de minha vizinhança ficam em perigo de vida quando alguém traz testemunho novo sobre a realidade de suas visões. Para conciliar os exemplos que a Sagrada Escritura nos dá de tais coisas — os mais dignos de confiança e irrefutáveis — e compará-los com aqueles que acontecem nos tempos atuais, desde que não podemos compreender nem as razões nem os meios pelos quais aconteceram, seria necessária uma ingenuidade maior que a nossa." Talvez só Deus possa nos esclarecer o que é ou não é um milagre. Devemos crer em Deus; mas temos de acreditar num simples homem, "um de nós que deve forçosamente estar atônito, se não estiver fora de seu juízo". E Montaigne conclui com uma daquelas sentenças excelentes que merecem ser gravadas sobre o altar de cada igreja, sobre o assento de cada juiz, nas paredes de cada salão de conferências, cada Senado e Parlamento, cada gabinete governamental e câmara administrativa. "Afinal" (escreva as palavras em néon, escreva em letras do tamanho de homens!) "afinal, é dar um valor muito exagerado às nossas conjeturas a ponto de queimar um homem vivo baseando-nos nelas."

Meio século depois, Selden mostrou-se menos cauteloso, mas também menos complacente. "A lei contra as bruxas não prova que elas existem; mas castiga a intenção criminosa daquelas pessoas que usam de tais recursos para tirar a vida de seus semelhantes. Se alguém declara que, com o girar o chapéu três vezes e o grito de "Buzz", poderia ceifar uma vida humana, mesmo que na verdade não pudesse fazer tal coisa, seria contudo uma lei justa criada pelo Estado que, quem quer que fosse que girasse seu chapéu três vezes e gritasse "Buzz" com a intenção de tirar a vida de um homem, fosse executado." Selden era suficientemente cético para desaprovar a promoção das conjeturas à categoria de dogmas; mas ao mesmo tempo tinha bastante de um jurista para julgar que queimar um homem vivo pelo fato de imaginá-lo um feiticeiro era justo e adequado. Montaigne fora também criado para advogado; contudo, sua mente se recusara obstinadamente a aceitar o estigma legalístico. Quando pensava em bruxas, punha-se a levar em conta não sua maldade merecedora de punição, mas sua doença talvez não incurável. "Em consciência", escreve, "eu lhes receitaria heléboro" (uma droga que supunham ser eficiente para afastar a melancolia e portanto para curar a loucura) "em vez de cicuta".

Os primeiros ataques sistemáticos contra a prática de caça às bruxas e a teoria da intervenção diabólica veio do médico holandês Johann Weyer, em 1563, e de Reginald Scot, o principal proprietário de Kentish, que publicou sua *Discoverie of Witchcraft* em 1584. O não conformista Gifford e o anglicano Harsnett compartilhavam do ceticismo de Scot em relação aos casos contemporâneos de feitiçaria, mas não puderam ir tão longe quanto ele ao questionar as referências bíblicas à possessão, magia e pactos com o diabo.

Em oposição aos céticos, encontramos uma notável sucessão de crentes. Primeiro em relação tanto à sua importância quanto à época, encontra-se Jean Bodin, que nos conta que escreveu seu *De la démonomanie des sorciers*, entre outras razões, "para servir como resposta para aqueles que tentaram de todas as formas em seus livros isentar de culpa os feiticeiros; a tal ponto que pareciam estar eles próprios sob a influência do diabo ao publicarem aqueles livros rebuscados". Tais céticos, reflete Bodin, merecem ser condenados a morrer na fogueira junto com as bruxas que com suas objeções protegem e justificam.

Em sua *Daemonologie*, Jaime I assume a mesma atitude. O racionalista Weier, diz ele, faz a apologia dos feiticeiros e, através de seu livro, "ele se trai mostrando ser um dos que praticaram aqueles rituais".

Entre os contemporâneos ilustres de Jaime I, sir Walter Raleigh e sir Francis Bacon parece que ficaram do lado dos que acreditavam.

Mais tarde, no mesmo século, vamos encontrar a questão da feitiçaria sendo discutida na Inglaterra por filósofos como Henry More e Cudworth, por médicos ilustres e homens de estudo tais como sir Thomas Browne e Glanvill, e por advogados de grande capacidade como sir Matthew Hale e sir George Mackenzie.

Na França do século XVII, todos os teólogos aceitavam a feitiçaria como realidade; mas nem todo o clero praticava a caça às bruxas. Para muitos, tudo aquilo parecia extremamente indecoroso e uma ameaça à ordem das coisas e à tranquilidade pública. Censuravam o empenho de seus colegas mais fanáticos e faziam tudo o que podiam para refreá-los. Entre os advogados a situação era semelhante. Alguns deles ficavam felicíssimos em queimar uma mulher *"pour avoir, en pissant dans un trou, composé une nuée de grêle qui ravagea le territoire de son village"* [64] (esse lançamento à fogueira aconteceu em Dôle em 1610); mas havia outros, os moderados, que sem dúvida

---

64 Em francês, no original: "por ter, urinando num buraco, composto uma nuvem grande e espessa de granizo que devastou o território de sua vila". [N.E.]

acreditavam no conceito sobre as bruxas, mas na prática não se mostravam dispostos a agir contra elas. Entretanto, numa monarquia absoluta, o parecer decisivo cabe ao rei. Luís XIII estava muito preocupado com o demônio, mas o mesmo não acontecia com seu filho. Em 1672, Luís XIV ordenou que todas as pessoas que haviam sido recentemente condenadas por bruxaria pelo Parlamento de Rouen deveriam ter suas sentenças comutadas para o exílio. O Parlamento protestou; contudo seus argumentos, tanto teológicos quanto jurídicos, não comoveram o monarca. Não queria que aquelas bruxas fossem queimadas e isso era tudo.

Ao considerarmos os acontecimentos que se sucederam em Loudun, devemos distinguir claramente entre a alegada possessão das freiras e a razão declarada dessa possessão — as artes mágicas utilizadas por Grandier. No que segue, tratarei essencialmente da questão da culpa de Grandier, deixando o problema da possessão para ser discutido em um capítulo posterior.

O padre Tranquille, membro de um dos primeiros grupos de exorcistas, publicou em 1634 uma *True Relation of the Just Proceeding Observed in the Matter of the Possession of the Ursulines of Loudun and in the Trial of Urbain Grandier*. O título é enganador; pois o folheto não é um verdadeiro relato de coisa alguma, mas tão somente uma defesa polêmica e empolada dos exorcistas e dos juízes contra um ceticismo evidentemente geral e uma desaprovação quase universal. É claro que em 1634 as pessoas mais esclarecidas duvidavam da veracidade da possessão das freiras, estavam convencidas da inocência de Grandier e sentiam-se escandalizadas e revoltadas com a forma injusta como fora conduzido seu julgamento. O padre Tranquille apressou-se em recorrer à palavra impressa na esperança de que um pouco de eloquência sacra levaria seus leitores a uma melhor disposição de espírito. Seus esforços não foram bem-sucedidos. Na verdade, o rei e a rainha acreditavam firmemente; mas quase todos os seus cortesãos não os acompanhavam na crença. Das pessoas pertencentes à nobreza que foram assistir aos exorcismos, pouquíssimas acreditaram na veracidade da possessão — e certamente, se a possessão não era verdadeira, então Grandier não podia ser culpado. A maioria dos médicos visitantes partiram com a convicção de que os fenômenos aos quais haviam presenciado eram todos absolutamente naturais. Ménage, Théophraste Renaudot, Ismaël Boulliau — todos os homens de letras que escreveram sobre Grandier após sua morte defenderam obstinadamente sua inocência. Do lado dos crentes estava a grande massa de católicos analfabetos. (Os analfabetos protestantes, nem é preciso dizer, eram nessa questão unanimemente céticos.) Parece indiscutível que todos os exorcistas acreditavam na autenticidade da possessão e na culpa de Grandier. Acreditavam até mesmo quando, como Mignon, ajudaram a falsificar as provas que enviaram Grandier ao cadafalso. (A história do espiritualismo deixa bastante claro que a fraude, especialmente a religiosa, é perfeitamente compatível com a fé.) Sobre as opiniões do clero em sua totalidade, quase nada sabemos. Como exorcistas profissionais, os membros das ordens religiosas estavam presumivelmente do lado de Mignon, Barré e todos os demais. Mas e os padres seculares? Sentiriam-se inclinados a acreditar e a pregar que um de seus membros havia vendido sua alma ao diabo e enfeitiçado dezessete ursulinas?

Sabemos pelo menos que entre o mais alto clero as opiniões estavam claramente divididas. O arcebispo de Bordeaux estava convencido de que Grandier era inocente e que as freiras estavam sofrendo de uma combinação do cônego Mignon com o *furor uterinus*. Por outro lado, o bispo de Poitiers estava convencido da real possessão das freiras e de que Grandier era um feiticeiro. E quanto à suprema autoridade eclesiástica, quanto ao cardeal-duque? Num determinado contexto, como veremos, Richelieu era completamente cético; em outro, ele exibia a fé de um acendedor de fogueiras.

A coisa era na verdade uma mistificação; e contudo, num sentido esotérico, e até mesmo num sentido não esotérico, era tudo perfeitamente verídico. Magia, fosse branca ou negra, era a ciência e arte de atingir os fins terrenos através de meios sobrenaturais (embora não divinos). Todos os feiticeiros faziam uso de magia e dos poderes dos espíritos maus, mas alguns deles eram também adeptos do que na Itália se chamava de *la vecchia religione*.

"A fim de esclarecer a questão", escreve a srta. Margaret Murray na introdução de sua valiosa pesquisa, *The Witch-Cult in Western Europe*, "eu faço uma acentuada distinção entre a feitiçaria atuante e a feitiçaria ritualística. Como feitiçaria atuante classifico todos os encantamentos e fórmulas mágicas utilizadas ou por um feiticeiro declarado ou por um cristão professo, seja com boa ou má intenção, para curar ou matar. Tais encantamentos e magias são comuns a todos os povos e países, e são postos em prática por padres e pessoas de todas as religiões. São parte da herança comum da raça humana. [...] A feitiçaria ritualística — ou, como a denominarei, o dianismo — inclui as crenças religiosas e os rituais das pessoas conhecidas no fim da época medieval como "bruxas". Os dados demonstram que subjacente à religião cristã havia um culto praticado por muitas camadas da sociedade, principalmente, entretanto, pelos menos esclarecidos ou por aqueles que habitavam as regiões menos populosas do país. Suas origens remetem à época antes de Cristo e parecem ser a antiga religião da Europa Ocidental."

Naquele ano da graça de 1632, já haviam se passado mais de mil anos desde que a Europa se "convertera ao cristianismo"; e contudo a antiga religião da fertilidade, consideravelmente corrompida pelo fato de se encontrar permanentemente "contra o governo", continuava atuante, ainda se gabava de seus mártires heroicos que confessavam sua fé, ainda tinha uma ordem eclesiástica — idêntica, segundo Cotton Mather, à de sua própria Igreja congregacional. O fato de a antiga crença sobreviver não é de espantar tanto, quando lembramos que, após quatro séculos de esforços missionários, os índios da Guatemala não são mais acentuadamente católicos hoje em dia do que o eram na primeira geração depois da chegada de Alvarado.[65] Dentro de setecentos ou oitocentos anos a situação religiosa na América Central pode vir a parecer talvez com aquela que prevaleceu no século XVII na Europa, em que uma maioria de cristãos perseguiu implacavelmente uma minoria apegada à mais antiga fé. (Em algumas regiões, os membros do dianismo e seus simpatizantes podem haver realmente constituído a maioria da população. Rémy, Boguet e De Lancre deixaram anotações respectivamente sobre Lorraine, Jura e a região basca, narrando como as encontraram no início do século XVII. A partir de seus livros fica evidente que nesses lugares remotos a maioria das pessoas era, pelo menos até certo ponto, da antiga religião. Garantindo-se dos dois lados, adoravam a Deus durante o dia e à noite, ao diabo. Entre os bascos, muitos padres costumavam celebrar as duas espécies de missa, tanto a branca quanto a negra. Lancre queimou três desses excêntricos sacerdotes, perdeu cinco que escaparam da cela a que estavam confinados e tinha fortes suspeitas de uma série de outros.)

A cerimônia principal da feitiçaria ritualística era o denominado "sabá" — uma palavra de origem desconhecida, sem relação com sua homônima hebraica. O sabá era celebrado quatro vezes por ano — na Festa da Candeia, a 2 de fevereiro; no Dia da Missa da Cruz, a 3 de maio; na Festa de Colheita, a 1º de agosto, e na véspera do Dia de Todos os Santos, a 31 de outubro. Eram grandes festejos, com frequência assistidos por centenas de devotos que vinham de grandes distâncias. Entre os sabás havia "esbats" semanais para pequenas congregações, nas aldeias onde a antiga religião ainda era praticada. Em todos os sabás importantes o diabo estava sempre presente na pessoa de algum homem que houvesse herdado ou adquirido a honra

65 Ver Maud Oakes, *The Two Crosses of Todos Santos* (Nova York, 1951).

de ser a encarnação do deus bifronte do dianismo. Os adoradores prestavam homenagem ao deus beijando sua face reversa — usando uma máscara, além de uma cauda de animal nas costas do diabo. Ao menos entre algumas das devotas havia então uma cópula ritual com o deus, que era equipado para isso com um falo artificial de chifre ou metal. Essa cerimônia era seguida por um piquenique (porque os sabás eram celebrados ao ar livre, próximos a árvores ou pedras sagradas), danças e finalmente uma orgia promíscua que originalmente fora, sem dúvida, um processo mágico para aumentar a fertilidade dos animais de que os caçadores e pastores primitivos dependiam para a sua sobrevivência. A atmosfera predominante nos sabás era de boa camaradagem e de alegria descuidada e embrutecida. Quando presos e levados ao tribunal, muitos daqueles que haviam participado do sabá recusavam-se terminantemente, mesmo sob tortura, mesmo no cadafalso, a abjurar a religião que lhes proporcionara tanta felicidade.

Aos olhos da Igreja e dos juízes leigos, a qualidade de membro participante das festas diabólicas era um agravante para o crime de feitiçaria. Uma bruxa que frequentara o sabá era mais culpada que outra que se restringisse a práticas privadas.

Participar do sabá era declarar abertamente preferir o dianismo ao cristianismo. Além disso, a confraria das bruxas era uma sociedade secreta que poderia ser utilizada por líderes ambiciosos para fins políticos. Parece certo que Bothwell fez uso naquela época de covis de bruxas na Escócia. Ainda mais verdadeiro é o fato de que Elizabeth e seu conselho privado estavam convencidos, com ou sem razão, de que católicos nativos e estrangeiros estavam contratando bruxas e mágicos para tirarem a vida da rainha. Na França, segundo Bodin, os feiticeiros constituíam uma espécie de máfia, com membros em todas as camadas da sociedade e ramificações em cada cidade e aldeia.

Visando fazer seu crime parecer mais abominável, Grandier foi acusado durante o julgamento não só de feitiçaria atuante, mas também de participação nos ritos do sabá como membro da diabólica Igreja.

O espetáculo então evocado de um aluno dos jesuítas renunciando formalmente ao seu batismo, de um padre saindo apressado do altar para render homenagens ao demônio, de um sacerdote sério e instruído dançando a giga com feiticeiros e deitando-se sobre o feno com um bando de bruxas, cabras e íncubos, era algo bem calculado para aterrorizar os devotos, divertir os espectadores e trazer alegria aos protestantes.

CAPÍTULO VI

As investigações preliminares de De Cerisay convenceram-no de que não havia possessão autêntica — somente uma doença, acentuada por alguns pequenos estratagemas por parte das freiras, por uma grande dose de malícia da parte do cônego Mignon e por superstição, fanatismo e interesse profissional dos outros sacerdotes envolvidos no caso. Não havia evidentemente possibilidade de cura até que os exorcismos fossem interrompidos. Mas quando se tentou pôr um fim a esses estímulos que estavam levando as freiras calculadamente à loucura, Mignon e Barré apresentaram triunfantemente uma ordem escrita do bispo, encarregando-os de prosseguirem exorcizando as ursulinas até segunda ordem. Não desejando arriscar-se a um escândalo, De Cerisay deu sua permissão para que o exorcismo continuasse, mas insistiu em estar presente durante as sessões. Em uma dessas ocasiões, está registrado, houve um ruído aterrorizante na chaminé e um gato apareceu subitamente na lareira. O animal foi perseguido, apanhado, borrifado de água benta, fizeram-lhe o sinal da cruz e conjuraram-no em latim para que partisse. Após o que foi descoberto que esse diabo disfarçado era o gatinho de estimação das freiras, Tom, que estivera andando pelos telhados e pegara um atalho para voltar para casa. As gargalhadas soaram altas e debochadas.

No dia seguinte, Mignon e Barré tiveram a desfaçatez de bater com a porta do convento na cara de De Cerisay. Com seus colegas magistrados, ele ficou esperando ao relento sob um clima outonal, enquanto, contra suas ordens, os dois padres exorcizavam suas vítimas sem testemunhas oficiais. Voltando aos seus aposentos, o juiz indignado ditou uma carta para os exorcistas. Suas maneiras de agir, declarava, eram propícias a criar "uma forte suspeita de fraude e sugestão". Além disso, "tendo a superiora do convento acusado e difamado publicamente a Grandier, afirmando que este tinha um pacto com os demônios, nada portanto deveria ser feito em segredo; pelo contrário, agora tudo deveria ser feito à vista da justiça e em nossa presença". Assustados com tamanha decisão, os exorcistas desculparam-se e relataram que as freiras haviam se acalmado e que portanto outros exorcismos seriam temporariamente desnecessários.

Enquanto isso, Grandier cavalgara para Poitiers a fim de recorrer ao bispo. Entretanto, quando se fez anunciar, o sr. de la Rochepozay estava adoentado e limitou-se a enviar-lhe uma mensagem por intermédio de seu capelão, dizendo que "o sr. Grandier deveria dirigir uma petição aos juízes reais e que ele, o bispo, se sentiria muito satisfeito se ele conseguisse justiça neste caso".

O pároco regressou a Loudun e imediatamente solicitou ao *Bailli* uma ordem de interdição contra Mignon e seus cúmplices. De Cerisay prontamente publicou uma ordem proibindo qualquer pessoa, independente de sua classe ou posição, de ofender ou caluniar o referido *Curé* de Saint-Pierre. Ordenou simultaneamente a Mignon que não realizasse mais exorcismos. O cônego retrucou que só obedeceria aos seus superiores eclesiásticos e que não reconhecia a autoridade do *Bailli* num assunto que, uma vez envolvendo o diabo, era de ordem inteiramente espiritual.

Nesse ínterim, Barré regressara a seus paroquianos em Chinon. Não houve mais exorcismos em público. Entretanto, todos os dias o cônego Mignon passava muitas horas junto às suas penitentes, lendo-lhes capítulos da famosa narrativa do padre Michaelis sobre o caso Gauffridy, afirmando que Grandier era tão grande feiticeiro quanto seu colega provençal e que os dois haviam sido enfeitiçados.

Por essa ocasião, o comportamento das boas irmãs tinha se tornado tão excêntrico que os pais de suas alunas ficaram assustados; em pouco tempo as pensionistas foram todas retiradas de lá e as poucas alunas externas que ainda se arriscavam a entrar no convento voltavam com as mais inquietantes informações. No meio de sua aula de aritmética, a irmã Claire de Saint-Jean começou a rir incontrolavelmente como se alguém lhe fizesse cócegas. No refeitório, a irmã Martha tivera uma briga com a irmã Louise de Jésus. Que gritaria! E que termos inconvenientes!

No fim de novembro, Barré foi chamado e regressou de Chinon e, sob sua influência, imediatamente agravaram-se todos os sintomas. O convento tornou-se então um hospício. Mannoury, o médico, e Adam, o boticário, ficaram alarmados e convocaram uma junta médica com os doutores mais famosos da cidade. Eles apresentaram-se e, após examinar as freiras, fizeram um relatório escrito para o *Bailli*. Suas conclusões são as que se seguem: "As freiras entram realmente em transe, contudo não julgamos que isso aconteça através de trabalhos de demônios e espíritos. [...] Suas alegadas possessões parecem-nos mais ilusórias que reais". Para todos, exceto os exorcistas e os inimigos de Grandier, esse relatório parecia convincente. Grandier fez outro apelo a De Cerisay e este renovou seus esforços para pôr um fim aos exorcismos. Mais uma vez Mignon e Barré repeliram-no abertamente, e mais uma vez ele se esquivou do escândalo que decorreria do uso da força física contra os padres. Em vez disso, escreveu uma carta ao bispo, apelando para sua autoridade a fim de que pusesse um termo a uma questão que era "a pior espécie de velhacaria engendrada durante os últimos anos". Grandier, prosseguia, jamais havia visto as freiras ou tinha alguma coisa a ver com elas; "e, se tivesse demônios à sua disposição, ele os teria utilizado para se vingar das violências e insultos aos quais havia sido submetido".

O sr. de la Rochepozay não se dignou responder a essa carta. Grandier o havia ofendido apelando de sua decisão. Portanto, qualquer coisa que pudesse ser feita para prejudicar o pároco seria inteiramente certa, conveniente e justa.

De Cerisay então escreveu uma segunda carta, desta vez para o chefe dos magistrados eclesiásticos. De forma mais pormenorizada do que na carta ao bispo, entrou nos detalhes da farsa horrível e grotesca que estava sendo representada em Loudun. "O sr. Mignon já diz que o sr. Barré é um santo, e estão se canonizando reciprocamente sem esperar pelo julgamento de seus superiores." Barré corrige o diabo quando ele se perde nos labirintos da gramática e desafia os incrédulos "a seguir seu exemplo e colocar o dedo na boca demoníaca". O padre Rousseau, um frade franciscano, foi apanhado e mordido com tanta força que se sentiu forçado a puxar o nariz da freira com a outra mão a fim de que ela o soltasse, gritando, *"Au diable, au diable!"*, berrando mais que nossas cozinheiras, *"Au chat, au chat!"*, quando o gato foge com alguma coisa. Depois de questionar-se o motivo que levou o diabo a morder um dedo consagrado, chegou-se à conclusão que o bispo tinha sido avarento em relação aos santos óleos e que a unção não atingira o dedo. Vários padres inexperientes tentaram fazer exorcismo com as mãos, entre eles um irmão de Philippe Trincant. Mas esse jovem cometeu tantos erros em latim — *hoste* como o vocativo de *hostis*, e *da gloria Deo* — que o público educado não conseguiu conservar-se sério e ele teve de ir embora. Além disso, acrescenta De Cerisay, "até mesmo no auge de suas convulsões, a freira da qual ele estava se ocupando não permitira que o sr. Trincant pusesse os dedos em sua boca (porque ele é um tanto falto de limpeza) e pediu insistentemente um outro padre". Apesar de tudo, "o bom padre superior dos capuchinhos está impressionado com a dureza de coração das pessoas de Loudun e atônito com sua relutância em crer. Em Tours, assegura-nos, ele os faria engolir tal milagre facilmente. Declarou junto com alguns outros que aqueles que não acreditavam eram ateus e já amaldiçoados."

Essa carta também permaneceu sem resposta e a terrível farsa pôde prosseguir, dia após dia, até os meados de dezembro, quando o sr. de Sourdis chegou no momento mais oportuno para se estabelecer em sua abadia, Saint-Jouin-des-Marnes. O arcebispo foi informado, de maneira não oficiosa por Grandier e oficialmente por De Cerisay, sobre o que estava acontecendo, e solicitado a intervir. O sr. de Sourdis enviou imediatamente seu médico particular para examinar a questão. Sabendo que o doutor era um homem que não toleraria absurdos e que seu senhor, o metropolitano, era declaradamente cético, as freiras ficaram assustadas e durante todo o tempo da investigação comportaram-se como um grupo de cordeirinhas. Não havia sinal de possessão. O médico fez seu relatório nesse sentido e no fim de dezembro de 1632 o arcebispo publicou um decreto da Providência. Daquele dia em diante, Mignon ficava proibido de praticar o exorcismo e Barré só poderia fazê-lo juntamente com dois exorcistas escolhidos pelo metropolitano, um jesuíta de Poitiers e um oratoriano de Tours. Ninguém mais poderia participar dos exorcismos.

A proibição era praticamente desnecessária; porque nos meses que se se seguiram não houve demônios a exorcizar. Não mais estimulados pelas sugestões dos padres, os delírios das freiras deram lugar a uma melancólica sensação de despertar, na qual misturavam-se confusão mental com vergonha, remorso e a convicção de um pecado sem remissão. E se o arcebispo tivesse razão? E se jamais houvessem existido demônios? Então todas aquelas coisas horríveis que elas tinham feito e dito poderiam lhes ser atribuídas como crimes. Se possuídas, não eram culpadas. Caso contrário, teriam de responder no Juízo Final por blasfêmia e libertinagem, por mentiras e má-fé. O inferno escancarava-se aterradoramente a seus pés. Enquanto isso, para piorar as coisas, não havia dinheiro, e todos tinham se voltado contra elas. Todos — os pais de suas alunas, as senhoras devotas da cidade, as multidões de turistas e até mesmo seus próprios parentes. Sim, mesmo seus próprios parentes; porque, agora que deixaram de ser possuídas, agora que na opinião do arcebispo eram ou impostoras ou vítimas da melancolia e da continência forçada, passaram a ser vistas por suas famílias como desonradas e como tal foram repudiadas, rejeitadas e lhes cortaram a pensão. A carne e a manteiga desapareceram do refeitório; as criadas, da cozinha. As freiras foram obrigadas elas mesmas a fazer o trabalho de casa; e quando este estava terminado, tinham que ganhar seu sustento com costuras modestas, tecendo lã para gananciosos negociantes de tecidos que se aproveitavam de sua miséria e infortúnio pagando--lhes ainda menos que a quantia habitual para tão fatigante tarefa. Famintas, dominadas por uma estafa permanente, perseguidas por terrores metafísicos e sentimentos de culpa, as pobres mulheres recordavam com saudades os dias venturosos de sua possessão. Ao inverno seguiu-se a primavera, e a esta um verão não menos desditoso. Então, no outono de 1633, a esperança renasceu. O rei mudou de ideia acerca da torre de menagem e o sr. de Laubardemont hospedou-se outra vez no O Cisne e A Cruz. Mesmin de Silly e os outros cardinalistas estavam exultantes. D'Armagnac fora derrotado; o castelo estava condenado. Agora o que restava era livrar-se do insuportável pároco. Logo em sua primeira entrevista com o comissário do rei, Mesmin mencionou o assunto da possessão. Laubardemont ouviu com atenção. Como um homem que em sua época julgara e condenara à fogueira um grande número de bruxas, podia com razão considerar-se um entendido em assuntos sobrenaturais.

No dia seguinte visitou o convento na rue Paquin. O cônego Mignon confirmou a história de Mesmin; o mesmo fizeram a madre superiora, a parenta do cardeal, a irmã Claire de Sazilly e as duas cunhadas de Laubardemont, as srtas. De Dampierre. Os corpos de todas as boas irmãs haviam sido infestados pelos maus espíritos; os espíritos haviam sido incorporados por meio de magia e o feiticeiro fora Urbain Grandier. Essas verdades tinham sido confirmadas pelos próprios demônios e estavam portanto acima de qualquer suspeita. E contudo Sua Excelência, o arcebispo, dissera que não houve verdadeira possessão, e portanto as desgraçara aos olhos do mundo. Era uma terrível injustiça, e elas suplicavam ao sr. de Laubardemont que usasse de sua influência com Sua Eminência e Sua Majestade para tomar alguma providência sobre o caso. Laubardemont mostrou-se compreensivo, mas não fez promessas. Particularmente, não havia nada de que gostasse tanto como de um julgamento de bruxa. Mas como se sentiria o cardeal a esse respeito? Na verdade era difícil saber. Algumas vezes parecia mesmo levá-los muito a sério. Mas poderia logo depois acontecer de vê-lo falando acerca do sobrenatural no tom cínico de um discípulo de Charron ou Montaigne. Um grande homem deve ser tratado por aqueles que o servem como uma mistura de um deus, uma criança travessa e uma fera. O deus deve ser adorado, a criança, entretida e enganada e a besta, aplacada e, quando enfurecida, evitada. O cortesão que irrita essa insensata trindade de pretensão sobre-humana, ferocidade subumana e estupidez infantil através de uma sugestão inoportuna, está apenas procurando confusão. As freiras podiam chorar e implorar; mas até que descobrisse para que lado o vento estava soprando, Laubardemont não tinha nenhuma intenção de ajudá-las.

Poucos dias depois Loudun foi agraciada com a visita de um personagem muito ilustre, Henri de Condé. Esse príncipe de linhagem nobre era um notório sodomita, que combinava a avareza mais mesquinha com uma piedade exemplar. Quanto aos princípios políticos, havia outrora sido um anticardinalista, mas depois que consolidou-se o poder de Richelieu, tornou-se o mais servil entre os bajuladores de Sua Eminência. Informado acerca da possessão, o príncipe imediatamente manifestou o desejo de vê-la com seus próprios olhos. O cônego Mignon e as freiras ficaram exultantes. Acompanhado por Laubardemont e uma numerosa comitiva, Condé dirigiu-se com grande pompa para o convento, foi recebido por Mignon e conduzido para uma capela onde celebrou-se uma missa solene. A princípio as freiras guardaram o mais completo decoro; mas, por ocasião da comunhão, a prioresa, a irmã Claire e a irmã

Agnes entraram em convulsões e rolaram pelo chão uivando obscenidades e blasfêmias. O resto da comunidade acompanhou-as prazerosamente e durante uma ou duas horas a igreja parecia um misto de arena e bordel. Imbuído dos mais nobres sentimentos, o príncipe declarou que não era mais possível persistir na dúvida e insistiu com Laubardemont para que escrevesse imediatamente ao cardeal, informando Sua Eminência sobre o que estava ocorrendo. "Mas o comissário", como sabemos através de uma narrativa da época, "não fez nenhuma alusão ao que pensava acerca desse estranho espetáculo. Entretanto, após voltar à hospedagem, sentiu-se tomado de uma profunda compaixão pelo estado deplorável das freiras. A fim de disfarçar seus verdadeiros sentimentos, convidou os amigos de Grandier para jantar, juntamente com o próprio Grandier." Deve ter sido uma reunião muito agradável.

Com o objetivo de impelir o excessivamente cauteloso Laubardemont a agir, os inimigos do pároco apresentaram uma nova acusação, mais grave. Grandier não era apenas um feiticeiro que havia negado sua fé, se rebelado contra Deus e enfeitiçado um convento inteiro de freiras; era também o autor de um ataque torpe e violento ao cardeal, publicado seis anos antes, em 1627, sob o título de *Lettre de la Cordonnière de Loudun*. É quase certo que Grandier não escreveu esse panfleto; mas uma vez que era amigo e correspondente da sapateira que havia dado o nome ao libelo infamatório, e que muito provavelmente fora seu amante, não era inteiramente implausível supor que ele o tivesse escrito.

Catherine Hammon era uma operária humilde, bonita e esperta que, em 1616, enquanto Maria de Médicis esteve em Loudun, atraiu a atenção da rainha, tornou-se sua criada e em breve passou a ser oficialmente a sapateira real e, de forma não oficial, sua criada de todo o serviço e confidente. Grandier a conhecera (muito intimamente, dizia-se) durante o período do exílio da rainha em Blois, quando a moça voltou para Loudun por algum tempo. Mais tarde, quando retornou ao seu emprego, Catherine, que sabia escrever, passou a manter o pároco informado sobre o que estava acontecendo na corte. Suas cartas eram tão divertidas que ele costumava ler as passagens mais picantes em voz alta para seus amigos. Entre esses se encontrava sr. Trincant, o promotor público e pai da bela Phillippe. Foi este mesmo Trincant, já não seu amigo, e sim o inimigo mais implacável, que acusou o correspondente de Catherine Hammon de ser o autor da *Cordonnière*. Dessa vez, Laubardemont não tentou esconder seus sentimentos. O que o cardeal realmente pensava acerca de bruxas e demônios podia ser duvidoso; porém, o que ele pensava dos que criticavam sua administração, a ele mesmo e a sua família jamais suscitara dúvidas. Discordar do pensamento político de Richelieu era um convite a demissão do serviço público, ruína financeira e exílio; insultá-lo era arriscar-se a morrer na forca ou até mesmo (desde que um decreto de 1626 proclamara que escrever panfletos difamatórios era um crime de *lèse-majesté*) na fogueira ou na roda. Pelo simples fato de ter imprimido a *Cordonnière*, um desventurado negociante havia sido enviado para as galés. O que seria feito do autor se alguma vez fosse apanhado? Confiante dessa vez de que seu zelo viria a valorizá-lo aos olhos de Sua Eminência, Laubardemont tomou numerosas anotações de tudo que o sr. Trincant dizia. E enquanto isso Mesmin não estivera inativo. Grandier, como já vimos, era inimigo declarado de frades e monges, e com pouquíssimas exceções a recíproca era verdadeira em Loudun. Os carmelitas eram os que tinham os motivos mais fortes para odiar Grandier; contudo, não tinham ocasião para extravasar esse ódio. Embora os capuchinhos houvessem sofrido menos nas mãos do pároco, possuíam muito mais poder para prejudicá-lo. Isso porque os capuchinhos eram confrades do padre Joseph e mantinham uma correspondência com aquela *Éminence Grise* que era confidente, principal conselheiro e braço direito do cardeal. Foi então aos monges franciscanos, e não aos frades carmelitas, que Mesmin confiou as novas acusações contra Grandier. A resposta atendeu às suas melhores expectativas. Uma carta foi escrita às pressas para o padre Joseph, e Laubardemont, que estava prestes a regressar a Paris, foi solicitado a entregá-la pessoalmente. Aceitando o encargo, convidou no mesmo dia Grandier e seus amigos para um jantar de despedida no qual bebeu à saúde do pároco, reafirmou sua amizade imorredoura e prometeu fazer tudo que estivesse em seu poder para ajudá-lo em sua luta contra uma conspiração de inimigos inescrupulosos. Quanta bondade, e que oferta tão generosa e espontânea! Grandier quase chorou de emoção.

No dia seguinte Laubardemont cavalgou para Chinon, onde passou a tarde com quem acreditava da forma mais fanática e sincera na culpa de Grandier. O sr. Barré recebeu o comissário com toda a deferência devida e, a seu pedido, entregou-lhe as minutas de todos os exorcismos no decurso dos quais as freiras acusaram Grandier de enfeitiçá-las. Na manhã seguinte após o café, Laubardemont divertiu-se com os trejeitos ridículos de algumas endemoniadas do lugar; a seguir, despedindo-se do exorcista, partiu para Paris.

Logo após sua chegada teve uma conferência com o padre Joseph, e, poucos dias depois, uma reunião mais decisiva com as duas eminências, a escarlate e a parda.[66] Laubardemont leu as minutas do sr. Barré sobre os exorcismos, e o padre Joseph leu a carta onde seus confrades capuchinhos acusavam o pároco de ser o muito procurado autor da *Cordonnière*. Richelieu decidiu que o assunto era suficientemente grave para ser estudado na próxima reunião do conselho de Estado. No dia marcado (30 de novembro de 1633), o rei, o cardeal, o padre Joseph, o secretário de Estado, o chanceler e Laubardemont reuniram-se em Ruel. A possessão das ursulinas de Loudun foi o primeiro tópico a ser tratado. Breve mas aterradoramente, Laubar-

---

[66] Éminence Rouge era o cardeal Richelieu; Éminence Grise, François Leclerc du Tremblay, o tal braço direito mencionado acima. [N.E.]

demont contou sua história e Luís XIII, que acreditava piamente nos demônios e temia-os, decidiu-se imediatamente a tomar alguma providência a esse respeito. Foi redigido então, naquele momento, um documento assinado pelo rei, autenticado pelo secretário de Estado e lacrado com o selo real. Esse documento autorizava Laubardemont a ir a Loudun investigar os casos de possessão, examinar as acusações atribuídas pelos demônios contra Grandier e, se parecessem ser bem fundamentadas, levar o feiticeiro a julgamento.

Durante a segunda e a terceira décadas do século XVII, os julgamentos de feiticeiros eram ainda fatos triviais; mas, dentre o grande número de pessoas acusadas durante esses anos de compactuar com o diabo, o caso de Grandier foi o único no qual Richelieu se envolveu com empenho. O padre Tranquille, o exorcista capuchinho que em 1634 escreveu um opúsculo a favor de Laubardemont e dos demônios, declara que "deve-se ao empenho do eminentíssimo cardeal as primeiras providências a respeito deste caso" — um fato que "as cartas que escreveu ao sr. de Laubardemont comprovam suficientemente". Quanto ao comissário, "jamais tomou alguma providência para provar a possessão sem antes informar detalhadamente a Sua Majestade e ao meu senhor cardeal". O testemunho de Tranquille é confirmado pelo de outros contemporâneos que escreveram sobre a troca de cartas entre Richelieu e seu representante de Loudun.

Quais eram os motivos dessa preocupação extraordinária em relação a um caso, ao que tudo indicava, de tão pequena importância? Da mesma forma que os contemporâneos de Sua Eminência, devemos nos contentar com suposições. Parece evidente que o desejo de vingança pessoal era um motivo relevante. Em 1618, quando Richelieu era apenas bispo de Luçon e prior de Coussay, esse pároco insignificante e empertigado fora grosseiro com ele. E na época havia boas razões para acreditar que o mesmo Grandier era responsável pelas ultrajantes injúrias e insultos contidos na *Cordonnière*. Na verdade, era uma acusação impossível de provar num tribunal de justiça. Contudo, pelo simples fato de ser suspeito de tal crime, era necessário livrar-se daquele homem. E isso não era tudo. O pároco criminoso era o responsável por uma paróquia corrompida. Loudun era ainda um sustentáculo do protestantismo. Demasiadamente prudentes para se comprometerem na época do levante que terminou em 1628 com a prisão de La Rochelle, os huguenotes de Poitou nada fizeram para merecer perseguição tão declarada e acirrada. O Édito de Nantes ainda vigorava e, por mais insuportáveis que fossem, os calvinistas tinham de ser tolerados. Mas suponhamos que se pudesse provar, através das palavras das piedosas irmãs, que aqueles cavalheiros da denominada religião da Reforma estavam em aliança secreta com um inimigo ainda pior que os ingleses — com o próprio diabo? Haveria então uma justificativa perfeita para fazer o que havia muito tempo ele planejava: isto é, privar Loudun de todos os seus direitos e privilégios e transferi-los para a sua própria cidade, completamente nova, de Richelieu. E ainda não era tudo. Os demônios poderiam ser úteis de outras maneiras. Se pudesse fazer as pessoas acreditarem que Loudun era a cabeça de ponte de uma invasão sistemática proveniente do inferno, então seria possível restaurar a Inquisição na França. E como isso seria conveniente! Quanto facilitaria a tarefa a que o próprio cardeal se propusera, de centralizar todo o poder numa monarquia absoluta! Como sabemos de nossa própria experiência com demônios seculares como os judeus, os comunistas, os imperialistas burgueses, o melhor meio para estabelecer e justificar um Estado totalitário é ficar batendo na tecla dos perigos de uma quinta-coluna. Richelieu só cometeu um erro: ele superestimou a crença de seus compatriotas no sobrenatural. Visto que estava em plena Guerra dos Trinta Anos, teria provavelmente obtido mais êxito com uma quinta-coluna de espanhóis e austríacos do que com meros espíritos, muito embora infernais.

Laubardemont não perdeu tempo. No dia 6 de dezembro estava de volta a Loudun. De uma casa nos arrabaldes da cidade mandou chamar secretamente o promotor público e o chefe de polícia, Guillaume Aubin. Eles compareceram. Laubardemont mostrou sua autorização e um mandado de prisão contra Grandier por ordem do rei. Aubin sempre gostara do pároco. Naquela noite, enviou-lhe uma mensagem informando-o da volta de Laubardemont e aconselhando-lhe uma fuga rápida. Grandier agradeceu, mas, imaginando ingenuamente que por ser inocente não tinha nada a temer, ignorou o conselho do amigo. Na manhã seguinte, a caminho da igreja, foi preso. Mesmin e Trincant, Mignon e Menuau, o boticário e o médico — apesar da hora matinal — estavam todos a postos para assistir ao espetáculo. Foi ao som de gargalhadas debochadas que Grandier foi levado à carruagem que o levaria à prisão para ele designada no castelo de Angers.

A paróquia foi então revistada e todos os livros e documentos de Grandier, confiscados. Foi bastante decepcionante ver que sua biblioteca não continha uma única obra sobre magia negra; contudo, havia (o que também era bastante comprometedor) um exemplar da *Lettre de la Cordonnière*, junto com um manuscrito daquele *Tratado sobre o celibato sacerdotal* que Grandier havia escrito com o objetivo de aliviar a consciência da srta. de Brou.

Laubardemont costumava dizer em reuniões sociais que, se pudesse se apossar de apenas três linhas da caligrafia de um homem, encontraria uma razão para enforcá-lo. No *Tratado* e no panfleto contra o cardeal já tinha razão suficiente não somente para um enforcamento, mas para o cavalete, a roda, a fogueira. E a busca revelara outros achados valiosos. Por exemplo, havia todas as cartas escritas para o pároco por Jean d'Armagnac — cartas que, se ele se fizesse de tolo, poderiam certamente ser utilizadas para enviar o favorito do rei ao exílio ou para o patíbulo. E lá estavam as absolvições concedidas pelo arcebispo de Bordeaux. Naquela época, o sr. de Sourdis estava se conduzindo muito bem no Almirantado; mas, se alguma vez ele não se portasse tão bem, essas provas de que em certa época absolvera um feiticeiro declarado seriam muito oportunas. Enquanto isso, é evidente que deviam ser mantidas fora do alcance de Grandier; porque, se ele não pudesse exibir provas de que fora absolvido pelo metropolitano, então sua condenação pelo bispo de Poitiers ainda seria válida. E nesse caso Grandier era o padre que praticara o ato sexual na igreja. E se ele era capaz *daquilo*, então obviamente era capaz de enfeitiçar dezessete freiras.

As semanas que se seguiram foram uma prolongada orgia de livre malevolência, de perjúrio consagrado pela Igreja, de ódio e inveja, não apenas sem repressão, mas oficialmente recompensada. O bispo de Poitiers publicou uma monitória, denunciando Grandier e convidando os fiéis a delatá-lo. A exortação foi prontamente obedecida. Volumes inteiros de boatos maldosos sem fundamento foram copiados por Laubardemont e seus escrivães. O processo de 1630 foi reaberto, e todos os depoentes que haviam confessado falso testemunho em juízo agora juravam que todas as mentiras das quais se haviam retratado eram absoluta verdade. Grandier não estava presente a essas audiências preliminares, nem representado por um advogado. Laubardemont não permitiu que a defesa se pronunciasse no processo, e, quando a mãe de Grandier protestou contra os métodos injustos e até mesmo ilegais que estavam sendo utilizados, ele apenas rasgou suas petições. Em janeiro de 1634, a velha senhora informou que estava recorrendo em nome de seu filho ao Parlamento de Paris. Enquanto isso, Laubardemont estava em Angers, submetendo o prisioneiro a rigoroso interrogatório. Seus esforços foram em vão. Grandier, que fora informado sobre o apelo e confiava que seu processo seria julgado brevemente diante de um juiz certamente menos parcial, recusou-se a responder às perguntas do comissário. Após uma semana em que alternou intimidações e lisonjas, Laubardemont desistiu, indignado, e voltou correndo para Paris e para o cardeal. Acionada pela idosa sra. Grandier, a pesada máquina da lei caminhava lenta, mas seguramente para a concessão de um recurso. Mas isso era a última coisa que Laubardemont ou seu senhor desejavam. Os juízes da alta corte eram extremamente preocupados com a legalidade e desconfiados, em princípio, do setor executivo do governo. Se tivessem permissão para rever o processo, a reputação de Laubardemont como advogado estaria arruinada, e Sua Eminência teria de desistir de um projeto a que, por razões particulares, estava estreitamente vinculado. Em março, Richelieu levou o assunto ao Conselho de Estado. Os demônios, explicou ao rei, estavam contra-atacando, e somente através da ação mais enérgica eles poderiam ser contidos e recuar. Como sempre, Luís XIII deixou-se convencer. O secretário de Estado preparou os documentos necessários. Sob a assinatura e selo reais estava agora decretado que "sem considerar o recurso agora tramitando no Parlamento, o qual Sua Majestade pelo presente revoga, o sr. Laubardemont continuará a ação iniciada contra Grandier [...]: para cujo fim o rei restaura sua comissão por quanto tempo for necessário, nega ao Parlamento de Paris e a todos os outros juízes competência para julgar o caso, e proíbe as partes interessadas de a eles recorrer sob pena de uma multa de quinhentas libras".

Colocado assim acima da lei e revestido de poderes ilimitados, o representante do cardeal voltou a Loudun no início de abril e começou imediatamente a preparar o palco para o próximo ato de sua revoltante comédia. Descobriu que a cidade não possuía uma prisão bastante segura ou bastante desconfortável para abrigar um feiticeiro. O sótão da casa que pertencia ao cônego Mignon foi posto à disposição do comissário. Para torná-lo à prova do diabo, Laubardemont mandou tapar as janelas com tijolos, colocou nova fechadura e trancas pesadas na porta, e a chaminé (passagem secreta das bruxas) foi fechada com uma grade de ferro resistente. Sob escolta militar, Grandier foi levado de volta a Loudun e encerrado nessa cela escura e sem ventilação. Não lhe deram uma cama e tinha de dormir como um animal sobre um feixe de palha. Seus carcereiros eram um certo Bontemps (que havia prestado falso testemunho contra ele em 1630) e sua mulher mal-humorada. Do princípio ao fim de seu longo julgamento, trataram-no com animosidade constante.

Tendo seu prisioneiro bem guardado, Laubardemont então voltou toda a sua atenção para as testemunhas de acusação mais importantes, na verdade as únicas — a irmã Jeanne e as dezesseis outras endemoniadas. Desobedecendo às ordens de seu arcebispo, o cônego Mignon e seus colegas estavam trabalhando com empenho para desfazer os efeitos benéficos de seis meses de repouso forçado. Após alguns exorcismos públicos, as piedosas irmãs estavam todas tão frenéticas como anteriormente. Laubardemont não lhes dava trégua. Dia após dia, de manhã até à noite, as desgraçadas mulheres eram levadas em grupo para as diversas igrejas da cidade e executavam seus truques. Esses truques eram sempre os mesmos. Como os médiuns modernos que fazem exatamente o que as irmãs Fox fizeram cem anos antes, essas primeiras endemoniadas e seus exorcistas eram incapazes de inventar alguma coisa de novo. Seguidamente repetiam-se as convulsões já muito conhecidas, as mesmas antigas obscenidades, as blasfêmias usuais, as afirmações arrogantes, constantemente repetidas, mas nunca justificadas por poderes sobrenaturais. Mas o espetáculo era suficientemente divertido e sórdido para atrair o público. As notícias se espalharam no boca a boca, através de panfletos e cartazes, por centenas de púlpitos. De todas as províncias da França e até mesmo do exterior afluíram multidões de turistas para assistir aos exorcismos. Com o obscurecimento da milagrosa Notre-Dame de Recouvrance das carmelitas, Loudun perdera quase todo o seu movimento turístico. Agora, graças aos demônios, as coisas estavam até melhores que antes. As hospedarias e pensões estavam lotadas, e os piedosos carmelitas, que tinham o monopólio dos demônios seculares (porque a epidemia de histeria havia se espalhado além dos muros do convento), estavam agora tão prósperos como naqueles bons velhos tempos das peregrinações. Enquanto isso, as ursulinas tornavam-se cada vez mais ricas. Elas recebiam agora um subsídio constante do tesouro real, que crescia com os donativos dos fiéis e as generosas espórtulas deixadas por aqueles turistas de alta classe para os quais algum espetáculo especialmente assombroso havia sido encenado.

Durante a primavera e o verão de 1634, o principal objetivo dos exorcismos não era a salvação das irmãs, mas a condenação de Grandier. A intenção era provar pelas palavras saídas da boca do próprio Satã que o pároco era um bruxo e enfeitiçara as freiras. Contudo, Satã é por definição o pai das mentiras, e seu testemunho é portanto sem valor. A esse argumento Laubardemont, seus exorcistas e o bispo de Potiers replicavam afirmando que os diabos ficam obrigados a dizer a verdade quando devidamente compelidos por um padre da Igreja Romana. Em outras palavras, tudo o que uma freira histérica estivesse disposta a afirmar sob juramento, instigada por seu exorcista, era considerado para todos os efeitos uma revelação divina. Para os inquisidores essa doutrina era bastante conveniente. Mas tinha um grave defeito: era claramente pouco ortodoxa. No ano de 1610, uma comissão de sábios teólogos tinha discutido a aceitabilidade do testemunho demoníaco e publicou a seguinte decisão oficial: "Nós, abaixo-assinados, doutores da Faculdade de Paris, no que se refere a certos problemas que nos foram expostos, somos da opinião de que nunca se deve admitir a acusação do demônio e muito menos utilizar exorcismos no intuito de descobrir as faltas de um homem ou para decidir se ele é um feiticeiro; e somos ainda mais da opinião que, mesmo que os citados exorcismos tenham sido praticados na presença do Santíssimo Sacramento, com o diabo sendo forçado a fazer um juramento (cerimônia que absolutamente não aprovamos), nem por isso se deve dar crédito às suas palavras, sendo o demônio sempre um mentiroso e o pai das mentiras". Além disso, o diabo é inimigo declarado do homem, e está portanto pronto a suportar todos os tormentos do exorcismo no interesse de prejudicar a uma só alma. Se o testemunho do diabo fosse aceito, as pessoas mais virtuosas correriam o maior perigo; pois é precisamente contra elas que Satã investe com maior fúria. "Razão por que são Tomás (Tomo 22, Tema 9, Item 22) sustenta, baseando-se em são Crisóstomo, DAEMONT, ETIAMVERA DICENT, NON EST CREDENDUM."[67] Devemos seguir o exemplo de Cristo, que impôs silêncio aos demônios mesmo quando eles disseram a verdade chamando-O de Filho de Deus. "De onde se conclui que na ausência de outras provas não se deve agir contra aqueles que são acusados pelos demônios. E percebemos que isso é devidamente cumprido na França, onde os juízes não reconhecem esses depoimentos." Vinte e quatro anos depois, Laubardemont e seus colegas fizeram exatamente o contrário. Para o bem da humanidade e do legítimo ponto de vista ortodoxo, os exorcistas restauraram, com o que os representantes do cardeal apressaram-se a concordar, uma heresia que era terrivelmente estúpida e extremamente perigosa. Ismaël Boulliau, o padre astrônomo que estivera sob as ordens de Grandier como um dos vigários de Saint-Pierre-du--Marché, qualificou a nova doutrina como "herege, falsa, execrável e nefanda — uma doutrina que transforma os cristãos em idólatras, enfraquece os verdadeiros fundamentos da religião cristã, abre as portas para a calúnia e propicia ao diabo imolar vítimas humanas, não em nome de Moloch, mas de um dogma perverso e diabólico". É evidente que esse dogma perverso e diabólico era aprovado por Richelieu. O fato é registrado pelo próprio Laubardemont e pelo autor de *Démonomanie de Loudun*, Pillet de la Mesnardière, médico pessoal do cardeal.

Permitidos, algumas vezes até sugeridos e sempre escutados com respeito, os depoimentos do diabo fluíam rapidamente na medida em que Laubardemont precisava deles. Então este descobriu ser desejável que Grandier não fosse apenas um feiticeiro, mas também

---

[67] "O demônio não deve ser acreditado, nem mesmo quando diz a verdade."

um alto sacerdote da antiga seita. A notícia se espalhou e imediatamente uma das endemoniadas seculares, obrigada por confissão (através da boca de um demônio que havia sido devidamente forçado por um dos carmelitas exorcistas), declarou ter sido prostituída pelo pároco, e que este em reconhecimento ofereceu-se a levá-la ao sabá e torná-la uma princesa na corte do diabo. Grandier afirmou que jamais pusera os olhos na moça. Entretanto Satã havia falado, e duvidar de suas palavras seria sacrilégio.

Alguns feiticeiros, como bem sabemos, possuem mamilos extras; outros adquirem, ao toque do dedo do diabo, algumas pequenas áreas de insensibilidade, onde o espetar de uma agulha não causa dor nem provoca sangramento. Grandier não tinha mamilos excedentes; *ergo* devia possuir em alguma região de seu corpo aqueles pontos insensíveis com os quais o diabo marca seus seguidores. Onde precisamente ficavam aqueles pontos? Já em 26 de abril a prioresa havia dado sua resposta. Havia cinco marcas — uma no ombro, uma no lugar onde os criminosos são marcados, mais duas nas nádegas, muito perto do ânus, e uma em cada testículo. (*A Quoi Rèvent les Jeunes Filles?*)[68] Para confirmar a veracidade dessa afirmação, Mannoury, o cirurgião, foi encarregado de fazer uma vivissecção. Na presença de dois boticários e vários doutores, Grandier foi despido, completamente depilado, vedaram-lhe os olhos e foi então sistematicamente picado até o osso com uma sonda longa e afiada. Dez anos antes, na sala de estar de Trincant, o pároco caçoara desse tolo ignorante e pretensioso. Agora, o tolo conseguira uma terrível vingança. As dores eram cruciantes, e através das janelas vedadas pelos tijolos os gritos do prisioneiro podiam ser ouvidos por uma multidão crescente de curiosos embaixo, na rua. Através do sumário oficial dos artigos da acusação pelos quais Grandier foi condenado, sabemos que, devido à grande dificuldade de localizar as pequenas

68 Título de uma peça de Alfred de Musset.

regiões de insensibilidade, somente duas das cinco marcas escritas pela prioresa foram na verdade descobertas. Contudo, para os propósitos de Laubardemont, duas eram mais que suficientes. Os métodos de Mannoury, deve-se acrescentar, eram incrivelmente simples e eficientes. Depois de grande número de terríveis espetadelas, ele virava a sonda ao contrário e a pressionava contra a pele do pároco. Milagrosamente não havia dor. O diabo tinha marcado o local. Se houvessem permitido que prosseguisse o tempo suficiente, não há dúvida de que Mannoury teria descoberto todas as marcas. Infelizmente, um dos boticários (um estranho de Tours em quem não se podia confiar) foi menos complacente que os doutores da aldeia aos quais Laubardemont convocara para verificar a prova. Surpreendendo Mannoury em flagrante de fraude, o homem protestou. Em vão. Seu relatório minoritário foi simplesmente ignorado. Enquanto isso, Mannoury e os outros mostraram cooperação absoluta. Laubardemont estava apto a anunciar que a ciência havia corroborado as revelações do inferno.

Na maioria das vezes, é claro, a ciência não precisava corroborar; *ex hypothesi*, as revelações do inferno eram verdadeiras. Quando Grandier confrontou-se com suas acusadoras, elas atiraram-se a ele como um bando de bacantes, gritando através das bocas de todos os seus demônios que fora ele quem as enfeitiçara, ele que, todas as noites durante quatro meses, tinha vagueado pelo convento dando-lhes passes e sussurrando lisonjas obscenas em seus ouvidos. Laubardemont e seus auxiliares tomavam nota escrupulosamente de cada coisa que era dita. As minutas eram devidamente assinadas, autenticadas e arquivadas em duplicata num fichário. Concretamente, teologicamente e agora judicialmente, era tudo verdade.

Para tornar a culpa do pároco ainda mais convincente, os exorcistas exibiram alguns "fetiches" que haviam aparecido misteriosamente nas celas, ou (melhor ainda) haviam sido vomitados, expelidos em meio a um paroxismo. Era por meio desses fetiches que as piedosas irmãs haviam sido e ainda estavam enfeitiçadas. Como exemplo, um pedaço de papel manchado com três gotas de sangue e contendo oito sementes de laranja; ou um feixe de cinco palhas; assim como um pequeno embrulho com cinzas, minhocas, cabelos e pedaços de unhas. Mas foi Jeanne des Anges quem como sempre superou a todas as outras. No dia 17 de junho, possuída por Leviatã, vomitou um monte de fetiches que consistiam (de acordo com seus demônios) de um pedaço do coração de uma criança sacrificada às bruxas num sabá nas proximidades de Orléans em 1631, as cinzas de uma hóstia consagrada e um pouco do sangue e do sêmen de Grandier.

Havia momentos em que a nova doutrina era uma fonte de embaraços. Certa manhã, por exemplo, um diabo (devidamente constrangido e diante do Santíssimo Sacramento) observou que o sr. de Laubardemont era um marido enganado. O escrevente registrou conscienciosamente a declaração, e Laubardemont, que não estivera presente ao exorcismo, assinou a minuta sem lê-la e acrescentou o habitual *post scriptum* no sentido de que em sã consciência considerava verdadeiro tudo o que constava do *procès-verbal*. Quando o caso veio à luz, houve muitas risadas debochadas. Foi desagradável, é claro, mas sem maiores consequências. Documentos comprometedores sempre poderiam ser destruídos, escreventes estúpidos, demitidos e demônios insolentes, colocados em seus lugares com uma boa repreensão ou mesmo uns bons tapas. De modo geral, as vantagens da nova doutrina compensavam amplamente suas desvantagens.

Uma dessas vantagens, como Laubardemont logo perceberia, consistia no seguinte: agora era possível (através da boca de um diabo que tivesse sido devidamente constrangido pela presença do Santíssimo Sacramento) adular o cardeal de modo inteiramente inédito e sobrenatural. Nas minutas escritas pelo próprio Laubardemont sobre um exorcismo realizado a 20 de maio de 1634, lemos o seguinte: "Pergunta: 'O que você acha do eminente cardeal, o protetor da França?' O diabo respondeu, jurando por Deus: 'Ele é o tormento de todos os meus fiéis amigos'. Pergunta: 'Quem são seus fiéis amigos?' Resposta: 'Os hereges'. Pergunta: 'Quais são os outros traços nobres de sua personalidade?' Resposta: 'Seu trabalho de assistência ao povo, seu dom natural para a administração pública, dom este recebido de Deus, seu desejo de preservar a paz da cristandade, a amizade sincera que dedica ao rei'". Era um tributo maravilhoso; e, vindo como vinha diretamente do inferno, poderia ser aceito como pura verdade. As freiras tinham ido longe em sua histeria, mas não tão longe a ponto de esquecer quem as sustentava. Durante todo o tempo da possessão, como o dr. Legué observou,[69] blasfêmias contra Deus, Cristo e a Virgem eram proferidas constantemente, mas nunca contra Luís XIII ou acima de tudo contra Sua Eminência. As piedosas irmãs sabiam muito bem desabafar suas tensões impunemente. Mas se fossem insolentes com o cardeal... Bem, vejamos o que acontecia com o sr. Grandier.

69 Gabriel Legué, *Documents pour servir à l'histoire médicale des possédées de Loudun* (Paris, 1874).

CAPÍTULO VII

I

Em determinadas épocas e locais, certos pensamentos são inconcebíveis. Contudo, essa característica radical de certos pensamentos não é acompanhada pela neutralização radical de certas emoções ou pela impraticabilidade de realizar ações provocadas por tais emoções. Qualquer coisa pode ser sentida e realizada mesmo que às vezes com grande dificuldade e em meio à desaprovação geral. Mas, embora os indivíduos possam sempre sentir e fazer o que seu temperamento e caráter lhes permitem, não podem refletir acerca de suas experiências a não ser dentro de um sistema de referências que pareça lógico naquele determinado tempo e lugar. A interpretação concorda com o modelo de pensamento dominante, o qual restringe até certo ponto a expressão de anseios e emoções, mas jamais consegue inibi-la completamente. Por exemplo, uma firme crença na condenação eterna pode coexistir na mente do fiel com o conhecimento de que se está cometendo pecado mortal. A esse respeito, permitam-me citar as observações bastante acertadas de Bayle, inseridas num comentário sobre Thomas Sanchez, aquele sábio jesuíta que em 1592 publicou um volume sobre o casamento que seus contemporâneos e sucessores diretos consideraram o livro mais imoral que já fora escrito. "Não conhecemos a vida particular doméstica dos antigos pagãos como conhecemos a daqueles países onde a confissão dita ao ouvido é praticada; e portanto não podemos dizer se o casamento era tão brutalmente desonrado entre os pagãos como o é entre os cristãos; mas ao menos é provável que os infiéis não suplantassem a esse respeito muitas pessoas que acreditam na doutrina do Evangelho. Eles acreditam portanto no que as Escrituras nos ensinam sobre o céu e o inferno, no purgatório e nas outras doutrinas da comunidade católica; e, apesar disso, em meio a essas crenças podemos vê-los mergulhados em abomináveis impurezas que não são próprias de serem chamadas pelo nome e que provocam severas censuras àqueles autores que ousam mencioná-las. Faço essa observação para refutar aqueles que estão convencidos de que os hábitos corruptos originam-se das dúvidas ou da ignorância dos homens acerca de uma nova vida depois desta." Em 1592 o comportamento sexual era bastante semelhante ao de nossos dias. A mudança verificou-se apenas no que pensamos acerca desse comportamento. No início da época moderna os pensamentos de um Havelock Ellis ou de um Krafft-Ebing seriam inconcebíveis. Contudo, as emoções e ações descritas por estes sexólogos modernos eram tão possíveis e exequíveis num contexto mental dominado pelo fogo do inferno, como o são nas sociedades seculares de nossa época.

Nos parágrafos que seguem, descreverei muito resumidamente o contexto segundo o qual os homens do início do século XVII formavam seus julgamentos acerca da natureza humana. Esse referencial era tão antigo e tão estreitamente associado à doutrina cristã que foi encarado universalmente como o modelo das verdades irrefutáveis. Hoje em dia, embora ainda mais lamentavelmente ignorantes, sabemos o suficiente para nos sentirmos absolutamente certos de que, sob muitos aspectos, os mais antigos modelos de pensamento eram inadequados para os fatos admitidos através da observação direta.

Como, podemos questionar, essa teoria tão claramente deficiente influenciaria o comportamento de homens e mulheres quanto a seus pequenos problemas do cotidiano? A resposta poderia ser que, em algumas situações, a influência seria praticamente nula, em outras, da maior importância.

Um homem pode ser um excelente psicólogo na prática, embora completamente alheio às teorias psicológicas em voga. Ainda mais incrível é o fato de que um homem pode estar bastante familiarizado com teorias psicológicas comprovadamente deficientes e no entanto continuar, graças à sua percepção inata, um excelente psicólogo na prática.

Por outro lado, uma teoria falsa sobre a natureza humana (tal como a teoria que explica histeria sob o aspecto de possessão diabólica) pode suscitar as piores paixões e justificar as crueldades mais diabólicas. A teoria é simultaneamente pouco importante e na verdade importantíssima.

Qual era a teoria da natureza humana, sob que aspecto os contemporâneos de Grandier interpretavam o comportamento cotidiano e os acontecimentos estranhos tais como aqueles que sucederam em Loudun? As respostas para essa pergunta serão dadas, na maioria dos casos, com as palavras de Robert Burton, cujos capítulos sobre a anatomia da alma contêm um resumo breve e notavelmente lúcido que todos, antes da época de Descartes, aceitavam praticamente como um axioma.

"A alma é imortal, criada do nada e introduzida na criança ou embrião no ventre de sua mãe seis meses depois da concepção; não como nos animais que são *ex traduce* (passada dos pais para a prole) e morrendo com eles, desvanecendo-se no vazio." A alma é simples no sentido de que não pode ser dividida ou desintegrada. No sentido etimológico da palavra, é um átomo psicológico — algo que não pode ser dividido. Contudo, essa alma humana simples e indivisível se manifesta sob três formas. É uma espécie de trindade na unidade, composta de uma alma vegetal, uma sensória e uma racional. A alma vegetal é definida como "um verdadeiro instrumento de um corpo orgânico, através do qual ele se nutre, cresce e gera outro semelhante dentro de si". Nessa definição, três diferentes processos são especificados — *altrix, auctrix, procreatrix*. O primeiro é a nutrição, cujo objetivo é a alimentação, comida, bebida e assim por diante; seu órgão, o fígado em seres conscientes, nas plantas, a raiz ou a seiva. "Sua finalidade é transformar o alimento na substância de sustento do corpo, o que realiza através do calor natural. [...] Assim como essa função nutritiva serve para alimentar o corpo, a função de crescimento (o segundo processo ou capacidade da função vegetal) o faz para o aumento em grandeza [...] e para fazê-lo crescer até chegar às devidas proporções e à forma acabada." A terceira função da alma vegetal é a procriativa — a faculdade de reproduzir sua espécie.

Numa camada mais elevada temos a alma sensória, "que fica muito além da outra em dignidade, porque prefere-se o animal à planta, possuindo inclusas aquelas faculdades dos vegetais. É definida como 'um instrumento do corpo orgânico pelo qual ela vive, possui sentidos, desejo, bom senso, respiração e movimento'. [...] O órgão principal é o cérebro, do qual se derivam fundamentalmente as ações conscientes. A alma sensória divide-se em duas partes: a perceptiva e a propulsora. [...] A faculdade de percepção subdivide-se em duas partes: interna e externa. A externa é composta pelos cinco sentidos: tato, audição, visão, olfato, paladar. [...] Na interna estão o senso comum, a imaginação e a memória." O senso comum analisa, compara e organiza as mensagens que recebe de determinados órgãos dos sentidos tais como os olhos e os ouvidos. A imaginação examina mais detalhadamente os dados do senso comum "e conserva-os por mais tempo, recordando-os novamente ou reformulando-os dentro de si". A memória retém tudo que vem da imaginação e do senso comum e "guarda tudo em arquivos".

No homem a imaginação "está sujeita e governada pela razão ou ao menos deveria estar; mas nos animais não existe razão superior, apenas *ratio brutorum*, sua única razão". A segunda faculdade da alma sensória é a propulsora, que por sua vez é "dividida em duas faculdades, a capacidade de desejo e a de mover-se de um lugar para o outro".

E finalmente existe a alma racional, "que é definida pelos filósofos como sendo 'a força mais importante de um corpo natural, humano e orgânico, através da qual um homem vive, percebe e compreende, possuindo livre-arbítrio e capacidade de escolha para agir'. Embora não incluídas nessa definição, podemos acrescentar que essa alma racional inclui as faculdades e cumpre as obrigações das outras duas, as quais se encontram nela contidas, e as três perfazem uma alma, que é por si inorgânica, apesar de se encontrar em todas as partes (do corpo), e incorpórea, utilizando seus órgãos e operando graças a eles. Divide-se em duas partes, que diferem apenas em função, mas não em essência: a inteligência, que é a capacidade racional de compreensão, e o arbítrio, que é a capacidade racional de propulsão, e a elas estão submetidas todas as demais capacidades racionais."

Tal era a teoria de nossos ancestrais sobre si mesmos e com a qual tentavam explicar os processos de conhecimento pessoal e comportamento humano. Por ser muito antigo e pelo fato de muitos de seus componentes serem dogmas teológicos ou consequências de dogmas, a teoria parecia axiomaticamente verdadeira. No entanto, se a teoria fosse verdadeira, então determinados conceitos que hoje parecem irrefutáveis não poderiam ser levados em consideração e seriam inconcebíveis para qualquer objetivo prático. Vejamos alguns exemplos concretos.

Temos aqui a srta. Beauchamp, jovem de uma inocência até doentia, cheia de princípios elevados, inibições e ansiedades. De vez em quando ela deixava de lado seu temperamento e se comportava como uma criança de dez anos travessa e tremendamente saudável. Interrogada quando sob hipnose, essa *enfant terrible* insiste que não é a srta. Beauchamp, mas outra pessoa chamada Sally. Após algumas horas ou dias, Sally desaparece e a srta. Beauchamp recobra a consciência — mas recobra apenas a sua própria consciência, não em relação a Sally, uma vez que não se lembra de nada que foi feito em seu nome e sob o comando de seu corpo enquanto a última dominava. Sally, pelo contrário, sabia de tudo que se passava na mente da srta. Beauchamp e utilizava esse conhecimento para embaraçar e atormentar a outra ocupante de seu corpo dividido. Pelo fato de poder encarar esses fatos estranhos sob o aspecto de uma teoria bem fundamentada de atividade mental do subconsciente, e por estar familiarizado com as técnicas de hipnose, o dr. Morton Prince, o psiquiatra encarregado desse caso famoso, foi capaz de solucionar os problemas da srta. Beauchamp e deixá-la, pela primeira vez em muitos anos, num estado de perfeita saúde física e mental.

Sob determinados aspectos, o caso da irmã Jeanne era absolutamente semelhante ao da srta. Beauchamp. Ela se descartava periodicamente de sua personalidade costumeira, e de uma freira respeitável e de boa família transformava-se por algumas horas ou dias em uma virago selvagem, blasfemadora e completamente sem-vergonha, que se intitulava ora Asmodeu, ora Balaão ou Leviatã. Quando a prioresa recobrava a consciência, não se recordava do que esses outros haviam dito e feito em sua ausência. Tais eram os fatos. Como poderiam ser explicados? Alguns observadores atribuíam toda aquela história deplorável a uma fraude deliberada; outros, à "melancolia" — um desarranjo do equilíbrio humoral do corpo que provocava um transtorno mental. Para aqueles que não queriam ou não conseguiam aceitar essas hipóteses, só restava uma explicação como alternativa — possessão diabólica. Dada a teoria na qual baseavam-se para julgar, era-lhes impossível chegar a outra conclusão. Por uma definição que era resultante de um dogma cristão, a alma — em outras palavras, a porção consciente e individual da mente — era um átomo simples e indivisível. A noção moderna de personalidade dividida era portanto implausível. Se dois ou mais eus apareciam ao mesmo tempo ou alternadamente para ocupar o mesmo corpo, não podia ser como resultado da desintegração desse feixe não tão firmemente atado de elementos psicofísicos a que chamamos de uma pessoa; não, deveria ser devido à expulsão temporária da alma indivisível que saía do corpo e era temporariamente substituída por um ou mais dos inúmeros espíritos sobre-humanos que (o que é um caso de verdade revelada) habitam o universo.

Nosso segundo exemplo é aquele de uma pessoa hipnotizada — qualquer pessoa hipnotizada — na qual o hipnotizador provocou um estado de catalepsia. A natureza da hipnose e o modo pelo qual a sugestão age sobre o sistema nervoso neurovegetativo ainda não foram perfeitamente compreendidos; mas ao menos sabemos que é muito fácil colocar certas pessoas em transe e que, quando se encontram nesse estado, alguma parte de seu subconsciente fará que seu corpo obedeça às sugestões dadas pelo hipnotizador. Em Loudun, essa rigidez cataléptica a que qualquer hipnotizador competente pode induzir um indivíduo suscetível era encarada pelos fiéis como obra de Satã. Tinha de ser necessariamente assim, porque a natureza das teorias psicológicas da época era tal, que o fenômeno deveria ser devido *ou* a fraude deliberada *ou* a intervenção sobrenatural. Pode-se pesquisar as obras de Aristóteles e Santo Agostinho, de Galena e dos árabes; em nenhum deles se encontra a mais leve insinuação do que agora denominamos de subconsciente. Para nossos ancestrais havia apenas a alma ou consciente de um lado, e do outro lado Deus, os santos e um grande número de espíritos bons e maus. Nossa concepção de um extenso mundo intermediário de atividade mental subconsciente, muito mais ampla e sob certos aspectos mais efetiva que a atividade do eu consciente, era inconcebível. A teoria corrente sobre a natureza humana não deixava lugar para isso; logo, até onde dizia respeito a nossos ancestrais, ela não existia. Os fenômenos que hoje em dia explicamos em termos de atividade do subconsciente tinham de ser negados de todo ou atribuídos à ação de espíritos não terrenos. Assim, a catalepsia era um embuste ou um sintoma de invasão demoníaca. Quando assistia a um exorcismo no outono de 1635, o jovem Thomas Killigrew foi convidado pelo frade encarregado do processo a apalpar as pernas enrijecidas da freira — apalpar, admitir o poder do espírito maléfico e o poder ainda maior da Igreja Militante, e então, se fosse a vontade de Deus, ser convertido da heresia como seu bom amigo Walter Montague o fora no ano anterior.

"Tenho de lhe dizer a verdade", escreveu Killigrew numa carta em que narrava o acontecimento, "eu senti apenas carne rija, braços e pernas fortes e mantidos rigidamente esticados". (É de notar como as freiras deixaram completamente de ser encaradas como seres humanos com direito a privacidade e respeito. O piedoso padre que fazia o exorcismo comportava-se exatamente como o proprietário de um show à parte numa feira de amostras. "Levantem-se, senhores e senhoras, levantem-se! Ver para crer, mas se beliscarem as pernas robustas da menina verão a verdade nua e crua." Essas esposas de Cristo haviam sido transformadas em dançarinas de cabaré e monstros de circo.) "Mas outros", continua Killigrew, "afirmam que ela estava toda rígida e pesada como ferro; contudo eles tinham mais fé que eu, e o milagre parecia se evidenciar mais claramente para eles do que para mim." Como é significativa esta palavra, "milagre"! Se as freiras não estão simulando, então a rigidez cadavérica de seus membros *deve* ser devida a causas sobrenaturais. Não existe outra explicação possível.

O advento de Descartes e a aceitação geral do que naquela época parecia uma teoria mais científica da natureza humana não melhorou a situação; na verdade, sob certos aspectos fez os homens pensarem acerca de si mesmos de forma menos realística do que como o faziam sob a mais antiga revelação. Os diabos saíram de cena; mas junto com eles diluiu-se qualquer tipo de reflexão importante em relação aos fenômenos antes atribuídos à intervenção diabólica. Os exorcistas tinham ao menos reconhecido tais fatos como transe, catalepsia, personalidade dividida e percepção extrassensória.

Os psicólogos que surgiram depois de Descartes estavam propensos a rejeitar os fatos como não existentes ou explicá-los, se não houvesse possibilidade de negá-los, como o produto de alguma coisa denominada imaginação. Os fenômenos atribuídos a ela (tais como as curas realizadas por Mesmer durante o sono hipnótico) podiam ser segura e adequadamente ignorados. O grande empenho de Descartes em refletir geometricamente acerca da natureza humana levou sem dúvida à formulação de algumas ideias admiravelmente lúcidas. Mas infelizmente essas ideias lúcidas só podiam ser alimentadas por aqueles que optaram por ignorar uma série de fatos altamente significativos. Filósofos pré-cartesianos levaram em conta esses fatos e foram compelidos por suas próprias teorias psicológicas a atribuir-lhes causas sobrenaturais. Hoje em dia somos capazes de aceitar os fatos e explicá-los sem ter de recorrer aos demônios. Podemos pensar na mente (em oposição a espírito, ou simples ego, ou Atman) como alguma coisa radicalmente diferente da alma cartesiana e pré-cartesiana. A alma, segundo os mais antigos filósofos, era definida dogmaticamente como simples, indivisível e imortal. Para nós é evidentemente um composto, cuja identidade, nas palavras de Ribot, "é uma questão de quantidade". Essa coleção de componentes pode ser desintegrada e, embora provavelmente sobreviva à morte do corpo, ela o faz eventualmente como algo sujeito à mudança e à dissolução final. A imortalidade não pertence à psique mas sim ao espírito com o qual ela pode se identificar se assim o desejar. De acordo com Descartes, a essência das mentes é a consciência; a mente e a matéria podem exercer ação mútua dentro de seu próprio corpo, mas não diretamente em relação a outra matéria ou a outras mentes. Os pensadores pré-cartesianos teriam provavelmente concordado com todas essas proposições, exceto com a primeira. Para eles a consciência era a essência da alma racional; mas muitas atividades das almas sensórias e vegetais eram inconscientes. Descartes via o corpo como um autômato autorregulado e portanto não tinha necessidade de pressupor a existência dessas almas suplementares. Entre o eu consciente e o que poderemos chamar de inconsciente fisiológico, inferimos agora a existência de uma ampla cadeia de forças mentais atuantes no subconsciente. Além disso, temos de admitir, se aceitamos a evidência da percepção extrassensória e psicocinética, que no nível subconsciente as mentes podem e agem diretamente sobre outras mentes e sobre a matéria exterior ao seu próprio corpo. As ocorrências singulares que Descartes e seus seguidores preferiram ignorar e que seus predecessores aceitaram como verdades, que no entanto só poderiam ser explicadas em termos de invasão diabólica, são agora reconhecidas como relacionadas a atividades naturais da mente, cujo alcance, poder e fraqueza são muito mais importantes do que uma pesquisa sobre seu caráter consciente nos levaria a acreditar.

Vemos então que, se a ideia de fraude fosse excluída, a única explicação exclusivamente psicológica do que estava acontecendo em Loudun era relacionada a feitiçaria e possessão. Mas havia muitos que nunca pensaram no assunto em seu aspecto puramente psicológico. Para eles parecia óbvio que fenômenos tais como os manifestados pela irmã Jeanne poderiam ser explicados sob o aspecto fisiológico e tinham de ser tratados de acordo com isso. Os mais draconianos prescreviam a aplicação de uma boa surra de vara sobre a pele nua. Tallemant relata que o marquês de Couldray-Montpensier arrancou suas duas filhas das mãos dos exorcistas e "as manteve bem alimentadas e as chicoteou bastante; o demônio abandonou-as rapidamente". Mesmo em Loudun, durante os mais avançados estágios de possessão o chicote foi recomendado com frequência crescente, e Surin relata que os demônios que apenas riam-se dos ritos da Igreja foram frequentemente derrotados pela disciplina.

Em muitos casos, a velha moda do chicote foi provavelmente tão eficaz quanto o tratamento moderno com choques, e pela mesma razão: isto é, o subconsciente desenvolve um tal pavor às torturas preparadas para seu corpo que, para não ser novamente submetido a elas, decide parar de portar-se como se fosse louco.[70] Até o início do século XIX, o tratamento de choque por chicote era habitualmente utilizado em todos os casos de insanidade declarada.

> *In the bonny halls of Bedlam,*
> *Ere I was one-and-twenty,*
> *I had bracelets strong, sweet whips ding-dong,*
> *And prayer and fasting plenty.*
> *Now I do sing, "Any food, any feeding,*
> *Feeding, drink or clothing?*
> *Come dame, or maid, be not afraid,*
> *Poor Tom will injure nothing".*[71]

O pobre Tom era um vassalo da rainha Elizabeth. Mas mesmo nos dias de George III, duzentos anos depois, as duas casas do Parla-

---

70 Relatos completos e detalhados sobre tratamento psiquiátricos e seus resultados existem desde o fim do século XVIII em diante. Um psicólogo famoso que estudou esses documentos contou-me que todos pareciam levar a uma significativa conclusão; isto é, nos problemas mentais a proporção de cura tem permanecido acentuadamente constante durante aproximadamente duzentos anos, qualquer que seja a natureza dos métodos psiquiátricos utilizados. A percentagem de curas reivindicada pela moderna psicanálise não é maior que a pretendida pelos alienistas de 1800. Os alienistas de 1600 teriam obtido o mesmo sucesso de seus sucessores de dois a três séculos mais tarde? Não será possível dar respostas exatas; mas suponho que não o conseguiram. No século XVII, a doença mental era tratada com desumanidade sistemática, o que deve frequentemente ter agravado a doença. Teremos ocasião num capítulo posterior para voltar ao assunto.

71 "Nos belos corredores de Bedlam,/ Ainda não fizera vinte e um anos/ Tinha algemas fortes e os melodiosos "tlim-tlim" dos açoites/ E oração e jejum intensos/ Agora eu canto, 'Alguma comida, algum alimento,/ Alimento, bebida ou fato?/ Aproxime-se, senhora ou senhorita, sem precisar ficar aflita/ O pobre Tom a ninguém não faz maltrato'". [N.T.]

mento aprovaram uma lei autorizando os médicos da corte a açoitar o rei lunático.

Para a simples neurose ou histeria o açoite não era o único tratamento. Essas doenças eram causadas, de acordo com as teorias médicas correntes na época, por excesso de bílis negra no lugar errado. "Galeno", diz Robert Burton, "atribui tudo à coriza que é escura, e pensa que, sendo os espíritos enegrecidos e a substância do cérebro, nebulosa e escura, todos os seus propósitos parecem terríveis, e a própria mente permanece em contínua escuridão, temor e angústia devido a esses vapores que emanam desses tumores negros." Averroës e Hércules de Saxônia zombam das explicações de Galeno. Mas são "incrivelmente censurados e refutados por Aelianus Montaltus, Ludovicus Mercatus, Altomarus, Guianerius, Bright, Laurentius Valesius. 'A perturbação', concluem eles, 'produz humores negros, a escuridão obscurece o espírito e o espírito obscurecido causa pavor e angústia.' Laurentius supõe que esses vapores negros atingem principalmente o diafragma, músculo que separa o tórax do abdome, e assim, consequentemente, a mente, que fica obscurecida como o sol por uma nuvem. Quase todos os gregos e árabes, assim como os velhos e novos latinos, concordam com essa opinião de Galeno; da mesma forma que as crianças se assustam no escuro, o mesmo ocorre aos melancólicos de todas as épocas, porque possuem uma causa interna e carregam-na dentro de si para toda parte. Tais emanações negras, procedam elas do sangue escuro perto do coração (como julga Thomas Wright, um jesuíta, em seu tratado sobre as paixões da mente), ou do estômago, baço, diafragma ou de todas as partes afetadas ao mesmo tempo, são negativas; elas mantêm a mente eternamente encarcerada e oprimida por contínuos temores, ansiedades, tristezas etc."

O quadro fisiológico é uma espécie de fumaça ou neblina que se ergue do sangue infectado ou das vísceras doentes e obscurece diretamente o cérebro e a mente ou de alguma forma obstrui os tubos (pois os nervos eram considerados como tubos ocos) pelos quais presumia-se fluírem os humores naturais, vitais e animais.

Quando lemos a literatura científica do início da época moderna, ficamos chocados com a mistura do culto do sobrenatural mais apaixonado com o tipo mais grosseiro e ingênuo de materialismo. Esse materialismo primitivo difere do materialismo moderno em dois aspectos importantes. Em primeiro lugar, a matéria com a qual a teoria mais antiga lida é alguma coisa que não se presta (devido à natureza dos termos descritivos utilizados) a uma correta avaliação. Ouvimos apenas acerca de calor e frio, secura e umidade, leveza e peso. Não se tentou jamais esclarecer o significado dessas expressões qualitativas em termos quantitativos. Em sua delicada estrutura, a matéria de nossos ancestrais não era mensurável, e portanto não se podia fazer muita coisa com ela. E onde nada pode ser feito, bem pouco pode ser compreendido.

O segundo ponto de divergência é não menos importante que o primeiro. Para nós, matéria significa alguma coisa em constante movimento — alguma coisa cuja essência é na verdade nada mais que movimento. Toda matéria está sempre *fazendo alguma coisa*, e de todas as formas de matéria os coloides que compõem os corpos vivos são os mais freneticamente ativos — mas num tipo de agitação maravilhosamente coordenada, de maneira que a atividade de uma parte do organismo regula e é por sua vez regulada pela atividade das outras partes, numa maravilhosa dança de energias. Para os antigos, assim como para os pensadores da Idade Média e dos inícios da Idade Moderna, a matéria era uma mera substância, intrinsecamente inerte, até mesmo nos corpos vivos, onde as atividades eram atribuídas exclusivamente às contrações involuntárias da alma vegetal nas plantas, da alma vegetal e sensória nos irracionais, e, no homem, às daquela trindade contida na unidade, as almas vegetal, sensória e racional. Os processos fisiológicos eram explicados não em termos químicos, uma vez que a química como ciência não existia; nem em termos de impulsos elétricos, já que tudo se ignorava sobre a eletricidade; nem em termos de atividade celular, pois não existia microscópio e ninguém jamais observara uma célula; eram então explicados (sem nenhum problema) sob o aspecto das funções específicas da alma sobre a matéria inerte. Havia por exemplo a função do crescimento, da secreção e da nutrição — uma função para todo e qualquer processo que pudesse ser observado. Para os filósofos era muito conveniente; no entanto, quando os homens tentaram passar das palavras para as reais funções vitais do organismo, descobriram que as funções específicas não tinham a menor utilidade prática.

A crueza do materialismo mais antigo é claramente expressa na fraseologia de seus representantes. Os problemas fisiológicos são discutidos em metáforas inspiradas pelo que acontecia na cozinha, nas fundições e nas latrinas. Há fervuras, chiados e tensões; purificações e extrações; putrefações, exalações miasmáticas vindas da fossa sanitária e suas condensações pestilentas no andar de cima, no *piano nobile*. Nesses termos, um pensamento produtivo acerca do organismo humano é muito difícil. Os bons médicos eram possuidores de dons naturais, que não permitiam que seus conhecimentos interferissem muito nos diagnósticos intuitivos e em seu talento para ajudar a natureza a realizar o milagre da cura. Junto a muita tolice inútil ou perigosa, há, na imensa compilação de Burton, bastante bom senso. A maioria das tolices provém das teorias científicas em voga; a maior parte do bom senso, do empirismo acessível de homens perspicazes e compassivos que amavam seus semelhantes, tinham um jeito especial com o doente e confiavam na *vis medicatrix Naturae*.

Para detalhes sobre o tratamento estritamente médico da melancolia, tanto devida a causas naturais como sobrenaturais, recomenda-se ao leitor o livro absurdo e fascinante de Burton. Para nossos objetivos presentes é suficiente observar que, durante todo o tempo da possessão, a irmã Jeanne e suas companheiras estavam sob constante supervisão médica. Em seus casos, infelizmente, nenhum dos métodos mais coerentes de tratamento descritos por Burton foi jamais aplicado. Para elas não havia a proposta de mudança de ar, de dieta ou de ocupação. As freiras eram apenas submetidas a sangrias e purgantes e obrigadas a engolir pílulas e poções. Essa medicação era tão drástica que alguns dos médicos independentes que as examinavam eram de opinião que sua doença se agravava (como acontece ainda hoje com muitas doenças) pelos esforços exagerados para se chegar à cura. Descobriram que estavam ministrando sistematicamente às freiras doses excessivas de antimônio. Talvez fosse essa a causa de todos os seus problemas.

(Para avaliar toda a importância histórica desse diagnóstico, devemos ter em mente que, na época da possessão, o que pode ser denominado de batalha do antimônio vinha se arrastando por três gerações e ainda continuava em pleno vigor. Para os antigalenistas hereges, o metal e seus compostos eram como drogas milagrosas que serviam para praticamente todas as aplicações. Sob pressão da facção ortodoxa da classe médica, o Parlamento de Paris publicou um edital proibindo seu uso na França. Mas a lei provou ser inexequível. Meio século depois de sua ratificação, um bom amigo de Grandier e o médico mais famoso de Loudun, Théophraste Renaudot, proclamava entusiasticamente as virtudes do antimônio. Seu jovem contemporâneo, Gui Patin, autor das famosas *Lettres*, era não menos ardoroso na defesa do ponto de vista contrário. À luz da pesquisa moderna, podemos ver que Patin estava mais perto da verdade que Renaudot e os outros antigalenistas. Determinados compostos do antimônio são específicos no tratamento da doença tropical conhecida como "kala-azar".[72] Na maior parte das outras doenças, o uso do metal e seus compostos não valia os riscos que envolvia. Do ponto de vista médico, não havia justificativa para o uso indiscriminado da

---

72 Refere-se à leishmaniose visceral. [N.E.]

droga do modo como foi feito durante os séculos XVI e XVII. Do ponto de vista econômico, entretanto, havia justificativas de sobra. O sr. Adam e seus colegas boticários vendiam pílulas eternas de antimônio metálico. Estas eram engolidas, irritavam a membrana mucosa ao passar pelo intestino e então funcionavam como um purgante, e podiam ser recolhidas no urinol, lavadas e usadas outra vez, e assim indefinidamente. Depois do primeiro investimento de capital, não haveria mais necessidade de gastar dinheiro em purgativos. O dr. Patin podia condenar e o Parlamento proibir, mas para a avarenta burguesia francesa o apelo do antimônio era irresistível. As pílulas eternas eram tratadas como herança e depois de passarem por uma geração eram legadas à seguinte.)

Vale a pena observar, fazendo um parêntese, que Paracelso, o maior entre os primeiros antigalenistas, devia seu entusiasmo pelo antimônio a uma falsa analogia. "Assim como o antimônio purifica o ouro e não deixa escória, da mesma maneira ele purifica o corpo humano."[73]

A mesma espécie de falsa analogia entre o ofício do metalúrgico e o do alquimista, por um lado, e da ciência do médico e do dietetista, do outro, levava a crer que o valor da alimentação crescia quanto maior o seu requinte — que o pão de trigo era melhor que o pão de centeio, que caldo de carne com legumes bem cozido era superior aos vegetais e carnes não concentrados dos quais se compunha. Supunha-se que comida "grosseira" tornava grosseiras as pessoas que a comiam. "Queijo, leite e bolo de aveia", diz Paracelso, "não podem proporcionar a ninguém um temperamento delicado." Foi só com o isolamento das vitaminas na geração passada que as velhas falsas analogias da alquimia deixaram de arruinar nossas teorias dietéticas.

A existência de um tratamento médico bem planejado para a "melancolia" não era de forma alguma incompatível com a crença

---

[73] Paracelso, *Selected writings* (Nova York, 1951), p. 318.

generalizada, mesmo entre os doutores, na possessão e na invasão diabólica. Algumas pessoas, escreve Burton, "riem de tais histórias". Mas do lado oposto está "a maioria dos advogados, teólogos, médicos e filósofos". Ben Jonson, em *The Devil is an Ass*, deixou-nos uma nítida descrição da mentalidade do século XVII, dividida entre a credulidade e o ceticismo, entre uma confiança no sobrenatural (principalmente em seus aspectos menos recomendáveis), e uma confiança arrogante nos poderes recém-descobertos da ciência aplicada. Na peça, Fitzdottrel é apresentado como um diletante nas artes da bruxaria que anseia encontrar-se com um demônio, porque os demônios conhecem os locais onde se escondem os tesouros. Mas a essa crença na mágica e no poder de Satã junta-se outra não menos poderosa, a dos planos semirracionais e pseudocientíficos daqueles falsos inventores e projetistas a quem nossos pais chamavam de "aventureiros". Quando Fitzdottrel conta à sua esposa que seu projetista arquitetara um plano que lhe dará infalivelmente dezoito milhões de libras e lhe assegurará um ducado, ela balança a cabeça e diz que ele não deve acreditar muito "nesses falsos espíritos". "Espíritos!", brada Fitzdottrel,

> *Spirits! O no such thing, wife; wit, mere wit.*
> *This man defies the Devil and all his works.*
> *He does't by engine and devices, he!*
> *He has his winged ploughs that go with sails,*
> *Will plough you forty acres at once! and mills*
> *Will spout you water ten miles off.*[74]

---

74 "Espíritos! Oh, nada disso, mulher; tino, apenas tino/ Este homem desafia o diabo e todas as suas obras./ E o faz com engenho e instrumentos,/ Possui arados velozes que avançam rapidamente/ Arando quarenta acres de uma só vez! E moinhos/ Que farão jorrar água a dez milhas." [N.T.]

Por mais burlesca que pareça a figura, Fitzdottrel não deixa de ser verdadeiramente um homem-símbolo. Ele representa toda uma época cuja vida intelectual oscilava instavelmente entre dois mundos. Que tentou tirar o pior desses mundos ao invés do melhor, infelizmente é também típico da época. Para os incorrigíveis, ocultismo e "planos mirabolantes" eram muito mais atraentes que a ciência pura e o amar a Deus em espírito.

No livro de Burton, como na história das freiras de Loudun, esses dois mundos coexistem e são aceitos como verdade absoluta. Há a melancolia e um tratamento médico aprovado para ela. Ao mesmo tempo sabe-se bem que a magia e a possessão são causas comuns de doença, tanto da mente quanto do corpo. E não é de surpreender! Pois "não há nem mesmo o espaço de um fio de cabelo vazio no céu, na terra ou na água, acima ou abaixo da terra. O ar não fica tão repleto de moscas no verão como, durante todas as estações, se encontra tomado por demônios invisíveis; isto é rigorosamente confirmado por Paracelso, como o fato de cada um deles possuir vários espaços de caos". O número desses espíritos deve ser infinito; "porque se for verdade o que alguns de nossos matemáticos dizem: se uma pedra pudesse cair do céu estrelado ou da oitava esfera, mesmo que viajasse cem milhas por hora, levaria sessenta e cinto anos ou mais até atingir a terra, devido à grande distância entre o céu e a terra, que é, segundo alguns, de cento e setenta milhões e oitocentos e três milhas [...] quantos espíritos poderá conter?" Em tais circunstâncias, o que verdadeiramente surpreende não são possessões ocasionais, mas sim o da maioria das pessoas poder passar pela vida sem se tornar endemoniadas.

II

Vimos que a plausibilidade da hipótese de possessão era exatamente proporcional à deficiência de uma fisiologia sem conhecimentos da estrutura da célula e de química, e de uma psicologia que não tomava praticamente conhecimento da atividade mental em níveis subconscientes. Universal em tempos passados, a crença na possessão só é mantida nos dias de hoje pelos católicos romanos e pelos espíritas. Os últimos explicam certos fenômenos que acontecem em sessões espíritas em termos de possessão temporária do organismo do médium pelo espírito sobrevivente de algum ser humano falecido. Os primeiros negam a possessão por almas desencarnadas, contudo explicam determinados casos de problemas físicos e mentais em termos de possessão diabólica, e certos sintomas psicofisiológicos que acompanham ou antecedem estados místicos sob o aspecto de possessão através de alguma intervenção divina.

Não há nada, em minha opinião, de contraditório na ideia de possessão. O conceito não deve ser rejeitado *a priori*, com o pretexto de que é "um remanescente de antiga superstição". Deveria ser tratada como mais uma hipótese de trabalho, que pode ser tomada em consideração com certa cautela em todos os casos em que outros tipos de explicação parecem não se adequar aos fatos. Na prática, os exorcistas modernos parecem concordar em que a maioria dos casos que levantam suspeitas de possessão devem-se de fato à histeria, e eles podem ser melhor tratados pelos métodos convencionais da psiquiatria. Em alguns casos, entretanto, eles encontram indício de algo mais que histeria e declaram que só o exorcismo e a expulsão do espírito podem realizar a cura.

A possessão do organismo de um médium pelo espírito desencarnado, ou "fator psíquico", de seres humanos falecidos, tem sido evocada para explicar determinados fenômenos tais como escritas ou falas probatórias que de outro modo seriam difíceis de explicar. As provas mais antigas de tal possessão podem ser convenientemente pesquisadas em *Human Personality and its Survival of Bodily Death*, de F. W. H. Myers, e as mais recentes, em *The Personality of Man*, do sr. G. N. M. Tyrell.

O professor Oesterreich, em sua pesquisa amplamente documentada sobre o assunto,[75] demonstrou que, enquanto a crença na possessão diabólica declinou acentuadamente no século XIX, a crença na possessão por espíritos desencarnados tornou-se muito mais comum no mesmo período. Assim, os neuróticos que em épocas anteriores teriam sua doença atribuída aos demônios ficaram inclinados, depois da aparição das irmãs Fox, a pôr a culpa nas almas desencarnadas de homens e mulheres. Com os recentes avanços da tecnologia, o conceito de possessão adquiriu uma nova configuração. Os pacientes neuróticos reclamam frequentemente de que estão sendo influenciados, contra seu desejo, por um tipo estranho de mensagem de rádio transmitida por seus inimigos. O magnetismo animal malicioso que perseguiu a imaginação da pobre sra. Eddy por tantos anos transformou-se atualmente em eletrônica maliciosa.

No século XVII não existia rádio, e muito poucos acreditavam na possessão por espíritos desencarnados. Burton menciona a ideia de que os diabos são apenas as almas dos mortos malévolos, mas apenas com o intuito de observar que essa é uma "opinião absurda". Para ele a possessão era uma realidade, e era exclusivamente devida a demônios. (Para Myers, dois séculos e meio depois, a possessão também era uma realidade, mas devida exclusivamente aos espíritos dos mortos.)

Os demônios existem? E, nesse caso, estavam presentes nos corpos da irmã Jeanne e das suas companheiras freiras? Da mesma forma que em relação à ideia de possessão, não vejo nada de intrinsecamente absurdo ou contraditório na crença de que possa haver

---

[75] T.K. Oesterreich, *Les Possédés*. Trad. René Sudre (Paris, 1927).

espíritos desencarnados bons, maus e indiferentes. Nada nos leva a crer que as únicas inteligências do universo pertencem aos seres humanos e aos animais inferiores. Se for aceita a existência de clarividência, telepatia e previsão (e fica cada vez mais difícil rejeitá-la), então temos de aceitar que existem processos mentais independentes de espaço, tempo e matéria. E, se assim é, parece não haver motivo para negar *a priori* a existência de inteligências não humanas ou já desencarnadas, ou senão associadas à energia cósmica de alguma forma ainda por nós inteiramente ignorada. (A propósito, ainda somos ignorantes a respeito da forma como as mentes humanas se associam a esse turbilhão de energia cósmica altamente organizado conhecido como corpo. Que existe alguma ligação, não resta dúvida; mas de como a energia se transforma em processos mentais e como estes a afetam, ainda não temos a menor ideia.)[76]

Os demônios têm desempenhado até bem pouco tempo um papel muito importante na religião cristã — e isso desde seus primórdios. Porque, como observou o padre A. Lefèvre, "o diabo ocupa uma posição muito irrelevante no Velho Testamento; seu poder supremo ainda não se revelou. O Novo Testamento mostra-o como o chefe das forças coligadas do mal".[77] Nas atuais traduções do Pai Nosso pedimos para sermos livrados do mal. Mas será que *apo tou ponerou* é neutro em vez de masculino? Não estará implícito na própria estrutura da oração que a palavra se refere a uma pessoa? "Não nos deixeis cair em tentação, mas (pelo contrário) livrai-nos do diabo, do tentador."

Em teoria e por sua definição teológica, o cristianismo não é maniqueísta. Para os cristãos, o mal não é uma substância, um princípio real e fundamental. É apenas uma ausência do bem, uma redu-

---

76 Consultar a esse respeito as conferências de Gifford compiladas por sir Charles Sherrington e publicadas em 1941 sob o título de *Man on his Nature*.
77 Em *Satã*, um volume dos *Études Carmélitaines* (Paris, 1948).

ção do existir nas criaturas que, em seu existir absoluto, provêm de Deus. Satã não é Arimã sob outro nome, não é um eterno princípio das trevas em confronto com o divino princípio da luz. Satã é meramente o mais poderoso entre o grande número de anjos que num dado momento decidiram se separar de Deus. É apenas por cortesia que o chamamos de *o* diabo. Existem muitos diabos dos quais Satã é o chefe. Demônios são indivíduos e cada um tem sua personalidade, seu temperamento, suas singularidades, extravagâncias e idiossincrasias. Existem diabos que amam o poder, outros luxuriosos, ambiciosos, arrogantes e presunçosos. Além disso, alguns demônios são muito mais importantes que outros; pois eles conservam, mesmo no inferno, as posições que ocupavam na hierarquia celeste antes da sua queda. Aqueles que no céu eram apenas anjos ou arcanjos são diabos de classe inferior e de pequena importância. Os que outrora eram das ordens das dominações, principados ou potestades, agora constituem a *haute bourgeoisie* do inferno. Os antigos querubins e serafins são uma aristocracia, cujo poder é imenso e cuja presença física (de acordo com a informação oferecida ao padre Surin por Asmodeu) pode fazer-se sentir num círculo de trinta léguas de diâmetro. Pelo menos um teólogo do século XVII, padre Ludovico Sinistrari, afirma que os seres humanos podem ser possuídos, ou pelo menos obcecados, não apenas por diabos, mas também e com mais frequência por entidades espirituais não malignas — os faunos, ninfas e sátiros da Antiguidade, os duendes da classe camponesa europeia, os fantasmas dos pesquisadores modernos da parapsicologia.[78] De acordo com Sinistrari, a maioria dos íncubos e súcubos[79] era tão somente fenômenos naturais, nem piores nem melhores que ranúnculos, digamos, ou gafanhotos. Em Loudun, infelizmente, essa benévola teoria jamais foi

---

78 Ver *Demoniality*, de L. Sinistrari. (Paris, 1879)
79 Demônios que assumiriam as formas masculina e feminina, respectivamente, para perturbar o sono de mulheres e homens e manter com eles relação sexual. [N.T.]

mencionada. As fantasias insanamente libidinosas das freiras eram atribuídas a Satã e seus mensageiros.

Os teólogos, repito, acautelaram-se ao máximo contra o dualismo maniqueísta; mas em todas as épocas grande número de cristãos procedeu como se o diabo fosse o princípe fundamental, nivelando-o a Deus. Deram mais atenção ao mal e ao problema de sua erradicação do que ao bem e aos métodos por que a bondade individual pode ser aprofundada e a soma de virtude, acrescida. Os efeitos provocados pela concentração por demais intensa e constante no mal são sempre desastrosos. Aqueles que empreendem uma cruzada não *por* Deus em si, mas *contra* o diabo nos outros, nunca conseguem tornar o mundo melhor, mas o deixam como está ou algumas vezes até mesmo um tanto pior do que estava antes do início da cruzada. Pensando principalmente no mal, tendemos, por melhores que sejam nossas intenções, a criar ensejo para que o mal se manifeste.

Embora frequentemente maniqueísta na prática, a Igreja jamais o foi quanto aos seus dogmas. Sob esse aspecto difere de nossas idolatrias modernas, como o comunismo e o nacionalismo, os quais são maniqueístas não só na ação como também na crença e na teoria. Hoje em dia é evidente em toda a parte que *nós* estamos do lado da luz, *eles* do lado das trevas. E, estando do lado das trevas, *eles* merecem ser punidos e devem ser liquidados (uma vez que *nossa* teologia justifica tudo) pelos meios mais cruéis que tivermos em nosso poder. Por adorarmos a nós mesmos como Ahura Mazda e por considerarmos as outras criaturas como Arimã, o princípio do mal, nós do século xx fazemos o que está ao nosso alcance para garantir o triunfo do satanismo em nosso tempo. E, num contexto menor, era isso o que os exorcistas estavam fazendo em Loudun. Ao identificar a adoração a Deus com os interesses políticos de sua seita, ao concentrar seus pensamentos e esforços nos poderes do mal, estavam se empenhando em garantir o triunfo (felizmente local e temporário) daquele Satã contra o qual supostamente lutavam.

Para nossos atuais propósitos, é desnecessário afirmar ou negar a existência de inteligências não humanas capazes de dominar o corpo de homens e mulheres. A única pergunta que temos de nos fazer é: tendo como certa a existência de tais inteligências, existe alguma razão para acreditar que eram responsáveis pelo que aconteceu às ursulinas de Loudun? Os historiadores católicos modernos são unânimes em admitir que Grandier era inocente do crime pelo qual foi julgado e condenado; entretanto, alguns deles — eles são mencionados pelo abade Brémond em sua *Histoire littéraire du sentiment religieux en France* — estão ainda convencidos de que as freiras foram vítimas de possessão genuína. Como tal opinião pode ser mantida por alguém que tenha lido os documentos pertinentes ao caso, e que tenha ao menos alguma noção das anomalias psicológicas, confesso ser incapaz de entender. Não existe nada no comportamento das freiras que não encontre semelhança com muitos casos de histeria registrados e tratados com sucesso por psiquiatras modernos. E não existem provas de que qualquer das freiras tenha algum dia manifestado os poderes paranormais que, de acordo com os dogmas da Igreja Romana, são característicos de uma verdadeira possessão diabólica.

Como se pode distinguir a possessão genuína da fraude ou dos sintomas de doença? A Igreja prescreve quatro testes — o da linguagem, o da força física anormal, o de levitação e o de clarividência e predição. Se uma pessoa puder, em um determinado momento, compreender, ou, o que é ainda melhor, falar uma língua que em seu estado normal ignora completamente; se manifestar o milagre corporal da levitação ou realizar incontáveis proezas de força física; e se consegue prever o futuro corretamente ou descrever acontecimentos que acontecem em lugares distantes — então pode-se presumir que essa pessoa está possuída pelos demônios. (Ou senão pode-se presumir que seja o recebedor de graças extraordinárias; porque em muitos casos, infelizmente, os milagres divinos e infernais são idênticos. A levitação dos santos em êxtase difere da levitação dos demônios extáticos apenas em virtude dos antecedentes e das consequências morais do fato. Esses antecedentes e consequências morais são frequentemente difíceis de avaliar, e já aconteceu que mesmo as pessoas mais santas foram suspeitas de apresentar fenômenos de PES e suas consequências PK[80] através de meios diabólicos). Tais são os critérios oficiais e consagrados pelo tempo quanto à possessão diabólica. Para nós, esses fenômenos de PES e PK provam somente que a antiga noção de uma alma dividida em compartimentos estanques é indefensável. Abaixo e além do eu consciente encontram-se vastos âmbitos de atividade do subconsciente, alguns piores e outros melhores do que o ego, alguns mais tolos e outros muito mais inteligentes sob certos aspectos. Em seus limites, esse eu subconsciente prolonga-se e confunde-se com o não eu, com o meio psíquico no qual entranham-se todos os eus e através do qual eles podem se comunicar diretamente uns com os outros e com a mente cósmica. E, em algum ponto desses níveis subconscientes, as mentes individuais entram em contato com a energia, não só em seu próprio corpo, mas também (se pudermos confiar nas provas estatísticas e anedóticas) fora dele. A psicologia antiga, como vimos, foi compelida pelas suas próprias definições dogmáticas a ignorar a atividade mental subconsciente; a fim de explicar os fatos observados, teve de postular a existência do diabo.

Coloquemo-nos por um momento na situação mental dos exorcistas e seus contemporâneos. Aceitando como válido o critério de julgamento da Igreja em relação à possessão, examinemos as provas segundo as quais as freiras foram declaradas endemoniadas e o

---

80 PES, sigla que designa percepção extrassensorial, ou seja, a aparente habilidade de alguns indivíduos, chamados sensitivos ou psíquicos, para perceber fenômenos e objetos independentemente de seus órgãos sensoriais; PK é a sigla para psicocinese, a suposta capacidade psíquica que permite alguns movimentos na matéria sem interação física, como mover um objeto, levitar ou teletransportar. [N.E.]

pároco, feiticeiro. Começaremos pelo teste que, sendo o mais fácil de aplicar, era o mais utilizado na prática — o teste da linguagem. Para todos os cristãos de épocas mais antigas, "falar várias línguas" era uma graça extraordinária, um dom oferecido pelo Espírito Santo. Contudo, era também (tal é a natureza estranhamente equívoca do universo) um sintoma certo de possessão demoníaca. Na grande maioria dos casos, esse dom das línguas não consiste em falar fluentemente uma língua até então desconhecida. Consiste, sim, num palavreado mais ou menos articulado e sistemático, mostrando algumas semelhanças com algum tipo de discurso tradicional e consequentemente possível de ser interpretado por ouvintes de boa vontade, assim como uma língua que lhes é familiar mas pronunciada de forma confusa. Nos casos em que pessoas em estado de transe mostraram um conhecimento inequívoco de alguma língua que ignoravam completamente no seu estado normal, geralmente após investigação verificava-se que haviam falado a língua durante sua infância e depois a haviam esquecido, ou que a tinham ouvido falar e, embora não entendendo o significado das palavras, haviam se familiarizado inconscientemente com seus sons. No restante, existem, nas palavras de F. W. H. Myers, "poucas provas de aquisição — excetuando a telepatia — de qualquer verdadeiro acúmulo de novos conhecimentos, tais como uma linguagem desconhecida ou um estágio de conhecimento matemático não atingido até então". À luz de nossos conhecimentos, obtidos através de pesquisas psíquicas sistemáticas, transes mediúnicos e psicografia, parece duvidoso que algum pretenso endemoniado tenha passado pelo teste de linguagem de uma maneira completamente clara e inequívoca. O que fica evidente é que os casos de fracasso total registrados são em grande número, enquanto os sucessos registrados são em sua maior parte parciais e pouco convincentes. Alguns dos investigadores eclesiásticos da possessão aplicavam o teste da linguagem de forma muito inventiva e eficaz. Em 1598, por exemplo, Marthe Brossier tornou-se famosa por exibir os sintomas da possessão. Um desses sintomas — profundamente tradicional e ortodoxo — consistia em entrar em convulsões toda vez que uma oração ou um exorcismo fosse lido perante ela. (Os demônios odeiam Deus e a Igreja; logo, eles tendem a ter crises de raiva toda vez que ouvem as palavras sagradas da Bíblia ou do livro de orações.) Com o objetivo de testar os conhecimentos paranormais de latim em Marthe, o bispo de Orléans abriu seu Petrônio e recitou solenemente a história pouco edificante da Matrona de Éfeso. O efeito foi mágico. Antes de haver terminado a primeira sentença grandiloquente, Marthe estava rolando sobre o chão, amaldiçoando o bispo pelo que a fazia sofrer com a sua leitura da palavra sagrada. Vale a pena ressaltar que, em vez de pôr um fim à carreira de Marthe como endemoniada, esse incidente auxiliou-a a prosseguir em novos triunfos. Escapando do bispo, colocou-se sob a proteção dos capuchinhos, que proclamaram ter sido ela injustamente perseguida e utilizaram-na para atrair enorme multidão para seus exorcismos.

O teste de Petrônio jamais foi aplicado, pelo que sei, às ursulinas de Loudun. O que mais se aproximou de tal teste foi feito por um nobre visitante que entregou ao exorcista uma caixa contendo, segundo segredou, algumas relíquias sagradas. A caixa foi encostada à cabeça de uma das freiras, que imediatamente mostrou todos os sintomas de uma grande dor e desmaiou. Muito satisfeito, o piedoso frade devolveu a caixa a seu dono, que logo depois a abriu e revelou que, a não ser por algumas cinzas, ela estava completamente vazia. "Ah, meu senhor", exclamou o exorcista, "que espécie de truque usou conosco?" "Reverendo padre", respondeu o nobre, "que espécie de truque *vocês* estão fazendo conosco?"

Em Loudun, experimentavam-se testes simples de linguagem com frequência, mas sempre sem sucesso. Eis a narrativa de um incidente que De Nion, que acreditava firmemente na verdade da possessão das freiras, viu como um milagre irrefutável. Falando grego, o bispo de Nimes ordena à irmã Clara que lhe traga seu rosário e reze uma ave-maria. A irmã Clara reage trazendo primeiro um alfinete e depois, algumas sementes de anis. Exortada a obedecer, ela diz: "Vejo que deseja alguma coisa mais", e finalmente traz o rosário e se oferece para rezar uma ave-maria.

Na maioria dos casos, o milagre ainda era menos espantoso. Todas as freiras que não sabiam latim eram possuídas por demônios que também não o conheciam. Para explicar esse estranho fato, um dos exorcistas franciscanos disse em sermão que tanto existem demônios cultos como ignorantes. Os únicos demônios cultos de Loudun foram aqueles que se apossaram da prioresa. Mas mesmo os demônios de Jeanne não eram demasiadamente preparados. Eis aqui um trecho do *procès-verbal* do exorcismo realizado diante do sr. de Cerisay em 24 de novembro de 1632. "O sr. Barré ergue a hóstia e pergunta ao demônio, 'Quem adoras?'. Resposta: 'Jesus Christus'. Logo depois, o sr. Daniel Drouyn, assessor do escritório de Prevoste, declarou em alta voz, 'Este diabo não é congruente'. O exorcista então mudou a pergunta para *'Quis est iste quem adoras?'*. Ela respondeu: *'Jesu Christe'*. Sobre o que várias pessoas comentaram: 'Que péssimo latim!'. Mas o exorcista replicou que ela tinha dito *'Adoro te, Jesu Christe'*. Pouco depois, uma freirinha entrou rindo alto e repetindo, 'Grandier, Grandier!'. Então a irmã leiga, Claire, entrou na sala relinchando como um cavalo."

Pobre Jeanne! Nunca havia aprendido latim suficientemente para entender toda essa tolice acerca de nominativos, acusativos e vocativos. *Jesus Christus, Jesu Christe* — ela lhes oferecera tudo que podia lembrar; e ainda criticavam seu latim!

Enquanto isso, o sr. de Cerisay declarava que acreditaria de boa vontade na possibilidade de possessão "se a dita superiora respondesse categoricamente a duas ou três de suas perguntas". Mas, quando essas foram feitas, não houve resposta. Completamente desconcertada, a irmã Jeanne buscou refúgio numa convulsão e em alguns gritos de dor.

No dia seguinte a essa exibição bastante inconvincente, Barré dirigiu-se a De Cerisay e protestou que suas ações eram puras, sem paixões ou más intenções. "Colocando o cibório sobre sua cabeça, suplicou para ser condenado se houvesse feito uso de qualquer prática desonesta, sugestões ou persuasões em relação às freiras em todo aquele caso." Quando terminou, o prior das carmelitas deu um passo à frente e pronunciou protestos e invocações semelhantes; ele também ergueu o cibório bem alto sobre sua cabeça e rogou que as maldições de Datã e Abiram caíssem sobre ele se tivesse pecado ou caído em qualquer falta neste caso." Barré e o prior eram suficientemente fanáticos para não perceberem realmente a natureza de suas ações, e foi sem dúvida com a consciência limpa que fizeram esses solenes juramentos. É de notar que o cônego Mignon achou melhor não colocar nada sobre sua cabeça nem invocar castigos tremendos. Entre os ilustres turistas britânicos que visitaram Loudun durante os anos de possessão estava o jovem John Maitland, depois duque de Lauderdale. O pai de Maitland lhe contara sobre uma camponesa escocesa através da qual um diabo havia corrigido o mau latim de um ministro presbiteriano, e o jovem crescera assim com uma crença *a priori* na possessão. Na esperança de comprovar sua crença através da observação direta das endemoniadas, Maitland realizou duas viagens ao continente, uma a Antuérpia e a outra a Loudun. Em ambos os casos, ficou desapontado. Em Antuérpia, "eu vi apenas aldeãs holandesas robustas ouvirem pacientemente aos exorcismos e vomitarem de maneira abominável". Em Loudun, as coisas eram um pouco mais animadas, mas não mais convincentes. "Quando já tinha visto exorcizarem o bastante a três ou quatro delas na capela, e não ouvi nada além de raparigas libertinas cantando canções obscenas em francês, comecei a suspeitar de fraude." Queixou-se a um jesuíta, que louvou sua "santa curiosidade" em ir a Loudun e pediu-lhe que comparecesse naquela noite à igreja da paróquia, onde seria amplamente recompensado. "Na igreja da paróquia, vi muitas pessoas observando uma jovem muito bem treinada para realizar proezas, mas nada igual ao que eu já vira fazerem vinte acrobatas ou funâmbulos. Voltei à capela das freiras, onde vi os jesuítas ainda trabalhando arduamente em vários altares e um pobre capuchinho, possuído de melancolia, que imaginava os demônios correndo em torno de sua cabeça e estava incessantemente consagrando relíquias. Vi a madre superiora exorcizada e vi a mão na qual eles queriam me fazer acreditar que os nomes de Jesus, Maria e José haviam sido escritos por milagre (mas ficou claro para mim que tinham sido feitos com água-forte); então minha paciência se esgotou, e dirigi-me a um jesuíta e desabafei tudo que pensava. Ele ainda sustentava a veracidade da possessão e expressei o desejo de, como experiência, falar uma língua estrangeira. Ele perguntou: 'Que língua?' Respondi-lhe que não lhe diria, mas que nem ele nem todos esses diabos me compreenderiam. [Possivelmente era o gaélico de sua Escócia nativa que Maitland tinha em mente.] Ele perguntou-me se eu me converteria após a prova (pois havia percebido que eu não era católico). Respondi-lhe que aquela não era a questão, e que todos os diabos do inferno não me podiam perverter; tratava-se era de saber se aquela era uma verdadeira possessão e, se alguém pudesse me entender, eu admitiria por escrito. Sua resposta foi: 'Esses demônios não viajaram' — ao que respondi com uma sonora gargalhada."

De acordo com os franciscanos, aqueles demônios eram ignorantes; na opinião dos jesuítas, não eram viajados. Tais explicações de suas inaptidões para compreender línguas estrangeiras pareciam um tanto insatisfatórias, e, em benefício daqueles que relutavam em aceitá-las, as freiras e seus exorcistas acrescentaram uma série de novas explicações que eles esperavam serem mais convincentes. Se os diabos não podiam falar grego ou hebraico era porque o pacto que tinham feito com Grandier incluía uma cláusula segundo a qual jamais falariam essas línguas. E, se isso não era suficiente, então havia a explicação que encerrava o assunto — não era desejo de

Deus que esses diabos em particular falassem línguas. *Deus non vult* — ou, como a irmã Jeanne diria no seu latim corrompido, *Deus non volo*. No nível consciente, o erro era sem dúvida atribuído a simples ignorância. Mas sob um aspecto mais vago, nossas ignorâncias são frequentemente voluntárias. Num nível subliminar, aquele *Deus non volo*, aquele "Eu, Deus, não desejo", pode muito bem ter exprimido os sentimentos do ego mais profundo de Jeanne.

Os testes de clarividência parecem ter sido tão mal-sucedidos quanto os de linguagem. De Cerisay, por exemplo, combinou com Grandier que este fosse passar o dia na casa de um de seus confrades. Dirigiu-se então ao convento e, durante o exorcismo, pediu à superiora que dissesse onde estava o pároco naquele momento. Sem hesitar, a irmã Jeanne respondeu que ele estava na grande sala do castelo com o sr. d'Armagnac.

Em outra ocasião, um dos demônios de Jeanne afirmou que Grandier tivera de fazer uma breve viagem a Paris a fim de escoltar a alma de um recém-falecido *procureur du Parlement* chamado sr. Proust para o inferno. Um inquérito revelou que jamais houvera um *procureur* chamado Proust e que nenhum *procureur* falecera no referido dia.

Durante o julgamento de Grandier, outro dos diabos da prioresa jurou pelos Sacramentos que os livros de magia de Grandier estavam guardados na casa de Madeleine de Brou. A casa foi revistada. Não havia livro algum sobre magia — mas pelo menos Madeleine ficara bastante assustada, humilhada e insultada, que era tudo o que realmente interessava à madre superiora.

Nos seus relatos sobre a possessão, Surin admite que as freiras muitas vezes fracassaram nos testes de PES feitos pelos magistrados ou combinados para a edificação e distração dos turistas ilustres. Em consequência desses fracassos, muitos membros da própria ordem se recusaram a acreditar que as freiras estivessem sofrendo de outra coisa mais sobrenatural que melancolia e *furor uterinus*. Surin observa que os céticos dentre seus colegas nunca permaneceram em Loudun por mais do que poucos dias seguidos. Mas, da mesma forma que o espírito de Deus, o espírito do mal revela-se onde e quando lhe apraz. Para estar certo de vê-lo se manifestar, é preciso que se fique no lugar dia e noite por meses a fio. Falando como um dos exorcistas residentes, Surin afirma que a irmã Jeanne leu várias vezes seus pensamentos antes que ele pudesse expressá-los.

Seria na verdade surpreendente que uma histérica com alto grau de sensibilidade como a irmã Jeanne pudesse ter vivido durante cerca de três anos na mais estreita intimidade com um diretor espiritual de sensibilidade intensa como o padre Surin sem desenvolver um certo grau de ligação telepática com ele. O dr. Ehrenwald[81] e outros mostraram que esse tipo de relação entre médico e paciente algumas vezes se estabelece durante o tratamento psicanalítico. O relacionamento entre o endemoniado e o exorcista é provavelmente até mesmo mais íntimo do que aquele entre o psiquiatra e o neurótico. E, nesse caso particular, lembremos, o exorcista estava obcecado pelos mesmos demônios que tinham tomado conta de sua penitente.

Assim, Surin estava completamente convencido de que a prioresa podia, em certas ocasiões, ler com sucesso os pensamentos dos que estavam à sua volta. Mas, de acordo com a definição dogmática, qualquer pessoa que pudesse ler os pensamentos de outra estava possuída pelo diabo — ou então era o receptor de uma graça extraordinária. A noção de que a PES podia ser uma faculdade natural, latente em todas as mentes e evidente em poucas, não parece ter passado por sua cabeça nem por um só momento, assim como pela de nenhum de seus contemporâneos ou predecessores. Ou os fenômenos de telepatia e clarividência não existiam ou eram obra de espíritos que, pode-se presumir, a não ser que o leitor de pensamentos fosse um santo, eram diabos. Surin afastava-se do

---

81 Ver *Telepathy and Medical Psychology* de Jan Ehrenwald, M.D. (Nova York, 1948).

pensamento estritamente ortodoxo somente num ponto: acreditava que os demônios podiam ler as mentes diretamente, enquanto as maiores autoridades em teologia eram de opinião de que só o poderiam fazer indiretamente, inferindo dos movimentos do corpo que acompanham o pensamento. No *Malleus maleficarum* acha-se declarado, a se levar em conta a melhor autoridade possível, que os demônios não possuem vontade e compreensão, mas somente o corpo e as faculdades mentais que são mais estreitamente ligadas a este. Em muitos casos, os demônios nem mesmo possuem o corpo inteiro do endemoniado, mas apenas uma pequena parte dele — um único órgão, alguns grupos de músculos ou ossos. Pilet de la Mesnardière, um dos médicos particulares de Richelieu, deixou-nos uma lista dos nomes e lugares que habitavam todos os demônios que participaram das possessões de Loudun. Leviatã, conta-nos ele, ocupava o centro da testa da prioresa; Beherit ficava alojado em seu estômago; Balaão, sob a segunda costela do lado direito; Isacaaron, sob a última costela à esquerda. Eazaz e Caron viviam respectivamente sob o coração e no centro da testa da irmã Louise de Jésus. A irmã Agnes de la Motte-Baracé tinha Asmodeu sob o coração e Beherit no orifício do estômago. A irmã Claire de Sazilly abrigava sete demônios no corpo — Zabulão na testa; Neftali no braço direito; Sans Fin, ou seja, Grandier das Dominações, sob a segunda costela à direita; Elimi de um lado do estômago; o Inimigo da Virgem no pescoço; Verrine na têmpora esquerda e Concuspiscência, da ordem dos Querubins, na costela esquerda. A irmã Seraphica tinha um feitiço no estômago que consistia em uma gota de água guardada por Baruc ou, na sua ausência, por Carreau. A irmã Anne d'Escoubleau tinha uma folha de bérberis mágico em seu estômago sob os cuidados de Elimi, que ao mesmo tempo tomava conta de uma ameixa purpúrea no estômago de sua irmã. Entre as endemoniadas leigas, Elisabeth Blanchard tinha um demônio sob cada axila, juntamente com outro chamado Carvão da Impureza na nádega esquerda. Outros ainda estavam alojados no umbigo, abaixo do coração e sob o mamilo esquerdo. Quatro demônios ocupavam o corpo de Françoise Filatreau — Ginnillion no cérebro anterior; Jabel, que vagava por todas as partes do organismo; Buffetison abaixo do umbigo; e Cauda de Cão, da ordem dos Arcanjos, no estômago.

De suas muitas moradas dentro do corpo de vítima, os demônios saíam, um de cada vez, para trabalhar sobre os humores, os espíritos, os sentidos e a fantasia. Dessa forma, eles podiam influenciar a mente, muito embora não pudessem possuí-la. A vontade é livre, e só Deus pode olhar para dentro da mente. Disso resulta que uma pessoa possuída não podia ler diretamente a mente de outra. Se algumas vezes os diabos pareciam possuir PES, era por serem observadores e espertos e poderem portanto inferir os pensamentos secretos de um homem por meio de seu comportamento manifesto.

Os fenômenos de PES podem ter ocorrido em Loudun (Surin ao menos estava convencido de fato). Mas, se ocorreram, foi espontaneamente e não através de situações provocadas pelos pesquisadores — médicos e homens da lei. Contudo, a Igreja ensinava que os demônios podiam ser compelidos pelos exorcistas a obedecer. Quando, devidamente constrangidos, os endemoniados não mostravam PES sob condições de teste, concluía-se, de acordo com as regras do jogo sob o aspecto legal e teológico, que não estavam possuídos. Infelizmente para Grandier e certamente para todos que estavam envolvidos, o jogo nesses casos não foi jogado de acordo com as regras.

Dos critérios mentais da possessão, passamos agora para os físicos. No que se refere à levitação, os demônios da irmã Jeanne tinham indicado, num estágio inicial do processo, que no seu pacto com Grandier havia um ítem que proibia expressamente toda flutuação sobrenatural. E, de qualquer forma, aqueles que ansiavam por ver tais prodígios estavam demonstrando curiosidade excessiva, *nímia curiositas*, coisa que *Deus* definitivamente *non volo*. E, embora ela própria nunca houvesse dito que levitava, alguns de seus patrocinadores asseveravam confiantemente, junto com o sr. de Nion, que em várias ocasiões "a madre superiora fora levantada e suspensa no ar a uma altura de cerca de setenta centímetros". De Nion era um homem honesto, que provavelmente acreditava no que dizia. O que só demonstra quão extremamente cautelosos devemos ser quando se trata de acreditar em crentes. Algumas das outras freiras eram menos prudentes que sua superiora. No início de maio de 1634, o diabo Eazaz prometeu que ergueria a irmã Louise de Jésus a três pés do chão.[82] Para não ser superado, Cérbero ofereceu-se para fazer o mesmo com a irmã Catherine da Apresentação. Nenhuma das duas jovens senhoras conseguiu sair do chão. Pouco depois, Beherit, que estava alojado na boca do estômago da irmã Agnes de la Motte-Baracé, jurou que faria o solidéu de Laubardemont sair de sua cabeça e voar para o teto da capela. Uma multidão reuniu-se para assistir o milagre. Ele não aconteceu. Depois disso, os pedidos de levitação eram recebidos com uma recusa polida.

Os testes de força extraordinária foram realizados pelo dr. Mark Duncan, o médico escocês que era o reitor do Colégio Protestante de Saumur. Segurando os pulsos de uma das endemoniadas, descobriu que era fácil impedi-la de bater nele ou de escapar de seu controle. Depois dessa amostra humilhante da fraqueza diabólica, os exorcistas se limitaram a convidar os descrentes a colocar seus dedos nas bocas das piedosas irmãs e ver se o demônio os morderia. Quando Duncan e os outros declinaram do convite, todo o povo lúcido deduziu que aquilo era o reconhecimento da realidade da possessão.

Fica evidente de tudo isso que, se como a Igreja Romana sustentava, os fenômenos de PES e consequências PK são a marca da autenticidade da possessão diabólica (ou, senão, são graças extraor-

---

82 Cerca de 92 centímetros. [N.T.]

dinárias), então as ursulinas de Loudun eram apenas histéricas que caíram nas mãos não do diabo nem do Deus vivo, mas nas de um bando de exorcistas, todos supersticiosos, ávidos de publicidade, e alguns deliberadamente desonestos e intencionalmente malévolos. Na ausência de qualquer prova de PES ou PK, os exorcistas e seus defensores foram forçados a recorrer a argumentos ainda menos convincentes. As freiras, asseveravam, tinham de estar possuídas pelos demônios; pois como, de outro modo, poderia se explicar o despudor de suas ações, a linguagem obscena e falta de piedade em suas conversações? "Em que escola de devassos e ateus", pergunta o padre Tranquille, "elas aprenderam a vomitar tais blasfêmias e obscenidades?" E, quase que com um traço de orgulho, De Nion nos afirma que as piedosas irmãs "faziam uso de expressões tão sujas a ponto de envergonhar os mais libertinos dos homens, enquanto suas ações, tanto ao se exporem quanto ao incitarem os presentes a comportamento libidinoso, teriam estarrecido os moradores do mais baixo bordel da cidade".[83] Quanto às suas pragas e blasfêmias

---

83 Quando a irmã Claire foi intimada pelo exorcista (como um teste de PES) a obedecer a uma ordem, secretamente cochichada de um espectador para outro, ela entrou em convulsões e rolou no chão *"relevant jupes et chemises, montrant ses parties les plus secrètes, sans honte, et se servant de mots lascifs. Ses gestes devinrent si grossiers que les témoins se cachaient la figure. Elle répétait, en s'* [...] *des mains, 'Venez donc, foutez-moi'"* [Tornando a erguer saias e camisas, mostrando suas partes mais secretas, sem pudor, e servindo-se de palavras lascivas. Seus gestos tornaram-se tão vulgares que as testemunhas tapavam o rosto. Ela repetia [...], 'Venha logo, foda-me'.]. Em outra ocasião, essa mesma Claire de Sazilly *"se trouva si fort tentée de coucher avec son grande ami, qu'elle disait être Grandier, qu'n jour s'étant approchée pour recevoir la Sainte Communion, elle se leva soudain et monta dans sa chambre, où, ayant été suivie par quelqu'une des Sœurs, elle fut vue avec un Crucifix dans la main, dont elle se preparait* [...] *L'honnêteté"*, acrescenta Aubin, *"ne permet pas d'écrire les ordures de cet endroit"* [Encontrava-se de tal maneira tentada a dormir com seu grande amigo, que ela dizia ser Grandier, que um dia, aproximando-se para receber a Santa Comunhão, ela levantou-se bruscamente e subiu para o quarto,

— eram "tão inauditas que não poderiam ser trazidas à lembrança de uma mente puramente humana." Quão tocantemente ingênuo é isso! Não existe horror que não possa ser aventado por mentes humanas. "Sabemos o que somos", diz Ofélia, "mas não sabemos o que podemos ser."[84] A bem dizer, todos nós somos capazes de praticamente tudo. E isso é verdade mesmo em relação às pessoas que foram criadas dentro da mais austera moralidade. O que chamamos de "indução" não se restringe aos níveis inferiores do cérebro e ao sistema nervoso. Também ocorre no córtex, e é a base física daquela ambivalência de sentimentos que é uma característica tão marcante da vida psicológica do homem.[85] Cada positivo gera um correspondente negativo. À visão de alguma coisa vermelha segue-se uma pós-imagem verde. Grupos de músculos opostos envolvidos em qualquer atividade provocam involuntariamente movimentos mútuos. E em níveis superiores descobrimos coisas tais como um ódio que acompanha o amor, zombaria originada do respeito e temor. Em suma, o processo indutivo é ubiquamente ativo. Na irmã Jeanne e em suas companheiras a religião foi incutida insistentemente desde a infância. Por indução, esses ensinamentos criaram dentro do cérebro e através de suas associações mentais um centro psicofísico do qual emanavam lições contraditórias de irreligião e obscenidade. (Todo acervo de literatura religiosa é rico em referências àquelas terríveis tentações contra a fé e a castidade a que estão particularmente sujeitos os que buscam a perfeição. Bons diretores espirituais demonstram que tais tentações são normais e uma característica quase inevitável da vida espiritual,

---

onde, tendo sido seguida por alguma outra das freiras, foi vista com um crucifixo na mão, com o qual se preparava [...] A honestidade", acrescenta Aubin, "não permite a descrição das imundices daquele local.].
84 *Hamlet*, Ato 4, Cena 5.
85 Ver lschlondsky, *Brain and Behaviour* (Londres, 1949).

e não devem causar preocupação em demasia.[86] Em épocas normais, esses pensamentos e sentimentos negativos seriam reprimidos e, se assomassem à consciência, seria por meio de um esforço de vontade rejeitado e sublimados através de discurso ou da ação. No entanto a prioresa, enfraquecida pela doença psicossomática, tornando-se frenética devido à sua complacência em relação às fantasias irrealizáveis e proibidas, perdeu todo o poder de controlar esses resultados indesejáveis do processo indutivo. O comportamento histérico é contagioso, e seu exemplo foi seguido pelas outras freiras. Em pouco tempo, o convento todo estava tendo ataques, blasfemando e dizendo obscenidades. Em benefício de uma publicidade que julgavam ser útil às suas respectivas ordens e à Igreja em geral, ou com a intenção deliberada de utilizar as freiras como instrumentos para a destruição de Grandier, os exorcistas fizeram tudo que estava em seu poder para alimentar e propagar o escândalo. As freiras eram obrigadas a realizar suas excentricidades em público, eram incitadas a blasfemar diante de visitantes ilustres e a divertir os espectadores com exibições de absurdo despudor. Já vimos que no início de sua doença a prioresa não acreditava que estivesse possuída. Foi apenas quando seu confessor e os outros exorcistas lhe asseguraram repetidas vezes que estava invadida pelos demônios que a irmã Jeanne veio finalmente a se convencer de seu estado de endemoniada e de que

---

86 Em uma carta datada de 26 de janeiro de 1923, dom John Chapman escreveu o que segue: "Durante os séculos XVII e XVIII, a maioria das almas devotas parece ter atravessado um período no qual se sentiam certas de estar condenadas por Deus. [...] Isso não parece acontecer hoje em dia. Mas a *angústia correspondente* de nossos contemporâneos parece ser o *sentimento de não ter nenhuma fé*; não é uma reação contra qualquer dogma em particular (geralmente), mas apenas uma sensação de que a religião não é verdadeira. [...] A única solução é *desprezar* a coisa toda, não dando atenção a ela a não ser (é claro) para declarar ao Senhor que se está pronto a sofrer por isso o tempo que Ele desejar, o que parece um paradoxo absurdo de se dizer para Alguém em quem não se acredita".

sua ocupação daí por diante seria comportar-se como tal. E o mesmo se aplica pelo menos a algumas das outras freiras. Através de um opúsculo publicado em 1634, sabemos que a irmã Agnes declarava constantemente durante o exorcismo que não estava possuída, mas que os frades afirmavam que estava e obrigavam-na a se submeter ao exorcismo. E, "no dia 26 de junho anterior, tendo o exorcista deixado por engano cair enxofre fervente nos lábios da irmã Claire, a pobre menina rompeu a chorar dizendo que 'desde que lhe disseram que estava possuída, acreditou prontamente, mas não merecia por causa disso ser tratada de tal forma'". O trabalho iniciado espontaneamente pela histeria foi completado pelas sugestões de Mignon, Barré, Tranquille e os outros. Tudo isso foi claramente compreendido na época. "Pressupondo que não existe trapaça no caso", escreveu o autor do opúsculo anônimo anteriormente mencionado, "deduz-se daí que as freiras estavam possuídas? Não é possível que, em sua tola e equivocada imaginação, pensem estar realmente possuídas quando de fato não estão? "Isso, prossegue o autor, pode suceder com freiras de três maneiras. Primeiro, como consequência de jejuns, vigílias e meditações sobre o Inferno e Satã. Em segundo lugar, como resultado de algumas observações feitas pelo seu confessor — alguma coisa que as faz pensar estarem sendo tentadas pelos demônios. "E, em terceiro, o confessor vendo-as agir de forma estranha pode imaginar em sua ignorância que estão endemoniadas ou enfeitiçadas, e pode depois convencê-las do fato através da influência que exerce sobre suas mentes." No caso em questão, a crença errônea na possessão deve-se ao terceiro desses motivos. Como o envenenamento por mercúrio e antimônio em épocas passadas, e o envenenamento pela sulfa e as febres do soro de nossos tempos, a epidemia de Loudun era uma "doença iatrogênica", provocada e difundida pelos próprios médicos que supostamente deveriam restaurar a saúde das pacientes. A culpa dos exorcistas parece ainda maior quando nos lembramos que seus procedimentos violavam frontalmente as leis instituídas pela Igreja. De acordo com essas leis, o exorcismo deveria ser realizado confidencialmente, aos demônios não deveria ser permitido expressar suas opiniões, não se deveria dar-lhes crédito e eles tinham de ser tratados com absoluto desprezo. Em Loudun, as freiras eram exibidas para enormes multidões, seus demônios eram encorajados a discorrer sobre todos os assuntos, desde o sexo até a transubstanciação, suas declarações eram aceitas como absoluta verdade e eles eram tratados como visitantes ilustres de um mundo vizinho, cujos pronunciamentos tinham quase o prestígio da Bíblia. Se blasfemavam e diziam obscenidades — bem, era o seu jeito de ser. E, de qualquer forma, linguagem obscena e blasfêmias chamavam público. Os fiéis realmente babavam por elas e voltavam, aos milhares, para ver mais.

Blasfêmia sobrenatural, mais do que linguagem obscena mundana — e se essas não eram provas suficientes de possessão diabólica, o que dizer das contorções das freiras, de suas proezas no terreno da acrobacia? A levitação tinha sido rapidamente excluída; mas, se as piedosas irmãs jamais se ergueram no ar, elas ao menos realizavam as façanhas mais incríveis no chão. Algumas vezes, diz De Nion, "puxavam o pé esquerdo por cima do ombro até atingir a face. Traziam também o pé sobre a cabeça, até os dedos tocarem o nariz. Outras, além disso, eram capazes de esticar tanto suas pernas para ambos os lados que sentavam sem que qualquer espaço entre seus corpos e o chão fosse visível. A madre superiora esticava suas pernas a tão extraordinária extensão que de uma ponta de pé à outra a distância era de mais de dois metros embora ela mesma só tivesse pouco mais de um metro e vinte de altura." Lendo tais narrativas acerca das proezas das freiras chega-se à conclusão de que a alma feminina é tão *naturaliter Drum-Majorette* quanto *naturaliter Christiana*. No que se refere ao eterno feminino, parece haver uma tendência inata para a acrobacia e o exibicionismo, que só espera a oportunidade para se manifestar em saltos mortais e cambalhotas. No caso das contemplativas enclausuradas, tais oportunidades não ocorriam com frequência. Foram necessários sete demônios e o cônego Mignon para criar as circunstâncias que tornaram possível finalmente à irmã Jeanne romper as barreiras. Que as freiras encontravam uma profunda satisfação em suas ginásticas, está provado pela declaração de De Nion de que, embora "torturadas pelos demônios duas vezes por dia" durante meses a fio, suas saúdes não eram afetadas. Pelo contrário, "aquelas que eram um tanto frágeis pareciam mais saudáveis que antes da possessão." Às tambores-mores latentes, às dançarinas de cabaré *in posse* havia sido permitido aflorar à superfície e, pela primeira vez, essas pobres moças sem vocação para a oração sentiam-se verdadeiramente felizes.

Lamentalvelmente, sua felicidade não era absoluta. Elas tinham intervalos de lucidez. De vez em quando tinham consciência do que estavam fazendo com elas, e o que elas mesmas estavam fazendo ao infeliz pelo qual todas imaginavam freneticamente estarem apaixonadas. Vimos que já em 26 de junho a irmã Claire queixara-se da maneira como estava sendo tratada pelos exorcistas. No dia 3 de julho, na capela do castelo, ela rompeu em pranto e entre soluços declarou que tudo que dissera sobre Grandier durante as últimas semanas era um amontoado de mentiras e calúnias, e que tinha agido o tempo todo sob as ordens do padre Lactance, do cônego Mignon e dos carmelitas. Quatro dias depois, num acesso de remorso e revolta ainda mais violento, tentou fugir, mas foi apanhada quando saía da igreja e trazida de volta à força, chorando, para os piedosos padres. Encorajada por seu exemplo, a irmã Agnes (aquela *beau petit diable* a quem Killigrew veria, mais de um ano depois, ainda rastejando aos pés do capuchinho) apelou aos espectadores, que haviam ido lá para ver suas então já famosas pernas, suplicando com lágrimas nos olhos que a livrassem daquele horrível cativeiro em meio aos exorcistas. Mas estes ficavam sempre com a última palavra. Os rogos da irmã Agnes, a tentativa de fuga da irmã Claire, suas retratações e escrúpulos de consciência — esses, estava bastante claro, eram obra do mestre e protetor de

Grandier, o diabo. Se uma freira retirasse o que havia dito contra o pároco, aquela era uma prova cabal de que Satã falava pela sua boca e que o que afirmara anteriormente era a indiscutível verdade. Em relação à prioresa, esse argumento era utilizado com o efeito mais satisfatório. Um dos juízes escreveu um resumo dos artigos de acusação pelos quais Grandier era condenado. No sexto parágrafo desse documento lemos o seguinte: "De todas as desgraças que afligiram as boas irmãs, nenhuma pareceu tão estranha como aquela que ocorreu com a madre superiora. Um dia após seu testemunho, enquanto o sr. de Laubardemont estava tomando o depoimento de outra freira, a prioresa surgiu no pátio do convento vestida apenas com uma camisola e lá permaneceu durante duas horas, debaixo de chuva, a cabeça descoberta, uma corda em torno do pescoço e uma vela na mão. Quando a porta do locutório foi aberta, ela correu para dentro, ajoelhou-se diante do sr. Laubardemont e declarou que queria oferecer uma reparação pelo pecado que cometera acusando o inocente Grandier. Depois de que retirou-se, amarrou a corda a uma árvore do jardim e teria se enforcado não fosse as outras irmãs terem corrido em seu socorro".

Outro homem poderia supor que a prioresa havia contado um amontoado de mentiras e sofria as angústias bem merecidas do remorso. Mas não o sr. de Laubardemont. Para ele era evidente que esse espetáculo de arrependimento havia sido simulado por Balaão ou Leviatã, forçados pelos feitiços do mágico. Longe de absolver o pároco, a confissão e tentativa de suicídio da irmã Jeanne aumentaram como nunca a certeza de sua culpa.

Era inútil. Da prisão que haviam construído para si mesmas — a prisão de fantasias obscenas agora tornadas realidade, de mentiras premeditadas agora tratadas como verdades manifestas —, as freiras jamais poderiam escapar. O cardeal já fora tão longe que agora não podia permitir que se arrependessem. E elas mesmas poderiam sustentar aquele arrependimento? Ao se retratarem do que haviam dito sobre Grandier estariam lavrando sua própria sentença, não só neste mundo como no outro. Pensando melhor, todas decidiram acreditar nos exorcistas. Os piedosos padres convenceram-nas de que aquilo que lhes parecia uma sensação horrível de remorso era apenas uma ilusão diabólica; que o que, rememorando, parecia a mais monstruosa das mentiras, era realmente verdade, e uma verdade tão absoluta, tão católica, que a Igreja estava pronta a corroborar tanto sua ortodoxia quanto sua veracidade. As irmãs ouviram e se deixaram convencer. E quando se tornou impossível prosseguir fingindo acreditar nesse absurdo abominável, refugiaram-se no desvario. Horizontalmente, no nível da realidade cotidiana, não havia meio de escapar à sua prisão. E quanto à autotranscendência ascendente — não havia possibilidade, em meio a toda essa preocupação com o diabo, de elevar a alma a Deus. Mas no sentido descendente o caminho estava ainda completamente desimpedido. E para lá elas foram, cada vez mais — algumas vezes por espontânea vontade, num esforço desesperado para escapar da consciência de sua culpa e humilhação; outras vezes, quando sua loucura e as sugestões dos exorcistas eram demais para elas, contra sua vontade e a despeito de si mesmas. Para baixo em convulsões; para baixo em sensualidade bestial ou raiva maníaca. Baixo, tão baixo, até ultrapassarem o limite da personalidade e penetrar naquele mundo subumano no qual parecia natural a um aristocrata fazer trapaça para divertir o populacho, a uma freira blasfemar, adotar poses indecentes e gritar palavras que não se podem mencionar. E então mais para baixo, ainda mais, em direção à letargia, à catalepsia, à felicidade suprema da inconsciência total, do esquecimento completo e absoluto.

CAPÍTULO VIII

"Devidamente coagido, o diabo é obrigado a dizer a verdade." Uma vez aceita como irrefutável essa importante premissa, não havia absolutamente nada que não se pudesse inferir dela. Assim, o sr. de Laubardemont detestava os huguenotes. Dezessete ursulinas possuídas pelo demônio estavam prontas a jurar pelo Santo Sacramento que os huguenotes eram amigos e fiéis servidores de Satã. Sendo esse o caso, o comissário se sentiu plenamente justificado em não tomar conhecimento do Édito de Nantes. De princípio, os calvinistas de Loudun foram despojados de seus cemitérios. Que enterrassem as carcaças de seus mortos em qualquer outro lugar. Depois chegou a vez do Colégio Protestante. As espaçosas construções da escola foram confiscadas e entregues às ursulinas. No convento alugado não havia lugar para acomodar as multidões de espectadores piedosos que lotavam a cidade. Agora, finalmente, as piedosas irmãs podiam ser exorcizadas com toda a publicidade que mereciam e sem ter de caminhar sob qualquer tempo para Sainte-Croix ou para a Église du Château.

Pouco menos detestáveis que os huguenotes eram aqueles maus católicos que se recusavam obstinadamente a acreditar na culpa de Grandier, na veracidade da possessão e na perfeita ortodoxia da nova doutrina dos capuchinhos. Lactance e Tranquille vociferavam contra eles do púlpito. Essas pessoas, proclamavam em altos gritos, não eram melhores que os hereges, suas dúvidas eram pecados mortais e eles já estavam praticamente condenados. Enquanto isso, Mesmin e Trincant começaram a acusar os céticos de deslealdade ao rei e (ainda pior) conspiração contra Sua Eminência. E, pelas bocas das freiras de Mignon e das leigas carmelitas histéricas, um grande número de demônios declarava que eles eram todos feiticeiros que haviam negociado com Satã. De algumas das endemoniadas de Loudun veio uma informação de que até mesmo o irrepreensível *Bailli*, o sr. de Cerisay, era um adepto da magia negra. Outra endemoniada acusou dois padres, Buron e Frogier, de tentativa de estupro. Devido à delação da prioresa, Madeleine de Brou foi acusada de bruxaria, detida e feita prisioneira. Graças à sua riqueza e altas relações, seus parentes conseguiram que ela fosse solta sob fiança. Contudo, depois que o julgamento de Grandier terminou, Madeleine voltou a ser presa. Por meio de um recurso aos *Messieurs des Grands-Jours* (os juízes da peripatética corte de apelação que atravessavam o país, investigando escândalos e erros da justiça), instaurou-se um processo contra Laubardemont. O comissário revidou com uma interdição contra o suplicante. Felizmente para Madeleine, o cardeal não a considerava suficientemente importante para justificar uma disputa contra o judiciário. Laubardemont foi instruído para largar o caso e a prioresa teve de desistir dos prazeres da vingança. Quanto a Madeleine, fez o que o amante a tinha dissuadido de fazer após a morte de sua mãe — tornou-se freira e desapareceu para sempre no convento.

Enquanto isso, outras acusações pairavam no ar. Agora eram as debutantes da região as escolhidas para o ataque. Com seu modo brincalhão, a irmã Agnes declararia que em nenhum lugar do mundo havia tanta falta de castidade como em Loudun. A irmã Claire diria nomes e especificaria pecados. A irmã Louise e a irmã Jeanne acrescentariam que todas as meninas eram feiticeiras em potencial, e o feito terminaria com as posturas indecentes de costume, linguagem obscena e gargalhadas insanas.

Em outras ocasiões, cavalheiros respeitáveis eram acusados de terem frequentado o sabá e beijado o traseiro do diabo. E que suas esposas tinham fornicado com íncubos, suas irmãs, enfeitiçado as galinhas do vizinho, suas tias solteironas, feito com que um jovem cheio de virtudes ficasse impotente na noite do casamento. E sempre, através dos pequenos orifícios que deixavam o ar passar pelas janelas fechadas com tijolos, Grandier estava distribuindo magicamente seu esperma às bruxas como recompensa, às mulheres e filhas dos cardinalistas na malévola esperança de levá-las à vergonha imerecida. Todos esses perniciosos disparates eram registrados palavra por palavra por Laubardemont e seus auxiliares. Aqueles que eram acusados pelos demônios — em outras palavras, que eram desagradáveis ao comissário e aos exorcistas — chamados ao escritório de Laubardemont, eram interrogados, intimidados e ameaçados com processos legais que poderiam custar-lhes a vida.

Num dia de julho, a uma sugestão de Beherit, Laubardemont mandou fechar as portas de Sainte-Croix durante uma grande reunião de moças. As jovens foram então revistadas pelos capuchinhos. Mas os pactos com Satã que se supunha serem mantidos por todas elas não foram revelados nem mesmo após a mais minuciosa investigação. Embora Beherit houvesse sido devidamente coagido, por alguma razão desconhecida deixara de revelar a verdade.

Ora uns, ora outros, os capuchinhos, recoletos e carmelitas semanalmente gritavam e gesticulavam de todos os púlpitos; mas os céticos não estavam convencidos, os protestos contra a maneira iníqua de conduzir o processo contra Grandier se tornaram cada vez mais veementes e repetidos. Rimadores anônimos faziam epigramas sobre o comissário. Pondo letras novas nas velhas músicas, os homens cantavam cinicamente a seu respeito nas ruas ou quando tomavam vinho nas tavernas. Na calada da noite, sátiras sobre os bons padres eram afixadas às portas da igreja. Interrogados, Cauda de Cão e Leviatã citaram um protestante e alguns escolares como os culpados. Foram presos mas, como nada pudesse ser provado contra eles, foram postos em liberdade novamente. Sentinelas ficavam agora postadas às portas das igrejas. O único resultado foi que os libelos passaram a ser afixados a outras portas. No dia 2 de julho, o exasperado comissário lançou uma proclamação. Dali em diante ficava expressamente proibido fazer ou mesmo dizer alguma coisa "contra as freiras ou outras pessoas da referida Loudun afligidas pelos maus espíritos, ou contra os exorcistas ou aqueles que assistiam aos exorcismos". Todo aquele que desobedecesse ficava passível de uma multa de dez mil libras ou, se parecesse necessário, a penas ainda mais graves, tanto financeiras quanto físicas. Depois disso, os críticos tornaram-se mais cautelosos; os demônios e os exorcistas podiam lançar suas calúnias sem risco de contradição. Segundo o autor anônimo da época de *Remarques et considérations pour la justification du Curé de Loudun*, "Deus, que só fala a verdade, foi agora destronado, e o diabo que tomou Seu lugar só diz mentiras e coisas vãs; e estas devem ser vistas como verdades. Não é isso ressuscitar o paganismo? Além disso, as pessoas dizem que seria muito conveniente que o diabo citasse o maior número possível de mágicos e feiticeiros, porque dessa forma eles serão julgados, seus bens, confiscados, e uma parte será cedida, se ele assim quiser, a Pierre Menuau, que entretanto deve se satisfazer, da mesma forma que seu primo, o cônego Mignon, com a morte do pároco e a ruína das mais respeitáveis famílias da cidade."

No início de agosto, o venerável padre Tranquille publicou um pequeno tratado descrevendo e justificando a nova doutrina: "Devidamente coagido, o diabo é obrigado a dizer a verdade." O livro obteve a aprovação do bispo de Poitiers e foi aclamado por Laubardemont como a última palavra em teologia ortodoxa. Não era mais possível persistirem dúvidas. Grandier era um feiticeiro e em menor escala o era também aquele insolente e empertigado sr. de Cerisay. Excetuando-se aquelas cujos pais eram fiéis cardinalistas, todas as moças de Loudun eram prostitutas e feiticeiras. E metade da população da cidade já fora amaldiçoada por falta de fé nos demônios.

Dois dias após a publicação do livro de Tranquille, o *Bailli* convocou uma reunião das pessoas mais representativas da cidade. Discutiu-se a situação de Loudun e ficou decidido que De Cerisay e seu representante, Louis Chauvet, deveriam ir a Paris e solicitar ao rei proteção contra as ações arbitrárias de seu comissário. Os únicos que discordaram foram Moussaut, o promotor público, Menuau e Hervé, o *Lieutenant Criminel*. Questionado por De Cerisay se aceitava a nova doutrina e aprovava o que estava sendo feito a seus concidadãos em nome de Balaão, Cauda de Cão e os outros, Hervé retrucou que "o rei, o cardeal e o bispo de Poitiers acreditavam na possessão e, no seu entender, isso era o suficiente". Para ouvidos do século xx, essa apelação para a infalibilidade dos chefes políticos tem um som notavelmente moderno.

No dia seguinte, De Cerisay e Chauvet partiram para Paris. Eram portadores de uma petição na qual as justas queixas e apreensões das pessoas de Loudun estavam claramente expostas. O modo de agir de Laubardemont era severamente criticado e a nova doutrina dos capuchinhos, apresentada como sendo "contra a expressa proibição da lei de Deus" e em oposição à autoridade dos padres da Igreja, de são Tomás e de todo o poder da Sorbonne, que haviam condenado formalmente uma doutrina semelhante em 1625. Em vista de tudo isso, os suplicantes pediam a Sua Majestade que ordenasse à Sorbonne para examinar o livro de Tranquille e requeriam ainda que a todos aqueles que houvessem sido difamados pelos demônios e seus exorcistas fosse dada a permissão para apelar ao Parlamento de Paris, "que é o juiz adequado para tais assuntos".

Na corte, os dois magistrados avistaram-se com Jean d'Armagnac, que imediatamente dirigiu-se ao rei solicitando que os recebesse. A resposta foi uma seca recusa. De Cerisay e Chauvet deixaram sua petição com o secretário particular do rei (que era gente do cardeal e inimigo declarado de Loudun) e tomaram o caminho de casa.

Em sua ausência, Laubardemont tinha lançado outra proclamação. Agora era proibido, sob pena de multa de vinte mil libras, realizar qualquer tipo de reunião pública. Depois disso, os inimigos do diabo não causaram mais problemas.

As investigações preliminares estavam terminadas; chegara finalmente a hora do julgamento. Laubardemont esperava poder convocar para juízes pelo menos alguns magistrados de Loudun. Ficou desapontado. De Cerisay, De Bourgneuf, Charles Chauvet e Louis Chauvet — todos se recusaram a participar de um assassinato judicial. O comissário tentou a adulação, depois, quando esta falhou, insinuou sombriamente as consequências de desagradar Sua Eminência. Nada conseguiu. Os quatro homens da lei permaneceram firmes. Laubardemont viu-se forçado a procurar mais longe — em Chinon, Châtellerault, Poitiers, Tours, Orléans, La Elèche, Saint Maixent e Beaufort. Afinal conseguiu uma lista de treze magistrados complacentes, e depois de algumas dificuldades com um advogado excessivamente escrupuloso, Pierre Fournier, que se recusava a fazer o jogo do cardeal, conseguiu um promotor público de absoluta confiança.

Pela metade da segunda semana de agosto estava tudo pronto. Após assistirem à missa e receberem a comunhão, os juízes reuniram-se no convento carmelita e ouviram as provas acumuladas por Laubardemont durante os meses precedentes. O bispo de Poitiers afiançara formalmente a veracidade da possessão. Isso significava que diabos reais haviam falado pelas bocas das ursulinas e jurado repetidamente que Grandier era um feiticeiro. Mas, "devidamente coagido, o diabo é obrigado a contar a verdade". Portanto... Q.E.D.[87]

---

[87] Abreviação para "Quod erat demonstrandum", o que se tinha de demonstrar. [N.T.]

A condenação de Grandier era tão certa e notória que os turistas já estavam chegando em grande número a Loudun para a execução. Durante aqueles dias quentes de agosto, trinta mil pessoas — mais que o dobro da população normal da cidade — estavam disputando alojamentos, refeições e lugares perto do poste onde Grandier seria queimado vivo.

Muitos de nós acham difícil acreditar que fosse possível apreciar um espetáculo de execução pública. Mas, antes de começarmos a nos congratular por sentimentos tão elevados, convém lembrar, primeiramente, que jamais nos foi permitido assistir a uma execução e, em segundo lugar, que na época em que as execuções eram públicas um enforcamento afigurava-se tão atraente como um espetáculo de malhação de Judas, enquanto uma morte na fogueira era o equivalente a um Festival de Bayreuth ou à representação da Paixão em Oberammergau — um grande acontecimento para o qual valia a pena fazer uma longa e dispendiosa peregrinação. Quando as execuções públicas foram abolidas, não foi porque a maioria o desejasse; e sim porque uma pequena minoria de reformadores de grande sensibilidade possuíam bastante influência para bani-las. O conceito de civilização pode ser definido, sob um de seus aspectos, como um impedimento sistemático aos indivíduos em determinadas circunstâncias de se portarem como bárbaros. Nos últimos anos descobrimos que quando, após um período de proibição, essas situações são novamente oferecidas, homens e mulheres, não piores que nós, mostram-se prontos e ansiosos a retomá-las.

O rei e o cardeal, Laubardemont e os juízes, o povo da cidade e os turistas — todos sabiam o que estava para acontecer. A única pessoa para a qual a condenação não parecia o desfecho inevitável era o prisioneiro. Até o final da primeira semana de agosto, Grandier ainda acreditava ser apenas um réu comum, num julgamento cujas irregularidades eram casuais e seriam esclarecidas tão logo se chamasse a atenção sobre elas. Seu *factum* (a contestação escrita de seu processo) e a carta que enviou clandestinamente da prisão para ser entregue ao rei foram evidentemente escritos por um homem que ainda estava convencido de que seus juízes poderiam ser persuadidos através dos fatos contestados e argumentos lógicos, de que estavam interessados na doutrina católica, e seria de esperar que se curvassem à autoridade de teólogos acreditados. Comovente ilusão! Laubardemont e seus servis magistrados eram representantes de um homem que não estava preocupado com fatos, lógica, lei ou teologia, mas apenas com vingança pessoal e com um ensaio político cuidadosamente destinado a demonstrar quão longe poderiam ir os sistemas de ditadura totalitária naquela terceira década do século XVII.

Quando todos os depoimentos dos demônios já haviam sido ouvidos, o prisioneiro foi chamado ao tribunal. Em seu *factum*, que foi lido em voz alta pela defesa, Grandier respondia a seus acusadores diabólicos, sublinhava a ilegalidade do processo e a parcialidade de Laubardemont, denunciava os exorcistas por induzirem sistematicamente as endemoniadas e provava que a nova doutrina dos capuchinhos era uma perigosa heresia. Os juízes reunidos, mexendo-se em suas cadeiras, não disfarçavam sua impaciência, cochichando uns com os outros, rindo, metendo o dedo no nariz, rabiscando o papel que tinham à sua frente. Grandier olhou para eles e subitamente percebeu que não havia mais esperanças.

Foi levado de volta à sua cela. No sótão sem janelas o calor era sufocante. Insone, deitado sobre seu feixe de palha, podia ouvir a cantoria de alguns turistas bretões embriagados que tinham chegado para o espetáculo e tentavam matar o tempo de fastidiosa espera. Só mais uns poucos dias... E todo aquele horror era imerecido. Não havia feito nada, era completamente inocente. Sim, absolutamente inocente. Mas a maldade deles o perseguira, pacientemente, persistentemente; e agora aquela imensa máquina da injustiça organizada estava a esmagá-lo. Podia lutar, mas eles eram dotados de força invencível; podia empregar sua inteligência e eloquência, mas eles nem mesmo o ouviam. Agora só restava pedir clemência, ao que eles responderiam com risos. Fora apanhado numa armadilha — do mesmo modo que aqueles coelhos que ele capturava em seus tempos de menino nos campos de sua casa. Aos gritos lancinantes, e o laço tornava-se mais apertado quanto mais o animal se debatia, mas jamais tão apertado que fizesse cessar os guinchos. Para que estes parassem, era necessária uma cacetada na cabeça do bicho. E de repente sentiu-se tomado por uma terrível mistura de ódio e impotência, autocompaixão e um pavor torturante. Para o coelho que soltava guinchos de pavor ele proporcionara o alívio do golpe de misericórdia. Mas *eles* — o que reservavam para ele? As palavras que escrevera no fim da carta ao rei vieram-lhe à lembrança: "Recordo-me que, quando era um estudante em Bordeaux, há quinze ou dezesseis anos, um monge foi queimado por feitiçaria; mas o clero e os monges seus companheiros fizeram tudo para salvá-lo, muito embora ele houvesse confessado seu crime. Entretanto, no meu caso particular, devo dizer não sem ressentimento, monges e freiras e meus próprios colegas, cônegos como eu, conspiraram para a minha destruição, embora eu não seja culpado de nada que nem de longe se assemelhe com feitiçaria". O pároco fechou os olhos e em sua imaginação divisou o rosto contorcido do monge através da crepitante cortina de chamas. "Jesus, Jesus, Jesus..." E então os gritos se tornaram inarticulados, como os guinchos do coelho apanhado no laço, e não havia ninguém para sentir piedade e pôr um fim à sua agonia.

    O terror ficou tão insuportável, que involuntariamente começou a dar gritos. O som de sua própria voz o surpreendeu. Sentou-se e olhou em volta de si. E de repente sentiu-se tomado de vergonha. Chorando no meio da noite, como uma mulher ou uma criança assustada! Franziu o sobrolho, cerrou os punhos. Ninguém jamais o chamaria de covarde. Que façam todo o mal que puderem! Estava preparado para isso. Eles veriam que sua coragem era maior que a maldade deles, maior que qualquer tormento que a crueldade deles pudesse conceber.

O pároco deitou-se outra vez. Mas não para dormir. Possuía a inclinação para o heroísmo, mas seu corpo estava em pânico. O coração batia descompassadamente. Tremendo devido ao medo instintivo provocado pelo sistema nervoso, seus músculos tornavam-se ainda mais tensos devido ao esforço consciente de superar aquele terror puramente físico. Tentou rezar; mas "Deus" era uma palavra sem sentido, "Cristo" e "Maria" nomes que nada significavam. Só conseguia pensar na infâmia iminente, na morte sob dores indescritíveis, na monstruosa injustiça da qual estava sendo vítima. Aquilo tudo era inteiramente inconcebível; e contudo era um caso que estava realmente acontecendo. Se ao menos tivesse ouvido o conselho do arcebispo e deixado a paróquia dezoito meses antes! E por que recusara-se a ouvir Guillaume Aubin? Que loucura o fizera ficar e deixar-se prender? Imaginar o que podia ter sido tornava a realidade presente ainda mais insuportável... E contudo decidiu suportá-la. Como um homem. Esperavam vê-lo rebaixar-se e encolher-se de medo. Mas essa satisfação jamais lhes daria, jamais. Cerrando os dentes, decidiu opor sua vontade contra a maldade de seus algozes. Mas ainda sentia o forte pulsar de suas têmporas e, quando virou-se inquieto sobre a palha, sentiu o corpo empapado de suor.

O horror daquela noite parecia não terminar; e no entanto breve chegava a madrugada e cada vez se tornava mais próximo o dia daquele horror infinitamente pior e fatal.

Às cinco horas a porta da cela foi aberta e o carcereiro anunciou um visitante. Era o padre Ambrose, da ordem dos cônegos agostinianos, que viera por mera caridade perguntar se poderia prestar ao prisioneiro alguma ajuda ou conforto. Grandier vestiu-se rapidamente, em seguida ajoelhou-se e começou a confissão completa de toda uma vida de faltas e omissões. Eram todos antigos pecados pelos quais havia feito penitência e recebido absolvição — pecados antigos mas bem vivos na memória; pois agora, pela primeira vez via-os pelo que realmente eram; barreiras que impediram-no de atingir a virtude, portas deliberadamente fechadas diante de Deus. Em palavras e rituais tinha sido um cristão, um padre; em pensamentos, atos e sentimentos nunca adorara a ninguém a não ser a si mesmo. "Venha a mim o *meu* reino, seja feita a *minha* vontade" — o reino da luxúria, ambição e vaidade, o desejo de ser importante, oprimir, triunfar e regozijar-se. Pela primeira vez na vida compreendeu o significado da contrição — não sob o aspecto da doutrina nem por definição escolástica, mas internamente, como uma terrível sensação de remorso e autocondenação. Quando terminou a confissão, ele chorava amargamente, não pelo que ia sofrer, mas pelo que havia feito.

O padre Ambrose concedeu-lhe a absolvição e depois ministrou-lhe a comunhão e falou um pouco sobre os desígnios de Deus. Nada deveria ser pedido, disse, e nada recusado. Tudo que pudesse acontecer a alguém, a não ser o pecado, não devia apenas ser aceito com resignação; devia ser desejado sem recuos, por ser um desejo de Deus para aquele momento particular. Sofrimento, aflição, humilhações causadas por fraquezas e tolices pessoais deveriam ser desejadas. E no fato de serem desejadas, seriam compreendidas. Sendo compreendidas, seriam transfiguradas, vistas não com os olhos do homem mundano, mas da forma que Deus as via.

O pároco ouvia. Estava tudo no bispo de Genebra e em santo Inácio. Não só havia ouvido tudo aquilo antes; ele o havia dito — milhares de vezes e de forma muito mais eloquente, com muito mais veemência do que o padre Ambrose podia jamais esperar dizê-las. Mas o velho estava falando a sério, ele evidentemente sabia do que estava falando. Murmuradas por uma boca desdentada, sem elegância de estilo, até mesmo com erros de gramática — as palavras eram como fachos de luz iluminando subitamente uma mente que estivera na escuridão por muito tempo remoendo antigas mágoas ou deleitando-se com prazeres futuros ou triunfos imaginários.

"Deus está aqui", murmurou a voz velha e cansada, "e Cristo é agora. Aqui em sua prisão, agora, em meio às suas humilhações e sofrimentos."

A porta foi aberta novamente e era Bontemps, o carcereiro. Ele tinha relatado a visita do padre Ambrose ao comissário e o sr. de Laubardemont enviara ordens drásticas para que Sua Reverência partisse imediatamente e não mais voltasse. Se o prisioneiro quisesse ver um padre, poderia chamar o padre Tranquille ou o padre Lactance.

O monge idoso foi retirado do aposento; mas suas palavras permaneceram, e o significado delas cada vez se tornava mais claro. "Deus está aqui e Cristo é agora" — e, no que dizia respeito à alma, não podia estar em nenhum outro lugar e em qualquer outro instante. Toda aquela disposição de sua vontade contra seus inimigos, toda a sua revolta contra a destino injusto, aquelas resoluções de ser heroico e imbatível — quão tremendamente sem significação!

Às sete, o pároco foi levado para o convento dos carmelitas para uma nova apreciação dos juízes reunidos para condená-lo. Mas Cristo estava em meio deles; até mesmo quando Laubardemont tentou fazê-lo embaraçar-se em suas respostas, Cristo estava lá. A aparência de tranquila dignidade de Grandier causou uma profunda impressão em alguns dos magistrados. Entretanto, o padre Tranquille teve para isso uma explicação muito simples: era tudo obra do diabo. O que parecia tranquilidade era apenas a atrevida insolência das potências infernais; e a dignidade não era nada além da demonstração externa do orgulho impenitente.

Os juízes só viram o acusado três vezes ao todo. Então, muito cedo na manhã do dia 18, após as costumeiras devoções preliminares, pronunciaram sua sentença. Foi por unanimidade. Grandier teria de ser submetido ao "interrogatório", tanto ao costumeiro quanto ao extraordinário; tinha então de se ajoelhar às portas das igrejas de Saint-Pierre e do convento e lá, com a corda no pescoço e uma vela de duas libras na mão, pedir perdão a Deus, ao rei e à justiça;

em seguida, deveria ser levado à praça Sainte-Croix, amarrado a um poste e queimado vivo; após o que suas cinzas deveriam ser espalhadas aos quatro ventos. A sentença, escreve o padre Tranquille, foi verdadeiramente celestial; pois Laubardemont e seus treze juízes estavam "tanto no céu, em razão de sua piedade e devoção ardente, como na terra, através do exercício de suas funções".

Tão logo a sentença foi pronunciada, Laubardemont deu ordens aos médicos Mannoury e Foumeau para dirigirem-se imediatamente à prisão. Mannoury foi o primeiro a chegar; mas ficou tão desconcertado com o que Grandier lhe disse sobre as proezas anteriores com a agulha que se retirou em pânico, entregando a seu colega a tarefa de preparar a vítima para a execução. Os juízes ordenaram que Grandier fosse todo depilado — cabeça, rosto e corpo. Foumeau, que estava convencido da inocência do pároco, desculpou-se respeitosamente pelo que teria de fazer e então pôs-se a trabalhar.

O pároco foi despido. A navalha passou sobre sua pele. Em poucos minutos estava tão sem pelos como um eunuco. A seguir, os abundantes cachos negros foram tosquiados, tornando-se eriçados e espetados; o couro cabeludo foi ensaboado e completamente raspado. Então foi a vez dos bigodes mefistofélicos e da pequena barba.

"E agora as sobrancelhas", disse uma voz pelo vão da porta.

Surpreendidos, voltaram suas cabeças. Era Laubardemont. A contragosto, Foumeau fez o que lhe pediram. Aquele rosto que tantas mulheres haviam achado irresistivelmente belo era agora uma máscara, grotescamente calva, de um palhaço numa arlequinada.

"Ótimo", disse o comissário, "ótimo! E agora as unhas."

Foumeau estava perplexo.

"As unhas", repetiu Laubardemont. "Você agora vai arrancar as unhas."

Desta vez, o médico se negou a obedecer. Laubardemont a princípio ficou verdadeiramente atônito. O que é que havia de errado? Afinal de contas, o homem era um feiticeiro declarado. Contudo, redarguiu o outro, o feiticeiro declarado ainda era um homem. O comissário irritou-se; mas, apesar de todas as suas ameaças, o médico não voltou atrás. Não havia tempo para convocar outro cirurgião, e Laubardemont teve de se contentar com a desfiguração parcial de sua vítima por meio da depilação.

Vestindo apenas uma camisola de dormir e um par de chinelos velhos, Grandier foi levado para baixo, empurrado para dentro de uma carruagem fechada e levado ao palácio de justiça. Pessoas do lugar e turistas amontoavam-se nas entradas; entretanto, só uns poucos privilegiados — oficiais de alta patente, nobres com suas esposas e filhas, meia dúzia de fiéis cardinalistas pertencentes à burguesia — tiveram permissão para entrar. As sedas farfalhavam; as cores intensas do veludo imperavam, as joias refulgiam, levantavam-se odores de almíscar e âmbar. Em paramentos sacerdotais de oficiantes, os padres Lactance e Tranquille entraram na sala de julgamento. Com gestos rápidos de consagração espalhavam água-benta sobre tudo que estivesse a seu alcance, ao mesmo tempo que entoavam as palavras rituais de exorcismo. Então uma porta foi aberta e em sua camisola e chinelos, mas com um solidéu e barrete de clérigo sobre sua cabeça raspada, Grandier apareceu em seu limiar. Depois de ser aspergido por todo o corpo, os guardas fizeram-no percorrer a sala em toda a sua extensão e ajoelhar-se diante do assento dos juízes. Suas mãos estavam amarradas às costas e era portanto impossível para ele retirar o barrete. O funcionário do tribunal dirigiu-se a ele, arrancou com violência barrete e solidéu e atirou-os no chão com desprezo. À vista daquele palhaço pálido e careca, várias senhoras puseram-se a dar risadinhas histéricas. Um oficial de justiça pediu silêncio. O funcionário pôs os óculos, pigarreou e começou a ler a sentença — primeiro, meia página de linguagem jurídica; depois uma longa descrição da *amende honorable* que o prisioneiro tinha de fazer; então a condenação à morte na fogueira e a seguir uma digressão sobre a placa comemorativa a ser colocada na capela das ursulinas ao preço de cento e cinquenta libras às custas dos bens que foram confiscados do prisioneiro; e, finalmente, como uma espécie de reflexão tardia, uma menção casual às torturas, costumeiras e extraordinárias, que precederiam o lançamento à fogueira.

"Pronunciado na mencionada Loudun a 18 de agosto de 1634, e executado", concluiu enfaticamente o funcionário, "no mesmo dia".

Fez-se um prolongado silêncio. Então Grandier dirigiu-se a seus juízes.

"Meus senhores", disse lenta e claramente, "chamo como testemunhos o Deus Pai, o Deus Filho e o Deus Espírito Santo, juntamente com a Virgem, minha única defensora, de que nunca fui um feiticeiro, jamais cometi sacrilégio nem conheci outra mágica que não a da Sagrada Escritura, a qual sempre preguei. Adoro meu Salvador e rogo para que possa compartilhar da recompensa do sangue de Sua Paixão."

Ergueu seus olhos ao céu; depois, após alguns momentos, baixou-os outra vez para olhar o comissário e seus treze assalariados. Num tom quase que de intimidade, como se eles fossem seus amigos, disse-lhes que temia por sua salvação — temia que os horríveis sofrimentos preparados para seu corpo pudessem levar sua pobre alma ao desespero e, através do mais grave dos pecados, à condenação eterna. E, sendo assim, certamente ficariam satisfeitos em mitigar ao menos um pouquinho o rigor do castigo?

Fez uma pequena pausa e olhou interrogativamente para cada um dos rostos impassíveis. Dos assentos das mulheres veio o som de outras risadinhas contidas. Mais uma vez o pároco percebeu que já não havia esperança — nenhuma esperança a não ser neste Deus que estava ali e não o abandonaria, este Cristo que era agora, que continuaria sendo agora em cada momento de seu martírio.

Começou a falar outra vez, agora sobre os mártires. Aquelas testemunhas sagradas morreram por amor a Deus e pela glória de

Jesus Cristo — morreram na roda, nas chamas, sob a espada, cobertos de flechas e devorados por animais selvagens. Nunca ousaria comparar-se com eles; mas ao menos podia esperar que um Deus infinitamente misericordioso lhe permitiria expiar através dos sofrimentos todos os pecados de uma vida frívola e dissipada.

As palavras do pároco eram tão comoventes, e o destino que o esperava, tão terrivelmente cruel, que todos, até os mais ferrenhos inimigos, sentiram-se tomados de piedade. Algumas das mulheres que haviam dado risadinhas diante do grotesco palhaço encontravam-se agora aos prantos. Os oficiais de justiça pediram silêncio. Mas foi inútil. Os soluços eram incontroláveis. Laubardemont estava muito desconcertado. Nada estava acontecendo de acordo com seus planos. Melhor que ninguém, devia saber que Grandier não era culpado dos crimes pelos quais seria torturado e queimado vivo. E, no entanto, em certo sentido extraordinariamente esotérico, o pároco *era* um feiticeiro. Baseando-se em mil páginas de provas sem nenhum valor, treze juízes mercenários o haviam dito. Portanto, embora evidentemente falso, devia de alguma forma ser verdade. Assim sendo, de acordo com as regras do jogo, Grandier deveria estar passando suas últimas horas em desespero e revolta, amaldiçoando o diabo que o fizera cair numa cilada e Deus que o estava mandando para o inferno. Em vez disso, o patife estava falando como um bom católico e dando o exemplo mais comovente e confrangedor de resignação cristã. A coisa era intolerável. E que diria Sua Eminência quando soubesse que o único resultado dessa cerimônia tão bem planejada tinha sido para convencer os espectadores de que o pároco era inocente? Só havia uma coisa a fazer, e Laubardemont, que era homem decidido, prontamente a fez.

"Evacuem a corte", ordenou.

Os oficiais de justiça e os arqueiros da guarda apressaram-se a obedecer. Protestando violentamente, os senhores da pequena nobreza e suas senhoras foram conduzidos para os corredores e as salas de espera. As portas fecharam-se atrás deles. À exceção de Grandier, seus guardas e juízes, os dois frades e um grupo de oficiais da cidade, a grande sala ficou vazia.

Laubardemont então dirigiu-se ao prisioneiro. Que confessasse sua culpa e revelasse os nomes de seus cúmplices. Só então os juízes poderiam atender a seu apelo para que a sentença fosse atenuada.

O pároco respondeu que não podia citar cúmplices que nunca tivera, nem confessar crimes dos quais era completamente inocente... Mas Laubardemont queria uma confissão; na verdade, precisava de uma com urgência — precisava dela a fim de consternar os céticos e silenciar os que criticavam seus métodos. Seus modos passaram repentinamente de frígidos para declaradamente cordiais. Ordenou que desamarrassem as mãos de Grandier, depois tirou um papel de seu bolso, molhou a pena no tinteiro e ofereceu-a ao prisioneiro. Se assinasse seria desnecessário recorrer à tortura.

Segundo os padrões comuns, um criminoso condenado teria aproveitado a oportunidade para pedir um pouco de clemência. Gauffriady, por exemplo, o padre mágico de Marselha, acabou por assinar tudo que lhe apresentavam. Entretanto, Grandier recusou-se mais uma vez a aceitar as regras do jogo.

"Devo pedir a Vossa Senhoria que me desculpe", disse.

"Apenas uma assinatura", falou Laubardemont com exagerada amabilidade. E quando o outro protestou que sua consciência não lhe permitiria declarar uma mentira, o comissário implorou-lhe que reconsiderasse sua decisão — para seu próprio bem, para poupar a seu pobre corpo um sofrimento desnecessário, para salvar sua alma em perigo, para enganar o diabo e se reconciliar com Deus a quem ofendera tão seriamente.

Segundo o padre Tranquille, Laubardemont realmente chorou enquanto fazia esse último apelo para que confessasse. Não precisamos duvidar da palavra do frade. O carrasco de Richelieu possuía um genuíno pendor para as lágrimas. Relatos de testemunhas oculares das últimas horas de Cinq-Mars e De Thou descrevem um quadro de Laubardemont debulhando-se em lágrimas de crocodilo sobre os jovens que acabava de condenar à morte. No caso em questão, as lágrimas foram tão ineficazes como haviam sido as ameaças. Grandier continuava se recusando a assinar uma falsa confissão. Para Lactance e Tranquille, o fato era a prova definitiva de culpa. Fora Lúcifer que fechara a boca do prisioneiro e endurecera seu coração a ponto de não sentir arrependimento.

Laubardemont desistiu das lágrimas. Num tom de fúria contida, disse ao pároco que esta era a última proposta de clemência. Ele assinaria? Grandier balançou negativamente a cabeça. Laubardemont fez sinal ao capitão das guardas e ordenou-lhe que levasse o prisioneiro para cima, para a câmara de torturas. Grandier não manifestou reação. Tudo que pediu foi que o padre Ambrose fosse chamado para ficar com ele durante a provação. Mas o padre Ambrose não estava disponível. Após sua visita à prisão sem prévia autorização, ordenaram-lhe que deixasse a cidade. Então Grandier pediu que o padre Grillau, diretor dos franciscanos, o assistisse. Mas os franciscanos estavam malvistos devido à sua recusa em aceitar a nova doutrina dos capuchinhos ou em se envolverem na possessão. E de qualquer modo sabia-se que Grillau era amigo do pároco e de sua família. Laubardemont recusou-se a mandar chamá-lo. Se o prisioneiro precisava de conforto espiritual, poderia dirigir-se a Lactance e Tianquille — os mais implacáveis de seus inimigos.

"Percebo o que vocês querem", disse Grandier com amargura. "Não satisfeitos em torturarem meu corpo, desejam destruir minha alma levando-a ao desespero. Um dia terão de responder por isso ao meu Salvador."

Desde a época de Laubardemont, o mal tem feito algum progresso. Sob os domínios de ditadores comunistas, aqueles que vão a julgamento diante do júri popular invariavelmente confessam os crimes dos quais são acusados — confessam mesmo que estes sejam imaginários. No passado, a confissão não era fato constante. Mesmo sob tortura, até mesmo na fogueira, Grandier protestava sua inocência. E o caso de Grandier não foi sem dúvida o único. Muitas pessoas, tanto mulheres quanto homens, viram-se em situações semelhantes e mostraram a mesma firmeza inquebrantável. Nossos ancestrais inventaram o potro[88] e a guilhotina de ferro, a bota e a tortura d'água; mas nas artes mais sutis de dominar a vontade e reduzir o homem a um estado subumano, eles ainda tinham muito que aprender. De certo modo, é bem possível que nem quisessem aprender. Tinham sido criados numa religião que ensinava que a vontade é livre, a alma, imortal; e agiam de acordo com essas crenças mesmo em relação a seus inimigos. Sim, mesmo o traidor, mesmo o adorador do diabo convicto tinha uma alma que ainda podia ser salva, e os juízes mais cruéis jamais recusariam a ele os consolos da religião que continuava a oferecer a salvação até o momento final. Antes e durante a execução havia sempre um padre por perto, fazendo tudo ao seu alcance para reconciliar com seu Criador o criminoso que se encaminhava para a morte. Por uma espécie de bendita incongruência, nossos padres respeitavam a personalidade até mesmo daqueles que eram torturados com alicates em brasa ou triturados na roda.

Para os totalitários de nosso século mais esclarecido, não existe nem alma nem Criador, mas apenas uma massa de matéria-prima fisiológica moldada pelos reflexos condicionados e pressões sociais que por cortesia ainda é denominada de ser humano. Esse homem, produto do meio ambiente, não possui significação em si nem direito ao livre arbítrio. Ele existe para a sociedade e deve se conformar com a vontade coletiva. Na prática, evidentemente a sociedade é apenas o Estado, e na crua realidade, o desejo coletivo nada mais é que o desejo de poder do ditador, algumas vezes atenuado, outras, distorcido até o limiar da loucura por alguma teoria pseudocientífica sobre

---

88 Cavalo de madeira em que se torturavam os acusados ou condenados. [N.T.]

o que, no grandioso futuro, será bom para uma abstração estatística rotulada "humanidade". Os indivíduos são definidos como produtos e instrumentos da sociedade. Disso se conclui que os chefes políticos que pretendem representar a sociedade têm justificativa para cometer qualquer atrocidade imaginável contra determinadas pessoas que resolverem chamar de inimigos da sociedade. A exterminação física à bala (ou, mais lucrativamente, por sobrecarga física em campo de trabalho forçado) não é suficiente. É fato indiscutível que homens e mulheres não são apenas indivíduos da sociedade. Mas a teoria oficial declara que são. Portanto, torna-se necessário tirar a individualidade dos "inimigos da sociedade" com o objetivo de transformar a mentira oficial em verdade. Para aqueles que conhecem o processo, essa redução do humano para o subumano, do indivíduo livre para o autômato obediente, é coisa relativamente simples. A personalidade do homem é bastante menos monolítica do que os teólogos eram compelidos a admitir de acordo com os seus dogmas. A alma não é o mesmo que o espírito, está apenas associada a ele. Em si mesma, e até escolher conscientemente dar lugar ao espírito, é nada mais que uma porção de elementos psicológicos não muito estáveis. Essa entidade heterogênea pode ser facilmente desestruturada por alguém bastante cruel para querer tentar e com perícia suficiente para fazer o trabalho de forma correta.

No século XVII, esse tipo particular de crueldade era dificilmente imaginável, e as habilidades específicas não foram portanto jamais desenvolvidas. Laubardemont não tinha a capacidade para extrair a confissão da qual necessitava com tanta urgência; e, embora não permitisse ao pároco escolher seu confessor, reconhecia em princípio que até mesmo um feiticeiro condenado tinha direito ao conforto espiritual.

Os serviços de Tranquille e Lactance foram oferecidos e naturalmente recusados. Concederam então a Grandier um quarto de hora para deixar sua alma em paz com Deus e preparar-se para o martírio.

O pároco ajoelhou-se e começou a rezar em voz alta.

"Deus Poderoso e Juiz Soberano, que ajuda os desprotegidos e oprimidos, vem em meu socorro, dai-me a força para suportar os sofrimentos a que fui condenado. Recebei minha alma na bem-aventurança de vossos santos, perdoai os meus pecados, desculpai o mais vil e mais desprezível de todos os vossos servos."

"Vós que penetrais nos corações, sabeis que sou inocente dos crimes a mim imputados, e que o fogo que devo suportar é castigo para minha concupiscência. Redentor da humanidade, perdoai meus inimigos e meus acusadores; mas fazei com que vejam seus pecados para que possam se arrepender. Virgem Santa, protetora do penitente, recebei misericordiosamente minha desventurada mãe em vossa celestial companhia; dai-lhe consolo pela perda de um filho que não teme outras dores senão as que ela terá de sofrer na terra, da qual ele partirá tão cedo."

Calou-se. Não meu desejo, mas o Vosso. Deus aqui, entre os aparelhos de tortura; Cristo agora, na hora de angústia suprema.

La Grange, o capitão da guarda, registrava em seu caderno de notas o que recordava da oração do pároco. Laubardemont aproximou-se e perguntou ao jovem oficial o que estava escrevendo. Informado, irritou-se e quis tomar-lhe o caderninho. Mas La Grange não o permitiu e o comissário teve de se contentar em ordenar-lhe que não mostrasse a ninguém o que tinha escrito. Grandier era um feiticeiro impenitente, e portanto não era de esperar que rezasse.

No relato do padre Tranquille sobre o julgamento e a execução, e nas outras narrativas escritas do ponto de vista oficial, o pároco é apresentado comportando-se de forma declaradamente diabólica. Em vez de rezar, cantarola canções obscenas. Ao lhe ser apresentado o crucifixo, repele-o com aversão. O nome da Santíssima Virgem jamais é por ele pronunciado, e, embora algumas vezes mencione a palavra "Deus", fica evidente para qualquer pessoa de bom senso que a quem se refere na verdade é a "Lucifer".

Infelizmente para seu postulado, esses piedosos evangelizadores não foram os únicos a deixarem um relato do processo. Laubardemont poderia impor silêncio, mas não tinha meios de obrigar La Grange a cumprir suas ordens. E havia outros observadores imparciais dos acontecimentos — alguns deles, como Ismaël Boulliau, o astrônomo, que conhecemos de nome, e outros cujos manuscritos remanescentes permanecem anônimos.

Soou a hora e a breve trégua concedida ao prisioneiro terminou. Foi amarrado, esticado no chão, com as pernas, dos joelhos aos pés, encerradas entre quatro pranchas de carvalho, das quais o par do lado externo era fixo, enquanto o interno era móvel. Introduzindo cunhas no espaço de separação entre as duas pranchas móveis, era possível esmagar as pernas das vítimas contra a estrutura fixa da máquina. A diferença entre a tortura comum e a extraordinária era avaliada pela quantidade de cunhas cada vez mais espessas que eram cravadas na parte interna. A tortura extraordinária, pelo fato de ser sempre (embora não de imediato) fatal, era ministrada apenas a criminosos condenados que deviam ser executados sem demora.

Enquanto o prisioneiro estava sendo preparado para a execução, os padres Lactance e Tranquille exorcizavam as cordas, as pranchas, as cunhas e as marretas. Isso era absolutamente necessário, porque, se não fossem expulsos desses objetos, os demônios poderiam, através de seus poderes infernais, impedir que a tortura fosse tão dolorosa quanto deveria ser. Quando os frades terminaram suas aspersões e murmúrios, o carrasco avançou, ergueu sua pesada marreta e, como um homem que racha um nodoso pedaço de madeira, desceu-o com toda a força. Ouviu-se um incontrolável grito de dor. O padre Lactance inclinou-se sobre a vítima e perguntou-lhe em latim se confessaria. Mas Grandier apenas balançou negativamente a cabeça.

A primeira cunha foi encaixada entre os joelhos. A seguir outra foi inserida ao nível dos pés e, depois de ter sido cravada até o fim, a extremidade delgada de uma terceira cunha, mais pesada, foi introduzida numa posição logo abaixo da primeira. Após o golpe da marreta, o grito de dor — depois o silêncio. Os lábios da vítima moviam-se. Seria uma confissão? O frade aguçou o ouvido, mas tudo que pôde escutar foi a palavra "Deus" repetida várias vezes, e depois, "não me abandonais, não permitais que esta dor me faça Vos esquecer". O padre voltou-se para o carrasco e mandou que prosseguisse em seu trabalho.

À segunda pancada sobre a quarta cunha, vários ossos dos pés e tornozelo se quebraram. Por alguns instantes, o pároco desmaiou.

"Cogne, Cogne!", o padre Lactance gritou para o carrasco. "Bata, bata!"

O prisioneiro abriu os olhos novamente.

"Padre", murmurou, "onde está a caridade de são Francisco?"

O discípulo de são Francisco não se dignou a responder.

"Cogne!", repetiu. E, após desferido o golpe, voltou-se para o prisioneiro. "Dicas, dicas!"

Mas não havia nada a contar. Uma quinta cunha foi introduzida. "Dicas!" A marreta permaneceu suspensa. "Dicas!"

A vítima olhou para seu algoz, para o frade, e a seguir fechou os olhos.

"Torture-me quanto quiser", disse em latim. "Em mais alguns instantes não terá mais a menor importância, para sempre."

"Cogne!"

Foi dada a pancada.

Ofegante e suando naquele verão quente, o carrasco passou a marreta para seu ajudante. E então foi a vez de Tranquille falar ao prisioneiro. Expressando-se num tom de amável bom senso, expôs as evidentes vantagens de uma confissão — não apenas em relação ao outro mundo, mas ali e agora.

O pároco ouviu e, quando Tranquille terminou, fez-lhe uma pergunta.

"Padre", disse, "você acredita em sã consciência que um homem deve, apenas para se livrar da dor, confessar um crime que não cometeu?" Repelindo aqueles sofismas nitidamente satânicos, Tranquille prosseguiu com suas exortações. O pároco sussurrou que estava pronto a confessar seus pecados reais.

"Fui um homem que amou as mulheres..."

Mas não era aquilo que Laubardemont e os franciscanos desejavam ouvir. "Você foi um feiticeiro, fez um trato com os demônios." E quando o pároco protestou mais uma vez que era inocente, foi cravada uma sexta cunha, depois uma sétima e finalmente a oitava. De comum, a tortura atingiu os limites do extraordinário. Os ossos dos joelhos, canelas, tornozelos, pés, todos quebrados. Mas nem assim os frades conseguiram extrair a confissão de culpa — somente os gritos e, nos intervalos, o nome de Deus apenas sussurrado.

A oitava cunha era a última da série habitual. Laubardemont pediu que trouxessem mais — para superar a crueldade da tortura que já ultrapassara o normal. O carrasco dirigiu-se ao depósito e voltou com duas cunhas adicionais. Quando soube que não eram mais espessas que as da coleção original, Laubardemont teve um acesso de raiva e ameaçou o homem com um chicote. Entretanto, nesse ínterim, os frades demonstraram que a cunha de número sete, colocada no joelho, podia ser substituída pela duplicata da número oito que estava no tornozelo. Uma das novas cunhas foi inserida entre as pranchas e desta vez foi o padre Lactance que suspendeu a marreta.

"Dicas!", gritava após cada estocada. "Dicas, dicas!"

Para não ser suplantado, o padre Tranquille pegou a marreta de seu colega, ajustou a décima cunha e com três fortes golpes encaixou-a em seu lugar.

Grandier desmaiara outra vez, e parecia que ia morrer antes que o conduzissem à fogueira. Além disso, não havia mais cunhas.

Com certa relutância — pois aquele teimoso que frustrara todos os seus planos bem elaborados merecia ser torturado eternamente —, Laubardemont ordenou uma pausa. Essa primeira fase do martírio de Grandier tinha durado quarenta e cinco minutos. A máquina foi afastada e os carrascos ergueram a vítima e colocaram-na sobre um banco. O pároco olhou para suas pernas terrivelmente mutiladas e a seguir, para Laubardemont e seus treze cúmplices.

"Senhores", disse, "*attendite et videte si est dolor sicut dolor meus*. Contemplem, e vejam se há alguma dor igual à minha."

Por ordem de Laubardemont, foi carregado para outro quarto e deitado sobre um banco. Era um dia de agosto sufocante; mas o pároco estava tremendo devido ao terrível choque traumático em que se encontrava. La Grange cobriu-o com um cobertor grosso de lã e deu-lhe um copo de vinho para beber.

Enquanto isso, Lactance e Tranquille tentavam tirar o melhor partido do que tinha sido um péssimo trabalho. A todos que lhes perguntavam, respondiam que era verdade — o feiticeiro recusara--se a confessar, mesmo sob tortura. E a razão era evidente. Grandier clamara a Deus que lhe desse forças, e seu Deus, que era Lúcifer, tornara-o insensível à dor. Mesmo que levassem o dia todo, cunha após cunha, de nada lhes valeria.

Para provar a si mesmo que aquilo era verdade, outro dos exorcistas, o padre Archangel, decidiu fazer uma pequena experiência. Poucos dias depois descreveu-a num sermão ao povo, que foi relatado como se segue por um dos ouvintes. "O mencionado padre Archangel observou que o demônio concedera a ele (Grandier) insensibilidade, porquanto estando estendido sobre um banco, com seus joelhos que haviam sido esmagados pela geena, cobertos por um cobertor grosseiro, quando este foi erguido pelo padre de forma um tanto brusca, tendo até mesmo o referido padre cutucado suas pernas e joelhos, ele não se queixou da dor que deveria estar sendo provocada." Disso se deduz, primeiro, que Grandier não sentira dor, segundo, que Satã o tornara insensível, terceiro, que (citando as exatas palavras do capuchinho) "quando falava favoravelmente de Deus, estava se referindo ao diabo, e quando dizia que odiava ao último, era a Deus que se referia", e, quarta e última dedução, que toda precaução devia ser tomada para assegurar que na fogueira ele sentiria toda a consequência das chamas.

Quando o padre Archangel retirou-se, chegou novamente a vez do comissário. Por mais de duas horas Laubardemont sentou-se ao lado da vítima, utilizando todos os métodos de persuasão para extrair a assinatura que o isentaria de procedimento ilegal, reabilitaria o cardeal, justificaria a utilização futura dos métodos da inquisição em todos os casos em que as freiras histéricas pudessem ser induzidas por seus confessores a acusar os inimigos do regime. Aquela assinatura era indispensável; mas, embora tentando por todos os meios — e o sr. de Gastynes, que estava presente ao encontro, declarou que "jamais havia ouvido alguma coisa tão abominável" como aquelas alegações capciosas, aquelas adulações, aqueles suspiros e soluços hipócritas —, o comissário não conseguiu o que queria. A cada coisa que ele dizia, Grandier replicava que era moralmente impossível assinar uma declaração que tanto ele como Deus sabiam (e, sem dúvida, o comissário também) ser inteiramente falsa. Finalmente Laubardemont teve de admitir a derrota. Chamou La Grange e ordenou que o pároco fosse entregue aos carrascos.

Estes vestiram Grandier com uma camisa embebida de enxofre; a seguir, amarraram-lhe uma corda ao pescoço, e ele foi levado para o pátio, onde uma carreta puxada por seis mulas já o esperava. Foi erguido e colocado num banco. O cocheiro instigou os animais; e, precedido por um grupo de arqueiros, e seguido por Laubardemont e os treze submissos magistrados, a carreta arrastou-se pesadamente pela rua. Houve uma parada e a sentença foi lida mais uma vez em voz alta. Então as mulas prosseguiram. À porta de Saint-Pierre — por onde durante tantos anos passara o pároco com seu jeito atrevido e sua majestosa dignidade —, a procissão fez uma pausa. A vela de duas libras foi colocada na mão de Grandier e desceram-no da carreta para que, como se prescrevera na sentença, ele pedisse perdão pelos seus crimes. Mas não possuía mais joelhos para ajoelhar-se, e, quando o desceram, caiu de rosto no chão. Os carrascos tiveram de erguê-lo outra vez. Neste momento, o padre Grillau, diretor dos franciscanos, saiu da igreja e, avançando por entre os arqueiros da guarda, curvou-se e abraçou o prisioneiro. Profundamente emocionado, Grandier pediu que orasse por ele juntamente com toda a sua comunidade — a única em Loudun que se recusara firmemente a cooperar com os inimigos do pároco. Grillau prometeu rezar pelo condenado, pediu-lhe que confiasse em Deus e no Salvador e transmitiu-lhe um recado de sua mãe. Ela estava rezando por ele aos pés de Nossa Senhora e mandava-lhe sua benção.

Os dois homens choravam. Um murmúrio de solidariedade percorreu a multidão. Laubardemont ouviu e ficou furioso. Será que nada aconteceria de acordo com seus planos? Segundo o senso comum, a turba deveria estar tentando linchar aquele que fizera trato com o demônio. Em vez disso, estavam lamentando seu destino cruel. Aproximou-se correndo e ordenou de maneira decidida que os guardas mandassem o franciscano embora. No tumulto que se seguiu, um dos capuchinhos presentes aproveitou a oportunidade para golpear com um porrete a cabeça raspada de Grandier.

Após restaurar-se a ordem, o pároco disse o que era necessário dizer — mas acrescentou, após pedir perdão a Deus, ao rei e à justiça que, embora um grande pecador, estava completamente inocente do crime pelo qual o puniam agora.

Enquanto os carrascos o levavam de volta para a carreta, um frade dirigiu uma alocução aos turistas e ao povo da terra, afirmando-lhes que estariam cometendo um pecado gravíssimo se ousassem rezar por aquele feiticeiro impenitente.

A procissão prosseguiu. À porta do convento das ursulinas, a cerimônia de pedir perdão a Deus, ao rei e à justiça repetiu-se. Mas, quando o sacerdote mandou que pedisse perdão à prioresa e todas as outras piedosas irmãs, o pároco disse que jamais lhes causara dano e só poderia orar a Deus para que Ele as perdoasse. Então vendo Moussant, o marido de Philippe Trincant e um de seus mais implacáveis inimigos, pediu-lhe que esquecesse o passado e acrescentou com um traço singular e longínquo daquela polidez característica da corte pela qual se tornara famoso, *"je meurs votre serviteur* — eu morro seu mais obediente servo". Moussaut virou o rosto e recusou--se a responder.

Nem todos os inimigos de Grandier eram tão pouco cristãos. René Bernier, um dos padres que testemunharam contra ele quando foi acusado de comportamento obsceno, abriu caminho por entre a multidão para pedir perdão ao pároco e oferecer-se para rezar uma missa em sua intenção. O pároco tomou sua mão e beijou-a com gratidão.

Na praça Sainte-Croix, mais de seis mil pessoas estavam comprimidas num espaço que não teria capacidade nem para a metade delas. Todas as janelas tinham sido alugadas, e havia espectadores até nos telhados e entre as gárgulas da igreja. Tinha sido construída uma tribuna especial para os juízes e os amigos pessoais de Laubardemont; mas a multidão tinha ocupado todos os assentos e foi preciso que os guardas os retirassem sob ameaça de lanças e alabardas. Foi só após uma batalha regular que essas pessoas ilustres puderam se sentar.

Até mesmo o personagem mais importante de todos teve a maior dificuldade em chegar ao lugar designado para ele. O prisioneiro levou meia hora para atravessar os poucos menos de cem metros que o separavam da fogueira, e os guardas tinham de abrir caminho à força.

Não longe da parede da igreja voltada para o norte, uma estaca sólida de quinze pés de altura fora fincada ao chão. Em torno de sua base empilhavam-se montes de paus e varas, toras de madeira e palha, e, uma vez que a vítima não podia mais manter-se sobre seus pés estraçalhados, um pequeno banco de ferro fora amarrado à estaca a poucos pés acima da fogueira. Pela importância do acontecimento e sua enorme repercussão, os custos da execução foram bastante modestos. Um certo Deliard recebeu dezenove libras e dezesseis soldos pela "madeira usada na fogueira do sr. Urbain Grandier, junto com o poste ao qual foi amarrado". Por "um banco de ferro pesando doze libras, ao preço de três soldos e quatro moedas de prata por libra, juntamente com seis pregos para pregar o banco do sr. Urbain Grandier ao poste", Jacquet, o serralheiro, recebeu quarenta e dois soldos. Por um dia de aluguel de cinco cavalos utilizados pelos arqueiros, bondosamente cedidos para a ocasião pelo preboste de Chinon, e por um dia de aluguel de seis mulas, uma carreta e dois homens, a viúva Morin ganhou cento e oito soldos. Quatro libras foram gastas nas duas camisolas do prisioneiro — a comum com a qual fora torturado e a peça embebida de enxofre com a qual foi levado à fogueira. A vela de duas libras usada na cerimônia de *amende honorable* custou quarenta soldos e o vinho para os carrascos, treze. Acrescente-se a essas despesas o pagamento pelo trabalho feito pelo porteiro de Sainte-Croix e alguns ajudantes, e teremos um total de vinte e nove libras, dois soldos e seis moedas de prata.

Grandier foi retirado da carreta, colocado no banco de ferro e amarrado fortemente à estaca. Ficou de costas para a igreja, de frente para a tribuna e para a fachada de uma casa onde em certa época sentira-se tão à vontade como se estivesse em seu próprio presbitério. Era a casa onde fizera todas aquelas brincadeiras às custas de Adam e Mannoury, onde divertira os companheiros com as leituras das cartas de Catherine Hammon, onde ensinara latim a uma jovem e a seduzira, onde transformara seus melhores amigos nos mais implacáveis inimigos. Louis Trincant estava sentado agora à janela de sua sala de visitas e com ele encontravam-se o cônego

Mignon e Thibault. À vista do palhaço careca que fora um dia Urbain Grandier, riram vitoriosamente. O pároco ergueu os olhos e encarou-os. Thibault acenou com a mão como para um velho amigo, e o sr. Trincant, que bebia vinho branco "batizado", ergueu o copo e brindou ao pai de seu neto bastardo.

Em parte por vergonha — pois lembrava-se daquelas aulas de latim e a maneira como abandonara a menina no mais absoluto desespero — e em parte temendo que a vista do triunfo de seus inimigos o levasse à amargura e o fizesse esquecer de que Deus estava sempre presente, mesmo naquele instante, Grandier baixou os olhos.

Uma mão tocou-lhe no ombro. Era La Grange, o capitão da guarda, que viera pedir perdão ao pároco pelo que fora forçado a fazer. Então prometeu-lhe duas coisas: o prisioneiro poderia fazer um breve discurso e, antes que o fogo fosse aceso, seria estrangulado. Grandier agradeceu-lhe, e La Grange voltou-se para dar as ordens ao carrasco, que imediatamente preparou um laço.

Enquanto isso, os frades estavam ocupados com os seus exorcismos.

"*Ecce crucem Domini, fugite partes adversae, vicit leo de tribu Juda, radix David. Exorciso te, creature ligni, in nomine Dei patris omnipotentis, et in nomine Jesus Christi filii ejus Domini nostri, et in virtute Spiritus sancti.*"[89]

Benzeram a madeira, a palha, os carvões chamejantes do braseiro que estava pronto ao pé da fogueira; aspergiram a terra, o ar, a vítima, os carrascos, os espectadores. Dessa vez, juravam que nenhum demônio evitaria que o feiticeiro chegasse ao extremo limite

---

[89] "Contemplai a cruz do Senhor, deixai seus inimigos fugirem; o leão da tribo de Judá conquistou a descendência de David. Eu te exorcizo, criatura de madeira, em nome do Bom Pai Todo-Poderoso, e em nome de Jesus Cristo seu Filho Nosso Senhor, e pelo poder do Espírito Santo."

de sua capacidade de dor. Várias vezes o pároco tentou dirigir-se à multidão; mas, mal começava, atiravam água-benta em seu rosto ou golpeavam-lhe a boca com um crucifixo de ferro. Quando esquivava--se ao golpe, os frades gritavam em triunfo que o renegado estava rejeitando seu Salvador. E durante todo o tempo o padre Lactance continuava insistindo com o prisioneiro para que confessasse.

"*Dicas!*", gritava.

A palavra agradou aos espectadores e, durante o período breve e terrível de vida que lhe restou, o recoleto ficou sempre conhecido em Loudun como o padre Dicas.

"*Dicas! Dicas!*"

Pela milésima vez, Grandier disse que não tinha nada a confessar. "E agora", acrescentou, "dê-me o beijo de paz e deixe-me morrer."

A princípio, Lactance recusou-se; mas quando a multidão protestou contra tal malignidade anticristã, ele subiu sobre a pilha de gravetos e beijou o pároco na face.

"Judas!", gritou uma voz, e muitos outros repetiram o refrão.

"Judas, Judas..."

Lactante os ouviu e teve um acesso incontrolável de raiva, pulou para fora da fogueira, apanhou um feixe de palha e, acendendo--o no braseiro, balançou a chama sobre o rosto da vítima. Faça-o confessar quem é — o servo do demônio! Faça-o confessar, faça-o renegar ao seu senhor!

"Padre", disse Grandier com uma dignidade tranquila e suave, que contrastava estranhamente com a maldade histérica de seus acusadores, "Estou prestes a encontrar-me com Deus, que é minha testemunha de que falei a verdade."

"Confesse", berrou o frade. "Confesse... Você tem apenas alguns momentos de vida."

"Apenas alguns momentos", repetiu o pároco, destacando as palavras. "Apenas alguns momentos e então estarei sendo julgado de forma justa e respeitável, no mesmo julgamento, reverendo padre, ao qual em breve será chamado."

Sem esperar por mais palavras, o padre Lactance atirou sua tocha à palha da fogueira. Dificilmente notada ao brilho forte do sol, uma pequena chama surgiu, começou a crepitar e se alastrar aos feixes secos de gravetos. Seguindo o exemplo do recoleto, o padre Archangel botou fogo na palha do outro lado da fogueira. Uma tênue nuvem de fumaça azulada levantou-se no ar parado. A seguir, num vivo estalido, como o ruído que acompanha o vinho quente bebido numa noite de inverno, um dos feixes de gravetos pegou fogo.

O prisioneiro voltou-se ao ouvir o ruído e viu as vivas chamas ondulantes. "Foi isto o que você me prometeu?", perguntou a La Grange num tom de queixa desesperada. E de repente extinguiu-se a presença divina. Não havia Deus nem Cristo, nada além do medo.

La Grange protestou indignado contra os frades e tentou extinguir as chamas mais próximas. Mas elas já estavam muito fortes para serem apagadas, e o padre Tranquille botava fogo na palha atrás do pároco enquanto o padre Lactance acendia outra tocha no braseiro. "Estrangulem-no", ordenou. E a multidão repetiu o grito. "Enforquem-no, enforquem-no!"

O carrasco correu em direção ao laço, mas descobriu que um dos capuchinhos havia subrepticiamente amarrado o laço de tal forma que não podia ser usado. Quando conseguiu desfazer o nó, era tarde demais. Entre o carrasco e a vítima que ele pretendera preservar desta última agonia havia uma muralha de chamas, um bulcão de nuvem de fumaça. Enquanto isso, com movimentos rápidos e cântaros de água-benta, os frades afastavam da fogueira os demônios remanescentes.

"*Exorciso te, creature ignis...*"

A água ferveu entre as madeiras incandescentes e em poucos instantes transformou-se em vapor. Do outro lado da muralha de fogo ouviu-se um grito. Era evidente que o exorcismo começava a fazer efeito. Os frades pararam por alguns momentos para agradecer a Deus; depois, com renovada fé e redobrada energia, recomeçaram a trabalhar.

"*Draco nequissime, serpens antique, immundissime spiritus...*"

Nesse momento, uma grande mosca negra surgiu de repente, chocou-se contra o rosto do padre Lactance e caiu sobre as páginas abertas do livro de exorcismo. Uma mosca — e tão grande quanto uma noz! E Belzebu era o Senhor das Moscas!

"*Imperati tibi Martyrum sanguis*", gritou, abafando o crepitar do fogo, "*Imperat tibi continentia Confessorum...*" Com um zumbido extraordinariamente alto, o inseto levantou voo e desapareceu na fumaça.

"*In nomine Agni, qui ambulavit super aspidem et basiliscum...*"

De repente os gritos foram cortados por um acesso de tosse. O feiticeiro tentava enganá-los morrendo por sufocação. Com o objetivo de frustrar essa última artimanha de Satã, Lactance jogou um balde de água-benta na fumaça.

"*Exorciso te, creature fumi. Effugiat atque discedat a te nequitia omnis ac versutia diabolicae fraudis...*"

A coisa funcionou. A tosse cessou. Ouviu-se outro grito, depois o silêncio. E de repente, para consternação do recoleto e dos seus colegas capuchinhos, a coisa enegrecida que estava no centro da fogueira começou a falar.

"*Deus meus*", disse, "*miserere mei Deus*". E depois em francês, "perdoe-os, perdoe meus inimigos".

A tosse começou outra vez. Alguns instantes depois, as cordas que o amarravam à estaca partiram-se e a vítima caiu para o lado entre as toras chamejantes.

O fogo ardia, os piedosos padres continuavam a aspergir e cantar salmos. De repente um bando de pombos debandou da igreja e começou a circular em torno das colunas crepitantes de fogo e de fumaça. A multidão gritou, os arqueiros brandiram suas alabardas contra os pássaros, Lactance e Tranquille aspergiram água-benta em suas asas. Inútil. Os pombos não queriam partir. Voaram seguidamente em círculos, mergulhando por entre a fumaça, chamuscando suas penas nas chamas. As duas facções alegavam que era um milagre. Para os inimigos do pároco, os pássaros eram sem dúvida uma horda de demônios, vinda para buscar sua alma. Para seus amigos, eram símbolos do Espírito Santo e uma prova cabal de sua inocência. Parece que jamais ocorreu a alguém que eram apenas pombos, obedecendo apenas às suas próprias leis, suas benditas naturezas outras que não humanas. Quando o fogo extinguiu-se, o carrasco espalhou quatro pás cheias de cinzas, cada uma para um dos pontos cardeais. Então a multidão avançou naquela direção. Queimando seus dedos, homens e mulheres revolviam as cinzas ainda quentes à procura de dentes, fragmentos de crânio e da pelve, por qualquer cinza que mostrasse vestígios de carne queimada. Alguns, sem dúvida, estavam apenas em busca de souvenirs; mas a maioria deles procurava por relíquias, por um feitiço para trazer sorte ou estimular amores indecisos, por um talismã contra dores de cabeça ou a maldade dos inimigos. E esses fragmentos queimados não seriam menos eficazes se o pároco fosse culpado dos crimes a ele imputados do que se fosse inocente. O poder de fazer milagres reside não na origem da relíquia, mas em sua reputação como quer que tenha sido adquirida. É uma constante no decorrer da história que uma determinada porcentagem de seres humanos pode recuperar sua saúde ou felicidade com praticamente qualquer coisa que tenha sido alvo de uma boa propaganda, de Lourdes à feitiçaria, do Ganges aos medicamentos registrados da sra. Eddy, do braço taumatúrgico de são Francisco Xavier àqueles ossos de porcos que o monge de Chaucer carregava num copo para que todos vissem e adorassem. Se Grandier era o que os capuchinhos disseram que era, excelente: mesmo transformado em cinza, um feiticeiro é possuidor de grande poder. E suas relíquias não teriam menos poder se o pároco fosse inocente; porque nesse caso ele seria um mártir tão bom quanto qualquer outro. Em pouco tempo, a maior parte das cinzas havia desaparecido. Terrivelmente cansados e com sede, mas felizes em pensar que seus bolsos estavam recheados de relíquias, os turistas e a gente da cidade partiram em busca de algo para beber e de uma ocasião oportuna para poderem tirar seus sapatos.

Naquela noite, após um breve repouso e uma refeição ligeira, os piedosos padres tornaram a se reunir no convento das ursulinas. A prioresa foi exorcizada, apresentou as devidas convulsões e, em resposta à pergunta de Lactance, declarou que a mosca negra era o próprio Baruc, íntimo do pároco. E por que Baruc tinha se arremessado com tanta violência contra o livro de exorcismo? A irmã Jeanne inclinou-se para trás até que sua cabeça tocou seus calcanhares, depois fez seus exercícios de extensão e finalmente respondeu que ele estava tentando jogar o livro no fogo. Era tudo tão edificante que os monges decidiram fazer uma pausa durante a noite e recomeçar na manhã seguinte, em público.

No dia seguinte, as irmãs foram levadas para Saint-Croix. Muitos dos turistas estavam ainda na cidade, e a igreja estava repleta. A prioresa foi exorcizada e, após as cerimônias preliminares, identificou-se como Isacaaron, o único diabo que ainda a possuía; porque todos os outros habitantes de seu corpo haviam voltado para o inferno para a festa pagã que seria organizada a fim de receber a alma de Grandier.

Habilmente interrogada, a irmã Jeanne confirmou o que os exorcistas tinham dito o tempo todo, ou seja, que quando Grandier dizia "Deus", significava sempre Satã, e quando ele renunciava ao demônio estava na verdade renegando a Cristo.

Lactance então quis saber que espécie de tormentos o pároco estava sofrendo lá embaixo e ficou evidentemente bastante desapontado quando a prioresa contou-lhe que o pior para ele era a falta de Deus.

Sem dúvida, sem dúvida. Mas e quanto às torturas *físicas*? Após ser bastante pressionada, a irmã Jeanne retrucou que Grandier "tinha uma tortura especial para cada um dos pecados que cometera, especialmente os da concupiscência". E quanto à execução? Teria o diabo sido capaz de poupar ao feiticeiro o sofrimento? Ai de mim, replicou Isacaaron, Satã foi frustrado pelos exorcismos. Se o fogo não houvesse sido abençoado, o pároco não teria sentido nada. Mas graças aos esforços de Lactance, Tranquille e Archangel, ele sofrera de forma excruciante.

Mas não tão excruciantemente, gritou o exorcista, como ele estava sofrendo agora! E com uma espécie de volúpia pelo horror, o padre Lactance voltou a falar sobre o inferno. Em qual das muitas mansões do inferno o feiticeiro estava alojado? Como Lúcifer o tinha recebido? O que exatamente estava acontecendo com ele naquele momento? O Isacaaron da irmã Jeanne procurou responder da melhor maneira possível. Depois, quando sua imaginação começou a esmorecer, a irmã Agnes começou a ter ataques e Beherit foi convidado a cumprir sua parte.

Naquela noite no convento, os monges notaram que o padre Lactance estava pálido e parecia muito preocupado. Estaria doente?

O padre Lactance balançou a cabeça. Não, ele não estava doente. Mas o prisioneiro havia pedido para ver o padre Grillau e ele não o permitira. Poderiam ter cometido pecado por haverem negado a ele a confissão?

Seus colegas fizeram tudo o que estava a seu alcance para tranquilizá-lo, mas sem sucesso. Na manhã seguinte, após uma noite de insônia, Lactance estava com febre.

"Deus está me punindo", repetia incessantemente, "Deus está me punindo."

Mannoury lhe fez uma sangria, o sr. Adam aplicou-lhe um purgativo. A febre baixou por algum tempo, depois voltou. E então começou a ver e ouvir coisas. Grandier sendo torturado, gritando. Grandier na fogueira pedindo a Deus para perdoar seus inimigos. E depois demônios, hordas de demônios. Eles penetraram em seu corpo, levaram-no ao delírio, ele dava chutes e mordia os travesseiros, eles puseram em sua boca as mais terríveis blasfêmias.

No dia 18 de setembro, exatamente um mês após a execução de Grandier, o padre Lactance arrancou o crucifixo da mão do padre que lhe ministrara a extrema-unção e morreu. Laubardemont pagou-lhe um funeral adequado, e o padre Tranquille fez um sermão no qual exaltou o recoleto como um modelo de santidade e proclamou que ele fora morto por Satã, que tinha assim se vingado de todas as afrontas e humilhações a ele infligidas por este mais heroico de todos os seus servos.

Quem morreu em seguida foi Mannoury, o cirurgião. Uma noite, pouco depois do falecimento do padre Lactance, foi chamado para fazer uma sangria num homem doente que morava perto de Porte du Martray. Voltando para casa, seu criado na frente iluminando o caminho com uma lanterna, ele viu Grandier. Despido como quando tinha sido espetado para descobrirem-se as marcas do diabo, o pároco estava na rue du Grand-Pavé, entre a contraescarpa do castelo e o jardim dos franciscanos. Mannoury deteve-se e seu criado o viu perguntando a alguém que não estava lá o que ele queria. Não houve resposta. Então o cirurgião começou a tremer da cabeça aos pés. Pouco depois caiu ao chão, gritando por perdão. Em uma semana, também estava morto.

Depois foi a vez de Louis Chauvet, um dos juízes honestos que se haviam negado a participar do execrável absurdo daquele julgamento. A prioresa e a maioria das freiras acusaram-no de ser um feiticeiro, e o sr. Barré resolveu confirmar seus testemunhos pela boca de vários demônios em sua própria paróquia, em Chinon. Temeroso do que poderia acontecer-lhe se o cardeal resolvesse levar esses disparates a sério, Chauvet sentia-se atormentado. Entregou-se à melancolia, depois à loucura e finalmente à consumpção, que o matou antes que o inverno findasse. Tranquille era dotado de índole mais forte que os outros. Só veio a sucumbir em 1638, em consequência de uma preocupação obsessiva em relação ao mal. Através de seu ódio a Grandier, ajudara a exaltar os demônios; por sua escandalosa insistência em exorcismos públicos, fizera o que estava ao seu alcance para mantê-los em atividade. Agora os demônios voltavam-se contra ele. Deus não é ludibriado; ele estava colhendo o que plantara.

A princípio, as obsessões eram raras e de menor importância. Mas pouco a pouco Cauda de Cão e Leviatã triunfaram. Durante o último ano de sua vida, o padre Tranquille estava se comportando como as freiras cuja histeria alimentara com tanto empenho, rolando no chão, praguejando, berrando, mostrando a língua, sibilando, ladrando, relinchando. E isso não era tudo. A "fétida Coruja do Inferno", como o capuchinho que escreveu sua biografia apelidou pitorescamente ao diabo, atormentava-o com tentações dificilmente resistíveis contra a castidade, a humildade, a paciência, a fé e a devoção. Apelou à Virgem, a são José, a são Francisco, a são Boaventura. Inútil. A possessão caminhava de mal a pior.

Em 1638, no domingo de Pentecostes, Tranquille fez seu último sermão; conseguiu celebrar missa por mais uns dois ou três dias; depois caiu de cama com uma doença não menos mortal por ser evidentemente psicossomática. "Proferia obscenidades, que julgavam ser pactos diabólicos. [...] Cada vez que comia alguma coisa, os demônios o faziam vomitar com uma violência que teria matado a pessoa mais saudável." E ao mesmo tempo sofria de dores de cabeça e problemas de coração, "de um tipo do qual não havia menção em Galeno ou Hipócrates". Ao fim da semana "ele estava vomitando imundícies fétidas tão insuportáveis que seus servidores tinham de jogá-las fora sem demora, tão medonhamente o quarto ficava infetado por elas". Na segunda-feira após Pentecostes, ministraram-lhe a extrema-unção. Os demônios deixaram o moribundo e imediatamente entraram no corpo de outro frade, que estava ajoelhado ao lado da cama. O novo endemoniado tornou-se tão frenético, que teve de ser segurado por meia dúzia de confrades que tiveram a maior dificuldade para evitar que ele chutasse o corpo quase inanimado.

No dia do funeral, o padre Tranquille ficou exposto em câmara ardente. "Nem bem estava terminado o culto, as pessoas atiraram-se sobre ele. Algumas colocavam seus rosários sobre o seu corpo, outras cortavam alguns pedacinhos de suas vestes sacerdotais para guardarem como relíquias. A multidão era tão grande que o caixão foi esmagado e o corpo, mexido para todos os lados, cada um puxando-o com força para si a fim de conseguir sua pequena porção. E sem dúvida o piedoso padre teria sido deixado nu, não fosse por várias pessoas de respeito que formaram uma guarda para protegê-lo da devoção inoportuna das pessoas, que, após cortarem seu hábito, teriam provavelmente mutilado seu próprio cadáver."

Os retalhos do hábito do padre Tranquille, as cinzas do homem a quem ele tinha torturado e queimado vivo... Era tudo um equívoco. O feiticeiro morrera como um mártir; seu perverso executor era agora um santo — mas um santo que fora possuído por Belzebu. Somente uma coisa era certa: um fetiche é um fetiche. Assim sendo, empreste-me sua faca; depois de você, com as tesouras!

CAPÍTULO IX

Grandier se foi, mas Eazaz, Carvão da Impureza e Zabulão continuaram a se manifestar. Para muitos, o fato parecia inexplicável. Mas onde as causas persistem, os efeitos continuam a se manifestar. Foram o cônego Mignon e seus exorcistas que primeiramente materializaram a histeria das freiras sob a forma de diabos e eram eles que agora mantinham viva a possessão. Duas vezes por dia, exceto aos sábados, as endemoniadas executavam suas proezas. Como seria de esperar, não eram mais convincentes — eram até mesmo um pouco menos — do que haviam sido enquanto o feiticeiro estava vivo.

Em fins de setembro, Laubardemont informou ao cardeal que pedira a intercessão da Companhia de Jesus. Os jesuítas tinham uma reputação de sabedoria e habilidade. Partindo daqueles mestres em todas as ciências, o público certamente "aceitaria com menos contestações a verdade irrefutável da possessão".

Muitos jesuítas, incluindo Vitelleschi, o diretor-geral da Companhia, pretendiam recusar-se polidamente a qualquer coisa que envolvesse a possessão. Mas já era muito tarde para levantar objeções. O convite de Laubardemont foi imediatamente seguido de uma ordem real. Sua eminência falara em nome do rei.

No dia 15 de dezembro de 1634, quatro padres jesuítas chegaram em Loudun. Entre eles estava Jean-Joseph Surin. O padre Bohyre, provincial da Aquitânia, escolhera-o para empreender o exorcismo, e depois, de acordo com o parecer do conselho, revogara a ordem. Tarde demais. Surin já deixara Marennes. Persistiu a designação inicial.

Surin tinha então trinta e quatro anos, *nel mezzo del cammin*, o caráter formado, suas ordens de valores já estipuladas. Seus confrades tinham-no como homem de grande talento, reconheciam sua dedicação e respeitavam o ascetismo de sua vida e o fervor com que buscava atingir a perfeição cristã. Mas à admiração misturavam-se certas dúvidas. O padre Surin possuía todos os predicados de um homem de enormes virtudes; mas havia qualquer coisa que fazia seus colegas e superiores mais prudentes balançarem a cabeça. Detectavam nele certo descomedimento, um excesso de palavras e ações. Gostava de dizer que "o homem que não possui conceitos arraigados a respeito de Deus, jamais se aproximará Dele". E certamente era verdade — desde que ficasse provado que essas ideias eram as do tipo adequado. Algumas dessas ideias extremistas do padre, embora suficientemente ortodoxas, pareciam desviar-se dos caminhos da prudência. Por exemplo, sustentava que devemos estar prontos a morrer pelas pessoas com as quais vivemos, "enquanto devíamos ao mesmo tempo proteger-nos deles como se fossem nossos inimigos" — uma proposição dificilmente destinada a melhorar a vida em comunidade nas congregações e nos colégios religiosos. Tanto quanto antissociais, suas ideias extremistas tornavam-no de um escrúpulo exagerado em sua virtude. "Devemos", dizia, "deplorar nossas vaidades como sacrilégios, punir com extrema severidade nossas ignorâncias e irreflexões." E a esse rigor desumano em nome da perfeição ele acrescentava o que parecia a muitos dos mais idosos tanto quanto a seus contemporâneos um interesse indiscreto e até mesmo perigoso por aquelas "graças extraordinárias" que são algumas vezes concedidas aos santos, mas completamente desnecessárias para a salvação ou santificação. "Desde sua mais tenra idade", escreveria muitos anos depois seu amigo, o padre Anginot, "havia se sentido fortemente atraído por tais coisas, e as tinha em alta conta. Foi necessário deixá-lo à vontade, permitindo-lhe trilhar um caminho que não era o normal." No porto de pescadores de Marennes, onde passara a maior parte dos quatro anos que se seguiram ao término de seu "noviciado suplementar" em Rouen, Surin serviu de diretor espiritual para duas mulheres notáveis — a sra. du Verger, esposa de um comerciante rico e piedoso, e Madeleine Boinet, a filha convertida de um funileiro ambulante protestante. Ambas eram contemplativas atuantes e também (principalmente a sra. du Verger) tinham sido favorecidas com "graças extraordinárias". O interesse de Surin em suas visões e êxtases era tão grande que copiou longos trechos do diário da sra. du Verger e escreveu relatos pormenorizados sobre as duas mulheres para divulgação em manuscrito entre seus amigos. Não havia, é claro, nada de errado em tudo isso. Mas por que dar tanto relevo a um assunto tão ambíguo em sua essência, tão cheio de armadilhas e perigos? As graças comuns eram as únicas capazes de levar uma alma ao céu; assim sendo, por que se preocupar com as extraordinárias — ademais que ninguém jamais soube se tais coisas eram provenientes de Deus, da imaginação, de fraude deliberada ou do demônio? Se o padre Surin desejava atingir a perfeição, que o fizesse por aquele nobre caminho que estava de acordo com a dignidade e aperfeiçoamento da Companhia — o caminho da obediência e da dedicação ativa, o caminho da oração verbal e da meditação divagadora.

O que tornava as coisas piores, sob o ponto de vista de seus críticos, era o fato de Surin ser um homem doente, uma vítima de neurose ou, como era então denominado, "melancolia". Durante um período de pelo menos dois anos antes de sua ida para Loudun, havia sofrido de distúrbios psicossomáticos que o deixaram incapacitado. O mínimo esforço físico lhe provocava fortes dores musculares. Quando tentava ler, era forçado a desistir em pouco tempo devido a terríveis dores de cabeça. Sua mente estava obscurecida e confusa, e vivia em meio a "angústias e pressões tão extremas que não sabia o que seria dele". Será que sua conduta e ensinamentos excêntricos eram resultantes de uma mente doente e um corpo enfermiço?

Surin relata que muitos dentre seus confrades jesuítas não estavam convencidos, até o fim de tudo, de que as freiras estivessem verdadeiramente possuídas. Mesmo antes de sua chegada a Loudun, ele não se sentia perturbado por tais dúvidas. Estava convencido de que o mundo permanecia sempre visível e milagrosamente impregnado pelo sobrenatural. E essa convicção era, por sua vez, a origem de uma credulidade incondicional. As pessoas precisavam apenas dizer que tiveram algum envolvimento com santos, anjos ou demônios; Surin acreditava nelas sem perguntas ou apreciações. O que mais acentuadamente lhe faltava era "a agudeza de espírito". Na verdade, carecia até de raciocínio e simples bom senso. Surin era daquele tipo paradoxal não pouco comum — um homem de grande capacidade que era ao mesmo tempo um tolo. Nunca poderia ter feito eco às palavras iniciais de Monsieur Teste: *La bêtise n'est pas mon fort*.[90] Juntamente com a inteligência e a santidade, a estupidez era seu ponto forte.

A primeira vez que Surin viu as endemoniadas foi em um dos exorcismos públicos que estava sendo oficiado por Tranquille, Mignon e os carmelitas. Chegara a Loudun convencido da veracidade da possessão; esse espetáculo levou-o da convicção à mais absoluta certeza. Os demônios, agora ele sabia, eram indubitavelmente autênticos, "e Deus o agraciou com tão imensa compaixão pelo estado das possuídas, que não pôde conter as lágrimas". Estava desperdiçando sua simpatia — ou, pelo menos, usando-a no momento inadequado. "O diabo", escreve a irmã Jeanne, "frequentemente me seduziu com um certo prazer, que eu sentia nas minhas agitações e nas coisas extraordinárias que ele fazia com meu corpo. Usufruía de um imenso

---

90 Em francês, no original: "A estupidez não é meu forte". [N.E.]

prazer ouvindo aquelas coisas que ele dizia, e sentia-me feliz por dar a impressão de que era mais atormentada do que as outras." Prolongado por tempo indevido, cada prazer se transforma em seu oposto; era só quando os exorcistas iam muito longe que as piedosas irmãs deixavam de se comprazer com suas possessões. Encaminhados com moderação, os exorcismos públicos, como qualquer outro tipo de orgia, eram realmente agradáveis. Esse era um fato que dificilmente deixaria de perturbar pessoas habituadas a exames de consciência à luz de uma rígida moralidade. Embora reconhecido o fato de que as almas eram inocentes quanto aos atos pecaminosos cometidos durante o paroxismo da possessão, a irmã Jeanne sofria de remorsos crônicos. "E não é de surpreender; pois eu percebia muito claramente que na maioria das situações a causa fundamental de meus distúrbios era eu mesma, e que o diabo só agia de acordo com as sugestões que eu lhe dava." Ela sabia que, quando se comportava de forma desonrosa, não era porque desejasse o ultraje de espontânea vontade. No entanto, "tenho certeza, o que me confunde, que tornei possível ao demônio fazer tais coisas, e que se não me tornasse sua aliada não possuiria poder para isso... Quando eu opunha uma forte resistência, todos os frenesis desapareciam tão repentinamente quanto surgiram; mas ai de mim, as coisas aconteciam com tanta frequência que eu não me esforçava por resistir a elas". Percebendo que eram culpadas não pelo que faziam quando estavam fora de si, mas pelo que deixavam de fazer antes que a histeria se apossasse delas totalmente, as freiras sofriam de um terrível sentimento de culpa. Livrando-as dessa convicção de pecado, as orgias da possessão e do exorcismo aconteciam como feriados oportunos. As lágrimas não faltavam, não durante esses delírios e obscenidades, mas nos intervalos de lucidez que os intercalavam.

Para Surin, muito antes de sua chegada a Loudun já lhe fora designada a honra de exorcizar a madre superiora. Quando Laubardemont contou a ela que havia solicitado os jesuítas, e que ela teria como diretor espiritual o jovem padre mais competente e virtuoso da província da Aquitânia, a irmã Jeanne ficou muito alarmada. Os jesuítas não eram como aqueles capuchinhos e carmelitas estúpidos aos quais era sempre fácil enganar. Eles eram inteligentes, cultos; e além de tudo o padre Surin era santo, um homem de oração, um grande contemplativo. Não se deixaria enganar facilmente, saberia quando ela estava realmente possuída ou apenas fingindo, ou pelo menos colaborando com seus demônios. Implorou a Laubardemont que a deixasse entregue a seus antigos exorcistas — ao querido cônego Mignon, ao bom padre Tranquille e aos virtuosos carmelitas. Entretanto, Laubardemont e seu senhor já haviam mudado de ideia. Necessitavam de provas convincentes de possessão e somente os jesuítas podiam fornecê-las. A irmã Jeanne obedeceu de má vontade. Durante as semanas que antecederam à chegada de Surin, fez o que estava a seu alcance para conhecer tudo acerca de seu novo exorcista. Escreveu cartas para amigas de outros conventos pedindo informações; sondou habilmente os jesuítas do lugar. Seu único objetivo era "estudar o temperamento do homem para o qual fora designada", e, tendo descoberto tudo que podia, "comportar-se em relação a ele com o máximo de retraimento possível, sem dar-lhe nenhuma informação sobre o estado de sua alma. Fui bastante fiel a essa resolução". Quando o novo exorcista chegou, ela já sabia o suficiente de sua vida em Marennes para estar apta a fazer bastantes alusões irônicas a *ta Boinette* (o modo zombeteiro como seus demônios se referiam a Madeleine Boinet). Surin ergueu as mãos em sinal de assombro. Era um milagre — sem dúvida infernal, mas evidentemente autêntico.

A irmã Jeanne decidira-se a não contar seus segredos e, em face dessa resolução, sentia e demonstrava uma intensa aversão pelo seu novo exorcista e tinha ataques histéricos (em suas próprias palavras, "era atacada tanto interior quanto exteriormente pelos demônios") toda vez que Surin tentava questioná-la sobre o estado de sua alma. Quando ele se aproximava, a freira fugia; se obrigada a ouvi-lo, ela uivava e mostrava-lhe a língua. Com tudo isso, observava a irmã Jeanne, "ela punha à prova grandemente a virtude do jesuíta. Mas ele caridosamente atribuía seu estado de espírito ao demônio".

A despeito de seus demônios, todas as freiras sofriam de remorso e da convicção de estarem pecando gravemente; contudo, a prioresa tinha um motivo mais forte e manifesto do que suas irmãs para se sentir culpada. Logo após a execução de Grandier, Isacaaron, que era o demônio da concupiscência, "aproveitou-se de minha imprevidência para me submeter às mais horríveis tentações contra a castidade. Realizou uma operação em meu corpo, a mais estranha e violenta que poderia ser imaginada; depois disso, persuadiu-me de que estava grávida, tão insistentemente que cheguei a ter certeza do fato e exibir todos os sintomas". Confiou seus problemas às freiras suas irmãs, e em breve um bando de diabos anunciavam sua gravidez. Os exorcistas relataram o fato ao comissário e este, a Sua Eminência. A menstruação, escreveu, havia cessado durante os três meses anteriores; tinha crises de vômito constantes acompanhadas de problemas de estômago, secreção de leite e um aumento pronunciado de seu ventre. À medida que as semanas passavam, a prioresa tornava-se cada vez mais angustiada e agitada. Se desse à luz uma criança, tanto ela como toda a comunidade da qual era a orientadora, a sua própria ordem, estariam todos desgraçados. Estava tomada de tal desespero que seu único alívio era a visita de Isacaaron. Essas visitas quase sempre ocorriam à noite. Na escuridão de sua cela, ouvia ruídos e sentia a cama balançar. Mãos enfiavam-se por baixo dos lençóis; vozes sussurravam lisonjas e obscenidades ao seu ouvido. Algumas vezes surgia uma estranha luz no quarto, e ela distinguia o vulto de um bode, um leão, uma cobra, um homem. Outras vezes caía num estado de catalepsia e enquanto jazia ali, incapaz de se mover, era como se pequenos animais estivessem rastejando sob suas roupas de cama, fazendo cócegas em seu corpo com suas patas e os focinhos esquadrinhadores. Então a voz persuasiva pedia a ela mais uma vez, por só mais um pouquinho de amor, por mais essa pequena concessão. E quando ela respondia que "sua honra estava nas mãos de Deus e que Ele poderia dispor dela de acordo com Seu desejo", era atirada para fora de sua cama e agredida tão violentamente que seu rosto ficava completamente deformado e seu corpo, coberto de contusões. "Acontecia frequentemente que me tratasse dessa maneira, mas Deus me deu uma coragem que eu jamais imaginaria possuir. E no entanto eu estava tão corrompida que me orgulhava dessas frívolas batalhas, imaginando que devia estar agradando muito a Deus e que portanto não tinha nenhum motivo para, como fizera antes, temer os remorsos de minha consciência. Não obstante, achava impossível reprimir meus remorsos e evitar a certeza de que não era aquilo que Deus desejava de mim."

Isacaaron era o principal culpado e era contra ele que Surin dirigia toda a sua energia, todas as ameaças proferidas de acordo com o ritual. *Audi ergo et time, Satana, malorum radix, fomes vitiorum...* De nada adiantavam. "Uma vez que eu não revelava minhas tentações, elas cresciam cada vez mais." E, quanto mais forte Isacaaron se tornava, maiores as ansiedades e o desespero da irmã Jeanne à medida que sua gravidez avançava a olhos vistos. Pouco antes do Natal, conseguiu meios de obter certas drogas — artemísia, sem dúvida, aristolóquia e coloquíntida, as três plantas medicinais às quais a ciência de Galeno e o otimismo provocado pelo desespero das jovens em dificuldades atribuíam poderes abortivos. E quanto ao fato da criança morrer sem haver recebido o sacramento do batismo? Sua alma receberia a condenação eterna. Jogou as drogas fora.

Outro plano surgiu então espontaneamente. Ela apanharia a maior faca que encontrasse na cozinha, se cortaria, extrairia a criança e depois se recuperaria ou morreria. No primeiro dia do ano de 1635, fez uma confissão completa "sem entretanto revelar meus planos ao meu confessor". No dia seguinte, portado uma faca e carregando uma bacia de água para o batismo, trancou-se num quartinho do andar superior do convento. Havia um crucifixo no quarto. A irmã Jeanne ajoelhou-se diante dele e rezou a Deus "que perdoasse sua morte assim como a daquela pequenina criatura, no caso de matar a si mesma e à criança, pois estava decidida a asfixiá-la tão logo a batizasse". Enquanto se despia, era tomada por *de petittes appréhensions d'estre damnée*;[91] mas aquelas pequenas apreensões não eram bastante fortes para desviá-la de seu propósito perverso. Após despir-se de seu hábito, fez um grande buraco na camisola com a tesoura, pegou a faca e começou a empurrá-la entre as duas costelas próximas ao estômago, "com a firme resolução de prosseguir até a morte". Mas, embora os histéricos tentem frequentemente o suicídio, raramente conseguem levá-lo a cabo. "Vejam o piedoso golpe da providência que me impediu de fazer o que pretendia! Fui subitamente atirada ao chão com indescritível violência. A faca foi arrancada da minha mão e colocada diante de mim ao pé do crucifixo." Uma voz gritou: "Desista!". A irmã Jeanne ergue os olhos para o crucifixo. Cristo afastou um de seus braços da cruz e estendeu-lhe a mão. Foram ditas palavras divinas, seguidas por sussurros e uivos dos demônios. Dali em diante a prioresa decidiu-se a mudar de vida e se converter inteiramente. Enquanto isso, entretanto, a gravidez continuava, e Isacaaron não havia de modo algum perdido as esperanças. Uma noite ele se ofereceu, como uma recompensa, para trazer-lhe um emplastro mágico que, se aplicado ao estômago, poria fim à gravidez. A prioresa estava seriamente inclinada a aceitar suas condições, mas pensando melhor decidiu não aceitar. O diabo exasperado deu-lhe uma boa surra. De outra vez, Isacaaron chorou e queixou-se tão lamentosamente que a irmã Jeanne se sentiu comovida e "desejou que a mesma coisa se repetisse outra vez". E aconteceu. Não parecia haver motivo para que aquele estado de coisas não continuasse indefinidamente.

91 Em francês, no original: "Pequenas apreensões de estar amaldiçoada". [N.E.]

Bastante perplexo, Laubardemont mandou chamar em Le Mans o famoso dr. du Chêne. Após fazer um exame minucioso na prioresa, este declarou que a gravidez era autêntica. A perplexidade de Laubardemont cedeu lugar ao alarme. Como os protestantes receberiam a novidade? Felizmente para todos os envolvidos, Isacaaron apareceu durante um exorcismo público e contradisse frontalmente o doutor. Todos os sintomas reveladores, desde o enjoo matinal até o fluxo de leite, haviam sido maquinados pelos demônios. "Ele foi então coagido a me fazer lançar para fora todo o acúmulo de sangue amontoado em meu corpo. Isso aconteceu em presença de um bispo, vários médicos e muitas outras pessoas." Todos os sintomas de gravidez deaspareceram imediatamente e jamais voltaram.

Os espectadores agradeceram a Deus; e o mesmo fez a prioresa com palavras. Mas no íntimo tinha suas dúvidas. "Os demônios", relata, "fizeram o que puderam para me persuadir de que o que acontecera quando Nosso Senhor me impediu de me cortar com a faca para me livrar da pseudogravidez não viera de Deus; e portanto que eu tinha de considerar tudo aquilo como pura ilusão, manter segredo sobre o assunto e não me preocupar em mencioná-lo em confissão". Com o passar do tempo essas dúvidas cessaram e ela foi capaz de se convencer de que houvera um milagre.

Para Surin, o milagre era inquestionável. Em sua opinião, tudo que acontecia em Loudun era sobrenatural. Possuía uma fé ardente e indiscriminada. Acreditava na possessão. Acreditava na culpa de Grandier. E que outros feiticeiros atuavam agora sobre as freiras. Acreditava que o diabo devidamente coagido é obrigado a contar a verdade. Que os exorcismos públicos beneficiavam a religião católica e que muitos libertinos e huguenotes seriam convertidos ao ouvirem os demônios proclamarem a verdade da transubstanciação. Acreditava terminantemente na irmã Jeanne e nos produtos de sua imaginação. A credulidade é um grave pecado intelectual, que só a mais irremediável ignorância pode justificar. No caso de Surin, a ignorância era superável e até mesmo voluntária. Vimos que, apesar do ambiente intelectual que prevalecia, muitos de seus colegas jesuítas não demonstravam essa pressa indecorosa em acreditar. Duvidando da possessão, ficavam livres para se recusar a aceitar todo aquela tolice revoltante e absurda que o novo exorcista, com seu interesse mórbido em graças e desgraças extraordinárias, havia aceitado sem a menor tentativa de uma apreciação crítica. A imbecilidade, como vimos, era um dos pontos fortes de Surin. Mas também o eram a santidade e a dedicação heroica. Seu objetivo era a perfeição cristã — o morrer para si mesmo, o que tornava possível a uma alma atingir a graça da união com Deus. E esse objetivo ele propunha não somente para si mesmo, mas para todos a que pudesse persuadir a trilhar com ele o caminho da purificação e obediência ao Espírito Santo. Outros haviam-no ouvido — então por que não a prioresa? A ideia veio-lhe à mente — e interpretou-a como uma inspiração — enquanto ainda estava em Marennes. Ao exorcismo deveria acrescentar o tipo de disciplina da vida espiritual que recebera ele próprio da madre Isabel e do padre Lallement. Libertaria a alma da endemoniada elevando-a até a luz.

Um ou dois dias após sua chegada a Loudun, mencionou o assunto à irmã Jeanne e recebeu como resposta uma gargalhada de Isacaaron e um rosnar de desprezo irritado de Leviatã. Essa mulher, lembraram-lhe, era propriedade deles, uma "casa de cômodos" para os demônios; e ele a falar com a freira sobre exercícios espirituais, insistindo para que preparasse sua alma para a união com Deus! Como, se já fazia mais de dois anos que nem tentava orar mentalmente. Contemplação, não me diga! Perfeição cristã! As gargalhadas multiplicavam-se.

Mas Surin não se deixava intimidar. Dia após dia, apesar das blasfêmias e das convulsões, voltava às exortações. Colocara o mastim do céu em suas pegadas e pretendia perseguir a caça até a morte — morte que é a vida eterna. A prioresa tentou escapar, mas ele perseguia seus passos, obcecava-a com suas orações e sermões. Falava-lhe da vida espiritual, suplicava a Deus que desse a ela a força para suportar as difíceis provações preliminares, descrevia a beatitude da união. A irmã Jeanne interrompia-o com gargalhadas, piadas acerca de sua preciosa Boinette, fortes jatos de vômito, fragmentos de canções, imitações de porcos comendo. Mas a voz continuava seus sussurros, infatigavelmente.

Certo dia, após uma demonstração especialmente terrível de bestialidade diabólica, Surin pediu em oração que lhe fosse permitido sofrer no lugar da prioresa para ajudá-la. Queria sentir tudo que os demônios haviam-na feito sofrer; estava pronto para ser possuído, "contanto que agradasse à bondade divina curá-la e encaminhá-la para a prática da virtude". Pediu mesmo que lhe fosse permitido sofrer a humilhação suprema de ser visto como um lunático. Moralistas e teólogos nos asseguram que tais pedidos jamais devem ser feitos.[92] Infelizmente a prudência não era uma das virtudes de Surin. O pedido tolo e inteiramente ilógico foi feito. Mas as preces, se feitas com seriedade, conseguem obter resposta — algumas vezes, sem dúvida, através da direta intervenção divina; mas, com mais frequência, suspeitamos, porque a natureza das ideias é tal que elas tendem a se concretizar, assumir uma forma, material ou

---

92 "Esses sofrimentos extraordinários, tais como possessão e obsessão, são, da mesma forma que as revelações, sujeitos à ILUSÃO; é evidente que jamais devemos desejá-los; devemos apenas aceitá-los, mesmo a contragosto. Se desejamos sofrer, temos meios de fazê-lo mortificando nosso orgulho e sensualidade. Dessa forma, evitamos lançarmo-nos a perigos que estão fora de nosso controle e dos quais não conhecemos o desfecho. Entretanto, nossa imaginação se deleita com o milagroso, exige aquelas virtudes românticas que impressionam o público. [...] "E mais, provações como possessão e obsessão são sérios empecilhos não só para a pessoa em causa, como também para os diretores espirituais e toda a comunidade onde esta reside. A caridade nos proíbe de desejar esse tipo de sofrimento." (A. Poulain, S.J. — *The Graces of Interior Prayer*. Edição inglesa, p. 436).

psicológica, como fato ou símbolo no mundo real ou no sonho. Surin implorara para sofrer da mesma forma que a irmã Jeanne sofrera. No dia 19 de janeiro, começou a ficar obcecado. Talvez isso fosse acontecer mesmo que ele nunca houvesse rogado. Os demônios já haviam matado o padre Lactance, e o padre Tranquille já caminhava para o mesmo fim. Na verdade, segundo Surin, não existia entre os exorcistas nenhum que não se sentisse em maior ou menor grau acossado pelos demônios a quem haviam ajudado a evocar e que faziam tudo a seu alcance para manter atuantes. Nenhum homem pode concentrar sua atenção no mal, ou mesmo na ideia do mal, sem ser por isso afetado. Ser mais *contra* o diabo do que *a favor de* Deus é excessivamente perigoso. Todo cruzado corre o risco de ficar louco. Ele persegue a maldade que atribui a seus inimigos e torna-se de alguma forma parte dela.

A possessão é com mais frequência mundana do que sobrenatural. Os homens deixam-se obcecar por pensamentos acerca de uma pessoa, classe, raça ou nação a qual odeiam. Atualmente o destino do mundo está nas mãos de autoendemoniados — de homens que se deixam possuir pelo mal que escolheram descobrir nos outros e que manifestam eles mesmos esse mal. Eles não acreditam no diabo; mas fizeram todas as tentativas possíveis para serem possuídos — tentaram e obtiveram sucesso. E, uma vez que acreditam ainda menos em Deus que no demônio, parece bastante improvável que consigam se curar da possessão. Concentrando o pensamento na ideia de um mal metafísico e sobrenatural, Surin chegou a atingir um grau de loucura incomum entre os endemoniados seculares. Contudo, como sua noção de bem era da mesma forma sobrenatural e metafísica, ela veio a salvá-lo no fim.

No início de maio, Surin escreveu para seu amigo e colega jesuíta, o padre D'Attichy, contando-lhe tudo que havia acontecido com ele. "Desde a última vez que lhe escrevi, caí num estado inteiramente diferente de qualquer coisa que poderia imaginar, mas profundamente consonante com os desígnios da Divina Providência em relação a minha alma. [...] Estou empenhado numa luta contra quatro dos mais malignos demônios do inferno. [...] O campo de batalha menos importante é aquele do exorcismo; porque meus inimigos se fizeram conhecer secretamente, noite e dia, de mil diferentes modos. [...] Nos últimos três meses e meio, nunca estive sem um diabo ao meu lado. Deus permitiu que as coisas chegassem a tal ponto (penso que devido aos meus pecados) [...] que os demônios transferiam-se do corpo de uma pessoa possuída para o meu, a fim de me agredirem, atirarem-me ao chão, atormentar-me de modo que todos pudessem ver, possuindo-me por várias horas seguidas como a um endemoniado.[93]

"Acho quase impossível explicar o que acontece comigo nesses momentos, como este espírito estranho se une a mim sem que eu seja despojado de minha consciência e de uma grande liberdade interior, e contudo constituindo um segundo 'eu', como se eu tivesse duas almas, sendo que uma é despojada de meu corpo e da utilização de seus órgãos, mantendo-se em seu canto e observando a outra, a intrusa, fazer o que quer. Esses dois espíritos combatem num campo de batalha limitado, que é o corpo. A própria alma está como que dividida, sendo que em uma de suas partes está sujeita a influências diabólicas e em outra, a sentimentos que lhe são próprios ou inspirados por Deus. A um só tempo eu sinto uma grande paz, como se estivesse sob as graças de Deus, e por outro lado (sem saber por quê), uma terrível ira e aversão a Deus, que extravasam em lutas frenéticas (que deixam atônitos aqueles que as observam) para separar meu eu de Deus. Ao mesmo tempo que experimento alegria e prazer, sinto por outro lado uma angústia que se expande

---

[93] Essas manifestações exteriores de invasão diabólica não apareceram até a Sexta-feira Santa, dia 6 de abril. De 19 de janeiro até essa data, os sintomas de obsessão tinham sido puramente psicológicos.

em gemidos e lamentações, como as de um condenado. Sinto-me perdido para a vida eterna e isso me causa apreensão. É como se tivesse sido trespassado pelos aguilhões do desespero naquela alma estranha que parece ser a minha; e enquanto isso a outra alma vive em segurança total, não dá grande importância a tais tipos de sentimentos e amaldiçoa o ser responsável por eles. Chego mesmo a sentir que os gritos emitidos por mim originam-se de ambas as almas ao mesmo tempo, e acho difícil definir se são consequência de alegria ou de delírio. Os tremores que me acometem quando o Santíssimo Sacramento é aplicado a qualquer parte do meu corpo, são causados ao mesmo tempo (pelo menos é o que me parece) pelo horror de sua proximidade, que eu considero insuportável, e por uma sincera veneração. [...]

"Quando, sob a impulsão de uma dessas duas almas, eu tento fazer o sinal da cruz, a outra alma afasta minha mão ou morde meu dedo selvagemente. Descubro que a oração mental nunca é mais espontânea e tranquila do que em meio a essas agitações, enquanto o corpo está rolando no chão e os representantes da Igreja se dirigem a mim como se a um demônio, cobrindo-me de maldições. É indescritível a felicidade que sinto então, encontrando-me transformado em um diabo, não por voltar-me contra Deus, mas por uma desgraça que apenas simboliza o estado ao qual fiquei reduzido pelo pecado. [...]

"Quando os outros endemoniados me veem nesse estado, alegra-me ver como exultam ao ouvir os diabos divertindo-se às minhas custas! 'Médico, cura a ti mesmo! Agora é a hora de subir ao púlpito! Um belo espetáculo ver *aquela* criatura pregando!' [...] Que grande graça esta — conhecer na própria carne o estado a que Jesus Cristo me levou, perceber a grandeza de Sua redenção não por ouvir dizer, mas pelo sentimento vívido do estado do qual Ele nos redimiu! [...]

"Eis onde me encontro agora, eis como atravesso quase todos os meus dias. Tornei-me um assunto de discussão. Existe a verdadeira possessão? É possível aos ministros da Igreja envolverem-se em tais dificuldades? Alguns dizem que tudo isso é um castigo de Deus, uma punição por me haver deixado levar por falsas impressões; já outros têm outras explicações. Quanto a mim, conservo minha paz e não desejo mudar meu destino, estando absolutamente convencido de que nada é melhor que ser reduzido ao último extremo."

(Em seus últimos escritos, Surin desenvolveu esse tema mais detalhadamente. Existem muitos casos, insiste, em que Deus utiliza a possessão como parte do processo catártico que antecede a revelação. "É uma das diretrizes mais comuns de Deus nos caminhos da graça, permitir ao diabo possuir ou obcecar as almas que Ele deseja elevar a um alto grau de santidade." Os demônios não podem se apossar do livre-arbítrio e forçar suas vítimas ao pecado. As inspirações diabólicas de blasfêmia, impureza e aversão a Deus não poluem a alma. Na verdade até lhes são benéficas, na medida que a fazem sentir tão grande humilhação quanto sentiria se tais horrores fossem cometidos voluntariamente. Essas humilhações, angústias e apreensões com as quais os demônios invadem as mentes, consistem na "provação que corrói até o âmago do coração, até a medula dos ossos, todo o amor próprio". E, enquanto isso, o próprio Deus está agindo sobre a alma sofredora, e seus trabalhos são "tão poderosos, feitos com tanta sutileza e tão arrebatadores, que podemos dizer que toda a Sua benevolência está concentrada na salvação dessa ama".

Surin terminou essa carta ao padre D'Attichy recomendando sigilo e discrição. "Salvo meu confessor e meus superiores, você é a única pessoa a quem fiz essas confidências." A confidência foi pessimamente dirigida. O padre D'Attichy mostrou a carta para toda a gente. Fizeram-se várias cópias que foram distribuídas e em poucos meses fora impressa em cartazes. Juntamente com os assassinos condenados e os bezerros de seis pernas, Surin tomou seu lugar como um novo elemento para a diversão da plateia.

Dali em diante, Leviatã e Isacaaron estavam sempre presentes. Mas, nos intervalos de invasão ao seu corpo e até durante as obsessões que infligiam à sua alma, Surin era capaz de prosseguir em sua missão — a santificação da irmã Jeanne. Quando ela fugia, ele a seguia. Encurralada, ela voltava-se e enfurecia-se contra ele. Surin não se importava. Ajoelhado a seus pés, rezava por ela. Sentado ao seu lado, murmurava a doutrina espiritual do padre Lallemant a qual ela ouvia de má vontade. "Perfeição interior, obediência ao Espírito Santo, purificação do coração, conversão à vontade de Deus..." Os demônios de Jeanne contorciam-se e tagarelavam; mas ele prosseguia — prosseguia muito embora pudesse ouvir em sua própria mente a zombaria de Leviatã, as sugestões obscenas de Isacaaron, o demônio da lascívia.

Surin não tinha apenas os demônios com que lutar. Mesmo em suas horas de lucidez — talvez até principalmente nessas horas —, a prioresa continuava a não suportá-lo. Isso porque o temia, tinha medo de ficar exposta a sua perspicácia quanto ao seu estado, que ela conhecia bem em seus momentos de lucidez — metade atriz, metade pecadora impenitente e completamente histérica. Surin suplicou-lhe que fosse franca com ele. A resposta era ou um uivar de demônios ou uma afirmação da freira de que não tinha nada a declarar.

As relações entre a possessa e seu exorcista se complicaram pelo fato de, durante as festas de Páscoa, a irmã Jeanne sentir-se subitamente tomada por "desejos malignos e um sentimento da mais ilegítima afeição" pelo homem a que tanto temia e detestava. Ela não era capaz de confessar seu segredo e foi o próprio Surin quem, após três horas de oração antes da Eucaristia, referiu-se a essas "tentações abomináveis". "Se alguém", escreve a irmã Jeanne, "foi alguma vez confundida, esta fui eu naquela ocasião." Já era tarde e ele deixou-a ruminar seu espanto. Finalmente ela decidiu-se, mais uma vez, a mudar não só seu comportamento em relação a Surin, mas todo o seu esquema de vida. Era uma resolução superficial. No seu subconsciente, os demônios tinham outros planos. Tentou ler;

Os demônios de Loudun 293

sua mente tornou-se confusa. Tentou pensar em Deus, conservar a alma perto Dele; imediatamente sentiu uma terrível dor de cabeça, acompanhada de "estranhos aturdimentos e fraquezas". Para todos esses sintomas Surin tinha um remédio infalível: a oração mental. Jeanne concordou em tentá-lo. Os demônios atacavam com fúria redobrada. À primeira menção de perfeição espiritual, fizeram seu corpo lançar-se em convulsões. Surin colocou-a deitada sobre uma mesa e amarrou-a firmemente com cordas, de maneira que não se pudesse mover. Depois, ajoelhou-se diante dela e sussurrou ao seu ouvido um modelo de oração mental. "Escolhi como tópico a conversão do coração a Deus e seu desejo de se consagrar inteiramente a Ele. Ressaltei três pontos que expliquei de maneira expressiva, realizando todos os atos em intenção da superiora." Essa cerimônia repetiu-se dia após dia. Amarrada, como se fosse submeter-se a uma intervenção cirúrgica, a prioresa estava à mercê de Deus. Ela debatia-se, gritava; mas através de todo o barulho conseguia ainda ouvir a voz de seu implacável benfeitor. Algumas vezes Leviatã desviava sua atenção para o exorcista e de repente o padre Surin se via na impossibilidade de falar. A prioresa reagia com ataques de gargalhadas demoníacas. Então a corrente era ligada de novo; as orações, os ensinamentos sussurrados que prosseguiam do ponto no qual tinham sido interrompidos.

Quando os demônios se tornavam muito violentos, Surin apanhava uma hóstia sagrada que guardava numa caixa de prata e a colocava sobre o coração ou a testa da prioresa. Após uma dolorosa convulsão inicial, "ela foi tomada de grande devoção, ainda mais porque eu murmurava ao seu ouvido tudo que aprazia a Deus me inspirar. Ela ficava muito atenta ao que eu dizia e mergulhava em profundo recolhimento. O efeito sobre seu coração era tão forte [...] que as lágrimas jorravam de seus olhos."

Era uma conversão — mas uma conversão em um contexto de histeria, num palco de um teatro imaginário. Oito anos antes, quando era uma jovem freira que tentava ganhar as boas graças de sua superiora, a irmã Jeanne havia alardeado por algum tempo a ambição de se tornar uma segunda santa Teresa. À exceção da velha senhora, ninguém havia se impressionado. Depois foi nomeada prioresa e, tendo livre acesso ao locutório, o misticismo passou a ser menos interessante. Depois disso, quase que de uma hora para outra, surgiu a obsessão dos sonhos eróticos aos quais deu o nome de Grandier. Sua neurose tornou-se mais profunda. O cônego Mignon falou dos demônios, praticou exorcismos, emprestou a ela seu próprio exemplar do livro de Michaelis sobre o caso de Gauffridy. Ela o leu e imediatamente se viu como a rainha das endemoniadas. Sua ambição nessa época era superar a todos em tudo, em blasfêmia, grunhidos, linguagem obscena, acrobacias. Sabia certamente que "todos os distúrbios de sua alma eram baseados em sua própria personalidade" e que "ela devia se culpar por esses distúrbios sem invocar causas estranhas". Sob a influência de Michaelis e Mignon, esses defeitos inatos haviam se corporificado nos sete demônios. E agora estes tinham vida própria e eram seus senhores. Para livrar-se deles, teria de se libertar dos maus hábitos e das inclinações torpes. E, a fim de conseguir isso, como seu novo diretor espiritual estava sempre lhe dizendo, teria de rezar, submeter-se à revelação divina. A fé de Surin era contagiosa; ela ficou sensibilizada com a sinceridade do homem, tinha consciência de que, por trás dos seus sintomas de obsessão, ele tinha profundo conhecimento do que estava dizendo. Após ouvi-lo, ansiava por se aproximar de Deus; mas o desejava da forma mais espetacular possível, diante de uma assistência grande e pasmada. Havia sido a rainha das endemoniadas; agora desejava ser uma santa — ou melhor, desejava ser conhecida como uma santa, ser canonizada de imediato, fazer milagres, que recorressem a ela em orações...

 Entregou-se ao novo papel com toda a sua energia habitual. Sua quota de oração mental aumentou de meia hora para três ou quatro horas por dia, e, a fim de se preparar para receber a revelação, submeteu-se a uma vida dos mais severos rigores físicos. Trocou seu colchão de pena por uma tábua dura; fazia cozimentos de absinto para temperar sua comida em lugar do molho; usava um cilício e um cinto cheio de pregos; surrava a si mesma com um chicote pelo menos três vezes por dia, e algumas vezes, assim nos afirmava, chegava a sete horas num período único de vinte e quatro horas. Surin, que era um grande adepto da disciplina, encorajou-a a prosseguir. Já havia observado que demônios que apenas riam diante dos rituais da Igreja eram frequentemente postos a correr em poucos minutos por umas boas chicotadas. E o chicote era benéfico para a melancolia natural e para a possessão sobrenatural. Santa Teresa fizera a mesma descoberta. "Repito (porque tenho visto e tratado de várias pessoas atacadas dessa doença da melancolia) que não existe outro remédio além de conquistá-los por todos os meios em nosso poder. [...] Se as palavras não forem suficientes, podemos recorrer a penitências, e que elas sejam duras, se as leves não fizerem efeito. Parece injusto", acrescenta a santa, "punir uma irmã doente que não pode ajudar-se a si mesma como se estivesse bem". Mas, antes de tudo, é necessário lembrar que esses neuróticos causam enorme dano às outras almas. Além disso, "acredito realmente que o mal vem de um espírito indisciplinado, despido de humildade e mal-educado. [...] Sob a escusa dessa disposição (para a melancolia), Satã procura angariar muitas almas. É mais comum em nossos dias do que o era antigamente; o motivo é que toda a obstinação e indisciplina são agora denominadas de melancolia." Entre todas as pessoas que aceitavam como axioma a absoluta liberdade de escolha e a total depravação da natureza, essa forma simples de tratar os neuróticos era, ao que tudo indicava, muito eficaz. Ela funcionaria hoje em dia? Em alguns casos, é possível. Quanto ao mais, "tentar dissuadir" produz provavelmente, no nosso atual clima intelectual, melhores resultados do que tratamentos de choque autoinfligidos.

Com os exorcismos e as idas e vindas dos turistas, a capela do convento estava se tornando muito barulhenta para os colóquios murmurados entre a irmã Jeanne e seu diretor espiritual. No início do verão de 1635, eles começaram a se encontrar em particular, numa água-furtada sob o telhado. Foi colocada uma grade improvisada. Através das grades Surin dava suas instruções ou dissertava sobre teologia mística. E a prioresa lhe falava de suas tentações, seus combates com os demônios, suas experiências (já então esplêndidas) durante a oração mental. Depois, meditavam juntos em silêncio, e o sótão se transformava, nas palavras de Surin, em "uma morada de anjos e um paraíso de delícias", onde ambos eram beneficiados com graças extraordinárias. Certo dia, enquanto meditava sobre o desprezo a que Jesus fora submetido durante Sua Paixão, a irmã Jeanne entrou em êxtase. Quando este terminou, ela relatou através das grades "que estivera tão perto de Deus, que recebera como um beijo de Sua boca".

Nesse ínterim, o que pensavam os outros exorcistas acerca de tudo isso? Qual era a opinião da boa gente de Loudun? Surin conta-nos que "ouvia pessoas murmurando: 'O que esse jesuíta pode estar fazendo todo dia com uma freira possessa?' Eu respondia intimamente: 'Vocês não conhecem a importância do caso no qual estou envolvido'. Parecia que eu via o céu e o inferno exaltados por essa alma, um por amor, o outro por ódio, ambos lutando para conquistá-la". Mas só ele via essas coisas. Tudo que os demais sabiam era que, em vez de submeter sua penitente aos rigores do exorcismo, Surin passava horas em conversas particulares, tentando ensiná-la (apesar dos demônios que a possuíam) a trilhar a vida da perfeição cristã. Para seus colegas, a tentativa parecia apenas tola, ainda mais porque Surin também estava possuído e frequentemente precisando de exorcismo para si mesmo. (Em maio, quando Gaston d'Orléans, o irmão do rei, foi assistir aos demônios, ele fora publicamente possuído por Isacaaron, que passara do corpo da irmã Jeanne para o de

Surin. Enquanto a endemoniada permanecia tranquilamente sentada, lúcida e sorrindo ironicamente, seu exorcista rolava no chão. O príncipe sem dúvida se divertia; mas para Jean-Joseph havia sido mais uma humilhação, na longa série de humilhações às quais a inescrutável Providência o submetera. Ninguém punha em dúvida a pureza de intenções e ações de Surin; mas todos julgavam sua conduta imprudente e lamentavam os mexericos que ela inevitavelmente provocava. No fim do verão, o provincial estava sendo aconselhado a mandá-lo de volta a Bordeaux.

Enquanto isso, a prioresa tivera a sua porção de sacrifícios. Em seu novo papel, como a notável santa contemplativa, estava dando um espetáculo que deveria estar causando o maior sucesso. Em vez disso, "Nosso Senhor permitiu que eu sofresse muito em minhas conversas com minhas irmãs, por meio das obras dos demônios que as atormentavam; porque a maioria delas adquiriu uma grande aversão por mim, devido à mudança que percebiam em meu comportamento e modo de vida. Os demônios as persuadiram de que fora o diabo quem provocara a mudança, de maneira a que eu pudesse julgar seus caracteres e seus comportamentos. Toda vez que estávamos juntas, os demônios incitavam algumas delas a me submeter ao ridículo, fazer troça de tudo que eu dizia e fazia, coisa que me causava muito sofrimento". Durante seus exorcismos, as freiras costumavam referir-se ao seu superior como *le diable dévot*, o diabo devoto. Partilhavam suas opiniões com os exorcistas. Com exceção de Surin, todos os outros padres que as assistiam eram céticos. Era em vão que a irmã Jeanne afirmava-lhes que o grande são José havia adquirido o dom da oração mental, e que ela declarava com modéstia ter sido "elevada pelo Poder Divino a um grau de contemplação por meio do qual recebia grandes revelações e Nosso Senhor comunicava-Se com sua alma de maneira muito particular e especial". Em vez de se prostrarem diante desse reservatório ambulante de sabedoria divina, os exorcistas lhe diziam que isso era típico da ilusão a que eram submetidos os possuídos. Tendo de enfrentar tanta dureza de coração, a prioresa só conseguia se retrair, ou na loucura ou no sótão com seu querido, bom e crédulo padre Surin. Mas até mesmo o padre Surin era uma provação para ela. Estava disposto a acreditar em tudo que ela dizia acerca de seus dons extraordinários; mas seus ideais de santidade eram elevados a ponto de incomodar, e sua opinião sobre o caráter da irmã Jeanne, inquietantemente rebaixada. Confessar-se orgulhoso e sensual é uma coisa; ouvir essas verdades particulares da boca de outra pessoa é uma situação completamente diferente. E Surin não se contentava em dizer à irmã Jeanne quais eram seus pecados; estava sempre tentando corrigi-los. Estava convencido de que a prioresa estava apossada pelos demônios; mas estava também certo de que os diabos obtinham seu poder através dos próprios defeitos da vítima. Livrando-se dessas imperfeições, a pessoa se livraria dos demônios. Era portanto necessário, segundo Surin, "atacar o cavalo para derrubar o cavaleiro". Contudo, o cavalo não gostou nem um pouco de ser atacado. Assim, embora a irmã Jeanne houvesse resolvido "chegar a Deus através da perfeição", embora já se visse como a uma santa e se sentisse magoada quando as outras pessoas só viam a inconsciente (ou talvez até bastante consciente) comediante, descobrira que o processo de santificação era extremamente penoso e difícil. Surin a encarava seriamente como uma extática — e aquilo era gratificante; era tudo que desejava. Mas, infelizmente para a prioresa, ele a levava ainda mais a sério como uma penitente e uma ascética. Quando se tornava muito arrogante, ele a repreendia. Quando pedia por penitências em público — confissão de seu pecado, rebaixamento à condição de uma irmã leiga —, ele insistia que em vez disso praticasse mortificações pequenas, modestas mas incessantes. Quando, como acontecia algumas vezes, ela representava a grande dama, ele a tratava como se fosse uma lavadora de pratos. Exasperada, refugiou-se no orgulho raivoso de Leviatã, nos ódios de Behemoth contra Deus, na bufonaria de Balaão. Em vez de recorrer aos exorcismos que a essas alturas todos os demônios apreciavam imensamente, Surin ordenou às entidades infestadas que se chicoteassem a si mesmas. E, uma vez que a prioresa sempre possuía liberdade e desejo autêntico suficientes de se autoaperfeiçoar, dava seu consentimento, e os demônios tinham de obedecer. "Podemos enfrentar a Igreja", diziam, "podemos desafiar os padres. Mas não podemos resistir ao desejo desta cadela." Queixando-se ou blasfemando de acordo com seus diferentes temperamentos, executavam a disciplina. Leviatã era o que chicoteava mais forte; Behemoth quase o alcançava. Mas Balaão e principalmente Isacaaron tinham horror ao sofrimento e dificilmente eram levados a se flagelarem. "Era um espetáculo admirável", diz Surin, "quando o demônio da sensualidade infligia a punição." Os golpes eram leves, mas os gritos eram lancinantes, as lágrimas, profusas. Os demônios aplicavam castigos menores que a irmã Jeanne em seu estado normal. Um dia foi preciso uma hora inteira de flagelação para dissipar determinados sintomas psicossomáticos apresentados por Leviatã; mas na maioria das ocasiões, poucos minutos de autopunição eram suficientes. O possessor fugia e a irmã Jeanne ficava livre para prosseguir marcha em direção à perfeição.

Era uma marcha enfadonha e, ao menos para a irmã Jeanne, a perfeição tinha um grande defeito: chamava tão pouca atenção quanto aquelas pequenas mortificações aborrecidas determinadas pelo padre Surin. A pessoa era levada a um alto grau de contemplação, e honrada com comunicações confidenciais recebidas do alto. Mas o que havia para ser mostrado disso? Absolutamente nada. Podia-se apenas contar a eles a respeito das graças recebidas e suas respostas eram um menear de cabeças ou um encolher de ombros. E quando você se comportava da forma como o faria a santa Madre Teresa, eles ou caíam em gargalhadas ou tinham um acesso de raiva e chamavam-na de hipócrita.

Milagres diabólicos já não eram mais possíveis, porque a irmã Jeanne já havia deixado de ser a rainha das endemoniadas e naquela ocasião só aspirava à sua canonização imediata. O primeiro de seus milagres divinos aconteceu em fevereiro de 1635. Um dia Isacaaron confessou que três feiticeiros anônimos, dois de Loudun e um de Paris, tinham se apossado de três hóstias consagradas que pretendiam queimar. Surin ordenou imediatamente a Isacaaron que fosse e pegasse as hóstias que estavam escondidas sob um colchão em Paris. Isacaaron desapareceu e não voltou. Balaão foi então enviado em seu auxílio, recusou-se obstinadamente mas, com a ajuda do anjo da guarda de Surin, foi finalmente forçado a obedecer. A ordem era que as hóstias deveriam aparecer durante o exorcismo depois do jantar do dia seguinte. No momento determinado, Balaão e Isacaaron apareceram e, após muitas contorções do corpo da prioresa, anunciaram que as hóstias estavam em um nicho acima do tabernáculo. "Os demônios, então, fizeram com que o corpo da madre superiora, que era muito pequeno, se estendesse." Após alongar o braço ao ponto extremo, introduziu a mão no nicho e retirou uma folha de papel cuidadosamente dobrada contendo três hóstias.

Surin deu enorme importância a esse lamentavelmente discutível milagre. Na autobiografia da irmã Jeanne, ele não é nem mencionado. Ela teria ficado envergonhada com a peça que pregara com sucesso em seu confiante diretor espiritual? Ou fora por que achara o milagre pouco satisfatório? Na verdade, ela tivera o principal papel no caso; contudo, este não era fundamentalmente *seu*. O que precisava era de um milagre que só a ela coubesse, e no outono do mesmo ano conseguiu finalmente o que queria.

Perto do fim de outubro, cedendo à pressão da opinião geral dentro da ordem, o provincial de Aquitânia mandou que Surin voltasse a Bordeaux e seu lugar em Loudun fosse ocupado por um exorcista menos excêntrico. As notícias se espalharam. Leviatã exultou; mas, quando a irmã Jeanne voltou a si, ficou muito perturbada. Sentia que alguma coisa tinha de ser feita. Rezou a são José e ficou plenamente convicta de "que Deus nos ajudaria e esse demônio arrogante seria humilhado". Depois disso ficou doente de cama por três ou quatro dias; então sentiu-se suficientemente bem para pedir para ser exorcizada. "Aconteceu que naquele dia (era 5 de novembro) muitas pessoas ilustres estavam presentes à igreja para assistir aos exorcismos; isso acontecera através de uma especial providência de Deus." (Quando se tratava de personalidades muito importantes, a regra era atribuir-se a especiais providências de Deus. Era sempre na presença da nobreza que os diabos faziam suas maiores proezas.)

O exorcismo começou e "Leviatã apareceu de forma bastante extraordinária, gabando-se de que tinha triunfado sobre o ministro da Igreja". Surin contra-atacou ordenando-lhe adorar o Santíssimo Sacramento. Começaram os rugidos e convulsões habituais. Então "Deus, na sua mercê, concedeu-nos mais do que ousávamos esperar". Leviatã prostrou-se — ou, para ser mais explícito, prostrou a irmã Jeanne aos pés do exorcista. Reconheceu que havia conspirado contra a honra de Surin e pediu seu perdão; então, após um último paroxismo, abandonou o corpo da priora — para sempre. Foi um triunfo para Surin e a afirmação de seu método. Impressionados, os outros exorcistas mudaram sua postura e o provincial deu-lhe outra chance. A irmã Jeanne conseguira o que queria e, ao fazer isso, demonstrou que, embora estivesse possuída pelos demônios, estes também estavam até certo ponto possuídos por ela. Eles tinham poder para fazê-la portar-se como uma louca; mas, quando resolveu usar seus recursos, descobriu que tinha o poder de fazê-los se comportarem como se não existissem.

Após a partida de Leviatã, uma cruz sangrenta surgiu na testa da priora e ali permaneceu, perfeitamente visível durante três semanas. Isso era bom; mas algo muito melhor viria depois. Balaão então declarou estar pronto para partir e prometeu que antes de ir embora escreveria seu nome na mão esquerda da priora, onde permaneceria até a morte dela. A perspectiva de ser marcada indelevelmente com a assinatura de um espírito bufão não agradou à irmã

Jeanne. Como seria melhor se o demônio fosse coagido a escrever o nome, digamos, de são José! A conselho de Surin, recebeu uma série de nove comunhões consecutivas em homenagem ao santo. Balaão fez tudo que pôde a fim de interromper a novena. Mas nem a doença, nem a confusão mental foram de valia; a prioresa prosseguiu lutando. Certa manhã, pouco antes da hora da missa, Balaão e Behemoth — bufonada e blasfêmia — penetraram em sua cabeça e estabeleceram tamanha confusão e inquietação que, embora soubesse bem que estava agindo errado, não pôde resistir a um impulso alucinado e precipitou-se para o refeitório. Lá "tomei meu café da manhã com tamanha intemperança que comi, só nesta refeição, a quantidade que mais de três pessoas famintas poderiam ter comido num dia inteiro". A comunhão agora estava fora de cogitação. Tomada de desespero, a irmã Jeanne apelou a Surin para que a auxiliasse. Ele colocou sua estola e tomou as medidas necessárias. "Que o demônio regresse à minha cabeça e em seguida me faça vomitar com tal abundância que chegue quase aos limites do impossível." Balaão depois jurou que o estômago estava completamente vazio, e o padre Surin concluiu que ela poderia receber a comunhão com segurança. "E então prossegui com minha novena até o fim."

A 29 de novembro o espírito de bufonaria finalmente partiu. Entre os espectadores havia nessa ocasião dois ingleses — Walter Montague, filho do primeiro conde de Manchester e católico recém-convertido, que, como todos em sua situação, *queria acreditar em tudo*, e seu jovem amigo e protegido, Thomas Killigrew, futuro dramaturgo. Poucos dias depois do evento, Killigrew escreveu uma longa carta a um amigo na Inglaterra descrevendo tudo o que vira em Loudun.[94] A experiência, diz, tinha ido "além de suas expectativas". Atravessando o convento da igreja de capela em capela,

---

94 Editada pela primeira (e aparentemente última) vez no *European Magazine*, fevereiro, 1803.

havia visto, no primeiro dia da visita, quatro ou cinco das possessas, tranquilamente ajoelhadas em oração, cada uma com seu exorcista ajoelhado atrás de si e segurando uma extremidade de uma corda cuja outra extremidade estava amarrada ao pescoço da freira. Pequenas cruzes estavam fixadas a essa corda, que servia como uma espécie de coleira para controlar um pouco os frenesis dos demônios. Naquele momento, entretanto, tudo era paz e silêncio, e só o que vi foi gente ajoelhada". No decorrer de mais meia hora, duas freiras começaram a ficar inquietas. Uma delas atirou-se à garganta de um frade; a outra botou a língua de fora, atirou-se ao pescoço de seu exorcista e tentou beijá-lo. Enquanto isso, entre as grades que separavam a igreja do convento, veio o som de um uivo. Depois disso o jovem foi chamado por Walter Montague para testemunhar uma demonstração diabólica de leitura de pensamento. Os demônios obtiveram sucesso com o convertido mas não conseguiram nada com Killigrew. Nos intervalos desse espetáculo ofereceram orações a Calvino e soltaram imprecações contra a Igreja de Roma. Quando um dos demônios partiu, os turistas perguntaram onde ele tinha ido. A resposta das freiras foi tão inequívoca que o editor do *European Magazine* não poderia publicá-la.

A seguir veio o exorcista da bela e pequenina irmã Agnes. O relato de Killigrew acerca disso já foi praticamente feito num capítulo anterior. A visão dessa deliciosa criatura sendo agarrada por um par de fortes camponeses, enquanto seu frade primeiro punha o pé triunfantemente sobre seu peito, depois sobre a alva garganta, deixava nosso jovem cavalheiro tomado de horror e desgosto.

    No dia seguinte começou tudo de novo; mas desta vez a exibição terminou de uma forma mais interessante e menos revoltante. "Terminadas as orações", escreve Killigrew, "ela (a prioresa) voltou-se para o frade (Surin), que colocou um cordão com uma série de cruzes em torno de seu pescoço, e aí atou-o com três nós. Ela ainda permanecia ajoelhada e não parou de rezar até que o cordão fosse amarrado; mas então levantou-se e desembaraçou-se de seu rosário; e, após fazer uma reverência em direção ao altar, dirigiu-se a um assento tipo divã com uma extremidade feita propositadamente para a prática do exorcismo, dos quais havia diversos na capela." (Teria sido interessante saber se algum desses ancestrais de nosso sofá de psicanálise ainda existe.) "A frente do assento dava para o altar; ela dirigiu-se para ali com tamanha humildade que se poderia pensar que sua paciência teria mérito suficiente para expulsar os demônios, dispensando-se as orações dos padres. Chegando ao seu lugar, deitou-se, e ajudou o padre a amarrá-la ao divã com duas cordas, uma em torno de sua cintura, outra em torno das coxas e pernas. Quando já amarrada, vendo o padre com a caixa que continha o sacramento, suspirou e estremeceu com a consciência das torturas a que seria submetida. Não demonstrou nenhuma humildade ou paciência especial, pois é assim que todas agem nas mesmas circunstâncias. Quando esse exorcismo foi realizado, outra das possessas solicitou um padre e sentou-se em seu divã, deitou-se e amarrou-se da mesma forma que a primeira. É estranho observar com quanta modéstia elas se dirigem para o altar e como se movimentam nos mosteiros. Suas fisionomias e aparências modestas revelam o que são (solteironas devotadas à religião). Esta freira, quando se iniciou o exorcismo, jazia como se adormecida..." Surin então começou a trabalhar com a prioresa. Em poucos minutos Balaão fez sua entrada. Houve contorções e convulsões, blasfêmias abomináveis, caretas assustadoras. O ventre da irmã Jeanne inflou-se de repente, até parecer o de uma mulher em adiantado estado de gestação; depois os seios incharam na mesma proporção da barriga. O exorcista aplicou relíquias a cada parte afetada e a inchação subsistia. Killigrew então adiantou-se e tocou sua mão — estava fria; tomou seu pulso — era calmo e compassado. A prioresa empurrou-o para o lado e começou a arrancar sua coifa. Em poucos instantes a cabeça toda raspada estava à vista. Ela revirou os olhos, pôs a língua de fora. Esta apresentava-se prodigiosamente inchada, negra e era de uma textura espessa e acidentada como couro marroquino. Surin então desamarrou-a e ordenou a Balaão que adorasse ao Sacramento. A irmã Jeanne escorregou pelas costas do assento e caiu no chão. Balaão resistiu teimosamente por um longo tempo; mas finalmente foi obrigado a executar o ato de adoração que esperavam dele. "Então", escreve Killigrew, "enquanto estava deitada de costas, curvou a cintura como uma acrobata e seguiu então, pulando nos calcanhares, a cabeça raspada, atrás do padre por toda a capela. E muitas outras atitudes anormais, além de qualquer coisa que eu já houvesse visto, ou achasse possível para qualquer homem ou mulher fazer. Nem era tão somente um movimento súbito que findava; mas algo contínuo que ela fez durante mais de uma hora; e nem por isso ofegante ou suada com todos aqueles movimentos que executava." Durante todo esse tempo, a língua mantinha-se pendurada para fora, "inchando até atingir um tamanho inacreditável, e nunca dentro de sua boca desde quando começou o primeiro momento do acesso; jamais a vi contraí-la por sequer um instante. Então ouvi-a, após um sobressalto e um guincho agudo que parecia havê-la fragmentado, dizer uma palavra, que foi 'José'. A essa, palavra todos os padres levantaram-se e gritaram, 'Aquele é o sinal, procurem pela marca!'. Ao que um deles, vendo-a erguer o braço, começou a procurá-lo. Eu e o sr. Montague fizemos o mesmo mais minuciosamente; e sobre sua mão vi uma cor rósea se estendendo por uma polegada ao longo de sua veia, e sobre ela uma porção de pintinhas vermelhas que delineavam uma palavra distinta; e era a mesma que ela falou, 'José'. Segundo o jesuíta, essa marca fora a que o diabo prometera fazer antes de partir." Minutas dos acontecimentos foram escritas e assinadas pelos exorcistas oficiantes. Montague então acrescentou um *post scriptum* em inglês, assinado por ele e Killigrew. E assim, conclui alegremente a carta, "eu espero que me acreditará ou que pelo menos diga que existem maiores mentirosos que eu, embora não haja nenhum que seja seu mais humilde servidor que — Thomas Killigrew".

Ao nome de são José foram acrescentados, no devido tempo, aqueles de Jesus, de Maria e de são Francisco de Sales. A princípio de um vermelho vivo, esses nomes tendiam a esmaecer após uma ou duas semanas, mas eram então renovados pelo anjo da guarda da irmã Jeanne. O processo foi repetido a intervalos irregulares do inverno de 1635, até o dia de são João do ano de 1662. Após essa data os nomes desapareceram completamente, "por razão desconhecida", escreve Surin, "a não ser que, para livrar-se da contínua presença dos inoportunos que desejavam tirá-la da contemplação de Nosso Senhor, a madre superiora tenha rezado insistentemente para se ver livre de tal aflição".

Surin, junto com outros colegas e a maioria do público em geral, acreditava que essa forma insólita de estigmatização era uma graça extraordinária de Deus. Entre seus contemporâneos, havia um ceticismo generalizado. Essas pessoas não tinham acreditado na realidade da possessão, e agora não acreditavam na origem divina dos nomes. Alguns, como John Maitland, eram da opinião de que eles tinham sido gravados na pele com um ácido; outros, que podiam ter sido traçados na superfície com goma colorida. Muitos destacavam o fato de que, em vez de serem distribuídos em ambas as mãos, todos os nomes foram amontoados na esquerda — onde seria mais fácil para uma pessoa destra escrevê-los.

Em sua edição da autobiografia da irmã Jeanne, os doutores Gabriel Legué e Gilles de la Tourette, ambos alunos de Charcot, tendiam a acreditar que a escrita sobre a mão fora produzida por autossugestão, e defendiam seu ponto de vista citando vários exemplos modernos de estigmatização histérica. Poderia-se acrescentar que na maioria dos casos de histeria a pele torna-se especialmente sensível. O leve arrastar de uma unha sobre sua superfície provoca um vergão vermelho que persiste por várias horas.

Autossugestão, fraude deliberada ou uma mistura de ambas, estamos livres para escolher a explicação de nossa preferência. Quanto a mim, sinto-me mais inclinado para a terceira hipótese. O estigma era suficientemente espontâneo para parecer à própria Jeanne verdadeiramente milagroso. E, se era genuinamente milagroso, não podia haver nenhum mal em melhorar o fenômeno a fim de torná-lo mais edificante para o público e mais meritório para si mesma. Seus nomes sagrados eram como os romances de sir Walter Scott — baseados em fatos, mas consideravelmente devedores à imaginação e à arte.

Agora a irmã Jeanne possuía seu próprio milagre particular. Não era apenas particular, mas crônico. Renovados por seu anjo da guarda, os nomes sagrados estavam sempre presentes e podiam ser mostrados a qualquer momento aos visitantes ilustres ou à multidão dos espectadores comuns. Ela era agora uma relíquia ambulante.

Isacaaron desapareceu no dia 7 de janeiro de 1636. Só restou Behemoth; mas este demônio da blasfêmia era mais perigoso do que todos os outros juntos. Exorcismos, penitências, oração mental — nada adiantava. A religião fora impingida a uma mente pouco disposta e indisciplinada, e a reação indutiva daquela mente tinha sido uma irreligiosidade tão violenta e chocante que a personalidade normal sentira-se forçada a se dissociar dessa negação a cada coisa que devia reverenciar. A negação tornou-se "outra pessoa", um espírito mau que levava uma existência autônoma na mente, causando confusão interna e escândalo externo. Surin lutou contra Behemoth durante mais dez meses; então em outubro ele sucumbiu completamente. O provincial chamou-o de volta a Bordeaux, e outro jesuíta assumiu a orientação da prioresa.

O padre Ressès tinha uma grande crença no que podemos denominar de exorcismo "direto". Estava convencido, diz a irmã Jeanne, de que aqueles que assistiam aos exorcismos eram grandemente beneficiados pela visão de demônios adorando o Sacramento.

Surin havia tentado "derrubar o cavaleiro atacando o cavalo". Ressès atacou o cavaleiro diretamente e em público — e atacou-o sem se importar com os sentimentos do cavalo e sem nenhuma tentativa de modificar seu comportamento.

"Certo dia", escreve a prioresa, "durante uma reunião de pessoas famosas, o bom padre planejou executar alguns exorcismos para o benefício espiritual dos presentes". A prioresa disse a seu diretor espiritual que não estava se sentindo bem e que os exorcismos poderiam fazê-la piorar. "Mas o piedoso padre, que estava ansioso por executar os exorcismos, disse-me para tomar coragem e confiar em Deus; então começou seu trabalho." A irmã Jeanne foi obrigada a mostrar todas as suas proezas, em razão do que caiu de cama com febre alta e uma dor do lado do corpo. O dr. Fanton, um huguenote, mas o melhor médico da cidade, foi chamado. Ele lhe aplicou três sangrias e medicou-a. Foi tão eficiente que houve "uma evacuação e um fluxo sanguíneo que durou sete ou oito dias". Ela sentiu-se melhor; então, poucos dias depois, sentiu-se mal outra vez. "O padre Ressès achou recomendável reiniciar os exorcismos; após o que tive problemas de náuseas e vômitos violentos." A isso seguiram-se febre, dor do lado e escarros de sangue. Fanton foi chamado outra vez, diagnosticou pleurisia, aplicou-lhe uma sangria diária durante uma semana e ministrou-lhe quatro clisteres. Após o que informou que sua doença era mortal. Naquela noite a irmã Jeanne ouviu uma voz interior. Ela disse-lhe que ela não ia morrer, mas que Deus a colocaria numa situação extremamente perigosa, com o objetivo de mais gloriosamente manifestar seu poder, curando-a quando já estivesse às portas da morte. Por dois dias ela pareceu ficar cada vez pior e mais fraca, tanto que no dia 7 de fevereiro lhe ministraram a extrema--unção. Depois chamaram o médico e, enquanto esperava por sua chegada, a irmã Jeanne pronunciou a seguinte oração: "Senhor, sempre pensei que desejásseis demonstrar algum sinal extraordinário de Vosso poder curando-me desta doença; se for esse o caso, reduza-me a tal estado que, quando o doutor me olhar, acredite que já estou desenganada." O dr. Fanton veio e declarou que ela tinha apenas uma ou duas horas de vida. Correndo de volta para casa, escreveu um relatório para Laubardemont, que estava então em Paris. O pulso, escreveu, estava descontrolado, o estômago, dilatado; o estado de fraqueza era tal, que nenhum remédio, nem mesmo um clister poderia produzir algum efeito. Entretanto, ministrara-lhe um pequeno supositório na esperança de que pudesse aliviar uma "opressão tão grande que não podia ser descrita". Não que esse paliativo pudesse fazer algum efeito real; porque a paciente estava *in extremis*. Às seis e meia, a irmã Jeanne caiu numa letargia e teve uma visão de seu anjo da guarda sob a forma de um jovem de dezoito anos extraordinariamente belo, com longos cabelos louros. O anjo, contou-nos Surin, era a imagem viva do duque de Beaufort, filho de César de Vendôme, e neto de Henrique IV e Gabrielle d'Estrées. Esse príncipe estivera recentemente em Loudoun para ver os demônios, e suas mechas douradas de cabelos que caíam até os ombros devem ter causado uma profunda impressão na prioresa. Depois do anjo veio são José, que colocou sua mão sobre o lado direito da irmã Jeanne, no ponto onde ela sentia a dor mais forte, e ungiu-a com um certo tipo de óleo. "Após o que recobrei os sentidos e fiquei completamente curada."

Foi outro milagre. Mais uma vez a irmã Jeanne tinha demonstrado que ao menos até certo ponto ela possuía seus possessores. Ela havia desejado e sugerido a expulsão de Leviatã e, agora, o desaparecimento de todos os sintomas de uma doença psicossomática aguda e aparentemente fatal.

Ela saiu da cama, vestiu-se, desceu para a capela e juntou-se a suas irmãs que cantavam o *Te Deum*. O dr. Fanton foi chamado outra vez e, após ser informado do que acontecera, observou que o poder de Deus é maior que o de nossos remédios. "Contudo", escreve a prioresa, "não quis se converter e posteriormente negou-se a nos dar atendimento."

Pobre dr. Fanton! Após o regresso de Laubardemont a Loudun, foi chamado perante uma comissão de magistrados e solicitado a assinar uma declaração no sentido de que a recuperação de saúde da paciente tinha sido milagrosa. Ele recusou-se. Pressionado a explicar as razões de sua recusa, respondeu que uma mudança repentina de uma doença mortal para a mais perfeita saúde poderia facilmente ter acontecido por obra da natureza. "Por motivo de um fluxo considerável de humor, ou por uma excreção imperceptível através dos poros da pele, ou talvez pela transferência do humor do lugar onde causou aqueles distúrbios para outra parte menos importante. Além disso, os sintomas alarmantes, produzidos por um humor localizado em determinado lugar, podem ser aliviados sem necessidade de deslocamento; isto é, através da diminuição do humor quando ele é suavizado pela natureza ou pela investida de um novo humor que, sendo menos violento, amortece os efeitos destruidores do primeiro." O dr. Fanton acrescenta que "excreção manifesta é a que flui pela urina e pelos fluxos dos intestinos, ou por vômitos, suores ou perdas de sangue; e que a excreção inconsciente acontece quando os órgãos expelem inconscientemente; esses últimos tipos de excreções são mais frequentes entre pacientes que produzem humores belicosos, especialmente bile, sem ver os sinais que precedem tais excreções, mesmo que seja em momento de crise e de descarga da natureza. É óbvio que, na cura das doenças, as menores quantidades de humor podem abandonar o corpo quando aqueles foram previamente expelidos pelos remédios, que eliminam não só as causas presumíveis das doenças, mas também as causas a elas associadas. Ao que podemos acrescentar que, em seus deslocamentos, os humores observam uma certa regularidade de tempo." Molière, podemos perceber, não inventou nada: apenas registrou.

Passaram-se dois dias. Então a prioresa lembrou-se de repente que não havia limpado ainda a unção que a havia curado, de forma que ainda devia ter alguma coisa sobre sua túnica. Na presença da vice-

-prioresa, ela retirou o hábito. "Nós duas sentimos um admirável odor; retirei minha túnica, que então cortamos na cintura. Nela estavam cinco gotas desse divino bálsamo, que exalava um magnífico perfume." "Onde estão suas jovens senhoras?", pergunta Gorgibus no início de *As preciosas ridículas*. "Em seus quartos", diz Marotte. "O que elas estão fazendo?" " Fazendo brilho para os lábios." Era uma época em que cada mulher que queria estar na moda tinha de ser sua própria Elizabeth Arden. Receitas de cremes faciais e loções para as mãos, de roupas e perfumes, eram guardadas como armas secretas ou trocadas generosamente entre amigas íntimas. Durante sua juventude na casa paterna, e até mesmo depois de ter tomado o hábito, a irmã Jeanne havia sido uma fabricante amadora famosa de cosméticos e farmacêuticos. A unção de são José veio, pelo que podemos supor, de uma fonte bastante terrena. Mas, enquanto isso, lá estavam as cinco gotas para todos verem. "É inacreditável", escreve a prioresa, "quão grande era a devoção das pessoas em relação a essa unção abençoada, e quantos milagres Deus realizou por meio dela."

A irmã Jeanne tinha agora dois prodígios de primeira classe a seu crédito, com uma mão estigmatizada e uma túnica perfumada como testemunhas eternas das graças extraordinárias que ela havia recebido. Mas isso ainda não era suficiente. Sentia que em Loudun seu esplendor ficava um tanto escondido. Havia na verdade os turistas, os príncipes visitantes, lordes e prelados. Mas pensemos nos milhões que jamais fizeram a peregrinação! Pensemos no rei e na rainha! Em Sua Eminência! Em todos os duques e marqueses, todos os marechais de França, todos os legados católicos, os ministros plenipotenciários e extraordinários, os doutores da Sorbonne, os decanos, os abades, os bispos e arcebispos! Não devia a *esses* ser dada a oportunidade de admirar as maravilhas, de ver e ouvir a humilde receptora de tão extraordinárias graças?

Vinda de sua própria boca, a sugestão poderia parecer presunçosa, e assim foi Behemot quem primeiro mencionou o assunto. Quando, após os exorcismos mais ardorosos, o padre Ressès perguntou-lhe por que resistia tão teimosamente, o diabo replicou que jamais deixaria o corpo da priora até que aquele corpo fizesse uma peregrinação ao túmulo de são Francisco de Sales em Annecy, na Saboia. Os exorcismos se sucediam. Sob uma torrente de anátemas, Behemot contentava-se em sorrir. Ao seu primeiro *ultimatum*, acrescentou então outra condição: o padre Surin deveria ser chamado de volta — de outro modo, nem mesmo a viagem a Annecy seria de alguma valia. Em meados de junho, Surin estava de volta a Loudun. Entretanto, a peregrinação provou ser mais difícil de conseguir. Vitelleschi, o geral da ordem, não gostou da ideia de um de seus jesuítas passeando pela França com uma freira; e o bispo de Poitiers, por sua vez, não gostava da ideia de uma de suas freiras exibindo-se pelas ruas com um jesuíta. Além disso, havia a questão do dinheiro. O tesouro real estava vazio, como de costume. Com os subsídios das freiras e os salários dos exorcistas, a possessão já havia saído bastante dispendiosa. Não restava nada para os passeios até a Saboia. Behemoth manteve-se firme. Como uma grande concessão, concordou em deixar Loudun — mas sob a condição de que a irmã Jeanne e Surin tivessem a permissão de fazer o juramento de ir a Annecy mais tarde. Afinal, conseguiu o que queria. Surin e a irmã Jeanne tiveram licença para se encontrar no túmulo de são Francisco, mas teriam de ir e voltar por caminhos diferentes. Os votos foram feitos e, pouco tempo depois, no dia 15 de outubro, Behemoth partiu. A irmã Jeanne estava livre. Duas semanas mais tarde Surin regressou a Bordeaux. Na primavera seguinte, o padre Tranquille morreu num paroxismo de delírio demoníaco. O Tesouro deixou de pagar os salários dos exorcistas que restavam e foram todos chamados a voltar às suas diferentes comunidades religiosas. Abandonados a si mesmos, os diabos que haviam permanecido logo debandaram. Após seis anos de luta incessante, a Igreja Militante abandonou a disputa. Seus inimigos desapareceram imediatamente. A longa orgia terminara. Se não houvesse exorcistas, ela jamais teria começado.

CAPÍTULO X

Com a peregrinação da irmã Jeanne, emergimos por poucas semanas das sombras de um claustro provinciano para o grande mundo. É o mundo dos livros de história, o mundo das personagens reais e das intrigas da corte, das duquesas com uma predileção pelo amor e dos prelados com o gosto pelo poder, o mundo da alta diplomacia e da última moda, de Rubens e Descartes, da ciência, literatura, saber. De Loudun e da companhia de um místico, sete diabos e dezesseis histéricas, a prioresa mergulhou então no esplendor do século XVII.

O sortilégio da história e sua lição enigmática consistem no fato de que, de uma época a outra, nada muda, e contudo todas as coisas são completamente diferentes. Em personagens de outras épocas e culturas estranhas, reconhecemos nossos egos, todos demasiadamente humanos, e ainda assim temos consciência de que o sistema de referências dentro do qual moldamos nossas vidas mudou, desde os dias em que viveram, até se tornarem irreconhecível, que proposições que pareciam incontestáveis então são agora indefensáveis, e o que encaramos como os postulados mais irrefutáveis não poderiam num período anterior encontrar aceitação nem mesmo na mente mais ousadamente especulativa. Mas embora acentuadas e importantes nas áreas do pensamento e da tecnologia, da organização social e do comportamento, as diferenças entre antes e agora são sempre periféricas. No âmago permanece uma identidade fundamental. Na medida em que são mentes revestidas de forma humana, sujeitas à decadência física e à morte, capazes de sentir dor e prazer, dirigidas pelo desejo ardente e pela aversão, e oscilando entre o desejo de autoafirmação e o de autotranscendência, os seres humanos em todo tempo e lugar têm de enfrentar os mesmos problemas, confrontam-se com as mesmas tentações e têm permissão de acordo com a Ordem das Coisas a fazer a mesma escolha entre a impenitência e o esclarecimento. Mudam os contextos, mas a essência e o significado são invariáveis.

A irmã Jeanne não estava em situação de compreender o prodigioso desenvolvimento do pensamento científico e da tecnologia que começava a acontecer no mundo a seu redor. A prioresa não tinha o menor conhecimento daqueles aspectos da cultura do século XVII representados por Galileu e Descartes, por Harvey e Van Helmont. O que aprendera quando criança e agora redescobria no decorrer de sua peregrinação era a hierarquia social e o convencionalismo de pensamento, sentimento e comportamento criados por aquela hierarquia.

Sob um de seus aspectos, a cultura do século XVII, principalmente na França, era apenas um esforço prolongado, por parte da minoria dominante, para ultrapassar as limitações da existência orgânica. Mais do que em quase todos os outros períodos da história moderna, homens e mulheres procuravam se identificar com suas personas sociais. Não se contentavam apenas em possuir um nome ilustre, desejavam *ser* aquele nome. Suas ambições eram na verdade *tornar-se* os cargos que ocupavam, os títulos honoríficos que tinham adquirido ou herdado. Daí a elaboração dos protocolos exagerados, daí aqueles códigos rígidos e complexos de precedência, de honra, de boas maneiras. As relações não se davam entre seres humanos, mas entre títulos, genealogias e posições sociais. Quem tinha o direito de sentar-se na presença do rei? Para Saint-Simon, no fim do século, a questão era de importância fundamental. Três gerações antes, perguntas semelhantes tinham surgido na mente do infante Luís XIII. Por volta dos quatro anos, começou a se sentir ofendido por seu meio-irmão bastardo, o duque de Vendôme, ter permissão de fazer suas refeições com ele e permanecer de chapéu em sua presença. Quando Henrique IV decretou que "Fefé Vendôme" devia se sentar à mesa do delfim e conservar seu chapéu enquanto comia, o pequeno príncipe foi obrigado a aceitar, mas com a maior má vontade. Nada é mais esclarecedor da teoria e prática do direito divino dos reis do que esse fato do chapéu real. Quando completou nove anos, Luís XIII passou dos cuidados de uma governanta para os de um preceptor. Na presença de um ser que era, por definição, divino, o tutor do rei jamais usava chapéu. E essa regra perdurava mesmo quando (como o falecido rei e a rainha-mãe o tinham incumbido de fazer) infligia punições corporais a seu aluno. Nessas ocasiões o monarca, sem tirar o chapéu, mas com as calças arriadas, era espancado até o sangue correr por um vassalo reverentemente descoberto, como se diante do Sacramento no altar. O espetáculo como tentamos visualizá-lo é inesquecivelmente informativo. "Existe uma divindade que protege o rei, enfraqueçamo-lo como pudermos."

O desejo de ser algo mais que simples corpo revela-se claramente nas artes da época. Reis e rainhas, lordes e damas gostavam de se imaginar da forma como Rubens representava suas pessoas e suas características alegóricas — com força sobre-humana, divinamente saudáveis, heroicamente dominadores. Estavam dispostos a pagar preços exorbitantes para se verem como nos retratos de Van Dyck — elegantes, distintos, infinitamente aristocráticos. No teatro amavam os heróis e heroínas de Corneille, mas os amavam apenas por seu tamanho, pela sua consistência monolítica e sobre--humana, seu culto à vontade, sua autoadoração. E, com o passar dos anos, era cada vez com mais rigidez que insistiam nas unidades de tempo, espaço e ação; porque o que desejavam assistir em seu teatro de tragédia não era a vida real, mas a vida retocada, reduzida à ordem, o que seria se homens e mulheres fossem algo diferente do que realmente são.

No terreno da arquitetura nacional, o desejo por uma grandiosidade que ultrapassasse o humano não era menos claramente demonstrado. O fato foi ressaltado por um poeta que era um menino quando o Palais Cardinal foi construído e que morreu antes que Versailles fosse terminado — Andrew Marvell.

Why should, of all things, man unrul'd
Such unproportioned dwellings build?
The beasts are by their dens express'd
And birds contrive an equal nest;
The low-roofed tortoises do dwell
In cases fit of tortoise-shell:
No creature loves an empty space;
Their bodies measure out their place.
But he, superfluously spread,
Demands more room alive than dead,
And in his hollow palace goes
Where winds, as he, themselves may lose.
What need of all this marble crust
T'impark the wanton mote of dust?[95]

E enquanto as incrustações de mármore se expandem, as perucas das abundantes partículas encerradas dentro delas se tornam mais

---

95 Em inglês, no original: "Por que o homem desgovernado, entre todas as criaturas espalhadas,/ Constrói tão desproporcionais moradas?/ As feras se revelam por seus covis/ E os pássaros constroem ninhos afins;/ As tartarugas habitam sob o telhado baixo/ De suas próprias carapaças das quais lhes caem bem o encaixo:/ Nenhuma criatura ama espaços desocupados;/ Seus corpos delimitam seus delineados./ Mas ele, superfluamente difundido,/ Exige mais espaço vivo que falecido,/E em seu palácio oco ficam/ Onde os ventos, como ele, também se desperdiçam./ Que necessidade de todo esse mármore incrustar/ Para abundantes ciscos de pó enclausurar?". [N.E.]

luxuriantes, os saltos de seus sapatos, ainda mais altos. Cambaleando nas pernas de pau e coroados com montanhas enormes de pelos de cavalo, o Grande Monarca e seus cortesãos proclamavam-se maiores que a vida e mais cabeludos que Sansão no apogeu de sua virilidade.

Essas tentativas de sobrepujar os limites estabelecidos pela natureza, é desnecessário dizer, foram sempre mal-sucedidas. Por duas razões: não só porque nossos ancestrais do século XVII não conseguiram *ser*, eles fracassaram também no *parecer* super-homens. O espírito absurdo e presunçoso possuía vontade suficiente; mas a carne era irremediavelmente fraca. O *Grand Siècle* não possuía os recursos materiais e organizacionais, sem os quais o jogo de fingir ser super-homem não pode ser jogado. Aquela magnificência, aqueles prodígios de grandeza que Richelieu e Luís XIV tão ardentemente desejavam, só podem ser obtidos pelos maiores diretores teatrais como um Ziegfeld, um Cochran, um Max Reinhardt. Mas um grande espetáculo teatral depende de um arsenal de dispositivos, uma sala com bom estoque de acessórios e um excelente treinamento e colaboração disciplinada de todo o grupo envolvido. No *Grand Siècle* faltavam treino e disciplina, e até mesmo o material fundamental para a grandeza cênica — a *machine* que introduz e, na verdade, cria o *deus* era deficiente. Mesmo Richelieu, mesmo o Rei-Sol eram "Velhos Homens das Termópilas", que nunca fizeram nada de maneira adequada. O próprio Versailles, curiosamente, não era imponente — gigantesco mas vulgar, grandioso mas sem causar impacto. A ostentação do século XVII era extremamente piegas. Nada era ensaiado direito, e os mais grotescos dos contratempos evitáveis podiam arruinar a ocasião mais solene. Consideremos, por exemplo, o caso de *La Grande Mademoiselle*, aquela patética figura grotesca que era prima-irmã de Luís XIV. Após sua morte, de acordo com um estranho costume da época, seu corpo foi dissecado e enterrado em pedaços separadamente — aqui a cabeça e lá uma perna ou duas, ali o coração e acolá as entranhas. Essas últimas foram tão mal embalsamadas que, mesmo depois do tratamento, continuaram a fermentar. Os gases putrefatos acumularam-se e a pórfira contendo as vísceras tornou-se uma espécie de bomba anatômica, que de repente explodiu em meio ao serviço fúnebre, para horror e consternação de todos os presentes.

Tais acidentes fisiológicos não eram de forma alguma exclusivamente póstumos. Os autores de memórias e os colecionadores de anedotas estão repletos de histórias sobre arrotos em altas rodas sociais, exalação de gases na presença do rei, sobre o cheiro das caçadas que permaneciam no corpo dos reis e do odor desagradável de duques e marechais. As axilas e os pés de Henrique IV gozavam de fama internacional. Bellegarde vivia de nariz escorrendo. Bassompierre tinha um conjunto de dedos do pé que rivalizavam com os de seu real senhor. A grande quantidade dessas anedotas e o grande divertimento que seus narradores evidentemente provocavam estavam em proporção direta à enormidade das pretensões reais e da aristocracia. Precisamente porque os homens poderosos tentavam se mostrar mais do que humanos para o resto do mundo, era bem recebido quem quer que lembrasse serem eles, ao menos em parte, ainda apenas animais.

Por identificar-se com uma persona que era ao mesmo tempo principesca, sacerdotal, política e literária, o cardeal Richelieu comportava-se como se fosse um semideus. Mas o homem desventurado tinha de ter sua parte num corpo que a doença tornara tão repulsivo que às vezes as pessoas mal suportavam ficar com ele no mesmo aposento. Sofria de tuberculose óssea no braço direito e de uma fístula no ânus, e era então forçado a viver na atmosfera fétida de sua própria supuração. Almíscar e muscari disfarçavam, mas não conseguiam acabar com o odor de podridão. Richelieu jamais conseguiu escapar da humilhação de saber que era objeto de nojo para todos que estavam ao seu redor. Esse contraste terrivelmente violento entre a persona semidivina e o corpo em desagregação ao qual estava associada impressionava vivamente a imaginação popular. Quando as relíquias de são Fiacre (o milagroso medicamento para as hemorroidas) foram trazidas de Meaux para o palácio do cardeal, um poeta anônimo celebrou a ocasião com versos que teriam deliciado Dean Swift.

Cependant sans sortir un pas hors de sa chambre
Qu'il faisait parfumer toute de musc et d'ambre,
Pour n'estonner le Sainct de cette infection
Qui du parfait ministre est l'imperfection,
Et modérer un peu l'odeur puantissime
Qui sort du cul pourry de l'Eminentissime.[96]

E aqui, outro trecho de uma balada descrevendo a última doença do grande homem.

Il vit grouiller les vers dans ses salles ulcères,
  Il vit mourir son bras —
Son bras qui dans l'Europe alluma tant de guerres,
Qui brusla tant d'autels... [97]

Entre o corpo apodrecido do homem real e a glória da persona, a distância era insuperável. Nas palavras de Jules de Gaultier, "o ângulo bovarista" separando a realidade da fantasia aproximou-se de cento

---

[96] Em francês, no original: "Contudo sem dar um passo fora do quarto/ O qual com almíscar e âmbar deixava farto,/ Para não surpreender o Santo com aquela infecção/ Que do perfeito ministro é a imperfeição,/ E moderar um pouco o odor fedorentíssimo/ Que sai do reto podre do Eminentíssimo". [N.E.]

[97] Em francês, no original: "Ele viu pululurem vermes em suas úlceras/ Ele viu morrer seu braço —/ Seu braço que na Europa inflamou tantas guerras,/ Que queimou tantos altares..." [N.E.]

Os demônios de Loudun 321

e oitenta graus. Para uma geração levada a encarar o direito divino dos reis, padres e nobres como verdades irrefutáveis, e que *portanto* aproveitava toda oportunidade para diminuir seu orgulho, o caso do cardeal Richelieu era a mais aceitável das parábolas. *Hubris* convida sua *Nemesis* correspondente. O cheiro insuportável, aqueles vermes proliferando no cadáver vivo, parecia a justiça perfeita e adequada.

Durante as derradeiras horas do cardeal, quando as relíquias já de nada serviam e os médicos haviam perdido as esperanças, uma velha camponesa que tinha fama de curandeira foi chamada à cabeceira do grande homem. Sussurrando fórmulas mágicas, ministrou sua panaceia — quatro onças de esterco de cavalo amolecido numa caneca de vinho branco. Foi com o gosto de esterco em sua boca que morreu o árbitro dos destinos da Europa.

Quando a irmã Jeanne foi levada à sua presença, Richelieu estava no auge de sua glória, mas já era um homem doente, sofrendo de muitas dores e necessitando de assistência médica constante. "Meu senhor cardeal havia feito uma sangria naquele dia, e todas as portas de seu castelo de Ruel estavam fechadas, até mesmo para bispos e marechais de França; assim mesmo fomos introduzidas em sua antecâmara, embora ele estivesse de cama." Depois do jantar ("Foi magnífico, e fomos servidas por seus pajens"), a madre superiora e uma companheira ursulina foram introduzidas em seu quarto, ajoelharam-se para receber a bênção de Sua Eminência e só a muito custo foram persuadidas a se erguerem e sentarem-se nas cadeiras. ("A controvérsia devido à polidez de sua parte e à humildade da nossa durou um longo tempo; finalmente fui obrigada a obedecer.")

Richelieu começou a palestra observando que a priorésa estava em grande dívida com Deus, porque Ele a tinha escolhido, nesta época de incredulidade, para sofrer pela honra da Igreja, pela conversão das almas e pela condenação dos perversos.

A irmã Jeanne respondeu com muitos agradecimentos. Ela e suas irmãs jamais esqueceriam daquilo, embora o resto do mundo as houvesse tratado como impostoras dementes. Sua Eminência fora para elas não apenas um pai, mas uma mãe, assim como um guia e protetor. Mas o cardeal não permitiu que lhe agradecessem. Pelo contrário, sentia-se extremamente agradecido à Providência por lhe haver dado a oportunidade e os recursos para ajudar as aflitas. (Todas essas coisas, observa a prioresa, foram ditas "com uma cortesia encantadora e muita doçura"). A seguir, o grande homem pediu para contemplar os nomes sagrados inscritos na mão esquerda da irmã Jeanne. E depois dos nomes sagrados foi a vez da unção de são José. A túnica foi desdobrada. Antes de tomá-la em suas mãos, o cardeal retirou devotamente seu barrete de dormir, então cheirou o objeto abençoado e, exclamando "Isto cheira muito bem!", beijou-o duas vezes. Depois, segurando a túnica "com respeito e admiração", pressionou-a contra um relicário que estava sobre a mesa ao lado da cama — presumivelmente para revigorar seu conteúdo com o mana inerente à unção. A seu pedido, a prioresa descreveu (por quantas centenas de vezes?) o milagre de sua cura, depois ajoelhou-se para outra bênção. A entrevista terminara. No dia seguinte, Sua Eminência enviou-lhe quinhentas coroas para custear as despesas da peregrinação.

Lê-se o relato dessa entrevista da irmã Jeanne, em seguida volta-se às cartas nas quais o cardeal criticava ironicamente Gaston d'Orléans por sua credulidade em relação à possessão. "Fico encantado em saber que os demônios de Loudun converteram Sua Alteza e que agora esqueceste completamente as blasfêmias que estavam sempre saindo de sua boca." E ainda, "a assistência que recebeste do mestre dos demônios de Loudun será suficientemente poderosa para capacitá-lo em pouco tempo a fazer uma longa jornada no caminho da virtude". Em outra ocasião, fica sabendo, através de um mensageiro, quem é "um dos demônios de Loudun", que o príncipe contraiu uma doença cuja natureza é suficientemente indicada pelo fato de que "Vós a mereceste". Richelieu se apieda de Sua Alteza e lhe oferece "os exorcismos do bom padre Joseph" como remédio. Dirigidas ao irmão do rei pelo homem que havia condenado Grandier à fogueira por traficar com os demônios, essas cartas eram espantosas tanto por sua insolência quanto por seu irônico ceticismo. A insolência pode ser atribuída à necessidade de sobrepujar seus superiores em posição social, o que permaneceu, durante toda a sua vida, um traço absurdamente infantil da complexa personalidade do cardeal. E quanto ao ceticismo e a ironia cínica? Qual era a opinião verdadeira de Sua Eminência sobre feitiçaria e possessão, sobre as palavras estigmatizadas e a túnica abençoada? Suponho que a melhor resposta é que, quando se sentia bem e estava em companhia de leigos, o cardeal encarava a coisa toda como uma fraude, uma ilusão ou uma mistura de ambas. Se aparentava acreditar nos demônios era apenas por motivos políticos. Como Canning, ele recorria ao Novo Mundo para restabelecer o equilíbrio do Velho — sendo que a única diferença era que, em *seu* caso, o Novo Mundo não era a América, mas o inferno. Na verdade, a reação popular aos demônios havia sido insatisfatória. Em face de um ceticismo generalizado, seus planos para fazer uma inquisição tipo Gestapo para combater a feitiçaria e incidentalmente aumentar o poder real, tiveram de ser abandonados. Mas é sempre bom saber o que *não fazer*, e a experiência, embora com resultados negativos, valera a pena. Na verdade, um inocente fora torturado e queimado vivo. Mas afinal ninguém pode fazer omeletes sem quebrar ovos. E, de qualquer forma, o pároco tinha sido um tipo incômodo, e fora melhor que tivesse sido dizimado.

Mas então a dor em seu ombro começaria de novo e a fístula o manteria acordado durante noites seguidas com dores insuportáveis. Os médicos foram consultados, mas quão pouco podiam fazer! A eficácia da medicina dependia da *vis medicatrix Naturae*. Mas neste seu desgraçado corpo, a natureza parecia ter perdido seu poder curativo. Era possível que sua doença tivesse uma causa sobrenatural?

Pediu que lhe enviassem relíquias e imagens santificadas, pediu que fizessem orações em sua intenção. E, enquanto isso, consultava seu horóscopo em segredo, manuseava seus talismãs gastos, nos quais confiava, repetia baixinho as fórmulas mágicas que aprendera de sua velha ama na infância. Quando a doença chegou, e as portas do palácio foram fechadas "mesmo para bispos e marechais de França", estava disposto a acreditar em qualquer coisa — mesmo na culpa de Urbain Grandier, mesmo na unção de são José.

Para a irmã Jeanne, a entrevista com Sua Eminência foi apenas um elemento a mais em uma longa série de triunfos e emoções. De Loudun para Paris e de Paris para Annecy, movia-se em triunfo, viajando envolvida pelas ovações populares e de uma recepção da aristocracia para outras ainda mais desvanecedoras para sua vaidade.

Em Tours foi recebida com sinais de "bondade extraordinária" pelo arcebispo Bertrand de Chaux, um velho cavalheiro octogenário, grande jogador, que recentemente caíra no ridículo ao se apaixonar por uma moça cinquenta anos mais jovem que ele, a encantadora sra. de Chevreuse. "Ele fará tudo que eu quiser", costumava dizer. "Tudo que tenho a fazer é, quando estamos à mesa, deixá-lo beliscar minha coxa." Após ouvir a história da irmã Jeanne, o arcebispo ordenou que os nomes sagrados fossem examinados por uma junta de médicos. O exame foi feito e a prioresa, aprovada com louvor. De quatro mil, a multidão de espectadores que cercava o convento onde ela estava alojada passou a sete mil.

Houve outra entrevista com o arcebispo, dessa vez para encontrar Gaston d'Orléans, retido em Tours devido à sua ligação com uma menina de dezesseis anos chamada Louise de la Marbelière, que mais tarde lhe deu um filho, foi no devido tempo abandonada por seu amante real e finalmente tornou-se freira. "O duque de Orléans veio me encontrar à porta da sala de recepção; deu-me calorosas boas-vindas, congratulou-se por minha recuperação e disse: 'Certa vez fui a Loudun; os demônios que estavam possuindo você me assustaram muito; curaram-me de meu hábito de blasfemar, e de então em diante decidi ser um homem melhor do que havia sido até aquele momento.' Após o que voltou correndo para Louise."

De Tours, a prioresa e seus acompanhantes seguiram para Amboise. Tantas pessoas desejavam ver os nomes sagrados que foi necessário manter o locutório do convento aberto até as onze horas da noite.

Em Blois, no dia seguinte, as portas da hospedaria onde a irmã Jeanne estava jantando foram arrombadas pela multidão.

Em Orléans, ela foi visitada no convento das ursulinas pelo bispo, que, examinando sua mão, exclamou: "Não devemos esconder o trabalho de Deus, devemos mostrá-lo ao povo!" As portas do convento foram então abertas de modo que as multidões pudessem se fartar de olhar os nomes sagrados através da grade.

Em Paris, a prioresa se hospedou na casa do sr. de Laubardemont. Ali ela foi visitada frequentemente pelo sr. Chevreuse e pelo príncipe de Guémenée, como também por uma multidão diária de vinte mil pessoas de camadas inferiores. "O que era mais embaraçoso", escreve a irmã Jeanne, "é que as pessoas não se contentavam apenas em olhar minha mão, mas faziam-me mil perguntas sobre a possessão e a expulsão dos demônios; o que nos obrigou a editar um livrinho, no qual o público era informado dos acontecimentos extraordinários que tinham ocorrido durante a entrada dos demônios no meu corpo e sua posterior partida, com informações adicionais no que se refere aos nomes sagrados na minha mão."

Daí seguiu-se uma visita ao sr. de Gondi, arcebispo de Paris. A polidez que demonstrou ao acompanhar a prioresa até a carruagem causou uma tal impressão que Paris inteira se amontoou para vê-la e fez-se necessário instalar aquele ser sobrenatural equivalente a uma estrela de cinema a uma janela no andar térreo do hotel de Laubardemont, onde a multidão pudesse olhá-la. Das quatro da manhã às dez da noite ela ficou sentada ali, seu cotovelo sobre uma almofada, a mão miraculosa balançando para fora da janela. "Não me deram tempo para assistir à missa ou fazer minhas refeições. O calor estava muito forte e a multidão aglomerada tornou-o tão insuportável que comecei a ficar zonza e finalmente desmaiei."

A visita ao cardeal Richelieu teve lugar no dia 25 de maio, e poucos dias depois, de acordo com as ordens da rainha, a prioresa foi levada na carruagem de Laubardemont para Saint-Germain-en--Laye. Ali manteve uma longa palestra com Ana da Áustria, que segurou a mão milagrosa por mais de uma hora entre seus dedos reais, "olhando com admiração para uma coisa que nunca tinha sido vista antes desde o início da Igreja. E exclamou: 'Como pode alguém desaprovar uma coisa tão maravilhosa, que inspira tanta devoção? Aqueles que não creem e condenam esta maravilha são os inimigos da Igreja'."

Uma notícia da maravilha foi levada ao rei, que decidiu ver com seus próprios olhos. Olhou atentamente para os nomes sagrados e disse: "Nunca duvidei da verdade *deste* milagre; mas, vendo-o como agora, sinto minha fé fortalecida." Mandou então chamar os cortesãos que se tinham mostrado céticos quanto à realidade da possessão.

"O que dizem disto?", perguntou o rei, mostrando-lhes a mão da irmã Jeanne.

"Mas aquelas pessoas", escreve a prioresa, "não se davam por vencidas. Por uma questão de caridade, nunca mencionei os nomes destes cavalheiros."

O único momento embaraçoso que veio quebrar um pouco a harmonia daquele dia perfeito ocorreu quando a rainha pediu que lhe dessem um pedaço da túnica sagrada, "para que ela pudesse obter de Deus, através das preces de são José, um parto feliz. (Nessa época, **Ana da Áustria** estava grávida de seis meses do futuro Luís XIV). A prioresa teve de responder que não julgava que fosse da vontade de Deus que um objeto tão precioso fosse cortado em pedaços.

Se Sua Majestade o ordenasse, ela estava pronta a deixar-lhe a túnica inteira. Entretanto, ousava fazer notar que, se a túnica fosse deixada em seu poder, um número infinito de almas devotas a são José receberiam um grande conforto ao ver com seus próprios olhos uma relíquia verdadeira de seu santo padroeiro. A rainha deixou-se convencer e a prioresa regressou a Paris com sua túnica intacta.

Depois da visita a Saint-Germain, tudo parecia um pouco monótono — mesmo a entrevista de duas horas com o arcebispo de Sens, mesmo multidões de trinta mil pessoas, mesmo a conversa com o núncio papal, que disse ser "uma das coisas mais preciosas, jamais vista na Igreja de Deus" e que ele simplesmente não podia entender como "os huguenotes podiam persistir em sua cegueira, depois de uma prova tão perceptível das verdades a que eles se opunham".

A irmã Jeanne e seus companheiros deixaram Paris no dia 20 de junho e encontraram as multidões habituais, prelados e pessoas ilustres aguardando-os em cada parada. Em Lyon, que atingiram quatorze dias após saírem de Paris, foram visitados pelo arcebispo, cardeal Alphonse de Richelieu, o irmão mais velho do primeiro-ministro. Seus pais tinham desejado que se tornasse cavaleiro de Malta. Entretanto, todos os cavaleiros de Malta tinham de saber nadar e, uma vez que Alphonse jamais conseguiu aprender, teve de se contentar com o bispado de Luçon, ao qual cedo renunciou para se tornar um frade cartuxo. Depois da subida de seu irmão ao poder, foi retirado da Grande Cartuxa, nomeado arcebispo, primeiro de Aix, depois de Lyon, e deram-lhe um chapéu cardinalício. Tinha fama de ser um excelente prelado, mas era sujeito a distúrbios mentais ocasionais. Durante esses ataques, costumava vestir um roupão vermelho bordado de ouro e afirmar que era Deus Pai. (Essas anomalias pareciam ser comuns na família; pois existe uma tradição, que pode ou não ser verdade, de que seu irmão mais novo imaginava-se às vezes um cavalo.)

O interesse do cardeal Alphonse pelos nomes sagrados era tão exagerado que chegava quase a ser cirúrgico. Podia ser apagado por meios naturais? Pegou uma tesoura e começou a experiência. "Tomei a liberdade", escreve a irmã Jeanne, "de dizer, 'Meu senhor, está me machucando'." Então o cardeal chamou seu clínico e ordenou-lhe que raspasse os nomes. "Retruquei dizendo: 'Senhor, não tenho ordens de meus superiores para suportar tais provações.' Meu senhor cardeal perguntou-me quem eram esses superiores." A resposta da prioresa foi um golpe de mestre. Seu superior geral era o cardeal--duque, irmão do cardeal Alphonse. A experiência foi imediatamente suspensa.

Na manhã seguinte, quem apareceu, senão o padre Surin. Já estivera em Annecy e estava de volta para casa. Atormentado por uma mudez histérica, que atribuía a trabalhos do diabo, Surin rogou que ficasse livre da doença no túmulo de são Francisco de Sales — inutilmente. As visitandinas de Annecy possuíam um grande estoque de sangue seco, que o criado do santo juntara durante longos anos, alimentando seu estoque cada vez que seu senhor era sangrado pelo cirurgião-barbeiro. A abadessa Jeanne de Chantal ficou tão preocupada com a aflição de Surin, que lhe deu um coágulo desse sangue para comer. Por um momento foi capaz de falar "Jesu Maria", gritou; mas foi tudo; nada mais pôde dizer.

Após alguma discussão e uma consulta aos padres jesuítas de Lyon, ficou decidido que o padre Surin e seu acompanhante, padre Thomas, deveriam voltar e acompanhar a prioresa até o objetivo de sua peregrinação. A caminho para Grenoble, algo que a irmã Jeanne classificou apenas como "alguma coisa extraordinária" aconteceu. O padre Thomas entoou o *Veni Creator*, e imediatamente o padre Surin respondeu. Desse momento em diante, foi capaz (pelo menos por algum tempo) de falar à vontade.

Em Grenoble, Surin utilizou sua voz recém-recuperada para pregar uma série de sermões eloquentes sobre a unção de são José e os nomes sagrados. Há algo de lamentável e sublime, ao mesmo tempo, no espetáculo desse grande adorador de Deus afirmando apaixonadamente que o bem era o mal e este, a verdade. Gritando do púlpito, gastou as últimas energias de um corpo doente, de uma mente oscilando nos limites da desintegração, esforçando-se por persuadir seus ouvintes da justiça de um assassinato judicial, da sobrenaturalidade da história e da miraculosidade de uma fraude. Foi tudo feito, é claro, para a maior glória de Deus. Mas a moralidade subjetiva das intenções tem de ser completada pela moralidade objetiva e utilitária dos resultados. Pode-se ter boas intenções; mas se agirmos de forma irrealista e inadequada as consequências podem ser desastrosas. Devido à sua credulidade e sua relutância em pensar acerca da psicologia humana não só em termos antigos e dogmáticos, homens como Surin faziam parecer fatal que a ruptura entre a religião tradicional e a ciência em desenvolvimento viesse a ser insuperável. Surin era um homem de grande habilidade, e portanto não tinha o direito de ser tão tolo como nessas circunstâncias provara ser. O fato de ter feito de si mesmo um mártir por seu zelo não justifica o fato de esse zelo ter sido mal orientado.[98]

Em Annecy, a que chegaram um dia ou dois depois de sua partida de Grenoble, descobriram que a fama da unção de são José os havia precedido. O povo vinha de até oito léguas de distância para ver e cheirar. De manhã à noite Surin e Thomas mantinham-se ocupados na tarefa de trazer a túnica em contato com os objetos trazidos com esse objetivo pelos fiéis — rosários, cruzes, medalhas, até mesmo pedaços de algodão e papel.

Enquanto isso, a prioresa estava alojada no convento visitandino, cuja abadessa era a sra. de Chantal. Voltamos à sua autobiografia esperando que ela tenha dedicado ao menos algumas páginas a essa santa

---

[98] "Superstição — Concupiscência", diz Pascal. E novamente: "Um vício natural, como a incredulidade, e não menos pernicioso — superstição".

amiga e discípula de são Francisco, como dedicara a Ana da Áustria ou ao execrável Gaston d'Orléans. Mas ficamos desapontados. A única menção à santa Jeanne Chantal ocorre no parágrafo que segue. "Os pontos onde estavam as unções ficaram sujos. A sra. de Chantal e suas freiras lavaram o linho onde as unções se encontravam, e estas recuperaram a cor costumeira."

Quais as razões para tão estranho silêncio em relação a uma pessoa tão notável como a fundadora da Visitação? Só se pode especular. Será que a sra. de Chantal era tão perspicaz a ponto de não se deixar impressionar quando a irmã Jeanne começou a representar o papel de santa Teresa? Os santos tendem a adquirir um dom dos mais embaraçosos, que é o de enxergar através da persona, o verdadeiro ser atrás da máscara, e pode ser que a pobre irmã Jeanne de repente descobriu-se espiritualmente despida diante dessa velha senhora incrivelmente generosa — despida e de repente profundamente envergonhada.

Em Briare, a caminho de casa, os dois jesuítas afastaram-se de seus acompanhantes. A irmã Jeanne nunca mais veria novamente o homem que sacrificara a si próprio a fim de devolver-lhe a sanidade. Surin e Thomas tomaram o rumo oeste para Bordeaux; as outras seguiram para Paris, onde Jeanne tinha um encontro com a rainha. Chegou a Saint-Germain na hora certa. Na noite de 4 de setembro de 1638, as dores de parto começaram. A faixa abençoada da Virgem, que fora trazida de Notre-Dame du Puy, foi amarrada em torno da cintura da rainha, e a túnica da prioresa foi estendida sobre seu abdômen real. Às onze horas da manhã seguinte, Ana da Áustria dera à luz sem problemas um filho homem que, cinco anos mais tarde, viria a se chamar Luís XIV. "Então aconteceu", escreveu Surin, "que são José demonstrou seu magnífico poder, não só assegurando à rainha uma boa hora, mas também presenteando a França com um rei incomparável em poder e grandeza de mente, de rara discrição, admirável prudência e de uma religiosidade como jamais se viu antes."

Tão logo a rainha encontrou-se fora de perigo, a irmã Jeanne guardou sua túnica e tomou o caminho de Loudun. As portas do convento abriram-se e depois fecharam-se sobre ela para sempre. Seu momento agitado de vida gloriosa findara; mas ela não podia acostumar-se imediatamente à rotina monótona que seria dali por diante seu destino. Um pouco antes do Natal, caiu doente com uma infecção pulmonar. Sua vida, de acordo com sua própria narrativa, esteve por um fio. "Nosso Senhor", contou ao seu confessor, "deu-me um grande desejo de ir para o céu; mas fez-me também conhecer que se eu ficasse na terra um pouco mais, poderia ser-lhe de alguma utilidade. E assim, reverendo padre, se o senhor me aplicar a unção sagrada, serei certamente curada." Parecia tão evidente que o milagre ocorreria, que o confessor da irmã Jeanne chegou a enviar convites para a ocasião abençoada. Na noite de Natal "reuniu-se em nossa igreja uma imensa multidão de pessoas desejosas de presenciar minha recuperação." As pessoas ilustres foram acomodadas em assentos num aposento que comunicava com o quarto da prioresa, para dentro do qual podiam ver através das grades. "Depois do cair da noite, estando no ponto crítico de minha doença, o padre Alange, um jesuíta vestido com todos os paramentos, inclusive a casula, entrou em nosso quarto portando a unção sagrada. Chegando perto de minha cama, colocou a relíquia sobre minha cabeça e começou a repetir as litanias de são José que pretendia declamar até o fim. Nem bem havia colocado o sagrado depositório (*dépôt*) sobre minha cabeça, senti-me completamente curada. Entretanto, resolvi não dizer nada até que o piedoso padre terminasse as litanias. Então anunciei o fato e pedi minhas roupas."

Talvez esse segundo milagre, tão pontual, não tenha causado grande impressão no público. Seja como for, foi o último da série.

O tempo passou. A Guerra dos Trinta Anos prosseguia. Richelieu ficava cada vez mais rico e o povo, cada vez mais miserável. Houve levantes de camponeses contra os impostos demasiadamente elevados e revoltas burguesas (das quais o pai de Pascal participou) contra a diminuição das taxas de juros nas ações do governo. Entre as ursulinas de Loudun, a vida prosseguia como sempre. Em intervalos regulares, o Anjo Bom (que era ainda o sr. de Beaufort, mas em miniatura, tendo agora apenas três pés e meio e não mais de dezesseis anos) renovava os nomes esmaecidos na mão esquerda da prioresa. Guardada agora num belo relicário, sua túnica com a unção de são José tomara seu lugar entre as relíquias mais preciosas e eficazes do convento.

No fim de 1642 Richelieu morreu, e poucos meses depois Luís XIII também ia para o túmulo. Em nome do rei de cinco anos, Ana da Áustria e seu amante, o cardeal Mazarin, governavam o país com total inaptidão.

Em 1644, a irmã Jeanne começou a escrever suas memórias e conseguiu um novo diretor espiritual, o padre jesuíta Saint-Jure, para quem ela enviou o seu próprio trabalho sobre os demônios e o de Surin ainda inacabado. Saint-Jure enviou os manuscritos para o bispo de Evreux e este, responsável então pelas endemoniadas de Louviers, passou a se orientar, em uma nova e, se possível, mais revoltante orgia de loucura, pelas linhas estabelecidas em Loundun. "Eu acho", escreveu Laubardemont à prioresa, "eu acho que sua correspondência com o padre Saint-Jure tem sido de grande ajuda no caso presente."

Menos bem-sucedido que o caso de Louviers foi a possessão arranjada pelo sr. Barré em Chinon. A princípio, tudo parecia estar indo bem. Um grupo de mulheres jovens, inclusive algumas pertencentes às melhores famílias da cidade, sucumbiu à epidemia psicológica. Blasfêmias, convulsões, denúncias, obscenidades — tudo estava de acordo com o previsto. Infelizmente, uma das moças endemoniadas, chamada Beloquin, tinha uma antipatia pelo sr. Giloire, um padre da região. Indo para a igreja numa manhã bem cedo, ela entornou uma garrafa cheia de sangue de galinha no altar principal, e depois anunciou, durante o exorcismo do sr. Barré, que o sangue era dela, vertido à meia-noite, enquanto o sr. Giloire a violava. O sr. Barré, é claro, acreditou em tudo e começou a perguntar às outras moças possuídas a fim de obter mais provas incriminadoras contra seu colega. Mas a mulher de quem Beloquin comprara a galinha confiou suas suspeitas a um magistrado. O *Lieutenant Criminel* começou uma investigação. Barré estava indignado e Beloquin contra-atacou com dores horríveis na parte lateral do abdômen, magicamente induzidas, segundo declaração dos diabos, por Giloire. O *Lieutenant Criminel* não se deixou impressionar e chamou mais testemunhas. Para escapar dele, Beloquin fugiu para Tours, cujo arcebispo era notadamente a favor das possessões. Mas o arcebispo não se encontrava na cidade e quem o substituía era um coadjutor pouco indulgnte. Ouviu as histórias de Beloquin, depois chamou duas parteiras que descobriram que as dores, embora bastante reais, eram devidas à presença de uma pequena bola de cobre no útero. Sob novo exame, a moça admitiu que ela mesma a pusera ali. Após o que o pobre sr. Barré foi despojado de todos os seus benefícios e banido da arquidiocese de Touraine. Terminou seus dias ignorado, como pensionista de um mosteiro em Le Mans.

Nesse ínterim, em Loudun, os diabos permaneciam relativamente tranquilos. É verdade que, numa memorável ocasião, "Vi diante de mim dois homens da mais terrível aparência e que cheiravam muito mal. Ambos portavam bastões; agarraram-me, despiram-me, amarraram-me à guarda da cama e deram-me bastonadas durante mais de meia hora". Felizmente, como sua camisola fora puxada para cima de sua cabeça, a prioresa não presenciou sua nudez. E quando os dois sujeitos fedorentos abaixaram sua camisola outra vez e a desamarraram, "não percebeu que nada contra o pudor houvesse ocorrido". Houve alguns ataques subsequentes do mesmo grupo; mas em sua maioria os milagres relatados pela irmã Jeanne durante os vinte anos seguintes foram de origem celestial.

Por exemplo, seu coração estava dividido em dois e marcado, interna e invisivelmente, pelos objetos de martírio usados na Paixão. Em várias ocasiões as almas das irmãs falecidas apareciam-lhe e falavam-lhe sobre o purgatório. E enquanto isso, é claro, os nomes sagrados estavam sendo exibidos através das grades do locutório para visitantes de alta classe, alguns devotos, outros apenas curiosos ou inteiramente céticos. A cada renovação dos nomes, e em intervalos frequentes, o anjo aparecia e dava grande quantidade de bons conselhos, que eram transmitidos em cartas intermináveis ao seu diretor espiritual. Dava também conselhos a terceiros — a cavalheiros envolvidos com processos, a mães ansiosas que desejavam saber o que seria melhor, se casar suas filhas o mais cedo possível, mesmo em situação desvantajosa, ou esperar que melhor partido aparecesse até que fosse tarde demais para qualquer outra coisa a não ser o convento.

Em 1648, a Guerra dos Trinta Anos chegou ao fim. O poder dos Habsburgo tinha sido aniquilado e um terço dos habitantes da Alemanha, exterminado. A Europa estava agora pronta para as extravagâncias do *Grand Monarque* e para a hegemonia francesa. Foi um triunfo. Mas, enquanto isso, houve um intervalo de anarquia, a Fronda[99] sucedendo a Fronda. Mazarin se exilou e voltou ao poder; mais uma vez retirou-se e reapareceu; finalmente sumiu de cena para sempre.

Mais ou menos na mesma época, Laubardemont faleceu, ignorado e malvisto. Seu único filho tornara-se salteador de estradas e foi assassinado. Sua única filha que sobrevivera fora forçada a vestir o hábito e era agora ursulina em Loudun, sob as ordens da velha protegida de seu pai.

---

99 Partido político que se rebelou contra Mazarin durante a minoridade de Luís XIV. [N.T.]

Em janeiro de 1656, foi publicada a primeira das *Provinciais*, e quatro meses depois ocorreu o grande milagre jansenista — a cura dos olhos da sobrinha de Pascal pelo Espinho Sagrado preservado em Port-Royal.

Um ano mais tarde, Saint-Jure morreu, e a prioresa não tinha mais ninguém para escrever a não ser as outras freiras e o pobre padre Surin, que ainda se encontrava muito doente para responder. Qual não foi sua alegria então quando, no início de 1658, recebeu uma carta escrita por Surin — a primeira em mais de vinte anos. "Quão admiráveis", escreveu para sua amiga sra. du Houx, agora uma freira da Visitação em Rennes, "quão admiráveis são os desígnios de Deus, que, me havendo privado do padre Saint-Jure, agora dá ao padre mais querido de minha alma condições para poder escrever para mim! Poucos dias antes de receber sua carta, tinha escrito a ele uma longa carta sobre o estado da minha alma."

Prosseguiu escrevendo acerca do estado de sua alma para Surin, para a sra. du Houx, para quem estivesse disposto a ler e responder. Se algum dia fossem publicadas, as cartas da prioresa, que foram preservadas, dariam vários volumes. E quantas devem ter se perdido! A irmã Jeanne, é evidente, estava ainda sob a impressão de que a vida "interior" é uma vida de constante autoanálise em público. Mas na verdade a vida interior começa quando o eu analisável deixa de agir. A alma que prossegue falando sobre seu estado tira de si mesma a oportunidade de conhecer seu Fundamento divino. "Não foi por falta de vontade que não escrevi a vocês, pois na verdade lhes quero muito bem; mas porque me parece já ter dito tudo o que era necessário, e o que está faltando (se é que ainda falta alguma coisa) não são escritos nem palavras — a respeito de que geralmente já se tem mais do que o suficiente —, mas silêncio e trabalho." Essas palavras foram dirigidas por são João da Cruz para um grupo de freiras, queixosas de que ele não respondia as cartas nas quais elas haviam tão minuciosamente descrito seus estados mentais. Mas "o falar distrai; o silêncio e o trabalho concentram os pensamentos e fortalecem o espírito". Nada infelizmente podia silenciar a prioresa. Era tão prolixa como a sra. de Sévigné; só que os mexericos eram apenas acerca dela mesma.

Em 1660, com a Restauração, os dois turistas britânicos que tinham visto a irmã Jeanne no auge de sua glória diabólica finalmente receberam seu quinhão. Tom Killigrew foi feito gentil-homem da Câmara do rei e permitiram-lhe construir um teatro, onde poderia apresentar peças sem submetê-las à censura. Quanto a John Maitland, que havia sido feito prisioneiro em Worcester e passara nove anos na prisão — tornou-se secretário de Estado e o novo favorito do rei.

Nesse ínterim, a prioresa já começava a sentir o peso dos anos. Estava doente, e o duplo papel de relíquia ambulante e porteiro de igreja, de objeto sagrado e guia loquaz, fatigava-a agora até a exaustão. Em 1662, os nomes sagrados foram restaurados pela última vez; daí em diante, não houve mais nada para os devotos ou curiosos verem. Mas embora os milagres tenham cessado, a pretensão espiritual permaneceu tão grande como sempre. "Eu proponho", escreveu Surin para ela em uma de suas cartas, "falar-lhe da primeira necessidade, da própria base da graça — refiro-me à humildade. Deixe-me pedir-lhe, então, que aja de tal modo que essa humildade sagrada possa se tornar a base verdadeira e sólida de sua alma. Essas coisas de que falamos em nossas cartas — coisas muitas vezes de natureza sublime e elevada — não podem de forma alguma comprometer essa virtude." Apesar de sua credulidade e do fato de superestimar o simplesmente milagroso, Surin compreendia bastante bem sua correspondente; a irmã Jeanne pertencia aos que naquele momento particular da história eram uma variedade muito comum de bovaristas. Quão comum, podemos inferir de uma observação nos *Pensées* de Pascal. Em santa Teresa, escreve, "o que agrada a Deus é sua profunda humildade nas revelações; o que agrada aos homens é o conhecimento a ela revelado. E assim nos empenhamos até a morte tentando imitar suas palavras, pensando que assim estamos copiando seu modo de ser. Nem amamos a virtude amada por Deus, nem tentamos nos direcionar para o modo de ser apreciado por Deus."

Por um lado, a irmã Jeanne estava provavelmente convencida de ser de fato a heroína de sua própria comédia. Por outro, estava certa de que acontecia exatamente o contrário. A sra. du Houx, que em mais de uma ocasião passou vários meses em Loudun, era de opinião de que sua pobre amiga vivia praticamente imersa na ilusão.

Será que a ilusão persistiu até o fim? Ou a irmã Jeanne conseguiu ao menos morrer, não como a heroína diante da ribalta, mas como ela mesma, atrás do cenário? Aquele seu eu de bastidores era absurdo, era patético; mas se apenas reconhecesse o fato, se apenas deixasse de se fazer passar pela autora de *Las moradas del castillo interior*, tudo ainda poderia ficar bem. Enquanto insistisse em ser alguém que não era, não haveria chance; mas se humildemente confessasse ser ela mesma, então talvez pudesse descobrir que, na realidade, havia sido sempre outra pessoa.

Depois de sua morte, que ocorreu em janeiro de 1665, a comédia da prioresa foi transformada numa grande farsa pelos remanescentes da comunidade. Decapitada, sua cabeça foi colocada numa caixa prateada com janelas de cristal ao lado da túnica sagrada. Um artista do lugar foi encarregado de pintar um imenso quadro da expulsão de Behemoth. No centro da composição, aparecia a prioresa ajoelhada em êxtase diante do padre Surin, que era assistido pelo padre Tranquille e um carmelita. A uma certa distância estavam sentados Gaston d'Orléans e sua duquesa, com seus olhares augustos. Atrás deles, por uma janela, divisavam-se os rostos dos espectadores das classes mais baixas. Circundado por uma auréola e acompanhado por um querubim, são José flutuava acima de todos. Na sua mão direita segurava três raios para serem lançados contra a hoste de diabretes e demônios que brotavam por entre os lábios entreabertos da endemoniada.

Por mais de oitenta anos esse quadro ficou pendurado na capela das ursulinas e foi objeto de devoção popular. Mas, em 1750, um bispo visitante de Poitiers ordenou sua remoção. Divididas entre a fidelidade institucional e o dever de obedecer, as boas irmãs comprometeram-se em colocar uma segunda pintura, ainda maior, sobre a primeira. A prioresa podia estar oculta, mas ainda estava lá. O convento entrou em uma fase ruim, e em 1772 foi fechado. O quadro foi confiado ao cônego de Sainte-Croix, a túnica e a cabeça mumificada foram provavelmente enviados para outro convento mais afortunado pertencente à ordem. Todos os três objetos estão desaparecidos.

CAPÍTULO XI

De uma tragédia, participamos; a uma comédia, apenas assistimos. O autor trágico se identifica com seus personagens; e o mesmo fazem os que o leem ou o ouvem. Mas na comédia pura não existe identificação entre o criador e a criatura literária, entre espectador e espetáculo. O autor olha, julga e relata, sem se envolver; também, do lado de fora, sua audiência observa o que ele registrou, julga o que ele julgou e, se a comédia for suficientemente boa, ri. A comédia pura não pode ser mantida por muito tempo. Por isso muitos dos grandes cômicos adotaram a forma impura, na qual existe uma transição constante entre a exterioridade e a interioridade. Em determinado momento apenas vemos, julgamos e rimos; no próximo, estamos compartilhando dos sentimentos e até mesmo nos identificando com alguém que poucos segundos antes era apenas um componente do espetáculo. Toda figura bufona é em potencial um Amiel ou uma Bashkirtseff; e todo autor atormentado de confissões ou de um diário íntimo pode ser visto, se assim o desejarmos, como um motivo de riso.

Jeanne des Anges foi uma dessas criaturas infelizes que apelam insistentemente para uma apreciação exterior, para um tratamento puramente cômico. E isso apesar do fato de ter escrito confissões em que pretendia invocar a profunda empatia do leitor em relação aos seus terríveis sofrimentos. Que possamos ler essas confissões e ainda assim pensar na pobre prioresa como uma figura cômica, deve-se ao fato de que ela era acima de tudo uma atriz; e que, como uma atriz, era quase sempre superficial, até mesmo para si mesma. O eu que faz as confissões é algumas vezes um pastiche de Santo Agostinho, outras vezes, da rainha das endemoniadas, em algumas ocasiões, de uma segunda santa Teresa — e algumas vezes, revelando toda a farsa, uma jovem sagaz e momentaneamente sincera, que sabe exatamente quem é e como se relaciona com os outros personagens românticos. Sem, é claro, ter a intenção de se transformar em personagem de comédia, a irmã Jeanne utiliza todos os recursos de um escritor cômico — a mudança súbita do disfarce para o absurdo; a ênfase, os protestos excessivos; a verbosidade piedosa que tão ingenuamente racionaliza alguns desejos extremamente humanos sob a superfície.

Além disso, a irmã Jeanne escreveu suas confissões sem refletir que seus leitores poderiam possuir outras fontes de informação acerca dos fatos ali registrados. Assim, pelos registros oficiais do processo no qual Grandier foi condenado, sabemos que a prioresa fora tomada de remorso pelo que tinha feito e tentara se retratar quanto aos seus testemunhos, que, mesmo em seus paroxismos de histeria, sabia serem completamente falsos. A autobiografia da irmã Jeanne é rica de confissões convencionais sobre a vaidade, o orgulho e a insensibilidade. Mas acerca de seu maior pecado — a mentira sistemática, que levara um homem inocente à inquisição e à fogueira — ela não faz menção. Nem mesmo relata o único episódio louvável em toda a horrível história — seu arrependimento e a confissão pública de sua culpa. Pensando melhor, preferiu aceitar as afirmações cínicas de Laubardemont e dos capuchinhos: seu arrependimento era um truque dos demônios, suas mentiras eram a palavra de Deus. Qualquer relato desse episódio, mesmo o mais favorável, teria destruído o retrato de sua autora como uma vítima do demônio, miraculosamente salva por Deus. Suprimindo os fatos estranhos e trágicos, escolheu identificar-se com uma figura da ficção literária. Esse tipo de coisa é a própria essência da comédia.

No decorrer de sua vida, Jean-Joseph Surin pensou, escreveu e fez muitas coisas tolas, insensatas e mesmo grotescas. Mas, para qualquer um que tenha lido suas cartas e memórias, permanece sempre uma figura trágica, de cujos sofrimentos (embora fantásticos e num certo sentido bem merecidos) nós sempre participamos. Nós o conhecemos como ele se conhecia — por dentro e sem disfarce. O eu que faz suas confissões é sempre Jean-Joseph, nunca outra pessoa, mais romântica ou, como no caso da prioresa, aquela outra figura espetacular que acaba sempre por revelar a mentira inadvertidamente e assim transformar o pretenso sublime no cômico, na farsa declarada.

O início da longa tragédia de Surin já foi descrito. Uma vontade de ferro, orientada para o mais alto ideal de perfeição espiritual e por conceitos errôneos quanto às relações entre o Absoluto e o relativo, entre Deus e a natureza, havia esgotado uma constituição frágil, um temperamento pouco equilibrado. Era um homem doente mesmo antes de chegar em Loudun. Lá, embora tentasse mitigar os excessos maniqueístas dos outros exorcistas, tornou-se vítima de uma preocupação constante e por demais exagerada sobre o conceito e o fato manifesto do Mal absoluto. Os diabos extraíam suas forças da tremenda violência da campanha travada contra eles. Força das freiras e de seus exorcistas. Sob a influência de uma obsessão instituída com relação ao mal, as tendências normalmente latentes (tendência à licenciosidade e à blasfêmia, as quais uma disciplina religiosa rígida sempre faz surgir por indução) afluíram imediatamente à superfície. Lactante e Tranquill morreram em convulsões, "inteiramente dominados por Belial". Surin sofreu a mesma provação autoinfligida, mas sobreviveu.

Enquanto trabalhava em Loudun, Surin encontrou tempo, entre os exorcismos e seus próprios ataques, para escrever muitas cartas. Mas, a não ser para seu amigo indiscreto, o padre D'Attichy, não fez confidências. Meditação, mortificação, pureza de coração

— esses são os temas comuns de suas cartas. Os demônios e suas próprias provações são raramente mencionados.

"Em relação à sua oração mental", escreve a um de seus correspondentes enclausurados, "não considero um mau sinal que sejais incapaz, como me dizeis, de manter vosso pensamento fixado em algum assunto em particular, já preparado anteriormente. Não vos aconselho a vos prender em nenhum tópico específico, mas encaminhar-vos para as orações com a mesma liberdade de coração com a qual, no passado, costumáveis ir à sala da madre D'Arrérac para conversar e ajudá-la a passar o tempo. Para esses encontros, não portaríeis uma agenda com assuntos cuidadosamente escolhidos para discussão, porque isso terminaria com o prazer da conversa. Quando vos dirigíeis a ela, era com a disposição geral de fomentar e cultivar vossa amizade. Vá a Deus do mesmo modo."

"Amai o querido Deus", escreve a outro de seus amigos, "e permiti que Ele faça o que quiser. Onde ele opera, a alma abandona seu modo vulgar de agir. Fazei isso, e permanecei exposto à vontade do amor e ao seu poder. Deixai de lado as práticas inúteis, que estão misturadas a muitas imperfeições que precisam ser purificadas."

E qual é esse amor divino, a cujo poder e vontade a alma deve entregar-se? "O trabalho do amor é destruir, devastar, suprimir e então fazer algo novo, reconstruir, ressuscitar. É maravilhosamente terrível e doce; e quanto mais terrível, mais desejável, mais sedutor. A esse amor devemos nos entregar sem hesitações. Não ficarei feliz enquanto não o vir triunfar sobre vós, a ponto de consumir-vos e aniquilar-vos."

No caso de Surin, o processo de aniquilação estava começando. Durante a maior parte do ano de 1637 e os primeiros meses de 1638, fora um homem doente, mas com intervalos de saúde. Sua doença consistia numa série de afastamentos de um estado que poderia ainda ser considerado normal.

"Esta obsessão", escreveu vinte e cinco anos mais tarde em *La Science expérimentale des choses de l'autre vie*,[100] "era acompanhada de um extraordinário vigor mental e de grande alegria, que me ajudava a suportar aquela carga não somente com paciência, mas com contentamento." Na realidade, a concentração ininterrupta estava fora de cogitação; não conseguia estudar. Mas podia utilizar os frutos de estudos anteriores em improvisações espantosas. Inibido, sem saber o que diria ou se seria ao menos capaz de abrir a boca, subia ao púlpito com as sensações de um criminoso condenado a caminho do patíbulo. Então, de repente, sentia "um aumento de percepção interior e o calor de uma graça tão forte que libertava seu coração, doando-lhe um extraordinário poder vocal e de pensamento, como se fosse outro homem. [...] Abrira-se um manancial, descarregando em sua mente grande abundância de força e conhecimento."

Sucedia então uma súbita mudança. O manancial cessava; a torrente de inspiração secava. A doença tomou então uma nova forma e não era mais a obsessão espasmódica de uma alma relativamente normal em contato com Deus, mas uma ausência total de luz, acompanhada de uma diminuição e degradação do homem como um ser inteiro em alguma coisa menor que ele mesmo. Numa série de cartas, escritas em sua maior parte em 1638 e dirigidas a uma freira que havia passado por experiências semelhantes às suas, Surin descreve os primeiros sintomas daquela nova fase de sua doença.

Ao menos em parte, seus sofrimentos eram físicos. Havia dias e semanas em que uma febre baixa e intermitente o mantinha sob um estado de extrema fraqueza. Outras vezes sofria de uma espécie de paralisia parcial. Ainda tinha certo controle sobre seus membros, mas cada movimento lhe custava um tremendo esforço e era

---

100 Para o único texto autêntico e completo das partes autobiográficas desse trabalho, consultar o segundo volume das *Lettres spirituelles du P. Jean-Joseph Surin*, organizado por Michel e Cavalléra (Toulouse, 1928).

frequentemente acompanhado de dores. As menores ações eram provações torturantes, e qualquer tarefa, a mais trivial e simples, era um trabalho de Hércules. Levava duas ou três horas para soltar os colchetes de sua batina. Quanto a se despir completamente, era inteiramente impossível. Durante cerca de vinte anos Surin dormiu vestido. Uma vez por semana, contudo, era necessário (para que ficasse livre de vermes, "pelos quais tinha a maior aversão") trocar a camisa. "Sofria tanto com essa mudança de roupa que algumas vezes passava quase toda a noite de sábado para domingo tirando minha camisa suja e colocando uma limpa. Tão grande era a dor que, se alguma vez sentia alguns clarões de felicidade, era sempre antes das quintas-feiras, pois a partir desse dia sofria a mais terrível angústia, pensando na troca da camisa; porque essa era uma tortura de que, se tivesse chance de escolher, teria me libertado em troca de qualquer outro tipo de sofrimento."

Comer era quase tão difícil quanto vestir-se e despir-se. Camisas eram trocadas uma vez por semana. Mas os momentos cansativos em que tinha de cortar a carne, levar o garfo à boca, segurar e inclinar o copo, eram provas diárias ainda mais insuportáveis, devido a uma total falta de apetite e do conhecimento de que vomitaria tudo que tinha comido, ou se não o fizesse sofreria de uma indigestão dolorosíssima.

Os doutores fizeram tudo que podiam por ele. Foi sangrado, purgado, fizeram-no tomar banhos quentes. De nada adiantava. Os sintomas eram físicos, sem dúvida; mas sua causa devia ser buscada não no sangue infectado do paciente ou nos humores mórbidos, mas em sua mente.

Aquela mente deixara de ser possuída. A luta não era mais entre Leviatã e uma alma que, a despeito deste, estava tranquilamente consciente da presença de Deus. Era entre uma determinada noção de Deus e uma determinada noção da natureza, com o espírito dividido de Surin lutando de ambos os lados e levando a pior em cada combate.

Que o infinito deve incluir o finito, e portanto estar inteiramente presente em cada ponto do espaço, e a todo tempo, parece bastante evidente. A fim de evitar essa conclusão óbvia e escapar de suas consequências práticas, os pensadores cristãos mais antigos e conservadores usaram de toda a sua ingenuidade, assim como os mais severos moralistas cristãos usaram de formas de persuasão e coerção. Este é um mundo perdido, proclamavam os pensadores, e a natureza humana e subumana é absolutamente corrupta. Por conseguinte, diziam os moralistas, a natureza deve ser combatida em todas as frentes — suprimida no interior, ignorada e depreciada do lado de fora. Contudo, é só através do *datum* da natureza que podemos esperar receber o *donum* da graça. E só aceitando o dado, *como ele nos é dado*, que podemos nos qualificar para o dom. E somente através dos fatos que podemos chegar ao Fato fundamental. "Não persiga a verdade", aconselha um dos mestres do Zen, "deixe apenas de dar valor às opiniões." E os místicos cristãos dizem mais ou menos as mesmas coisas — com uma diferença, contudo, pois são forçados a fazer uma exceção em relação às opiniões conhecidas como dogmas, artigos de fé, tradições piedosas etc. Mas, na melhor das hipóteses, são apenas faróis; e se "tomarmos o dedo apontado pela Lua" certamente nos perderemos. O Fato deve ser abordado através dos fatos; não pode ser conhecido por meio de palavras, ou por fantasias inspiradas em palavras. O Reino dos Céus pode ser destinado a chegar *à terra*; ele não pode ser destinado a atingir nossa imaginação ou nosso raciocínio discursivo. E não pode chegar à terra enquanto persistirmos em viver, não na terra como ela nos é verdadeiramente oferecida, mas como ela aparece a um ego obcecado pela ideia de separação, por desejos e ódios, por fantasias compensatórias e proposições preconcebidas sobre a natureza das coisas. Nosso reino deve partir antes da chegada de Deus. Precisa haver uma mortificação, não da natureza, mas da nossa tendência fatal de colocar alguma coisa de nossa própria imaginação em lugar da natureza. Temos de nos livrar de nosso catálogo de simpatias e antipatias, dos modelos verbais aos quais esperamos adaptar a realidade, das fantasias nas quais nos refugiamos quando os fatos não atingem nossas expectativas. Essa é a "indiferença santa" de são Francisco de Sales; é o "abandono" de De Caussade, o desejo consciente, momento a momento, do que está acontecendo realmente; isso é "recusar-se a preferir", que na fraseologia de Zen é o sinal do caminho perfeito.

Baseando-se nas autoridades, e através de certas experiências próprias, Surin acreditava que Deus podia ser conhecido diretamente por meio de uma união transfiguradora da alma com a essência divina do próprio ser e do mundo. Mas também alimentava a ideia de que, devido ao pecado de nossos primeiros pais, a natureza é completamente corrompida, e que essa depravação coloca um grande abismo entre o Criador e a criatura. Em razão dessas noções acerca de Deus e do universo (noções que eram encaradas idolatradamente como permutáveis com os fatos e o Fato fundamental), Surin sentiu que era obviamente lógico tentar a erradicação de seu composto mente-corpo de qualquer elemento da natureza que pudesse ser extirpado, sem, com isso, causar a morte. Já idoso, reconheceu que cometera um erro. "Pois devemos observar que vários anos antes de ir para Loudun, o padre" (Surin está escrevendo sobre si mesmo na terceira pessoa) "tinha se mantido extremamente contido *(s'etait extrêmement serré)* com vistas à mortificação e numa tentativa de permanecer incessantemente na presença de Deus; e embora houvesse nisso um zelo louvável, houve também grandes excessos na reserva e repressão de sua mente. Por essa razão, estava num estado de rígida contração *(rétrécissement)*, que era certamente reprovável, embora bem-intencionado." Porque ele acalentava a ideia de que o infinito está de alguma maneira além dos limites do finito, que Deus está de algum modo em oposição à Sua criação, Surin tentava reprimir, não sua atitude egoísta em relação à natureza, não as fantasias e ideias que colocara em seu lugar, mas a própria natureza, os fatos admitidos da existência corporificada entre os seres humanos deste planeta em particular. "Odeie a natureza", é seu conselho, "e deixe-a sofrer as humilhações que Deus reservou para ela." A natureza foi "condenada e sentenciada a morrer", e a sentença é justa; daí porque devemos "permitir que Deus nos critique severamente e nos crucifique toda vez que isso Lhe agradar." Que *isso* era o prazer divino, Surin soube através da mais amarga experiência. Acreditando na depravação total da natureza, tinha transformado o cansaço de viver, que é um sintoma tão comum da neurose, em ódio pela sua própria humanidade e pelo meio ambiente — ódio ainda mais intenso porque ainda sentia desejos, porque as criaturas, embora nojentas, ainda eram uma fonte de tentações. Em uma de suas cartas, declara que tem tido alguns negócios para resolver. Para sua natureza enferma, a ocupação traz um certo alívio. Sente-se um pouco menos desgraçado, até chegar o momento em que percebe que sua melhora deveu-se ao fato de que "cada momento fora gasto em infidelidades". Retornou à sua miséria, agravada por um sentimento de culpa, uma convicção do pecado. Sente um remorso crônico. Mas é um remorso que não o impele para a ação; acha-se incapacitado para agir, até mesmo para se confessar, de forma que tem de "engolir seus pecados como água, alimentar-se deles como de pão". Vive em paralisia quanto ao desejo e às faculdades, mas não à sensibilidade. Porque, embora não possa fazer nada, ainda pode sofrer. "Quanto mais nu se está, mais se sente os golpes." Está no "vazio da morte". Mas esse vazio é mais que mera ausência. E um Nada violento, "assustador e horrível, é um abismo onde não existe ajuda ou alívio de nenhuma criatura", e onde o Criador é um carrasco por quem a vítima só pode sentir ódio. O novo senhor exige reinar sozinho; é por isso que está transformando a vida de seu servidor em algo insuportável; é por isso que a natureza foi perseguida até seu último refúgio e está sendo lentamente torturada até a morte. Só o que permanece da personalidade são os seus elementos mais repulsivos. Surin já não pode pensar, estudar, rezar, fazer boas obras ou elevar seu coração ao Criador com amor e gratidão; mas o "lado sensual de sua natureza" continua vivo e "mergulhado no crime e na abominação". E o mesmo acontece com os desejos criminosamente frívolos de diversão, como com o orgulho, o amor-próprio e a ambição. Aniquilado interiormente pela neurose e por suas opiniões rígidas, resolve acelerar a destruição da natureza mortificando-se externamente. Existem ainda certas ocupações que trazem um pouco de alívio para as suas misérias. Ele desiste delas, pois sente que é necessário "juntar o vazio externo com o interno". Dessa forma, a mínima esperança de amparo externo será afastada, e a natureza ficará completamente sem defesa, à mercê de Deus. Enquanto isso, os médicos ordenavam-lhe que comesse bastante carne; mas ele não podia obedecer. Deus envia-lhe essa doença como um meio de purgação dos pecados. Se tentar melhorar prematuramente, estará contrariando a vontade divina.

A saúde é rejeitada, os afazeres e a recreação são também rejeitados. Mas existem ainda aqueles produtos brilhantes de seu talento e cultura — os sermões, os tratados de teologia, as homilias, os poemas devocionais, nos quais trabalhou tão arduamente e dos quais é ainda tão pecaminosamente vaidoso. Após longa e torturante indecisão, sente um forte impulso de destruir tudo que algum dia escreveu. Os manuscritos de vários livros, junto com muitos outros papéis, são rasgados e queimados. Está agora "despojado de tudo e abandonado inteiramente nu aos seus sofrimentos". Está "nas mãos do Artesão que (eu vos asseguro) continua com Seu trabalho, forçando-me a trilhar caminhos penosos, que minha natureza recusa-se a tomar."

Poucos meses depois, o caminho havia se tornado tão duro que Surin encontrava-se mental e fisicamente incapaz de descrevê-lo. Entre 1639 e 1657, há uma grande lacuna em sua correspondência, um vazio total. Durante todo esse tempo, ele sofreu de uma espécie de analfabetismo patológico e ficou incapacitado de ler e escrever. Em determinados momentos, até falar se lhe tornava difícil. Estava em confinamento solitário, com todas as comunicações com o mundo exterior cortadas. Estar exilado da humanidade já era bastante ruim, mas era uma ninharia, se comparado a esse exílio de Deus a que fora condenado. Não muito depois de seu retorno de Annecy, Surin ficou convencido (e a convicção persistiu por muitos anos) de que estava fadado à condenação eterna. Nada lhe restava senão esperar, no maior desespero, por uma morte que estava predestinada a ser a passagem de um inferno na terra para um inferno tremendamente mais horrível, com as potências infernais.

Seu confessor e seus superiores lhe asseguraram que a piedade de Deus é infinita e que, enquanto há vida, não se pode ter certeza sobre a perdição. Um teólogo erudito provou a afirmação através de um silogismo; outro aproximou-se da enfermaria carregado de fólios, e provou isso através da autoridade dos doutores da Igreja. Foi tudo inútil. Surin *sabia* que estava perdido, e que os diabos, sobre os quais havia recentemente triunfado, estavam preparando alegremente um lugar para ele no meio do fogo do inferno. Os homens podiam falar o que quisessem; os fatos e seus próprios feitos falavam mais alto que qualquer palavra. Tudo que aconteceu, tudo que sentiu e foi inspirado a fazer, veio fortalecer sua convicção. Se sentasse perto do fogo, uma brasa ardente (símbolo da eterna danação) certamente cairia sobre ele. Se entrasse numa igreja, era sempre no momento quando alguma frase sobre a justiça de Deus, alguma denúncia de pecado era lida ou cantada — para *ele*. Se ouvisse um sermão, invariavelmente ouviria o pregador afirmar que havia uma alma perdida na congregação — a *dele*. Certa vez, quando fora rezar à cabeceira de um irmão moribundo, veio-lhe a convicção de que, como Urbain Grandier, ele era um feiticeiro e tinha o poder de ordenar aos diabos que entrassem nos corpos das pessoas inocentes. E era aquilo que estava fazendo então — colocando um feitiço sobre o corpo do moribundo. Ordenando a Leviatã, o demônio do orgulho, que entrasse em seu corpo. Invocando Isacaaron, o demônio da luxúria, Balaão, o espírito da bufoneria, Behemoth, o senhor de todas as blasfêmias. Um homem estava à beira da eternidade, pronto para dar o passo decisivo. Se, quando desse o passo sua alma estivesse cheia de amor e fé, tudo iria bem com ele. Se não... Surin podia sentir naquele momento o enxofre, podia ouvir os risos e o ranger dos dentes — e apesar disso, contra a sua vontade (ou estaria agindo voluntariamente?), prosseguia chamando os demônios, esperando que eles se mostrassem. Subitamente o doente se mexeu com dificuldade na cama e começou a falar — não como havia feito antes, da resignação à vontade de Deus, não de Cristo e Maria, nem da piedade divina e das alegrias do paraíso, mas, incoerentemente, acerca do bater de asas negras, de dúvidas que o assaltavam e de terrores inenarráveis. Com um sentimento de horror avassalador, Surin percebeu que era tudo verdade: *era* um feiticeiro.

A essas provas externas e conclusivas de sua danação foram somadas as afirmações interiores inspiradas em sua mente por um poder sobrenatural estranho. "Aquele que fala de Deus", escreveu, "fala de um mar de rigores e (se ouso dizer) de severidades que ultrapassam qualquer medida." Naquelas longas horas de desamparo, enquanto jazia preso à sua cama por uma paralisia da vontade, desfalecimentos alternados e cãibras nos músculos, recebia "demonstrações tão grandes da fúria de Deus, às quais não há dor no mundo que se possa comparar". Anos se seguiam aos outros e os sofrimentos se sucediam; mas a consciência do ódio divino nunca vacilou em seu íntimo. Conhecia-o intelectualmente; sentia como um enorme peso, pressionando-o — o peso do julgamento divino. *Et pondus ejus ferre non potui*. Não podia suportá-lo, e contudo estava sempre lá.

Para reforçar essa convicção sentida, havia repetidas visões — tão vívidas, tão corpóreas, que se tornava difícil concluir se as tinha visto com os olhos da mente ou com os do corpo. Em sua maior parte eram visões de Cristo. Não de Cristo, o Redentor, mas de Cristo, o Juiz. Não de Cristo pregando ou sofrendo, mas de Cristo no dia do Juízo Final, Cristo como o pecador impenitente via-O no momento da morte, Cristo como aparece às almas danadas no abismo do inferno, Cristo com "um olhar insuportável" de cólera, ódio e desprezo vingativo. Algumas vezes, via-O como se fosse um homem armado envolto em uma capa escarlate. Algumas vezes, flutuando no ar à altura de uma lança, a visão montava guarda às portas da igreja, proibindo o pecador de entrar. Em certas ocasiões, como algo tangível e visível, Cristo parecia irradiar-se do Sacramento, e era sentido pelo doente como uma corrente de ódio tão poderosa, que em certa ocasião realmente derrubou-o de uma escada de que assistia a uma procissão religiosa. (Outras vezes — tal é a intensidade da dúvida que a fé sincera cria, por indução, na mente do crente —, ele *sabia* com absoluta certeza que Calvino estava certo e que Cristo não esteve realmente presente no Sacramento. O dilema não tinha saída. Quando sabia, por experiência pessoal, que Cristo estava na hóstia consagrada, sabia também por experiência própria que Cristo o condenara. Mas não deixava de estar amaldiçoado quando sabia, como os hereges, que a doutrina da presença real não era verdadeira.)

Surin não tinha visões apenas de Cristo. Algumas vezes via a Virgem Santíssima, franzindo-lhe o sobrolho com uma expressão de desgosto e indignação. Erguendo a mão, descarregava um raio vingador, e ele sentia a dor em todo o seu ser, físico e mental. Outras vezes, santos erguiam-se diante dele, cada um com seu "olhar insuportável" e o raio. Surin os via em sonhos e levantava em sobressalto e agonia quando o raio o atingia. Os santos mais inverossímeis lhe apareciam. Certa noite por exemplo, foi atravessado por um raio vindo das mãos de "santo Eduardo, rei da Inglaterra". Seria Eduardo, o Mártir? Ou poderia vir a ser o pobre Eduardo, o Confessor? De qualquer modo, santo Eduardo demonstrou um "terrível ódio contra mim, e estou convencido de que isso (lançamento de raios por santos) é o que acontece no inferno".

No início de seu longo exílio do céu e do mundo dos homens, Surin ainda era capaz, pelo menos em seus melhores dias, de tentar restabelecer contato com os que o cercavam. "Estava sempre correndo atrás de meus superiores e dos outros jesuítas, a fim de contar-lhes tudo o que estava acontecendo com minha alma." Em vão. (Um dos principais horrores dos distúrbios mentais, como da extrema incapacidade física, é o fato de que "entre nós e você existe um grande abismo permanente". O estado do catatônico, por exemplo, não tem medida comum com o de um homem ou mulher normais. O universo habitado pelo paralítico é radicalmente diferente do mundo conhecido por aqueles que possuem a utilização integral de seus membros. O amor pode criar uma ponte, mas não abolir a distância; e onde não há amor, não há nem mesmo ponte.) Surin corria atrás de seus superiores e colegas; mas eles não entendiam nada do que lhes contava; nem mesmo desejavam compartilhar de seus problemas. "Reconheci a verdade do que santa Teresa disse: que não há dor mais insuportável do que a de cair nas mãos de um confessor por demais cauteloso." Impacientemente, afastavam-se dele. Agarrava-os pela manga e tentava mais uma vez explicar-lhes o que estava acontecendo com ele. Era tão óbvio, tão simples, tão indescritivelmente terrível! Sorriam com desprezo e davam pancadinhas na testa. O homem estava louco, e mais ainda, ele próprio provocara sua loucura. Deus, afirmavam-lhe, o estava punindo por seu orgulho e sua extravagância — por querer ser mais espiritual que as outras pessoas, por imaginar que poderia alcançar a perfeição por algum caminho excêntrico, não jesuítico, de sua escolha. Surin protestou contra o julgamento. "O bom senso comum, no qual se baseia nossa fé, bloqueia-nos tanto em relação aos assuntos da outra vida, que, tão logo um homem afirme que está amaldiçoado, as outras pessoas encaram a ideia como um sinal de loucura." Mas as loucuras do melancólico e do hipocondríaco são de outro tipo — imaginar por exemplo que se "é um jarro ou um cardeal", ou (no caso de ser realmente um cardeal, como Alphonse de Richelieu) de que se é o Deus Pai. Acreditar-se amaldiçoado, insistia Surin, nunca foi sinal de loucura; e, para provar seu argumento, citava os casos de Henrique Suso, santo Inácio, Blosius, santa Teresa e são João da Cruz. Em uma ocasião ou outra, todos esses haviam se acreditado amaldiçoados; e todos eles eram sãos e declaradamente santos. Mas os prudentes ou se recusavam a ouvi-lo, ou, se o ouviam até o fim (com que indisfarçável impaciência!), não ficavam convencidos.

A atitude deles aprofundou ainda mais a enorme miséria de Surin e levou-o ainda mais longe no caminho do desespero. No dia 17 de maio de 1645, na pequena casa jesuíta de Saint-Macaire, perto de Bordeaux, tentou o suicídio. Durante toda a noite anterior havia lutado contra a tentação de pôr fim à vida e passou a maior parte da manhã rezando diante do Santo Sacramento. "Um pouco antes do jantar, subiu para o quarto. Entrando, percebeu que a janela estava aberta. Dirigiu-se para ela e, depois de fitar o precipício que havia inspirado aquele louco instinto à sua mente (a casa estava construída sobre um rochedo que dava para o rio), retirou-se para o centro do quarto ainda olhando para a janela. Lá perdeu inteiramente a consciência e de repente, como se estivesse adormecido, sem saber o que estava fazendo, projetou-se para fora da janela." O corpo caiu, chocou-se contra uma saliência da rocha e parou ao nível da água. O osso da coxa quebrou-se, mas não houve danos internos. Estimulado por sua paixão inveterada pelo miraculoso, Surin termina o relato da tragédia com um *post scriptum*, quase cômico. "Na mesma hora do acidente e no mesmo local onde se deu a queda, um huguenote aproximou-se do rio e, enquanto era transportado para o outro lado, fazia piadas sobre a ocorrência. Quando chegou à outra margem, montou de novo e, no meio do campo, numa estrada perfeitamente plana, o cavalo o derrubou e ele quebrou o braço; disse então ter sido punido por Deus porque rira de um padre que tentara voar e ele, de uma altura muito menor, tinha sofrido o mesmo infortúnio. Ora, a altura da qual o padre caíra era suficientemente grande para ser fatal; há menos de um mês, um gato que tentava pegar um pardal caíra do mesmo lugar e morrera, embora esses animais, sendo leves e ágeis, caiam geralmente sem se machucar."

A perna de Surin teve a fratura consolidada, embora ficasse coxo para sempre. A mente, contudo, não se curou tão facilmente como o corpo. A atração pelo desespero persistiu por muitos anos. Os lugares altos continuaram a exercer uma terrível fascinação sobre ele. Não podia ver uma faca ou uma corda sem sentir um desejo intenso de enforcar-se ou cortar a garganta.

E o impulso para a destruição era dirigido tanto para fora quanto para dentro. Havia ocasiões em que Surin se sentia tomado por um desejo irresistível de atear fogo à casa em que estava morando. As construções e seus ocupantes, a biblioteca com todos os tesouros de sabedoria e devoção, a capela, os paramentos, os crucifixos, o próprio Santo Sacramento — tudo devia ser reduzido a cinzas. Somente um demônio poderia abrigar tamanha malignidade. Mas era isso que ele era — uma alma perdida, um diabo encarnado, odiado por Deus e odiando-o de volta. Para ele, esse tipo de maldade era perfeitamente adequado. E contudo, embora se soubesse perdido, havia ainda uma parte dele que rejeitava o mal, esse mal em que, como amaldiçoado, ele devia pensar, que devia sentir e fazer. As tentações de provocar um incêndio e as tendências suicidas eram fortes; mas lutava contra elas. E enquanto isso as pessoas demasiadamente prudentes que o cercavam não se arriscaram. Após sua primeira tentativa de suicídio, era vigiado por um irmão leigo ou então amarrado com cordas à cama. Nos três anos que se seguiram, Surin ficou sujeito a essa desumanidade que nossos padres reservavam para os insanos.

Mas, para aqueles que se divertem com esse tipo de coisa (e esses são bastante numerosos), a desumanidade é desfrutada pelo que é, mas muitas vezes também com certa má-fé. Para aliviar seu sentimento de culpa, os valentões e sádicos se garantem com desculpas plausíveis para seu divertimento preferido. Assim, a brutalidade em relação às crianças é racionalizada como disciplina, como obediência à Palavra de Deus — "aquele que poupa o bastão, odeia o seu filho". A brutalidade contra os criminosos é uma consequência de Imperativo Categórico. Brutalidade contra os hereges políticos e religiosos é um ato em benefício da verdadeira fé. Brutalidade em relação aos membros de outra raça é justificada através de argumentos retirados do que pode ter sido algum dia considerado como ciência. Outrora universal, a brutalidade contra os loucos ainda não está extinta — porque eles são horrivelmente exasperantes. Mas essa brutalidade não é mais racionalizada, como foi no passado, em termos teológicos. As pessoas que atormentaram Surin e a outras vítimas de histeria e psicose, fizeram tal coisa, primeiro porque gostavam da brutalidade, e em segundo lugar porque estavam convencidos de que faziam bem em ser brutos. E acreditavam estar agindo bem porque, *ex hypothesi*, os loucos eram sempre responsáveis por suas doenças. Por alguma razão manifesta ou obscura, estavam sendo punidos por Deus, que permitia que os diabos os cercassem e obcecassem. Tanto como inimigos de Deus quanto como encarnação do mal absoluto, mereciam ser maltratados. E o eram, com a consciência tranquila e o sentimento reconfortante de que a vontade divina estava sendo cumprida, assim na terra como no céu. Se era visitado por um representante religioso, era para este lhe dizer que tudo era por sua culpa e que Deus estava zangado com ele. Para o público em geral, ele era uma mistura de beduíno e charlatão, com algumas características de criminoso condenado em meio a tudo. Aos domingos e feriados, as pessoas levavam as crianças para ver os loucos, como as levamos hoje em dia ao circo ou ao zoológico. E não havia leis que proibissem irritar os animais. Ao contrário, aos animais, sendo o que eram, inimigos de Deus, atormentar-lhes não era somente permitido, era um dever. A pessoa sã que é tratada como lunática e sujeita a todos os tipos de insultos e brincadeiras — esse é um tema favorito dos dramaturgos e contadores de histórias dos séculos XVI e XVII. Pensemos em Malvólio, no dr. Manente, de Lasca, na pobre vítima do *Simplicissimus*, de Grimmelshausen. E os fatos são ainda mais desagradáveis que a ficção.

Louise du Tronchay deixou um relato de suas experiências no hospício parisiense de Salpêtrière, para o qual foi enviada em 1674 após ter sido encontrada nas ruas, gritando e rindo sozinha, seguida por um grande número de gatos vadios. Esse gatos fizeram levantar uma forte suspeita de que além de louca, era também bruxa. No hospital, foi acorrentada em uma jaula, para divertimento do público. Através das grades, os visitantes batiam nela com varas e faziam piadas sobre os gatos e a punição reservada para as bruxas. Aquela palha suja sobre a qual estava deitada — que bela chama provocaria quando fosse levada para a execução! No decorrer das semanas, traziam palha nova e a velha era queimada no pátio. Louise era levada para olhar as chamas e ouvir os gritos alegres de "Fogo para a bruxa!". Num domingo, foi obrigada a ouvir um sermão do qual era o assunto. O pregador exibiu-a à congregação como um terrível exemplo de como Deus pune o pecado. Neste mundo, uma jaula no Salpêtrière, no outro, o inferno. E, enquanto a pobre vítima chorava e tremia, o pregador entrava em detalhes, deliciando-se, sobre as chamas, o cheiro, os jatos de óleo fervendo, os tormentos dos ferros em brasa — para todo o sempre, Amém.

Sob esse tratamento, Louise ia muito naturalmente de mal a pior. Que ela finalmente tenha se recuperado deve-se à simples decência de um homem — um padre visitante que tratou-a com bondade e teve a caridade de ensiná-la a rezar.

A experiência de Surin foi semelhante em sua essência. Na verdade, foram-lhe poupadas as torturas físicas e mentais da vida em um hospício público. Mas, mesmo na enfermaria de uma congregação de jesuítas, entre homens de estudo, altamente educados e cristãos dedicados, que eram seus colegas, havia horror suficiente. O irmão leigo que lhe servia de enfermeiro espancava-o sem piedade. Os meninos do colégio, se conseguissem dar uma espiada no padre doido, vaiavam e riam. De tais personagens, essas ações eram de esperar. Mas não da parte de padres sérios e eruditos, seus irmãos, seus companheiros de apostolado. E no entanto, como eram insensíveis, como não demonstravam a menor compaixão! Havia os cordiais e bondosos, os cristãos vigorosos, que lhe asseguravam não haver nada de errado com ele, que o forçavam a fazer todas as coisas que eram-lhe impossíveis de fazer, então riam quando ele chorava de dor e diziam que era apenas imaginação. Havia os moralistas malignos que se sentavam a seu lado e diziam-lhe, sem um preâmbulo e com imensa satisfação, que estava sofrendo o que fizera por merecer. Havia os padres que o visitavam por curiosidade e para se divertir, que diziam bobagens para ele como se fosse uma criança ou um cretino, que mostravam seu espírito, seu engraçadíssimo senso de humor, tornando-se brincalhões às suas custas e fazendo piadas irrisórias, que acreditavam que ele não podia entender, porque não lhes respondia. Em certa ocasião, "um padre de alguma importância foi à enfermaria, onde eu estava completamente só, sentado em minha cama, olhou-me fixamente durante um longo espaço de tempo e então, embora eu não lhe houvesse feito nenhum mal e nem o tivesse desejado, deu-me um tapa bem dirigido na cara; após o que, partiu."

Surin fez o que pôde para transformar aquelas brutalidades em algo proveitoso para a sua alma. Deus queria que fosse humilhado por pensarem que era louco e que fosse tratado como um criminoso, sem direito ao respeito dos outros homens e nem mesmo à sua piedade. Resignou-se ao que estava acontecendo; foi mais além e desejou conscientemente sua própria humilhação. Mas esse esforço consciente para se reconciliar com seu destino não era suficiente, por si só, para produzir a cura. Como no caso de Louise du Tronchay, o instrumento de cura foi a bondade de outra pessoa. Em 1648, o padre Bastide, o único entre seus colegas que persistia em argumentar que Surin não estava irremediavelmente louco, foi nomeado reitor do colégio de Saintes. Pediu permissão para levar o inválido com ele. Permitiram-lhe. Em Saintes, pela primeira vez em dez anos, Surin viu-se tratado com simpatia e consideração — como um homem doente que estivesse sofrendo uma provação espiritual, e não como um criminoso sofrendo castigo das mãos de Deus e, portanto, merecendo ainda mais punições pelas mãos dos homens. Ainda não lhe era possível deixar sua prisão e se comunicar com o mundo, mas agora o mundo estava em movimento e tentando se comunicar com ele.

As primeiras respostas do paciente ao tratamento foram físicas. Durante anos, a ansiedade crônica tinha mantido sua respiração tão baixa que parecia estar sofrendo de asfixia. Agora, quase de repente, seu diafragma começou a se mexer; respirava livremente e era capaz de encher os pulmões com o ar revigorante. "Todos os meus músculos estavam presos como que por grampos, e agora um se abriu, depois o outro, provocando um alívio extraordinário." Estava experimentando em seu corpo algo como liberdade espiritual. Os que sofreram de asma ou febre do feno bem sabem o horror que é ficar privado do ambiente cósmico e o alívio, quando melhoram, de voltar a ele. No nível espiritual, muitos seres humanos sofrem de algo que equivale à asma, mas só entendem vagamente, em intervalos, que vivem em um estado de asfixia crônica. Uns poucos conhecem-se pelo que são – pessoas que não respiram. Buscam o ar desesperadamente; e se finalmente conseguem encher seus pulmões, que felicidade indescritível!

No decorrer de sua estranha existência, Surin foi alternadamente estrangulado e libertado, fechado em uma escuridão abafante e depois transportado para o alto de uma montanha ensolarada. Seus pulmões revelavam o estado de sua alma — contorcidos e rígidos quando sua alma estava sufocada, dilatados quando lhe davam ar. As palavras *serré*, *bandé*, *rétréci*, e sua antítese, *dilaté*, aparecem repetidamente nos escritos de Surin. Expressam o fato fundamental de sua experiência — uma oscilação violenta entre os extremos de tensão e relaxamento, uma contração em algo inferior ao eu e a liberação para uma vida mais rica. Era uma experiência muito semelhante à que é tão minuciosamente descrita no diário de Maine de Biran, como também àquela que encontra sua expressão mais bonita em determinados poemas de George Herbert e Henry Vaughan — uma experiência obtida através de uma sucessão de incomensuráveis. No caso de Surin, o relaxamento psicológico era acompanhado de uma extraordinária dilatação torácica. Durante um período de abandono extático, descobriu que seu casaco de couro, que era amarrado na frente como uma bota, teve de ser alargado cinco ou seis polegadas. (Quando jovem, são Felipe Néri experimentou uma dilatação extática tão imensa que seu coração ficou permanentemente aumentado e quebrou duas costelas. Apesar do que, ou talvez mesmo por causa disso, viveu até uma idade bem madura, trabalhando prodigiosamente até o fim.)

Surin estava sempre consciente de que havia uma conexão real, assim como que tão somente etimológica, entre a respiração e o espírito. Enumera quatro tipos de respiração — a do demônio, a da natureza, a da graça e a da glória — e nos assegura que experimentou todas. Infelizmente não tece comentários sobre sua declaração e ficamos na ignorância do que ele realmente descobriu no terreno da *pranayama*.

Graças à bondade do padre Bastide, Surin tinha recuperado a sensação de ser um membro da raça humana. Mas Bastide só podia falar pelos homens e não por Deus — ou, para ser mais explícito, pelo conceito de Deus para Surin. O inválido podia respirar de novo, mas ainda lhe era impossível ler, escrever ou dizer missa, caminhar, comer ou se despir sem desconforto ou mesmo sem dores agudas. Todas essas incapacidades estavam ligadas à sua firme convicção de estar amaldiçoado. Era uma fonte de terror e desespero, da qual só conseguia esquecer-se um pouco através da dor e de uma doença aguda. Para sentir-se melhor mentalmente, tinha de sentir-se pior fisicamente.[101] A característica mais estranha da doença de Surin é o fato de existir uma parte de sua mente que nunca esteve doente. Incapaz de ler ou escrever, de executar as ações mais simples sem dores fortíssimas que o impossibilitassem, convencido de sua própria danação, perseguido por compulsões ao suicídio, pela blasfêmia, pela impureza, pela heresia (em determinado instante era um calvinista convicto, em outro, um maniqueísta crente e praticante), Surin conservou, durante toda a sua longa provação, uma capacidade inalterada para a literatura. Durante os primeiros dez anos de sua loucura, compôs principalmente versos. Colocando novas palavras em canções populares, converteu inúmeras baladas e canções obscenas em cânticos cristãos. Eis algumas linhas sobre santa Teresa e santa Catarina de Gênova, de uma balada intitulada "Les Saints enivrés d'amour", colocada sobre a música de "J'ai Rencontré un Allemand".

> *J'aperçus d'un autre côté,*
> *Une vierge rare en beauté,*
>   *Qu'on appelle Thérèse;*
> *Son visage tout allumé*
> *Montrait bien qu'elle avait humé*
>   *De ce vin à son aise.*
> *Elle me dit: "Prends-en pour toi,*

---

[101] O estado de Surin, é interessante observar, é descrito e recebe prescrições médicas específicas do dr. Léon Vannier em seu trabalho autorizado *La Pratique de l'homéopathie* (Paris, 1950, p. 215): "O paciente que é tratado com Actaea Racemosa tem a impressão de que sua cabeça está envolta em uma nuvem espessa". Enxerga mal, ouve mal, em volta dele e dentro dele tudo está confuso. O paciente "tem medo de ficar maluco". Bem estranhamente, se aparece alguma dor em qualquer parte do organismo (nevralgias faciais ou uterinas, dores lombares ou nas juntas), ele ou ela se sente melhor. "Experimentando dores, o paciente melhora seu estado mental".

Bois-en et chantes avec moi:
Dieu, Dieu, Dieu, je ne veux que Dieu:
Toute le reste me pèse.

Une Génoise, dont le cœur
Etait plein de cette liqueur,
Semblait lui faire escorte:
Elle aussi rouge qu'un charbon
S'écriait: "Que ce vin est bon".[102]

Que os versos sejam fracos e o gosto, péssimo, deve-se à falta de talento e não de saúde. A poesia de Surin era pobre tanto quando ele estava são como quando estava doente. Seu dom (e era considerável) concentrava-se na exposição clara e exaustiva de um assunto em prosa. E foi isso precisamente o que fez durante o segundo ciclo de sua doença. Compondo mentalmente e ditando todas as noites para um amanuense, produziu entre 1651 e 1655 sua grande obra, *Le Cathéchisme spirituel*. Esse tratado pode ser comparado em alcance e no seu mérito intrínseco ao *Holy Wisdom* do autor inglês seu contemporâneo, Augustine Baker. Apesar de volumoso, mais de mil páginas, o *Cathéchisme* permanece um livro de agradável leitura. É verdade que, superficialmente, seu estilo é um tanto desinteressante; mas não é culpa de Surin que seu agradável estilo fora de moda tenha sido corrigido nas modernas edições do livro pelo que seu organizador do século XIX denomina, com inconsciente ironia, "uma mão amiga". Felizmente, a mão amiga não conseguiu destruir

---

102 Quando chamamos Teresa/ Seu rosto todo iluminado/ Mostrava bem que ela tinha tomado Daquele vinho em grandeza/ Ela me disse: "Leve uma taça consigo,/ Beba e cante comigo:/ Deus, Deus, Deus, quero apenas Deus:/ Todo o resto me pesa.// Uma genovesa, cujo coração/ Estava cheio daquela poção/ Parecia escoltá-la./ Ela tão vermelha quanto uma brasa/ Bradava: "De delícia este vinho extravasa!" [N.E.]

as qualidades essenciais de simplicidade, mesmo nas análises mais sutis, e de realismo mesmo quando lida com o sublime.

Na época em que compôs o seu *Catecismo*, Surin encontrava-se incapacitado para consultar livros de referências, ou mesmo rever seus próprios manuscritos. E, no entanto, apesar disso, as referências a outros autores são abundantes e adequadas, e o trabalho é admiravelmente bem organizado numa série de retornos aos mesmos temas, que são tratados em cada ocasião sob um diferente ponto de vista ou com um aumento gradual de pormenores. Compor tal livro, sob tantas limitações, exigia uma memória prodigiosa e poderes excepcionais de concentração. Contudo Surin, embora um pouco melhor do que estivera no seu pior momento, ainda era visto (e não sem razão) como um lunático.

Estar louco com lucidez e no domínio completo de suas faculdades intelectuais — essa, certamente, deve ser uma das mais terríveis experiências. Inatingida, a razão de Surin observava sem poder ajudar, enquanto sua imaginação, suas emoções e seu sistema nervoso vegetativo se comportavam como um grupo de criminosos maníacos, visando à sua destruição. Em última análise, era uma luta entre a pessoa ativa e a vítima de sugestão, entre Surin, o realista, fazendo o melhor que podia para lidar com os fatos reais, e Surin, o verbalista, convertendo as palavras em horrendas pseudorrealidades, em relação às quais era lógico que sentisse terror e desespero.

Surin era apenas um caso extremo de uma condição humana universal. "No início era o verbo." No que se refere à história da humanidade, a declaração é perfeitamente válida. A linguagem é o instrumento do progresso humano para além da animalidade, e a linguagem é a causa do desvio do homem da inocência animal e da sua conformidade animal à natureza das coisas para a loucura e a crença nos demônios. As palavras são ao mesmo tempo indispensáveis e fatais. Tratadas como hipóteses de trabalho, as proposições acerca do mundo são instrumentos por meio dos quais somos capazes de o entender cada vez mais. Tratadas como verdades absolutas, como dogmas que devem ser assimilados, como ídolos que devem ser adorados, as proposições sobre o mundo distorcem a nossa visão da realidade e nos conduzem a todo tipo de conduta imprópria. "Querendo instigar os cegos", diz Dai-o Kokushi, "o Buda deixou que as palavras escapassem jocosamente de sua boca de ouro. O céu e a terra ficaram repletos desde então de emaranhadas urzes." E as urzes não foram exclusivamente de fabricação asiática. Se Cristo veio "trazer não a paz, mas a espada", era porque Ele e Seus seguidores não tinham escolha senão corporificar suas intuições em palavras. Como todas as outras, essas palavras cristãs eram algumas vezes inadequadas, às vezes violentas demais e sempre imprecisas — portanto, sempre suscetíveis de serem interpretadas de vários modos. Tratadas como hipóteses de trabalho — como pontos de referência úteis, dentro de cujo âmbito se pudesse organizar e lidar com os fatos reais da existência humana —, as proposições criadas dessas palavras foram de um valor inestimável. Tratadas como ídolos e dogmas causaram um grande mal, como ódios teológicos, guerras religiosas e imperialismo eclesiástico, juntamente com horrores menores como a orgia de Loudun e a loucura por autossugestão de Surin.

Os moralistas insistem no dever de controlar as paixões; e é claro que estão certos em fazer isso. Infelizmente a maioria deles deixou de insistir no dever não menos essencial de controlar as palavras e os raciocínios baseados nelas. Os crimes por paixão só são cometidos quando o sangue está quente, e ele fica quente apenas ocasionalmente. Mas as palavras estão conosco o tempo inteiro, e (sem dúvida, graças ao condicionamento da primeira infância) estão carregadas de um poder de sugestão tão grande que servem de algum modo para justificar a crença nos encantamentos e fórmulas mágicas. Muito mais perigosos que os crimes por paixão são os crimes por idealismo — os que são instigados, alimentados e moralizados pelas palavras sagradas. Tais crimes são planejados quando o pulso está normal e são cometidos a sangue-frio e com grande perseverança durante um longo período de tempo. Em tempos passados, as palavras que ditavam os crimes por idealismo eram predominantemente religiosas; agora são predominantemente políticas. Os dogmas não são mais metafísicos, mas positivistas e ideológicos. Só o que não mudou são as superstições idólatras daqueles que assimilam os dogmas e a loucura sistemática, aliados à ferocidade diabólica com que agem apoiados em suas crenças.

Transferidas do laboratório e da sala de pesquisa para a Igreja, o Parlamento e a Câmara Administrativa, o conceito de hipótese de trabalho poderia liberar a humanidade de suas insanidades coletivas e de suas compulsões crônicas ao assassinato total e ao suicídio em massa. O problema humano fundamental é o ecológico; os homens devem aprender a viver com o cosmos em todos os seus níveis, do material ao espiritual. Como uma raça temos de descobrir como uma população que não para de crescer pode continuar a existir satisfatoriamente, num planeta de tamanho limitado e dotado de reservas, muitas das quais estão sendo devastadas sem possibilidade de serem renovadas. Como indivíduos, temos de descobrir como estabelecer uma relação satisfatória com aquela Mente infinita, da qual geralmente imaginamos estarmos separados. Concentrando nossa atenção no *datum* e no *donum* desenvolveremos, como uma espécie de subproduto, métodos satisfatórios de lidar uns com os outros. "Procure primeiro o Reino, e todo o resto lhe virá." Mas, ao invés disso, insistimos primeiro em procurar todo o resto — os interesses demasiadamente egoístas que nascem da paixão egoísta de um lado e da idolatria da palavra do outro. O resultado disso é que nossos problemas ecológicos básicos permanecem insolúveis. A concentração na política de poder torna impossível às sociedades organizadas melhorar sua relação com o planeta. A concentração na adoração idólatra de sistemas de palavras impossibilita aos indivíduos melhorar suas relações com o Fato fundamental. Procurando primeiro o resto, perdemo-lo como também ao Reino e à terra, que é o único lugar aonde pode vir o Reino.

No caso de Surin, algumas das proposições que lhe ensinaram a adorar como dogmas fizeram-no ficar maluco, criando situações de terror e desespero. Mas felizmente havia outras proposições, mais encorajadoras e igualmente dogmáticas.

No dia 12 de outubro de 1655, um dos padres do Colégio de Bordeaux (para o qual nessa ocasião Surin havia voltado) foi ao seu quarto para ouvir-lhe a confissão e prepará-lo para a comunhão. O único pecado grave de que o doente podia acusar-se era de não ter se comportado de modo suficientemente pecador; pois uma vez que Deus já o amaldiçoara, era apenas justo que vivesse sua danação até o fim, chafurdando em todos os vícios enquanto na verdade sempre tentara ser virtuoso. "Dizer que um cristão deve sentir escrúpulos em fazer o bem parecerá ridículo ao leitor assim como o é para mim." Essas palavras foram escritas em 1663. Em 1665, Surin ainda considerava seu dever, como uma alma perdida, ser inteiramente mau. Mas, apesar de seu dever, achava moralmente impossível não ser bom. Por isso, estava convencido, havia cometido um pecado mais grave do que o de um assassinato premeditado. Era esse pecado que então confessava, "não como um homem vivendo na terra para quem ainda existe esperança, mas como um amaldiçoado". O confessor, que era evidentemente um homem bondoso e sensível, bem a par da fraqueza de Surin pelo extraordinário, afirmou a seu penitente que, embora não fosse dado a tais coisas, tinha muitas vezes sentido uma forte impressão, uma espécie de inspiração de que tudo no final ficaria bem. "Você reconhecerá seu erro, será capaz de pensar e agir como se fosse outro homem, você morrerá em paz." As palavras causaram uma profunda impressão na mente de Surin, e desse momento em diante a nuvem sufocante de medo e miséria começou a se levantar. Deus não o havia rejeitado; ainda havia uma esperança. Esperança de recuperação neste mundo, de salvação no próximo.

Com a esperança, a saúde começou a voltar lentamente. As inibições físicas e a paralisia foram aos poucos desaparecendo. A primeira a sumir foi a incapacidade para escrever. Certo dia, em 1657, após dezoito anos de analfabetismo forçado, pegou uma pena e foi capaz de rabiscar três páginas de pensamentos sobre a vida espiritual. Os traços eram "tão confusos que mal pareciam humanos", mas isso não tinha importância. O importante era que sua mão havia finalmente se tomado capaz de cooperar, embora desajeitadamente, com sua mente.

Três anos depois, recuperou sua capacidade de andar. Aconteceu enquanto estava passando uns dias no campo em casa de um amigo. No início de sua estada, tinha de ser carregado por dois criados do quarto até a sala de jantar, "porque não podia dar um passo sem grandes dores. Estas, porém, não eram como as dos paralíticos; eram dores que tendiam a um encolhimento e contração do estômago e, ao mesmo tempo, a uma forte pontada nos intestinos". No dia 27 de outubro de 1660, um de seus parentes foi visitá-lo e, quando chegou a hora da despedida, Surin arrastou-se dolorosamente até a porta para dizer-lhe adeus. Em pé, na porta, após a partida do visitante, olhou para o jardim "e começou a examinar com certa clareza os objetos que ali estavam, uma coisa que, devido à extrema debilidade de seus nervos, não conseguira fazer durante quinze anos." Sentindo, em vez das dores familiares, "um certo bem-estar", desceu cinco ou seis degraus até o jardim e reparou em volta por algum tempo. Olhou o negro e o verde brilhante das cercas, o gramado e o áster e a aleia de cárpino podado. Olhou as colinas à distância com suas florestas outonais, de uma cor marrom, cor de raposa, sob o céu pálido, na luz quase prateada do sol. Não havia vento e o silêncio era como um imenso cristal, e tudo era um mistério vivo de cores diluindo-se, de formas distintas e separadas, do incontável e do uno, do tempo passando e da presença da eternidade.

No dia seguinte, Surin se aventurou outra vez no universo que tinha quase esquecido, e então sua viagem de redescoberta o levou até o poço — não o convidou ao suicídio. Deixou até mesmo o jardim e andou, afundando os calcanhares nas folhas mortas, pelo pequeno bosque que se estendia além dos muros. Estava curado. Surin explica seu desconhecimento do mundo exterior por "uma extrema debilidade dos nervos". Mas essa fraqueza nunca o impediu de concentrar sua atenção em conceitos teológicas e nas fantasias que eles criaram. Na verdade, foi sua obsessão com essas imagens e abstrações que tão desastrosamente o afastaram do mundo real. Muito antes de sua doença, já se obrigara a viver afastado da realidade, num mundo onde as palavras e as reações às palavras eram mais importantes que as coisas e os vivos. Com a insanidade sublime de alguém que encaminha a fé para as suas conclusões lógicas, Lallemant ensinara que "não devemos ver nem nos maravilhar com qualquer coisa na terra, a não ser o Santo Sacramento. Se Deus fosse capaz de se maravilhar, só o faria com esse mistério, e com o da Encarnação. [...] Depois da Encarnação não devemos nos espantar com mais nada." Não vendo nem se espantando com mais nada no mundo real, Surin estava apenas agindo de acordo com as recomendações de seu professor. Querendo merecer o *donum*, ignorou o *datum*. Mas o maior dom é obtido por meio do admitido. O Reino de Deus vem à terra através da percepção da terra como ela é em si, e não como aparece para uma vontade distorcida por desejos e repulsas pessoais, para um intelecto deformado por crenças pré-estabelecidas.

Como um teólogo rigoroso, convencido da depravação total de um mundo decadente, Surin concordou com Lallemant que não havia nada na natureza que merecesse ser visto ou admirado. Mas suas teorias não estavam de acordo com suas experiências imediatas. "Algumas vezes", escreve em *Le Cathéchisme spirituel,* "o Espírito Santo ilumina a alma sucessivamente e por etapas; e então se aproveita de tudo que se apresenta à consciência — animais, árvores, flores ou qualquer outra coisa na criação — a fim de introduzir a alma nas grandes verdades e para ensinar-lhe secretamente o que deve fazer para o serviço de Deus." E aqui está outra passagem no mesmo sentido. "Numa flor, num pequenino inseto, Deus manifesta às almas todos os tesouros de sua sabedoria e bondade; e não é necessário mais nada para provocar uma nova conflagração de amor." Escrevendo sobre si mesmo, Surin relata que "em inúmeras ocasiões minha alma ficava tomada por esses estados de beatitude, e a luz do sol parecia incomparavelmente mais brilhante que o habitual, e contudo era tão suave e branda que parecia de outra espécie que não a luz natural do sol. Uma vez, quando estava nesse estado, saí para o jardim de nosso colégio em Bordeaux; e a luz era tão magnífica que a mim pareceu estar passeando no paraíso." Cada cor era mais "intensa e natural", cada forma, mais extraordinariamente nítida que em momentos comuns. Espontaneamente e por uma espécie de abençoado acaso, ele penetrara naquele mundo infinito e eterno, o qual poderíamos todos habitar se apenas, nas palavras de Blake, "as portas da percepção fossem limpas". Mas a glória afastou-se e através de todos os anos de sua doença jamais voltou. "Nada me restou senão a lembrança de uma coisa magnífica, suplantando em beleza e grandeza tudo que já havia experimentado na vida."

Que um homem, para quem o Reino tinha verdadeiramente se manifestado na terra, pudesse subscrever a negação total de todas as coisas criadas feita por um rigorista, consiste num melancólico tributo ao poder obsessivo de meras palavras e conceitos. Ele experimentara a presença de Deus na natureza; mas em vez de fazer um uso sistemático devocional dessas experiências, como o fez Traherne em seu *Centuries of Meditation*, Surin preferiu voltar, depois de cada teofania, para a velha recusa insana de ver e maravilhar-se com qualquer coisa da criação. Ao contrário, concentrou toda a sua atenção nas proposições mais sombrias de seu credo e nas suas próprias reações emocionais e imaginativas àquelas proposições. Nenhum meio mais seguro de eliminar o bem infinito se poderia imaginar.

Cada vez que Anteu tocava a terra, recebia nova força. Foi por isso que Hércules teve de erguê-lo e estrangulá-lo no ar. Simultaneamente gigante e herói, Surin experimentou o alívio que provém de um contato com a natureza e, por pura força de vontade, levantou-se do chão e torceu o próprio pescoço. Tinha desejado a libertação; mas uma vez que concebia a união com o Filho como uma negação sistemática da essência divina da natureza, conseguira apenas a revelação parcial da união com o Pai separada do mundo manifesto, junto da união com o Espírito em todas as espécies de experiências psíquicas. Na sua fase inicial, a cura de Surin não foi a passagem da escuridão para a "serena certeza da felicidade restaurada", que vem quando a mente permite conhecer-se através de uma consciência finita, pelo que realmente é; foi, pelo contrário, a troca de uma condição profundamente anormal por outra condição de sintomas opostos, na qual "graças extraordinárias" tornaram-se tão comuns como tinham sido antes as extraordinárias desolações. Deve-se observar que, mesmo nos piores momentos de sua doença, Surin havia experimentado breves lampejos de alegria, convicções efêmeras de que, apesar de sua danação, Deus estava eternamente com ele. Esses lampejos haviam agora se multiplicado, essas convicções passaram de momentâneas para duradouras. Experiências psíquicas sucederam-se umas às outras, e cada visão era luminosa e animadora, tudo era sentimento de pura felicidade. Mas "para honrar Nosso Senhor como ele merece ser honrado, é preciso afastar o coração de toda ligação com delícias espirituais e graças observáveis. Não se deve em nenhuma hipótese depender dessas coisas. Somente a fé deve ser seu apoio. É a fé que nos eleva a Deus em pureza; pois ela faz a alma ficar vazia, e é esse não eu que é repleto por Deus." Assim tinha escrito Surin, mais de vinte anos antes, a uma das freiras que lhe tinham pedido conselho. E foi no mesmo estilo que o padre Bastide — o homem a cuja caridade devia o começo da cura — falou a Surin. Por mais elevadas e confortadoras que sejam as experiências psíquicas, não são a revelação, nem mesmo o caminho para atingi-la. E Bastide não dizia tais coisas por sua própria conta. Tinha todos os místicos dignos de crédito da Igreja por trás dele, podia citar são João da Cruz. Por algum tempo, Surin fez o que pôde para seguir o conselho de Bastide. Mas graças extraordinárias cumulavam-se a ele de forma incessante e insistente. E quando as rejeitava, mudavam outra vez de aspecto, transformando-se em aridez e desolação. Deus parecia ter-se afastado de novo e o deixara à beira do antigo desespero. Apesar de Bastide e de são João da Cruz, Surin voltou às suas visões, suas fraseologias, seus êxtases e inspirações. Durante a controvérsia que se seguiu, os dois querelantes e seu superior, o padre Anginot, apelaram para Jeanne des Anges. Ela poderia fazer a gentileza de perguntar a seu Anjo Bom o que *ele* pensava acerca das graças extraordinárias? O Anjo Bom começou favorecendo a causa de Bastide. Surin protestou, e depois da troca de muitas cartas entre a irmã Jeanne e os três jesuítas, o Anjo anunciou que ambos os querelantes tinham razão, principalmente porque cada um fazia o melhor que podia para servir a Deus a seu modo. Surin e Anginot ficaram completamente satisfeitos. Bastide, entretanto, manteve seu ponto de vista e chegou mesmo a sugerir que já era tempo de a irmã Jeanne cortar as comunicações com o equivalente divino do sr. de Beaufort. Ele não foi o único a levantar objeções. Em 1659, Surin informou à prioresa que um eminente eclesiástico tinha se queixado de que "vós havíeis fundado uma espécie de loja para saber através de vosso anjo todas as coisas que os outros vos pedem que pergunte a ele, que possuís um *bureau* regular de informações sobre casamento, querelas judiciais e outras coisas no gênero". Esse procedimento deve ser interrompido imediatamente — não como o padre Bastide tinha sugerido, cortando relações com o Anjo, mas consultando-o somente para propósitos espirituais.

O tempo passou. Surin já estava em condições de visitar os doentes, ouvir confissões, pregar, escrever e dirigir as almas por palavras ou cartas. Seu procedimento ainda era estranho e seus superiores achavam necessário censurar todas as suas cartas, enviadas e recebidas, temendo que contivessem ideias pouco ortodoxas ou pelo menos extravagâncias embaraçosas. Suas suspeitas eram sem fundamento. O homem que ditara *Le Catéchisme spirituel* enquanto se encontrava (de acordo com todos os sintomas) louco, certamente demonstraria igual prudência agora que estava bom. Em 1663, escreveu *Science expérimentale*, com sua história da possessão e a narrativa de suas provações subsequentes. Luís XIV já estava envolvido em sua desastrosa carreira; mas Surin não estava interessado em "assuntos públicos e nas intrigas dos grandes". Para ele, eram suficientes os sacramentos, o Evangelho para ler e refletir, suas experiências de Deus. Sob certos aspectos, na verdade, eram mais que suficientes; pois estava ficando velho, perdendo suas forças, "e amor não se dá muito bem com fraqueza; pois exige um representante forte para resistir à pressão de suas obras". O bem-estar quase maníaco de alguns anos antes tinha desaparecido; a sucessão fácil e regular de graças extraordinárias eram passado. Mas ele tinha uma outra coisa, algo melhor. Escreveu para a irmã Jeanne que "Deus me ofertou recentemente um ligeiro conhecimento de Seu amor. Mas que diferença entre as profundezas da alma e suas faculdades! Porque muitas vezes a alma é rica em suas profundezas e repleta de tesouros de graça sobrenatural, enquanto suas faculdades estão num estado de miséria total. Em suas profundezas, como digo, a alma tem um sentido de Deus muito elevado, sensível e proveitoso, acompanhado pelo mais confortante amor e uma assombrosa dilatação do coração, sem, no entanto, ser capaz de comunicar qualquer dessas coisas para outras pessoas. Exteriormente, as pessoas nesse estado dão a impressão de não sentir nenhuma inclinação (para as coisas da religião), despojadas de todo o talento e reduzidas a uma extrema indigência. [...] Há um mal-estar excessivamente grande quando a alma está incapacitada, se me permitem a expressão, de expelir a si mesma através de suas faculdades; o excesso dentro dela causa uma opressão tão dolorosa que mal podemos imaginar. O que está ocorrendo nas profundezas da alma é como o represamento de grande volume de água, que na falta de uma saída por onde escapar a esmaga com seu peso insuportável e causa uma exaustão mortal." De um modo incrivelmente paradoxal, um ser finito contém o infinito e fica quase aniquilado por sua experiência. Mas Surin não se queixa. É uma angústia funda, uma morte que é desejada de forma devota.

Em meio a seus êxtases e visões, Surin havia encontrado uma pista que levava sem dúvida através de pitorescas regiões, mas em direção a um fim de linha esclarecedor. Agora que as graças extraordinárias haviam terminado, agora que estava livre para ter consciência da percepção total, alcançara a possibilidade da revelação. No momento, ao menos, estava vivendo "em fé", exatamente como Bastide o incitara a fazer. Estava finalmente se mantendo em nudez intelectual e de imaginação diante dos fatos reais do mundo e de sua própria vida — vazia, que ele podia preencher; pobre, que ele podia tornar supremamente rica.

"Disseram-me", escreveu dois anos antes de sua morte, "que existem caçadores de pérolas que usam um cano que vai do leito do mar até à superfície, onde é mantido boiando por meio de cortiças, e que através desse cano respiram — e, no entanto, estão no fundo do mar. Não sei se é verdade; mas, de qualquer modo, isso expressa muito bem o que eu queria dizer; pois a alma possui um cano que vai até o céu, um canal, diz santa Catarina de Gênova, que leva ao próprio coração de Deus. Através dele ela respira a sabedoria e o amor que a sustentam. Enquanto a alma está lá procurando pérolas no fundo da terra, fala com as outras almas, prega, faz o trabalho de Deus; e sempre há um cano que vai ao céu para sugar a vida eterna e a consolação. [...] Nesse estado a alma é ao mesmo tempo feliz e miserável. E, no entanto, eu penso que ela é realmente feliz. [...] Porque sem visão ou êxtase, ou suspensões dos sentidos, em meio às misérias comuns da vida terrena, na fraqueza e impotência que nos rodeiam, Nosso Senhor nos dá algo que supera o entendimento e toda a medida. [...] É alguma coisa assim como uma ferida de amor, sem nenhum efeito visível externamente, mas que penetra na alma e a mantém desejando incessantemente a Deus."

E assim, procurando pérolas no fundo da terra, seu cano entre os dentes, os pulmões dilatados pelo ar de outro mundo, o velho homem avançou em direção ao fim desejado. Poucos meses antes de morrer, Surin terminou a última entre suas obras devocionais, *Questions sur l'amour de Dieu*. Lendo determinados trechos desse livro, percebemos que a última barreira caíra então e o Reino veio à terra para mais uma alma. Através daquele canal, até o âmago do coração de Deus, havia fluído "uma paz que não consiste apenas de calma, como o embalo do mar ou o fluir tranquilo dos grandes rios; mas uma paz que penetra em nós, esta paz e repouso divinos, como uma abundante avalancha; e a alma, após muitas tempestades, sente como que uma inundação de paz; e o alívio do repouso divino não só penetra na alma e a faz cativa, mas a inunda como a investida de um turbilhão de água.

"Descobrimos que, no Apocalipse, o Espírito de Deus faz menção a uma música de harpas e alaúdes que é como um trovão. Tais são os maravilhosos caminhos de Deus — produzir um trovão de um alaúde bem afinado e uma sinfonia com alaúdes que lembram trovões. Do mesmo modo, quem jamais imaginará que pode haver torrentes de paz que derrubam os diques, rebentam as barragens e as muralhas do mar? E contudo é o que na verdade acontece, e pertence à natureza de Deus fazer assaltos de paz e silêncios de amor. [...] A paz de Deus é como um rio, cujo curso estava em um país e foi desviado para outro pela destruição de um dique. Essa paz invasora faz coisas que não parecem próprias à natureza da paz; porque vem de roldão, com impetuosidade; e isso é característica apenas da paz de Deus. Só a paz de Deus pode marchar com tal equipagem, como o barulho da maré cheia quando se aproxima, não para destruir a terra, mas para ocupar o leito preparado para ele por Deus. Vem impetuosamente, com um rugido, mesmo que o mar esteja calmo. Esse rugido é causado apenas pela abundância das águas e não por sua fúria; pois o movimento das águas não é devido à tempestade, mas às próprias águas, em toda sua calma natural, quando não existe um sopro de vento. O mar em sua plenitude vem visitar a terra e beijar as praias que a limitam. Vem em majestade e magnificência. Assim também sucede à alma quando, após um longo sofrimento, a imensidão da paz vem visitá-la e não há nem um sopro de vento para agitar sua superfície. Essa é a paz divina, que traz consigo todos os tesouros de Deus e toda a riqueza de seu Reino. Tem seus precursores, suas aves fabulosas e seus pássaros arautos para anunciar-lhe a aproximação; essas são as visitas dos anjos que a precedem. Vem como um elemento de outra vida, como um som de harmonia celestial e com tal rapidez que a alma é inteiramente possuída, não porque tenha oposto qualquer resistência à bênção, mas por causa de sua imensa abundância. Essa abundância não comete violências a não ser contra os obstáculos no caminho de sua bênção; e todos os animais não pacíficos debandam antes da chegada da paz. E com a paz vêm todos os tesouros prometidos a Jerusalém — canela, âmbar e as outras preciosidades de suas praias. Mesmo assim surge essa divina paz, vem com abundância, com uma riqueza de bênçãos, com todos os tesouros preciosos da graça."

Mais de trinta anos antes, em Marennes, Surin tinha muitas vezes observado a subida calma e cativante das marés do Atlântico; e agora, a lembrança daquela maravilha diária era o meio pelo qual aquela alma que chegava ao fim era capaz, finalmente, de "regurgitar a si mesma", numa expressão adequada para o Fato experimentado. *Tel qu'en Lui-même enfin l'éternité le change*,[103] ele chegara ao lugar onde, embora sem o saber, havia sempre estado; e quando, na primavera de 1665, a morte arrebatou-o, não houve, como dissera Jacob Boehme, "necessidade de ir para qualquer lugar": ele já estava lá.

---

103 Em francês, no original: "Como Nele mesmo enfim a eternidade o muda". [N.T.]

APÊNDICE

Sem a compreensão do desejo profundo que os seres humanos têm de autotranscendência, da relutância natural que experimentam em tomar o caminho duro e difícil da ascensão espiritual, e da consequente procura de uma falsa libertação ou abaixo ou sob um aspecto de sua personalidade, não poderemos entender a época em que vivemos ou mesmo a história em geral, a vida como foi vivida no passado e como o é em nossos dias. Por essa razão, proponho discutirmos alguns dos sucedâneos mais comuns da Graça, nos quais e através dos quais homens e mulheres têm tentado escapar da consciência torturante de serem apenas eles mesmos. Atualmente, na França, existe um comerciante de bebidas alcoólicas para cada cem habitantes. Nos Estados Unidos, há provavelmente pelo menos um milhão de alcoólatras inveterados, além de um número bem maior de beberrões contumazes, cuja doença ainda não se tornou fatal. Quanto ao consumo de inebriantes no passado, não temos dados estatísticos precisos. Na Europa ocidental, entre os celtas e os teutões, durante toda a Idade Média e o início da época moderna, o consumo do álcool era talvez maior do que é hoje. Enquanto tomamos chá, café ou soda, nossos ancestrais se refrescavam com vinho, cerveja, hidromel e, séculos depois, com gim, brandy e "usquebaugh".[104] Beber água regularmente era

---

104 Palavra antiga para designar uísque. [N.E.]

uma penitência imposta aos malfeitores, ou então considerada pelos religiosos, juntamente com o vegetarianismo ocasional, como uma mortificação muito severa. Não consumir inebriantes era uma excentricidade bastante marcante, a ponto de despertar comentários e apelidos depreciativos. Daí tais sobrenomes como o italiano Bevilacqua, o francês Boileau e o inglês Drinkwater.

O álcool é apenas uma das muitas drogas utilizadas pelos seres humanos como meio de libertação para o eu insulado. Entre os narcóticos naturais, estimulantes e alucinógenos, não há um cujas propriedades não sejam conhecidas desde tempos imemoriais. Pesquisas modernas nos deram um bom número de novos sintéticos, mas, no que se refere aos venenos naturais, simplesmente desenvolveram métodos mais aperfeiçoados de extração, concentração e nova composição dos elementos já existentes. Do ópio ao curare, do cânhamo indiano à cocaína dos Andes e ao fungo siberiano, todas as plantas, arbustos e fungos capazes de entorpecer, excitar ou provocar visões quando ingeridos, já tinham sido descobertos e utilizados de forma sistemática. O fato é significativamente estranho; pois parece provar que sempre e em todos os lugares os seres humanos sentiram a precariedade absoluta de suas existências pessoais, a miséria de serem apenas o seu ser insulado e não outra coisa maior, alguma coisa, nas palavras de Wordsworth, "far more deeply interfused".[105] Explorando o mundo à sua volta, o homem primitivo "experimentou todas as coisas que o cercavam e se fixou no bem". No que se refere a autopreservação, o bem era cada fruto e folha comestíveis, cada semente, raiz e noz salubres. Mas, em outro contexto — o da insatisfação pessoal e do desejo de autotranscendência —, o bem era tudo contido na natureza por meio do que a consciência individual pudesse ser transformada. As mudanças provocadas pelas drogas podem ser manifestamente para pior, podem causar mal-estar no momento

---

105 Muito mais profundamente entrelaçada. [N.T.]

e vício no futuro, assim como degeneração e morte prematura. Nada disso importa. Só o que interessa é a consciência, pelo menos por alguns momentos, por uma ou duas horas que seja, de ser alguém, ou, na maioria dos casos, ser outra coisa que não o ser insulado. "Eu vivo, ou melhor, não sou eu que vivo, mas o vinho, o ópio, a mescalina e o haxixe vivem em mim." Atravessar os limites do eu insulado representa uma tal libertação, que mesmo quando se obtem a autotranscendência por meio de náuseas que levam ao delírio, de paralisias que levam à alucinação e ao estado de coma, a experiência com drogas sempre foi considerada pelos primitivos e mesmo pelos civilizados como intrinsecamente divina. Êxtases através do uso de inebriantes constituem ainda uma parte essencial da religião de muitos africanos, sul-americanos e polinésios. Foi também outrora, o que fica provado em documentos que se conservaram, parte não menos essencial da religião dos celtas, teutões, gregos, povos do Oriente Médio e dos conquistadores arianos da Índia. A ideia não se reduz a que a "cerveja justifica melhor que Milton os objetivos de Deus em relação aos homens". A cerveja *é* o deus. Entre os celtas, Sabázio era o nome divino que se dava à alienação sentida quando sob os efeitos da cerveja. Mais ao sul, Dionísio era, entre outras coisas, a concretização sobrenatural dos efeitos psicofísicos provocados pelo excesso de vinho. Na mitologia védica, Indra era o deus de um entorpecente chamado Soma, hoje em dia desconhecido. Herói exterminador de dragões, Indra era a projeção aumentada no céu do não eu estranho e glorioso experimentado pelo intoxicado. Identificado com a droga, ele se torna, como Soma-Indra, a fonte da imortalidade, o mediador entre o humano e o divino.

Nos dias de hoje, a cerveja e os demais tóxicos, atalhos para a autotranscendência, não são mais adorados como deuses. Houve uma mudança na teoria, mas não na prática; pois muitos milhões de homens e mulheres civilizados continuam a prestar sua devoção, não ao espírito libertador e transfigurador, mas ao álcool, ao haxixe, ao ópio e seus derivados, aos barbitúricos e outros produtos sintéticos acrescentados ao velho catálogo de venenos capazes de provocar a autotranscendência. Em cada caso, é claro, o que parece um deus é na verdade um demônio, o que simula liberação é de fato escravidão. A autotranscendência é invariavelmente descendente, no sentido do subumano, da degradação pessoal.

Do mesmo modo que o uso de inebriantes, a sexualidade primária, praticada por puro prazer e afastada do amor, foi outrora um deus, adorado não só como princípio de fecundidade, mas como manifestação do Não Ser absoluto, imanente em todo o ser humano. Teoricamente, a sexualidade primária há muito deixou de ser um deus. Mas na prática ainda pode se vangloriar de um número incontável de adeptos.

Existe uma sexualidade primária que é inocente, e outra que é moral e esteticamente sórdida. D. H. Lawrence escreveu de maneira encantadora sobre a primeira; Jean Genet escreveu detalhadamente, e com uma força terrível, sobre a segunda. A sexualidade do Éden e a sexualidade do esgoto — ambas têm o poder de levar o indivíduo além dos limites de seu eu insulado. Mas a segunda e (como tristemente se deduz) mais comum variedade leva aqueles que com ela compactuam ao mais baixo nível de subumanidade, desperta a consciência e deixa uma lembrança de mais total alienação do que a primeira. Eis aí, para todos aqueles que sentem necessidade de escapar de sua identidade aprisionada, a constante atração da libertinagem e de equivalentes exóticos da libertinagem, tais como os descritos no decorrer desta narrativa.

Na maioria das sociedades civilizadas, a opinião pública condena a depravação e o vício das drogas como sendo errados do ponto de vista ético. E à reprovação moral são somados o desencorajamento fiscal e a repressão legal. O álcool é altamente taxado, a venda de narcóticos é proibida em toda parte e certas práticas sexuais são consideradas criminosas. Mas quando passamos do vício dos entorpecentes e da sexualidade primária ao terceiro meio de obter a autotranscendência descendente, encontramos da parte dos moralistas e legisladores uma atitude bastante indulgente. Isso parece ainda mais espantoso quando se pensa que o delírio das multidões, como podemos denominar, é muito mais perigoso à ordem social, constitui uma ameaça muito mais dramática a esta tênue crosta de decência, razão e tolerância mútua que constitui uma civilização, do que a bebida ou a libertinagem. Na verdade, um hábito generalizado e já longamente arraigado de excesso de entrega total ao prazer ligado à sexualidade pode resultar, como argumentou J. D. Unwin,[106] na redução do nível de energia de uma sociedade inteira, tornando-a, por conseguinte, incapaz de atingir ou manter um alto nível de civilização. Do mesmo modo, o vício das drogas, se suficientemente difundido, pode diminuir a eficiência econômica política e militar da sociedade em que prevalece. Nos séculos XVIII e XIX, o álcool era a arma secreta dos traficantes de escravos europeus; a heroína, a dos militares japoneses no século XX. Embriagado, o negro era uma presa fácil. Quanto ao chinês viciado, podia-se ter certeza de que não causaria problemas ao conquistador. Mas esses casos são excepcionais. Deixada a seu arbítrio, uma sociedade geralmente tende à aceitação do seu veneno favorito. O entorpecente é um parasita no organismo político, mas um parasita que seu hospedeiro (falando num sentido metafórico) tem forças suficientes e bastante bom senso para manter sob controle. E o mesmo se aplica à sexualidade. Nenhuma sociedade que baseasse suas práticas sexuais nas teorias do Marquês de Sade poderia sobreviver, e na verdade nenhuma sociedade nem sequer se aproximou de tais práticas. Até mesmo os mais liberais entre os paraísos polinésios possuem regras e regulamentos imperativos categóricos e mandamentos. Contra os excessos da sexualidade, assim como do vício das drogas, as sociedades parecem saber

---

106 J. D. Unwin, *Sex and Culture* (Londres, 1934).

se proteger com bastante sucesso. As defesas contra os delírios das multidões e suas consequências desastrosas parecem ser, na maioria das vezes, muito menos apropriadas. Os moralistas profissionais que investem contra a embriaguez são estranhamente reticentes sobre o vício igualmente repugnante da intoxicação nas massas — da autotranscendência descendente no sentido da subumanidade provocada pelo processo de se reunir em multidão.

"Onde dois ou três se reúnem em meu nome, lá estou entre eles." Entre duzentos ou trezentos a presença de Deus se torna mais problemática. E quando os números atingem o milhar, ou vários milhares, a probabilidade de Deus estar lá, na consciência de cada indivíduo, declina até o ponto de se extinguir por completo. Porque a natureza de uma multidão excitada (e toda multidão é automaticamente autoexcitante) é tal que, onde dois ou três mil se reúnem, há ausência não somente da divindade, mas mesmo de traços mínimos de humanidade. O fato de ser um na multidão liberta o homem da consciência de ser um eu insulado e leva-o a um estágio infrapessoal, onde não existe responsabilidade, bem ou mal, necessidade de pensamento, julgamento ou discernimento — somente um sentimento vago de estar junto, o sentimento de uma excitação partilhada, de uma alienação coletiva. E a alienação é mais prolongada e menos cansativa do que a provocada pela libertinagem; a manhã seguinte, menos deprimente do que a que se segue à autointoxicação pelo álcool ou morfina. Além disso, pode-se aderir ao delírio da multidão não somente sem sentimento de culpa, mas até na maioria dos casos com o positivo esplendor da consciência limpa. Porque, longe de condenar a autotranscendência descendente provocada pela intoxicação em meio à massa, os líderes da Igreja e do Estado encorajam-na ativamente sempre que vier a servir a seus próprios fins. Individualmente, assim como nos grupos coordenados e com um objetivo comum que constituem a sociedade, homens e mulheres demonstram uma certa capacidade para o pensamento racional e para o livre-arbítrio à luz dos princípios morais. Reunidos em multidão, os mesmos homens e mulheres comportam-se como se não possuíssem razão nem livre-arbítrio. A intoxicação provocada pela multidão os reduz a uma condição infrapessoal e de irresponsabilidade antissocial. Drogados pelo veneno misterioso que toda multidão excitada secreta, caem em um estado de alta sugestionabilidade, semelhante ao que se segue a uma injeção de sódio amital ou à indução, seja por que meio for, a um leve transe hipnótico. Enquanto estiverem nesse estado, acreditarão em qualquer bobagem que lhes gritarem e responderão a qualquer ordem ou comando que lhes derem, por mais criminoso, louco ou sem sentido que seja. Para os indivíduos sob a influência do veneno secretado pelas massas, "tudo que eu repetir três vezes é verdade" —[107] e o que eu disser trezentas vezes é a revelação, é a palavra de Deus por inspiração direta. É por essa razão que os homens que detêm a autoridade — os padres e os dirigentes do povo — nunca proclamaram virtualmente a imoralidade dessa forma de autotranscendência descendente. Na verdade, os delírios de massas provocados pelos membros da oposição em nome de princípios heréticos foram sempre denunciados pelos que estão no poder. Mas aqueles provocados por agentes governamentais, em nome da ortodoxia, são um assunto totalmente diferente. Todas as vezes em que pode servir aos interesses dos homens que controlam o Estado e a Igreja, a autotranscendência horizontal pela intoxicação das massas é considerada legítima e altamente desejável. Romarias e reuniões políticas, manifestações religiosas e paradas patrióticas — essas coisas são eticamente corretas se se tratarem de "nossas" romarias, "nossas" reuniões, manifestações ou paradas. O fato de a maioria dos que tomam parte nessas atividades ficar temporariamente desumanizada pelo veneno coletivo é de pouca importância,

---

107 Referência à conhecida sentença encontrada no livro *A caça ao snark* do escritor inglês Lewis Carroll. [N.E.]

se comparado com o fato de que sua desumanização pode ser usada para consolidar os poderes políticos e religiosos dominantes.

Quando o delírio das massas é explorado em benefício do governo e das Igrejas ortodoxas, os exploradores são sempre muito cuidadosos em não deixar a intoxicação ir muito longe. As minorias governantes aproveitam-se do desejo ardente que sentem os seus governados pela autotranscendência descendente para, em primeiro lugar, distraí-los e em seguida colocá-los num estado de não individualidade altamente sugestionável. Cerimônias políticas e religiosas são bem recebidas pelas massas, como oportunidades de se embriagarem com o veneno das multidões; e por seus governantes, como ocasiões de implantar ideias em mentes que cessaram momentaneamente de ter capacidade de raciocínio ou de livre-arbítrio.

O sintoma derradeiro de intoxicação das massas é uma violência maníaca. Exemplos de delírios de multidões que culminam em destruição gratuita, em automutilação brutal, em selvageria fratricida sem objetivo e contra os interesses elementares de todos os envolvidos são encontrados em quase todas as páginas dos livros dos antropólogos e — um pouco menos frequentemente, mas com desoladora regularidade — nas histórias mesmo das mais adiantadas civilizações. A não ser quando desejam liquidar com uma minoria impopular, os representantes do Estado e da Igreja são prudentes em não provocar um furor capaz de escapar de seu controle. Tais escrúpulos não constrangem o líder revolucionário que odeia o *status quo* e que só tem um desejo: criar um caos sobre o qual possa — quando tomar o poder — impor um novo tipo de ordem. Quando o revolucionário explora essa ânsia de autotranscendência descendente, vai até o limite mais frenético e demoníaco. Para homens e mulheres desgostosos de serem seres insulados e cansados das responsabilidades que têm como membros de um grupo humano com determinados objetivos, ele oferece oportunidades animadoras de "livrar-se disso tudo" durante paradas, manifestações e reuniões públicas. Os departamentos de organizações políticas são grupos objetivos. Uma multidão é o equivalente social do câncer. O veneno que ela secreta despersonaliza seus membros até o ponto de começarem a agir com uma violência selvagem da qual em seu estado normal seriam inteiramente incapazes. O revolucionário encoraja seus seguidores a manifestar esse derradeiro e pior sintoma de intoxicação das massas e então passa a dirigir sua fúria contra os inimigos, os que detêm o poder econômico, político e religioso. Nos últimos quarenta anos, as técnicas utilizadas na exploração do desejo do homem em relação a essa forma mais perigosa de autotranscendência descendente alcançaram um extremo de perfeição jamais visto na história. Para começar, há mais pessoas por milha quadrada do que em qualquer outra época, e os meios de transporte para arrebanhar grandes grupos e, percorrendo enormes distâncias, concentrá-los em um único edifício ou condomínio são muito mais eficientes que no passado. Enquanto isso, mecanismos novos e outrora inimagináveis para animar as multidões foram inventados. Existe o rádio, que ampliou enormemente o alcance da voz estridente do demagogo. Há o alto-falante. amplificando e repetindo incessantemente a música violenta que expressa os ódios de classe e o nacionalismo agressivo. A câmera (da qual já se disse ingenuamente que "não pode mentir") e seus frutos: o cinema e a televisão; esses três tornaram a concretização de fantasias tendenciosas absurdamente fácil. E há finalmente a maior de nossas invenções sociais, a educação gratuita e compulsória. Todos sabem ler e estão portanto à mercê dos propagandistas, tanto do governo quanto do comércio, que possuem as fábricas de papel, de máquinas de linotipo e de prensas rotativas. Junte uma turba de homens e mulheres previamente condicionados pela leitura diária de jornais; submeta-os a uma orquestra com amplificadores, luzes brilhantes e o discurso de um demagogo que (como acontece com todos os demagogos) é ao mesmo tempo explorador e vítima da intoxicação das massas, e em

Os demônios de Loudun 385

pouco tempo você pode reduzi-los a um estado de subumanidade. Nunca tão poucos foram capazes de transformar tantos em tolos, maníacos e criminosos.

Na Rússia comunista, na Itália fascista e na Alemanha nazista, os exploradores da tendência fatal da humanidade para a intoxicação das massas têm seguido o mesmo método. Quando em oposição revolucionária, encorajaram a multidão sob sua influência a se tornar destrutivamente violenta. Mais tarde, quando tomaram o poder, só permitiram à intoxicação das massas se expandir livremente em relação a estrangeiros e bodes expiatórios escolhidos. Tendo alcançado um *status quo* que desejavam manter, passaram então a controlar a descida até à subumanidade, conservando-a no ponto ideal aquém da agitação. Para esses neoconservadores, a intoxicação das massas tornou-se daí em diante de valor inestimável como um meio de aumentar a sugestionabilidade dos indivíduos e assim torná-los mais dóceis às manifestações de autoritarismo. O melhor antídoto conhecido contra o pensamento livre é estar em uma multidão. Daí a repulsa total dos ditadores à "psicologia pura" e à vida particular. "Intelectuais do mundo, uni-vos! Não tendes nada a perder senão vossos cérebros."

Drogas, sexualidade primária e intoxicação das massas — são esses os três caminhos mais conhecidos para a autotranscendência descendente. Há muitos outros, não tão trilhados quanto essas estradas em declive, mas levando não menos certamente para o mesmo objetivo de degradação pessoal. Basta pensar, por exemplo, no movimento rítmico. Nas religiões primitivas, o movimento rítmico prolongado é frequentemente usado com a finalidade de provocar um estado de êxtase impessoal e subumano. A mesma técnica visando o mesmo fim tem sido utilizada por muitos povos civilizados — pelos gregos, por exemplo, pelos hindus, por muitas seitas dervixes no mundo islâmico, e por seitas cristãs tais como as dos shakers e crentes. Em todos esses casos, o movimento rítmico, prolongado e repetitivo é uma forma de ritual praticada deliberadamente visando a uma autotranscendência descendente. A história também registra muitas explosões esporádicas de danças agitadas, balanços e meneios de cabeça involuntários e incontroláveis. Essas epidemias que numa região denominam de tarantismo, em outra de dança de são Vitor, têm ocorrido geralmente em tempos difíceis que sucedem a guerras, pestes e fome, e são mais comuns onde a malária é endêmica. O objetivo inconsciente dos homens e mulheres que se entregam a essas loucuras coletivas é o mesmo que perseguem os membros das seitas que usam a dança como um rito religioso — ou seja, o de fugir do eu insular através de um estado de irresponsabilidade, sem culpas passadas ou anseios futuros, mas apenas o presente com a feliz sensação de ser outro.

Intimamente associado com o rito produtor de êxtase do movimento rítmico encontra-se o ritual produtor do som ritmado. A música é tão grandiosa quanto a natureza humana e tem alguma coisa a dizer ao homem em todos os aspectos de seu ser, do sentimental ao intelectual, do visceral ao espiritual. Em uma de suas diversas modalidades, a música é uma droga poderosa, em parte estimulante e em parte narcotizante, mas inteiramente alteradora. Nenhum homem, não importa quão altamente civilizado seja, consegue ouvir durante muito tempo tambores africanos, contos indianos ou hinos patrióticos galeses e manter sua personalidade crítica e consciente intacta. Seria interessante juntar um grupo dos mais eminentes filósofos das melhores universidades, trancá-los num quarto quente com dervixes marroquinos ou voduístas haitianos e medir, com um cronômetro, a força de sua resistência psicológica aos efeitos do som ritmado. Os positivistas lógicos resistiriam mais que os idealistas subjetivos? Os marxistas se provariam mais fortes que os tomistas ou vedantistas? Que campo de experiência fascinante e fértil! Por enquanto, o que podemos seguramente prever é que, se expostos o suficiente aos ritmos monótonos e aos cantos, cada um de nossos filósofos acabaria por dar pulos e gritos juntamente com os selvagens.

Os movimentos rítmicos e o som ritmado são geralmente, por assim dizer, somados à intoxicação das massas. Mas existem também caminhos privados que podem ser tomados pelo viajante solitário que não gosta de multidões ou não tem fé suficiente nos princípios, instituições e pessoas em torno dos quais as multidões se reúnem. Um desses caminhos particulares é o do *mantra*, ao qual Cristo denominou de "vã repetição". Nos cultos religiosos públicos, a vã repetição é quase sempre associada com o som ritmado. As litanias e similares são cantadas ou pelo menos entoadas. É com música que obtêm seus efeitos semi-hipnóticos. A vã repetição, quando praticada na privacidade, age sobre a mente não devido à sua associação com o som rítmico (pois funciona mesmo quando as palavras são apenas imaginadas), mas por meio do poder de concentração e memória. A repetição constante da mesma palavra ou frase leva frequentemente a um estado de percepção ou mesmo transe profundo. Uma vez induzido, o transe pode ser desfrutado em si mesmo como uma deliciosa sensação de não eu infrapessoal, ou então utilizado deliberadamente com o objetivo de melhorar a conduta pessoal através da autossugestão e de preparar o caminho para a realização máxima da autotranscendência ascendente. Da segunda possibilidade falaremos mais tarde em outro trecho. No momento, estamos preocupados com a vã repetição como um caminho descendente que leva à completa alienação infrapessoal.

Devemos agora considerar um método estritamente fisiológico de fugir ao eu insulado: o caminho da penitência corporal. A violência destrutiva, que é o sintoma final da intoxicação das massas, não é sempre dirigida para o exterior. A história da religião está repleta de casos sinistros de autoflagelações, automutilações, autocastrações e até suicídios coletivos. Esses atos são consequência de delírio da multidão e são praticados em estados de exaltação. Muito diferente é a penitência corporal praticada privadamente e de cabeça fria. Nesse caso, o ato de flagelação é iniciado por uma determinação da vontade pessoal; mas sua consequência (ao menos em alguns casos) é uma transformação temporária da personalidade insulada em alguma coisa diferente. Essa outra coisa é a consciência, em si mesma intensa demais, por ser única, da dor física. A pessoa que se autoflagela se identifica com sua dor e, ao se transformar em apenas a percepção de seu corpo sofredor, livra-se daquele sentimento de culpa ligado ao passado e da frustração presente, daquela ansiedade obsessiva em relação ao futuro, que constituem uma grande parte do ego neurótico. Houve uma fuga de individualidade, uma passagem descendente para um estado de martírio puramente fisiológico. Mas a autoflagelação não precisa permanecer necessariamente nessa região de consciência. Como o homem que faz uso da vã repetição para superar-se a si mesmo, há possibilidade de fazer uso da alienação temporária da individualidade como uma ponte, digamos, levando ascensionalmente para a vida do espírito.

Isso levanta uma questão muito importante. Até que ponto e em que circunstâncias é possível a um homem usar o caminho descendente para atingir a autotranscendência espiritual? À primeira vista, tudo parece indicar que o caminho para baixo jamais terá a oportunidade de ser o caminho para cima. Mas no domínio da existência os problemas não são tão simples como são no nosso mundo bem organizado das palavras. Na vida real, um movimento descendente pode algumas vezes ser o início de um ascendente. Quando a concha do ego é partida e começa a surgir uma consciência subliminar e fisiológica do não eu sob nossa personalidade aparente, acontece algumas vezes que captamos um lampejo, rápido mas apocalíptico, daquela alteridade que é o Fundamento de todo o nosso ser. Enquanto permanecemos isolados em nossa identidade, não temos consciência dos diversos não eus aos quais estamos ligados — o não eu orgânico, o não eu subconsciente, o não eu coletivo do meio psíquico no qual nossos pensamentos e sentimentos possuem sua vida, e o não eu imanente e transcendente do Espírito. Qualquer fuga, mesmo através de um caminho descendente, para fora da individualidade insulada, torna possível uma percepção ao menos momentânea do não eu em cada nível, incluindo o mais elevado. William James, em seu *Varieties of religious experience*, dá exemplos de "revelações anestésicas" que se seguem a inalações de gás hilariante. Teofanias semelhantes são algumas vezes experimentadas por alcoólatras e talvez existam momentos, durante a intoxicação produzida por quase qualquer tipo de droga, quando a percepção de um não eu superior ao eu em processo de desintegração torna-se possível por um breve lapso de tempo. Mas esses surtos momentâneos de revelação custam muito caro. Para os viciados em drogas, o momento de percepção espiritual (se ele realmente acontece) cede lugar bem cedo a um estupor subumano, exaltação ou alucinação, seguidos por terríveis ressacas e, a longo prazo, por um enfraquecimento permanente e fatal da saúde física e mental. Uma vez ou outra, uma única "revelação anestésica" pode agir, como qualquer outra manifestação da divindade, no sentido de estimular quem a experimenta a um esforço de autotransformação e autotranscendência ascendente. Mas pelo fato de tal coisa poder eventualmente acontecer não se justifica o emprego de métodos químicos de autotranscendência. Esse é um caminho descendente, e a maioria dos que o tomam atingirá um estado de degradação em que períodos de êxtase subumano se alternarão com períodos de uma individualidade consciente tão miserável que qualquer fuga, mesmo que seja para o suicídio lento do vicio das drogas, será preferível.

    O que é verdade quanto às drogas, também o é, *mutatis mutandis*, quanto à sexualidade primária. O caminho leva para baixo, mas durante o percurso pode haver teofanias ocasionais. Os Deuses das Trevas, como os chamava Lawrence, podem mudar suas características e se tornar reluzentes. Na Índia existe uma ioga tântrica, baseada em técnicas psicofisiológicas complicadas, cujo propósito é transformar a autotranscendência descendente da sexualidade primária em autotranscendência ascendente. No Ocidente, o equivalente que mais se aproximou dessas práticas tântricas foi a disciplina sexual imaginada por John Humphrey Noyes e praticada pelos membros da Comunidade Oneida. Em Oneida, a sexualidade primária era não apenas civilizada com sucesso; era também compatível e subordinada a uma forma de protestantismo sinceramente pregada e firmemente praticada.

A intoxicação das massas desintegra o ego muito mais profundamente que a sexualidade primária. Suas exaltações, suas loucuras, sua sugestionalidade elevada ao mais alto grau só podem ser comparadas às intoxicações provocadas por drogas como álcool, haxixe e heroína. Mas mesmo a um componente de uma multidão excitada pode ocorrer (num estágio ainda inicial de autotranscendência descendente) uma revelação autêntica da alteridade que está acima da individualidade. Eis a razão por que algumas vezes pode surgir algum bem das reuniões mais coribânticas visando a despertar o fervor religioso. Algum bem tanto quanto um grande mal pode também resultar do fato de que as pessoas em meio à multidão tendem a se tornar sugestionáveis além da conta. Enquanto se encontram nesse estado, são sujeitas a estímulos que têm o poder de operar como ordens dadas a hipnotizados, mesmo depois que voltam a seu estado normal. Como o demagogo, o pregador e o ritualista desintegram o ego de seus ouvintes reunindo-os em grupo e deixando-os sonados pelo excesso de vã repetição e som rítmico. Então, ao contrário do demagogo, fazem sugestões, algumas das quais são autenticamente cristãs. Isso, se funciona, resulta em uma reintegração das individualidades destruídas num nível mais elevado. Pode haver também reintegrações de personalidade sob a influência de ordens pós-hipnóticas transmitidas por políticos demagogos. Mas essas ordens são todas incitamento ao ódio, por um lado, e obediência cega e ilusão compensatória, por outro. Iniciada com uma dose maciça de veneno em meio a multidões, confirmada e orientada pela retórica de um maníaco que é ao mesmo tempo um explorador maquiavélico da fraqueza dos outros homens, a catequização política resulta na criação de uma nova personalidade, pior que a antiga e muito mais perigosa, porque inteiramente devotada a um partido cujo objetivo primordial é liquidar seus oponentes. Fiz uma distinção entre demagogos e religiosos baseando-me no fato dos últimos poderem algumas vezes fazer algum bem, enquanto os primeiros podem apenas, pela própria natureza das coisas, fazer o mal. Mas não imaginemos que os exploradores religiosos da intoxicação das massas são inteiramente inocentes. Pelo contrário, foram os responsáveis no passado por males quase tão imensuráveis quanto os causados às suas vítimas (junto com as vítimas daquelas vítimas) pelos demagogos revolucionários de nossos dias. No decorrer das últimas seis ou sete gerações, o poder das organizações religiosas para fazer o mal diminuiu consideravelmente por todo o mundo ocidental. Deve-se isso primeiramente ao incrível progresso tecnológico e à consequente procura, pelas massas, de ilusões compensatórias que parecem ser mais positivistas que metafísicas. Os demagogos oferecem tais ilusões pseudopositivistas, enquanto as Igrejas não o fazem. Enquanto a sedução das igrejas declina, diminuem também sua influência, sua riqueza, seu poder político e, junto com tudo isso, sua capacidade para praticar o mal numa escala maior. As circunstâncias libertaram o sacerdote de certas tentações a que seus antecessores quase sempre não resistiam em séculos passados. Fariam bem em se afastarem voluntariamente de tais tentações que ainda persistem. Entre elas, destaca-se a tentação de obter poder através do estímulo ao desejo humano insaciável de autotranscendência descendente. Produzir deliberadamente a intoxicação das massas — mesmo que seja em nome da religião e supostamente "para o bem" do intoxicado — não se justifica moralmente.

  No que se refere à autotranscendência horizontal, pouco precisa ser dito — não porque o fenômeno não seja de importância (longe disso), mas por ser por demais óbvio para exigir análise e por ocorrer com tanta frequência que se torna difícil de classificá-lo em poucas palavras. Para escapar dos horrores do eu insulado, a maior parte dos homens e mulheres escolhe, na maior parte das vezes, não subir nem descer, mas escapar para os lados. Eles se identificam com uma causa maior que seus próprios interesses imediatos, mas que não os faz cair na degradação, e, se mais elevada, sem ultrapassar os níveis dos valores sociais correntes. Essa autotranscendência horizontal ou quase horizontal pode estar em qualquer coisa tão trivial quanto um hobby, ou tão valiosa quanto um casamento por amor. Pode ser produzida através da autoidentificação com qualquer atividade humana, desde a gerência de um negócio até a pesquisa sobre física nuclear, de compor músicas até colecionar selos, do dever político de educar crianças aos estudos dos hábitos matinais dos pássaros. A autotranscendência horizontal é da maior importância. Sem ela não haveria arte, ciência, lei, filosofia nem civilização na verdade. E não haveria também guerra, *odium theologicum* ou *ideologicum*, nem intolerâncias constantes, nem perseguições. Esses grandes bens e males imensos são decorrentes da capacidade do homem para uma autoidentificação total e constante com uma ideia, um sentimento, uma causa. Como poderemos ter o bem sem o mal, uma civilização avançada sem bombardeio de saturação ou extermínio de hereges políticos ou religiosos? A resposta é que não poderemos possuir isso enquanto nossa autotranscendência permanecer apenas horizontal. Quando nos identificamos com uma ideia ou causa estamos de fato adorando alguma coisa comum, incompleta e provinciana, alguma coisa que, embora nobre, é contudo ainda demasiadamente humana. "Patriotismo", como uma grande patriota concluiu no dia de sua execução pelos inimigos de seu país, "não é o suficiente". Nem o socialismo, nem o comunismo, nem o capitalismo; nem a arte, a ciência, a ordem pública, nenhuma religião ou igreja. Tudo isso é indispensável, mas nada disso é o bastante. A civilização exige do indivíduo uma autoidentificação devotada às mais elevadas causas da humanidade. Mas se essa autoidentificação com o que é humano não é acompanhada por um esforço consciente e congruente visando a atingir a autotranscendência ascendente no sentido da vida universal do espírito, os bens alcançados estarão sempre misturados a males que os contrabalançam. "Fazemos", escreveu Pascal, "da verdade um ídolo; porque a verdade sem caridade não é Deus, mas Sua imagem e ídolo, a quem não devemos amar nem venerar." E não é apenas errado adorar um ídolo; é também excessivamente inconveniente. A adoração da verdade separada do amor cristão — autoidentificação com a ciência, não acompanhada de identificação com o Fundamento de todo o ser — resulta no tipo de situação com que presentemente nos defrontamos. Todo ídolo, por mais sublime que seja, transforma-se, com o tempo, num Moloch, sedento de sacrifíício humano.

BIBLIOGRAFIA

Ao escrever esta história de Grandier, Surin, irmã Jeanne e os demônios utilizei-me das seguintes fontes:

Histoire des diables de Loudun (Amsterdã, 1693). Esta obra, de autoria do pastor protestante Aubin, é um relato muito bem documentado do julgamento e da subsequente possessão de Grandier. O autor era um habitante de Loudun e estava familiarizado com muitos dos personagens do drama diabólico.

"Urbain Grandier" in *La Sorcière*, de Jules Michelet. O ensaio desse grande historiador é curto e impreciso, mas de extremo vigor.

Urbain Grandier et les Possédées de Loudun, do dr. Gabriel Legué (Paris, 1880). Um livro muito completo. É também importante uma obra anterior do mesmo autor, *Documents pour servir à l'histoire médicale des possédées de Loudun* (Paris, 1876).

Relation, do padre Tranquille. Publicado pela primeira vez em 1634, reeditado no vol. 2 dos *Archives curieuses de l'histoire de France* (1838).

The History of the Devils of Loudun, de De Nion. Publicado em Poitiers em 1934 e impresso em tradução em Edimburgo em 1887-88. O relato de Lauderdale sobre sua visita a Loudun aparece como suplemento dessa obra.

Letter, de Killigrew. Publicado na *European Magazine* (fev. 1803).

Historical dictionary, de Bayle (edição inglesa, 1736). Artigo sobre Urbain Grandier.

Sœur Jeanne des Anges, Autobiographie d'une hystérique possédée. Organização da obra, acompanhada de introdução e notas, a cargo dos doutores Gabriel Legué e Gilles de la Tourette (Paris, 1886). Esta é a única edição do relato feito pela prioresa em 1644. A autobiografia é acompanhada de inúmeras cartas escritas pela irmã Jeanne para o padre Saint-Jure, S.J.

Science expérimentale, de Jean-Joseph Surin (1828). Esta é uma edição um tanto truncada do relato de Surin sobre sua estada em Loudun.

Lettres spirituelles du P. Jean-Joseph Surin. Edição de L. Michel e F. Cavalléra (Toulouse, 1926). O volume 2 contém um texto fidedigno do que os editores denominam de "Autobiografia de Surin".

Dialogues spirituels, de Jean-Joseph Surin (Lyon, 1831).

Le Catéchisme spirituel, de Jean-Joseph Surin (Lyon, 1956).

Fondements de la vie spirituelle, de Jean-Joseph Surin (Paris, 1879).

Questions sur l'amour de Dieu, de Jean-Joseph Surin. Edição organizada, com valiosa introdução, notas e apêndice, por A. Pottier e L. Marie. (Paris, 1930).

Le Père Louis Lallemant et les grands spirituels de son temps, de Aloys Pottier, S.J. (Paris, 1930, 2 vol.).

La Doctrine spirituelle du P. Louis Lallemant, de Pierre Champion. Publicado pela primeira vez em 1694. A melhor edição moderna é a de 1924.

Histoire littéraire du sentiment religieux en France, de Henri Brémond (Paris 1916 e anos subsequentes). Contém capítulos excelentes acerca de Lallemant e Surin.

OBRAS DE ALDOUS HUXLEY PELA BIBLIOTECA AZUL:

Admirável mundo novo
Contos escolhidos
Contraponto
Os demônios de Loudun
Folhas inúteis
O gênio e a deusa
A ilha
O macaco e a essência
Moksha
As portas da percepção
Céu e inferno
Sem olhos em Gaza
A situação humana
O tempo deve parar
Também o cisne morre

ESTE LIVRO, COMPOSTO NAS FONTES FAIRFIELD, FOI IMPRESSO EM PAPEL PÓLEN SOFT 70 G/M², NA IMPRENSA DA FÉ.
SÃO PAULO, BRASIL, JUNHO DE 2019.